本书为国家社会科学基金项目一般项目
"精神分析学的文学批评维度"
（项目编号：2013010065）之结项成果。

马元龙 著

欲望的变奏
精神分析的文学反射镜

The Variation of
DESIRE
Literature as Speculum of
Psychoanalysis

北京大学出版社
PEKING UNIVERSITY PRESS

图书在版编目(CIP)数据

欲望的变奏:精神分析的文学反射镜/马元龙著.—北京:北京大学出版社,2021.8
ISBN 978-7-301-32504-9

Ⅰ.①欲… Ⅱ.①马… Ⅲ.①精神分析–应用–文学评论–研究 Ⅳ.①I06

中国版本图书馆CIP数据核字(2021)第183967号

书　　　名	欲望的变奏:精神分析的文学反射镜 YUWANG DE BIANZOU: JINGSHEN FENXI DE WENXUE FANSHEJING
著作责任者	马元龙　著
责任编辑	李　娜
标准书号	ISBN 978-7-301-32504-9
出版发行	北京大学出版社
地　　　址	北京市海淀区成府路205号　100871
网　　　址	http://www.pup.cn　新浪微博:@北京大学出版社
电子信箱	345014015@qq.com
电　　　话	邮购部 010-62752015　发行部 010-62750672 编辑部 010-62754382
印　刷　者	三河市博文印刷有限公司
经　销　者	新华书店
	720毫米×1020毫米　16开本　19.5印张　427千字 2021年8月第1版　2021年8月第1次印刷
定　　　价	98.00元

未经许可,不得以任何方式复制或抄袭本书之部分或全部内容。
版权所有,侵权必究
举报电话:010-62752024　电子信箱: fd@pup.pku.edu.cn
图书如有印装质量问题,请与出版部联系,电话:010-62756370

目 录

这些文字的来历 ·· 1

导 论

作为一种解释学的精神分析学 ································ 3

三个关键概念

无意识就是大他者的话语 ···································· 31
凝视:一个精神现象学问题 ·································· 53
升华或崇高:物的尊严 ······································ 75

解释的边框

关于《被窃的信》:德里达与拉康 ···························· 97
螺丝被谁拧紧? ·· 122

作为换喻的欲望

哈姆莱特的犹豫 ·· 155
安提戈涅的辉煌 ·· 178

劳儿的劫持 …………………………………………………… 200

书写的快感

萨德与康德：谁更激进？ …………………………………… 221

疯癫与书写：乔伊斯这个症状 ……………………………… 241

附　　论

主体、权力和反抗 …………………………………………… 267

参考文献 ……………………………………………………… 287

这些文字的来历

目前这些文字以一种略微奇怪的方式集合在此,并取得了一个作品的形式。然而它只是一个文本,一个由若干文本构成的文本,并向无数其他文本开放。但是,它们汇聚于此也并非没有理由,因为它们确实回应了我五年前筹划的一个课题:精神分析学的文学批评维度。正如任何产品都和它的预期不尽相同,这个文本自然也不例外。因此,这种结果与设想之间的差异也许不能被简单地视为一种背叛。

精神分析学的文学批评维度就是要讨论精神分析学可以在哪些维度上应用于文学批评。精神分析诞生一百多年来,迄今已在西方学术界取得了十分丰硕的成果,研究深入,影响广泛。不仅涉及的范围之广与当初不可同日而语,而且批评的触角延伸到社会生活、文化研究和政治批判的肌理深处。概而言之,精神分析批评如今大约在六个维度内展开:(1)关注作品的作者或者作品中的人物;(2)关注作品的阅读与接受;(3)利用精神分析学和文学对某些主题互为阐释;(4)关注文学的修辞、话语或者语言;

(5)从精神分析学的视角展开女性主义批评;(6)关注作为一种文学理论或者解释学的精神分析学。

一、关注作品的作者或者作品中的人物。在此方面,弗洛伊德(Sigmund Freud)自己就有五篇影响深远的文章(均有比较可靠的中文译本):《作家与白日梦》《达·芬奇对童年的回忆》《陀思妥耶夫斯基与弑父者》《詹森的〈格拉迪瓦〉中的幻觉与梦》和《米开朗琪罗的摩西》。这些论文或者就作者在作品中揭示的自我做出精神分析的解释,或者像考察生活中的无意识征候一样考察艺术中的无意识征候,艺术作品本身特定的形式结构往往被忽略。朱莉娅·莱恩哈特·鲁普顿(Julia Reinhard Lupton)和肯尼斯·莱恩哈特(Kenneth Reinhard)在《俄狄浦斯之后:精神分析中的莎士比亚》(*After Oedipus: Shakespeare in Psychoanalysis*,1993)这本抱负宏大且极富想象力的著作中,深入探究了莎士比亚戏剧的情节模式、人物,以及各种文学传统通过解释莎士比亚而发展出来的阅读方式,从而描绘了精神分析和文学两种话语之间的对话。卡尔·P.艾比(Karl P. Eby)的《海明威的恋物癖:精神分析和男人气概的镜子》(*Hemingway's Fetishism: Psychoanalysis and the Mirror of Manhood*,2010)以丰富的细节和令人叫绝的文献证据展示了在海明威塑造其身份和性别上,恋物癖所发挥的关键作用。第一次以一种理论化的方式解释了海明威为何是一个恋物癖者,以及为何我们应该关注这一事实。罗伯托·斯皮兹阿勒-巴格里阿卡(Roberto Speziale-Bagliacca)的《国王与奸妇:〈包法利夫人〉和〈李尔王〉的精神分析学和文学再阐释》(*The King and the Adulteress: A Psychoanalytic and Literary Reinterpretation of Madame Bovary and King Lear*,1998)从精神分析学的视角出发,对福楼拜的《包法利夫人》和莎士比亚的《李尔王》作了修正性的阅读。作者将精神分析与文学研究结合起来,从而挑战了文学批评家们对这两部著作的传统解释。

二、关注作品的阅读与接受。比如诺曼·霍兰德(Norman Holland)的《文学反应的动力学》(*The Dynamics of Literary Response*,1968)根据弗洛伊德的学说,认为文学作品在读者意识中造成无意识幻想与对于幻想的有意识抵抗之间的交互作用。文学作品使人愉快是因为,它通过迂回的形式手段把我们最深层的焦虑与欲望变成社会可以接受的意义。如果文学作品没有以其形式和语言"软化"这些欲望,从而使我们能够充分支配和抵抗它们,它将被证明是无法接受的。在哈罗德·布鲁姆(Harold Bloom)的《影响的焦虑:诗歌理论》(*The Anxiety of Influence: A Theory of Poetry*, 1997)中,作者所做的事情是从俄狄浦斯情结的角度改写文学史。作者认为,诗人们焦虑不安地生活在一个强大的"前辈诗人"的阴影之中,犹如儿子受着父亲的压迫:任何一首具体的诗都试图通过对以前一首诗的系统改造而逃离这种"由于恐惧影响而产生的焦虑不安"。玛丽·雅各布斯(Mary Jacobus)的《精神分析和阅读场景》(*Psychoanalysis and the Scene of Reading*, 1997)借助精神分析学探索了我们思考阅读以及阅读效果的方式。它为文学批评家提供了一条途径,以到达精神分析学视角之内的阅读场景。作者认为,无论是被看作一个过程,一种表征,还是一种文化活动,阅读都涉及了内在和外在的观念、缺席和边界,以及思想和情感从一个人到另一个人或者从一个历史时期到另一个历史时期的传播。

三、利用精神分析学和文学对某些主题互为阐释。比如苏珊娜·费尔曼(Shoshana Felman)在《写作和疯癫:文学/哲学/精神分析》(*Writing and Madness: Literature/Philosophy/Psychoanalysis*, 2003)中探讨了精神分析、文学和哲学之间的关系,并由此就文学与被文化以"疯癫"为名所排斥的东西之间的关系探索了文学的特殊性。通过戏剧性地表现意义与无意义、理性与非理性、可读与不可读之间不断重生的关系,一切文学文本都持之不懈地在与疯癫交流。索尼亚·麦卡珂(Sonia Mycak)的《寻找撕裂的主体:精神分析、现象学与玛格丽特·阿特伍德的小说》(*In Search of the Split Subject: Psychoanalysis, Phenomenology, and the Novels of Margaret Atwood*, 1997)专门研究玛格丽特·阿特伍德的小说,围绕一个极为显著且反复出现在其小说中的问题——分裂的自我——对她的六篇小说进行了深入阅读。作者仔细检查了每篇小说主角的身份脱白、异化、破碎和分裂的方式,并由此重新阐释了每篇小说。阿莱希娅·利希阿迪(Allesia Ricciardi)的《哀悼的终结:精神分析、文学与电影》(*The Ends of Mourning: Psychoanalysis, Literature, Film*, 2003)从交叉学科的视角探索了哀悼的当代危机。在一个怀疑历史和记忆的时代,过去只是作为一道景观、一个在文化市场上有待消费的产品与我们发生联系。书中依次讨论了哀悼问题在弗洛伊德、普鲁斯特和拉康著作中的出现和发展。

四、关注文学的修辞、话语或者语言。比如谢尔登·布利维奇(Sheldon Brivic)的《符号的面纱:乔伊斯、拉康和知觉》(*Veil of Signs: Joyce, Lacan, and*

Perception，1991)从一个非常独特的视角提出了这样一个问题：乔伊斯小说中的感觉是如何运作的？作者利用拉康的理论为《尤利西斯》和《芬尼根守灵》这两部小说中的心理生活的力学创造了一个全新的概念。毛德·艾尔曼(Maud Ellmann)的文集《精神分析学的文学批评》(*Psychoanalytic Literary Criticism*，1994)介绍了弗洛伊德的解释方法，并展示了这些方法如何被法国精神分析学家雅克·拉康的影响所改变。传统的弗洛伊德批评倾向于将焦点集中于文学文本的主题上，而拉康的批评则将焦点集中于语言结构，从而将读者的注意力重新导向词语本身。苏珊娜·费尔曼编选的《文学与精神分析：另类阅读问题》(*Literature and Psychoanalysis: The Question of Reading Otherwise*，1982)是关于文学与精神分析最好的著作之一。对于任何有兴趣探索二者之关系的学者，任何有兴趣了解为了阅读文学而对弗洛伊德重新做一种拉康式阅读的学者来说，这本书都是必不可少的。在朱丽娅·克莉斯蒂娃(Julia Kristeva)的《诗歌语言的革命》(*Revolution in Poetic Language*，1984)中，克莉斯蒂娃深受拉康影响，但她不是把象征秩序与想象相对，而是把它与她称之为"征候"(the Semiotic)的东西相对。她用征候一词来指我们可以在语言之内发现的一种力量类型或活动，它们是前俄狄浦斯阶段残留下来的东西。象征语言与父亲的法律相关，而征候语言则与母亲的身体相关。作者把这种征候"语言"看作破坏象征秩序，进行革命的一种手段。

五、从精神分析学的视角展开女性主义批评。比如露丝·伊瑞格瑞(Luce Irigaray)的《他者女人的反射镜》(*Speculum of the Other Woman*，1985)无可置疑地是女性主义研究中最为重要的著作之一。在其中第一部分，作者重读了弗洛伊德论女性性征的论文，以及他论述女性的其他著作，由此昭示了西方一般话语和精神分析理论中暗含的男性意识形态：女人如何被定义为劣于男人的他者，而且没有自己的身份。罗莎林德·明斯基(Rosalind Minsky)的《精神分析与社会性别：导论性读本》(*Psychoanalysis and Gender: An Introductory Reader*，1996)提出以下问题：对象关系理论是什么？它与文学研究有何关系？弗洛伊德菲勒斯中心主义的理论如何让它适用于女性主义批评？作者在本书中清晰、直截了当地回答了这些问题，并且完全不落俗套。书中第一部分概括介绍了对象关系理论的基本内涵，并对相关精神分析学家做了提纲挈领的评价。在第二部分，作者编选了相关精神分析学家关于这一理论的文本，包括弗洛伊德、拉康、温尼科特、克莱因、克莉斯蒂娃和伊瑞格瑞。弗洛伊德最初被当作父权制文化的辩护者而受到女性主义者的批判,但朱丽埃特·米切尔(Juliet Mitchell)的《精神分析与女性主义:对弗洛伊德精神分析学的激进再评估》(*Psychoanalysis and Feminism: A Radical Reassessment of Freudian Psychoanalysis*, 2000)却反其道而行之,公开为弗洛伊德辩护。作者争辩说,弗洛伊德并未向我们推荐父权制社会,他只是对父权制社会进行了独特的分析。如果我们真的有志于理解和挑战妇女受到的压迫,就不能忽视精神分析。

六、关注作为一种文学理论或者解释学的精神分析学。比如佩里·梅瑟尔(Perry Meisel)在《文学弗洛伊德》(*The Literary Freud*, 2006)中对弗洛伊德的一些主要文本进行了文学式的细致阅读,声称弗洛伊德的文本完全是文学性的,他既把弗洛伊德当作文学理论家,又把他当作文学实践者。至于弗洛伊德对其他人的影响,梅瑟尔认为也构成了一部文学史。相比梅瑟尔将弗洛伊德的著作另类解读为一种文学理论,保罗·利科(Paul Ricoeur)的《弗洛伊德与哲学:论解释》(*Freud and Philosophy: An Essay on Interpretation*, 1977)、《论精神分析》(*On Psychoanalysis*, 2012)和《解释的冲突:解释学文集》(*The Conflict of Interpretations: Essays in Hermeneutics*, 2007)则更为明确地将精神分析定位为一种解释学。这三本著作从略微不同的角度探讨了以下几个共同的问题:精神分析学是一门什么学科?精神分析学提供了什么样的真理以及它所提供的证据又是什么?具体的精神分析实践由什么构成?关于创造性与艺术作品它能告诉我们一些什么?它在我们的文化中居于何种地位?它如何改变文化?叙述在精神分析中的作用是什么?

精神分析学传入中国,迄今已近百年。在这漫长的一个世纪之中,精神分析学在其诞生的文化语境中得到了长足发展;这种发展不仅表现在从弗洛伊德的学说中分化涌现出众多的流派,甚至传统的弗洛伊德学说也出现了革命性的变革,比如拉康对弗洛伊德学说的创造性发展,而且还表现在精神分析学作为一种批评方法被广泛且深入地应用到各种不同的领域,比如文学批评、大众文化批评、女性主义批评和政治批评,从而一方面极大地深化了人们对精神分析学本身的认识,另一方面也在因应急剧变迁的社会文化生活的过程中提出了许多崭新的问题。然而在汉语学术界中,谈及精神分析批评,至今还有很多学者认为这不过就是把作者或者作品中的人物当作一个神经症患者或者性变态加以分析，如此而已。如果精神分析批评所能做到的真的只能仅限于此，那么我们很难理解这种批评方法为何在欧美学术界至今长盛不衰。精神分析批评所能做的事情绝不仅限于将作者或者作品中的人物当作一个神经症患者或者性变态者加以解剖，它具有更加广阔的维度和强大的潜力。今天，即使精神分析批评着意于作者或者作品中的人物，其目的也绝不再是将其作为一个神经症患者，而是将其置于文化与语言之网来加以考察；它可以帮助我们从阅读与接受的角度探讨为何有些读者喜欢某些作品而厌恶另一些作品，或者在阅读过程中读者身上发生了什么事情；结合精神分析学与文学，我们可以对主体、欲望、哀悼、邪恶、暴力、他者等反复出现在文学中的问题进行新的解释；借助精神分析学强化女性主义批评，我们可以更加深入地批判父权制文化；至于将精神分析学本身当作一种文学理论或者解释学，不仅可以拓展我们对文学的理解，也可以深化我们对精神分析的认识。如果我们能够深入考察精神分析批评的上述六个维度，那么必将能揭示精神分析学应用于文学批评的广阔领域和巨大潜力，从而全面揭示精神分析批评的真正价值：借助精神分析学的启发，我们能够更加充分地理解文本是如何建构起来的，它揭示了什么同时又隐瞒了什么，以及背后的意识形态原因；而且通过更加充分地理解读者从文学中获得的快感或不快之感，我们也许能给相当紧迫的有关幸福与痛苦的问题投射一线有限但意味深长的光明。弗洛伊德和拉康的哲学最具价值的地方在于它是一种政治—精神分析学，研究幸福问题，而这一问题影响整个社会。正如伊格尔顿指出的那样，我们需要研究苦乐动力学的理由之一是因为，我们需要了解一个社会能忍受多少压抑和不满：为什么欲望可以从我们认为有价值的目的被扭向使它浅薄堕落的目的；人们有时究竟准备怎样忍受压迫和侮辱，而这种忍受的极限又是什么？如果这个目的能得到实现，那么本选题的意义与价值也就实现了。

精神分析之所以能从以上六个批评维度展开，甚至进而向马克思主义、女性主义和后殖民主义渗透，主要归功于拉康对精神分析学所做的革命性变革。因为弗洛伊德之后，精神分析批评的激进动力主要来自拉康。因此，深入考察拉康的精神分析学对文学批评的巨大影响，就成了这一领域的当务之急。因为拉康，精神分析批评告别了原来那些幼稚的还原论；也就是说，再也不会满足于探索作品说了什么，而是探讨主体是如何被象征秩序决定的，身份是如何被社会关系建构的，欲望又如何受制于大他者的欲望，文本是如何编织出来的，语言是按照什么法则运作的,话语是受何种意识形态力量驱动的。拉康最突出的贡献就是把精神分析批评改造成了一种以欲望为核心的政治伦理学。因此,精神分析学的文学批评最终是一种政治批评,它的目标和价值绝不仅限于作为一种无关社会现实的纯净的理论游戏。出于这种考虑,我最终将研究重点集中于拉康思想中与文学批评具有密切关系的几个基本概念,比如无意识、欲望、凝视和升华,以及拉康为了发展精神分析学理论而从事的文学批评实践。

本书主要由六个部分构成。第一部分"导论——作为一种解释学的精神分析学",其目的不仅是彰显精神分析学本身乃是一种解释学,与现代解释学具有内在的一致,同时也考察它徘徊于实在论和解释学之间的内在紧张。精神分析学之所以是一种解释学,不仅因为它与语言具有不可分割的关系,而且因为精神分析的解释最终是一种建构而非重建。尽管如此,我们仍然必须仔细分辨精神分析学在建构和重建、现代解释学与实在还原论之间的纠缠。弗洛伊德的目的是解释文化的意义及其在个体和集体上的发生,但这一目的的基础却是心理经济学,这就使精神分析学内在地具有一个根本的矛盾。他的发现是在意义效果的层面上进行的,但他却是在力能学的概念中来加以说明的。这就使他的唯能论经过一种解释学而来,而他的解释学则建立在唯能论的基础之上。这种混合的话语并非含混的话语,但它带来了不可弥合的断裂。这种混合话语不仅要阻止精神分析滑向自然科学,而且也要阻止它滑向符号学。滑向自然科学就会落入实在论的陷阱,滑向语言学则会牺牲精神分析最坚硬的内核。精神分析的悖论就在于,它是力能论语言与解释学语言的交织与缠绕。因此,弗洛伊德的精神分析学始终处于一种实在论与解释学的紧张对峙之中,这种紧张甚至危及我们对弗洛伊德的解读本身。不过,也许精神分析的这种内在紧张其实不是它的缺陷,反而是它的有利条件;因为正是对实在的坚持将精神分析与在解释的道路上一去不归的解构主义区分开来。

第二部分"三个关键概念"探讨了与文学密切相关的无意识、凝视和升华。弗洛伊德曾从拓扑学、动力学和经济学三种观点解释无意识,但最终未能真正揭示无意识的本质。然而弗洛伊德的贡献是他发现了一个基本真理:无意识是一种话语。基于弗洛伊德的贡献和不足,拉康断言"无意识就是大他者的话语"。然而要真正理解拉康这句箴言,我们必须首先理解为何拉康说"无意识具有语言的结构"。那么无意识话语具有何种性质的结构呢?对此拉康回答说,与意识层面的话语不同,无意识话语的结构特征就在于它只有能指而没有所指。那么拉康所说的能指是什么呢?能指就是"替另一个能指表征主体的东西"。然则拉康的主体是什么呢?由此我们必须理解拉康的一个基本发现,即主体的异化与分裂。无意识作为一种话语,自然是某种欲望的表达,然而它表达的是谁的欲望呢?是主体的欲望吗?如果是,鉴于拉康已经充分证明了主体的分裂,那么这欲望是哪一个主体的欲望呢?

凝视(gaze)首先不是一个视觉经验的问题,而是一个存在论意义上的问题。在拉康之前,萨特在其《存在与虚无》中对凝视已有论述,梅洛-庞蒂的《知觉现象学》与《可见的和不可见的》所关注的也是视觉与主体的关系。拉康无疑受到了二者的启发,但他和二者持论迥然有别。在拉康看来,凝视就是维系主体的幻想在视觉关系中所依赖的对象,换句话说,凝视就是视觉关系中的对象a。拉康的凝视之所以费解,首先便是他所定义的凝视与常识中的凝视迥然不同。常识理解的凝视无非是具体人物的凝视,总之与眼睛密切相关。拉康所说的凝视与眼睛无关。凝视而与眼睛无关,这怎么可能呢?就常识而言,这的确是荒谬的;但如果我们想真正把握拉康的凝视,由此获得一些深刻的洞见,而非停留于常识,我们就必须首先把常识之见悬置起来。凝视如今已然成为文学、电影电视和政治理论中非常重要的主题之一,但详其本源,拉康无疑仍然是最主要最直接的诱因。因此,对拉康的凝视理论有一个基本理解就成为不可回避的现实。

不管作为一个美学范畴还是作为一个精神分析学范畴,崇高或者升华的性质与身份似乎都是暧昧不清的。作为一个美学范畴,这个术语开始于朗吉努斯(Longinus)。直到康德,崇高/升华才变成一个非常重要的美学范畴。但要深入探究崇高或者升华,仅限于一般的审美心理学是不可能的,必须借助精神分析。因此,就崇高或升华而言,弗洛伊德是康德之后最为重要的理论资源;但作为一个精神分析学范畴,升华从来不像其他范畴,如压抑、无意识、移情等,得到过弗洛伊德充分的理论阐释。在精神分析思想中,升华仍然是一个空白。这个空白直到拉康才得到比较满意的弥补。

第三部分"解释的边框"由两篇文章构成,反思文本的意义与解释的边框之间的匿名关系。第一篇文章探讨德里达和拉康围绕《被窃的信》这篇小说展开的争论,或者准确地说,探讨德里达对拉康关于《被窃的信》的论述所做的激烈批评。1956年,拉康在其研讨班上做了关于《被窃的信》的研讨报告,这不仅是精神分析学中的一个关键时刻,也是文学批评中的重大事件。拉康做这个研讨报告是因为,在他看来,这篇小说以一个文学文本的形式绝佳地例证了一个精神分析学的真理,即能指的移置对主体具有构成作用。时隔20年,德里达以《真理的供应商》(1975)向拉康发起咄咄逼人的进攻。德里达不仅反对拉康的基本论题,而且反对拉康关于信/文字的基本性质的每一个观点。在德里达看来,拉康的论述不仅是逻各斯中心主义的,而且是菲勒斯中心主义的。拉康真的难辞其咎吗?德里达的指控真的无懈可击吗?

第二篇文章讨论了围绕亨利·詹姆斯的小说《螺丝在拧紧》所展开的解释冲突。1934年,埃德蒙德·威尔森在他的论文《亨利·詹姆斯的模棱两可》中对这篇小说作了一种弗洛伊德式的解释,他明确主张,小说中令人惊怖的幽灵并非别的什么东西,不过是女家庭教师病态的想象,是她的性欲望在受到压抑和挫折之后的幻觉投射。威尔森这篇论文的发表成为一个里程碑式的事件,在文学批评界投下了一枚重磅炸弹,但它所激发的与其说是人们对这篇小说的好奇,不如说是强烈的阐释欲望。苏珊娜·费尔曼1973年发表的长篇论文《解释的螺丝在拧紧》则几乎终结了关于这篇小说的批评。费尔曼的文章也是以精神分析学为理据写作的,但与威尔森的论文已迥然有别,因为费尔曼依据的精神分析已经是拉康式的精神分析。更加有趣的是,正如罗伯特·赫尔曼(Robert Heilman)的论文是为批驳威尔森而写作的一样,费尔曼论文的批评鹄的也主要是威尔森。

第四部分"作为换喻的欲望"以欲望问题为核心,深入探讨了拉康对三个文学文本的解释。《欲望与〈哈姆莱特〉中欲望的解释》是拉康明确介入文学的经典实例之一。在《哈姆莱特》的批评史上,尽管弗洛伊德并没有为此专文论述,而只是在其相关著作中附带论及这出悲剧,但他的评论具有标志性的意义,因为他第一次让人们从精神分析学的维度出发去思考哈姆莱特。弗洛伊德的评注是一个诱惑,诱惑人们将这出悲剧纳入精神分析学的境域中来理解。作为弗洛伊德之后最为著名的精神分析学家,拉康对这出悲剧抱有同样的热情,并在其1959年的研讨班上分三期深入分析了这出悲剧。在弗洛伊德那里,关键是哈姆莱特对母亲的欲望,而在拉康这里,关键是他的母亲的欲望。弗洛伊德认为,哈姆莱特的拖延是因为在克劳狄斯的身上意识到了自己的欲望,所以他无法下手；但在拉康这里，根本不存在这个问题，哈姆莱特的拖延是因为他的欲望迷失了方向，他总是想等待自己的时间，他不知道他的时间已经永远失去了，他只能在他者的时间中行动。

拉康对《安提戈涅》的阐释出现在他的第七期研讨班报告《精神分析的伦理学》。他的解读明确地将黑格尔在《精神现象学》中对这出悲剧的解释作为批评对象。在黑格尔看来，就《安提戈涅》这出悲剧而言，冲突的双方是安提戈涅和克瑞翁，前者代表家庭的伦理价值，后者代表城邦的政治理念。黑格尔认为，悲剧就是从这两种理念的矛盾冲突中产生的，因为从各自的立场出发，二者具有相同的合理性。悲剧冲突就是两种同样合理又都不尽合理的"普遍力量"的对立冲突，于是，永恒的真理借悲剧人物的毁灭而得到伸张。但拉康认为，尽管黑格尔费尽周折，为安提戈涅那段充满丑闻气息、令人费解的自悼之辞建构了一个宏大堂皇的理由，但安提戈涅与克瑞翁的对抗既不是为了捍卫手足兄弟死亡后的神圣权利，也不像那些肤浅的道德主义者说的那样，因为她具有高洁的品性，而只是为了履行自己的义务：坚决按照自己的欲望行事。安提戈涅的光芒就来自于此：她绝不在自己的欲望上妥协。

玛格丽特·杜拉斯的《劳儿之劫》是一部十分神秘的小说。这部小说使拉康吃惊，因为杜拉斯从来没有接触过精神分析，也没有阅读过拉康，但她以一些非常接近于拉康的语言和术语，描绘出了一种女性的"激情"，这种激情使一个女人几乎或者已经变成了一个精神症患者。于是拉康写了一篇令杜拉斯十分不悦的短文，《向写作〈劳儿之劫〉的玛格丽特·杜拉斯致敬》。这部小说名曰《劳儿之劫》，但究竟谁劫持/迷住了别人？或者谁被劫持/迷住了？是失魂落魄的劳儿被劫持/迷住了，还是她劫持/迷住了别人？抑或被劫持/迷住的还有我们读者？劳儿僵在了哪里？劳儿需要什么？

第五部分"书写的快感"以萨德和乔伊斯的书写为核心，探讨快感问题。将臭名昭著的萨德与伟大的康德相提并论，始于阿多诺和霍克海默。"萨德与康德：谁更激进？"的主题有二：首先，以康德为鹄的，分析理性在资本主义社会如何走到了自己的对立面，变成了非理性；其次，揭示萨德在他的作品中预先"展示了无须他人指引的知性，即摆脱了所有监护的资产阶级主体"。与阿多诺和霍克海默的意识形态批判不同，拉康是从精神分析的伦理学入手来考察康德和萨德的关系的。拉康的独特发现是：不是说萨德是暗藏的康德主义者，而是说康德是暗藏的萨德主义者/虐待狂。拉康关注的焦点永远是康德而不是萨德,他感兴趣的是康德伦理革命的最终结局和一直被人们否认的前提。拉康要做的事情是将康德驱逐的欲望重新召回道德法则中来,欲望不仅不像康德贬低的那样是"病态的",必须从道德法则的义务中排除出去,恰好相反,在一些极端情况下,"满足自己的欲望"其实就是主体"必须履行的义务"。

乔伊斯的书写与快感密切相关。乔伊斯的艺术最显著的特征就是其不可读性,这种不可读性在《芬尼根守灵》中得到了最淋漓尽致的体现。如何解释这种不可读性,如何解释乔伊斯的书写,这是乔伊斯研究中最引人注目的议题。拉康认为,乔伊斯的不可读性源于其父亲—的—名字(name-of-the-father)在其心理结构中一开始就被排斥了。由于父亲—的—名字被排斥,乔伊斯的话语失去了一切话语必不可少的菲勒斯向度,从而使象征的能指崩溃为实在的文字。此外,乔伊斯的书写不是为了追寻意义,而是始终为快感所控制,是对"强加的词语"的记录和抛弃。尽管如此,他的书写仍然是他为了弥补父亲—的—名字之被排斥所做的努力,也就是说,他努力通过其书写将其解体的心理结构重新扭结起来。从这个意义上说,书写就是乔伊斯的"sinthome"。

第六部分"附论"——主体、权力和反抗,主要以主体的建构为核心,探讨拉康精神分析学的政治批判潜能。主体的悖论深刻地隐含了权力、主体和反抗之间的棘手关系。阿尔都塞最先深入探讨了主体的生产与意识形态国家机器之间的密切关系。福柯更加强调权力的生产性和无主体性,反对将主体的生产联系于国家和统治阶级的意识形态来加以考察。尽管福柯与阿尔都塞具有深刻的差异,但二者都是从外在的权力方面来思考主体的辩证法,没有充分考虑到权力机制在建构臣民时所遭到的反抗。巴特勒敏锐地发现了主体对权力机制无意识的强烈依恋,认为左翼政治的根本使命在于寻找真正能够反抗权力秩序的根本策略。但在齐泽克看来,她所寻找的激进反抗其实并不激进。德勒兹和瓜塔里的微观欲望政治学也尝试提出一种真正有效的反抗策略,因为他们彻底颠覆了宏观政治和微观政治的虚假对立。但是,他们所提倡的精神分裂,根本而言,也只是一种无从实现的假设,因为它本身就是目的而非手段。因此,也许正是拉康才为我们提供了一种真正有效的反抗策略。

收入此书的文章,除了前言,都已经发表在《文艺研究》《文学评论》《外国文学》《中国人民大学学报》《华中师范大学学报》《马克思主义与现实》等学术期刊上。有的作为前期成果发表在立项之前，但大多数发表在立项之后。受制于学术期刊的版面限制，这些文章在发表时都压缩了篇幅；现在汇总出版，尽量保留了它们原先写成时的规模。其中部分篇章写作较早，思考和论证都不够成熟，现在趁此机会，我最大限度地修改了那些突兀显眼的瑕疵，尤其对"哈姆莱特的犹豫"做了较大修改，甚至彻底重写了"安提戈涅的辉煌""萨德与康德：谁更激进？"这两篇。至于其他篇章，比如拉康对哈姆莱特的讨论，这次也做了一定程度的修改，虽不能悉如己愿，但也略感宽慰。

以今日之是，知昨日之非；但今日之是，留待异日以观，也势必难如人意。学无止境，遗憾总是多于满意。也许这就是学者的宿命吧。然而也正因为此，我衷心希望得到学界同行严肃的批评。

导 论

作为一种解释学的精神分析学

解释不仅是当代哲学的核心问题之一,而且也是新历史主义和文学接受研究的关键问题,同时我们还可以发现它在精神分析学中也占据着核心地位,因为精神分析本身就是一种针对特殊对象的解释方法,甚至可以说精神分析学就是一种特殊的解释学。弗洛伊德创建的精神分析学最初是作为一种元心理学被人们接受,作为一种哲学和一种文学理论的精神分析学随后也逐渐得到认可;但作为一种解释学的精神分析基本上是在利科出版其大作《弗洛伊德与哲学:论解释》之后才得到深刻的揭示。汉语学界在谈及现代解释学时,一般只注意到胡塞尔、海德格尔、伽达默尔、福柯等人,对来自弗洛伊德的贡献鲜有提及。利科在《解释的冲突:解释学文集》中第一次将精神分析学中的解释与哲学问题联系起来,而法国精神分析学家拉普朗歇(Jean Laplanche)也在一篇论文中专门探讨了弗洛伊德精神分析的解释学身份[1]。利科和

---

[1] Jean Laplanche, "Interpretation Between Determinism and Hermeneutics", in *Jacques Lacan: Critical Evaluations in Cultural Theory*(I), ed. Slavoj Zizek, New York: Routledge Press, 2003.

拉普朗歇的著作不仅为我们提供了一个超越弗洛伊德的前景,而且还为调和精神分析学与哲学解释学做出了创造性的努力。

一、解释学:传统与现代

当我们试图将弗洛伊德与现代解释学联系在一起时,一般会面临两种截然对立的观点:第一种观点认为,弗洛伊德的精神分析学虽然内在地具有与现代解释学融通的逻辑渠道,但长达几个世纪,甚至千年之久,以重建作者或者文本"本意"为根本宗旨的古典解释学传统仍然以特殊的形式盘踞在弗洛伊德精神分析学的核心;作为一种解释学的精神分析学本质上仍然是"传统的",仍然以重建主体的历史"真实"或者文本的"本意"为目的。这种判断触及了弗洛伊德精神分析学内在的矛盾,但并未触及关键的要害。第二种观点以利科为代表,认为弗洛伊德的精神分析学虽然尚有传统解释学的残余,但事实上已经超越了传统解释学;不仅如此,作为一种特殊的解释学,精神分析甚至提出了作为现代解释学之基础的现象学所无法回答的难题;但是,作为一种解释学的精神分析仍然有其自身的局限,不过这种局限已不是传统解释学的局限。本篇并不准备在所有这些问题上追本溯源,笔者的目的仅限于依据利科的启发,透过弗洛伊德在这个问题上的矛盾与摇摆剖析他事实上业已做出的超越,进而有限剖析一下弗洛伊德给胡塞尔提出的难题。

西方解释学起源于对古籍经典的解释,其源有二:其一是由古希腊罗马学者为解释荷马史诗等古典文献所形成的一种语文解释学,其二是由神学学者为解释《圣经》而建立的宗教解释学。这种传统的解释学颇为类似中国古代的文字学、训诂学,其主要方法是对文字的疏通、注释,研究特点局限在文字解释的技巧和学问上,没有多少哲学意识。到了 18—19 世纪,西方传统解释学发生了一次巨大的变革,使其开始从一种技术性的学问演变为一种哲学,即从文字阐释变为哲学解释学。使解释学从一门讨论文字解释技巧和规则的学问,发展为一种研究理解和认识的一般过程、基本性质的哲学理论,此中有两位德国学者起了重要作用。第一位是施莱尔马赫(Friedric Schleiermacher),另一位是狄尔泰(Wilhelm Dilthey)。他们被视为现代哲学解释学的奠基人。

施莱尔马赫在现代解释学形成中所起的作用,集中体现在改变了传统解释学的性质与功能，从而使解释学上升到哲学的高度。施莱尔马赫明确指出，解释学是思想艺术的一部分，是一种哲学。施莱尔马赫对现代解释学的第二个重要贡献是他强调对一个文本的理解必须以语言为基础，解释活动只能在语言中进行。这个观点，后来成为现代哲学解释学的一个原则，即理解和解释具有语言性。德国历史主义哲学家狄尔泰进一步发展了施莱尔马赫的观点，从而使解释的哲学性质更为显著。狄尔泰认为，解释并不是对古典文本的简单阅读，后人对前人或古典文本的理解和解释更重要的是需要建立在体验的基础之上。只有经过了体验，人类才能沟通自己与历史。通过解释，我们可以跨越时空，认识往昔的生活，认识过去的历史。这意味着解释的必要性就在于我们与历史之间存在着距离，我们由于这个距离对历史感到陌生。这就更明确地显示了阐释的哲学意义。

与施莱尔马赫一样，狄尔泰也认为解释的目的是再现作者或文本的本意，而要做到这一点，解释者就必须理解作者，理解作者的生活。不同的是，狄尔泰充分注意到解释者要做到这一点却面临着一个几乎无法逾越的障碍，即所谓的"解释的循环"。所谓"解释的循环"是指：解释者对一个文本的真正理解，只能在把握了文本的整体意义之后才有可能，但是读者对文本整体意义的理解，又只能通过对局部的理解一步一步地去实现；可是要能够充分认识文本的局部意义，把握整体又是一个前提。整体把握与局部理解互为前提，因此构成了一个似乎难以打破的恶循环。狄尔泰由此得出一个结论：从理论上说，我们在这里已遇到一切解释的极限，而解释永远只能把自己的任务完成到一定程度，因此一切理解永远只能是相对的，永远不可能完美无缺。这个思想实质上成为现代哲学解释学的基础，即解释的相对性原则。

从解释的相对性到超越作者或者文本的本意，此间只有一步之遥，但狄尔泰未能迈出这至关重要的一步。狄尔泰看到了绝对理解的不可能性，但仍然把绝对理解当作解释的最高宗旨。这既非知其不可为而为之的坚毅，也非俯首于作者或文本之权威的怯懦；从解释的相对性到超越作者的本意，虽然只有一步之遥，但要迈出这一步绝非易事，它需要一种全新哲学的支持，能提供这种支持的哲学就是胡塞尔的现象学。欧洲哲学两千多年来的主流是以本质－现象、精神－身体、理性－感性的二元对立为基础的形而上学，这种唯理论的形而上学在本质与现象之间造成了一道不可逾越的鸿沟。胡塞尔的现象学就是要破解这个虚假的鸿沟，让人们"回到事物本身"，从现象之中直观本质。从现象之中直观本质即胡塞尔所说的"本质直观"。本质直观之所以可能,关键就在于胡塞尔从哲学上区分了实在对象与认识对象,进而指出与我们的知识相关的只是且只能是后者。实在对象与认识对象的区分只是胡塞尔的第一步,关键在于胡塞尔进而证明了认识对象并非自在之物,而是由我们的意向行为构成的。这一洞察不仅为本质直观之可能性奠定了基础,而且对现代解释学从哲学上驱逐作者或者文本的本意给予了不可动摇的支持——既然认识对象本身就是由我们的认识行为构成的,那么再为作者的本意而操心就纯属多余了。

但胡塞尔所说的"面向事物本身",就是"面向世界直接显现于我们的意识"这个事实本身,就是拒绝一切先在的知识、理念,仅仅承认世界就是我们意识中的那个世界。因此,可以说现象学是建立在一种"主体中心论"的哲学立场之上,因为只有通过我的意向才能有我关于世界的意识。为了"回到事物本身",为了掌握先验的认识结构,现象学力求完成一个不可能完成的任务:清除一切偏见,达到完全的客观和中立。正如伊格尔顿所说,现象学批评是一种唯心主义的、本质主义的、反历史的、形式主义的、有机主义的批评,是整个现代文学理论的种种盲点、偏见和局限的纯净蒸馏。现象学的致命缺陷在于它对语言的本质完全无知。从索绪尔到海德格尔的语言学革命就在于承认这个事实:意义不仅是被语言表达,而且首先是被语言生产出来的。这就意味着我们作为个人而拥有的经验归根到底是社会性的,透明的语言是不存在的。因此,绝对的悬置或者还原是根本不可能的。①

胡塞尔的现象学为哲学解释学奠定了坚实的基础,但这种哲学中的一些要素,尤其是悬置一切成见的现象学还原对现代解释学来说却是必须抛弃的毒素,因为现代解释学的前提之一就是承认意义的历史性,承认"成见"不仅不是理解必须悬置的东西,反而是理解得以发生的必不可少的本质因素——而这也是海德格尔的存在主义哲学与胡塞尔的现象学分道扬镳的基本原因。解释问题之所以在19世纪后期成为一个问题,而且是一个本体论问题,与现代语言哲学的贡献密不可分,这个贡献就是:语言不是一个透明的媒介,不是一个纯粹的工具,语言本身就是一个具有本体论地位的存在,是作为内容的形式,或者说作

---

① 特雷·伊格尔顿:《二十世纪西方文学理论》,伍晓明译,北京:北京大学出版社,2007年。参见其中关于解释学的一章。

为形式的内容。在海德格尔看来,语言绝不只是交流的工具、表达观念的手段:语言是存在本身展开的境域(horizon),是语言首先把世界带入存在。就人而言,仅仅在有语言的地方才有世界。语言有自己的存在,人则前来分享这一存在,而且正是由于分享人才成为人。正是在这个意义上,海德格尔说"语言是存在的家"①。语言作为人在其中展开自己的境域总是先于个别主体而存在。说语言包含着真理,不是说语言是用以交流准确信息的工具,而是说它是一个现实在此揭示自己,并把自己交给我们去沉思的地方。

传统解释学与现代解释学或者说哲学解释学的差异是基本立场、基本原则的差异,它们分别代表了两种截然对立的哲学立场:对传统解释学来说,解释的根本目的,几乎也是唯一目的,就是"重建"过去的历史——就历史学而言,或者"重建"作者或者文本的本意——就经学或者文学而言。但对哲学解释学来说,解释就是在当代历史语境中并从当代历史语境出发,去"建构"过去的历史或者文本的意义。传统解释学的立场是"现实主义的",从这种立场出发,解释的意义和价值只能是再现或复原;这种立场之不可能性今天已经是众所周知的了。现代解释学是一种"创造性的解释学",认为任何对象都是被主体根据自己的目的建构出来的,历史对象不能逃避这种相对论,旨在探究个人过去生活经历的精神分析方法也不例外:没有天然的事实,没有原封不动的经历,过去的现实永远是话语建构的结果。不是说主体真实的过去并不存在,而是这种存在已经无法复原;也不是说解释建构的结果完全是一些无稽之谈,而是说解释的根据不是过去的事实,而是现在的目的和将来的谋划。就此而论,精神分析学家的方法不会与任何其他学科的学者的方法有太大差别:他们在一些前见的帮助下对各种梦、记忆、联想和症状进行解释,没有这些前见,他们什么也看不见;而他们利用这些材料建构出来的并不是主体真实的过去。重要的是,分析者调整和汇聚这些材料以建构起一个连贯的整体,这个连贯的整体并不复制一个在主体的无意识中先在的幻象,而是通过讲述它而使它存在。因此分析性的解释最终应该记住它是独立自主的,因为任何过去都是由解释者的现在决定的,或者是根据解释者的将来,由解释者的筹划决定的。从这种立场出发,解释的意义和价

---

① 海德格尔:《语言的本质》,见《在通向语言的途中》,孙周兴译,北京:商务印书馆,1997年,第154页。

值在于意义和价值的创造；一个过去的文本能够对我们说什么取决于我们站在今天的历史语境中能够对它提出一些什么问题。

传统解释学与现代解释学的划分仅仅只是就解释学本身的发展而言的，就各种具体的解释来说，不管解释者本人是否具有现代解释学的意识，他的解释毫无例外——无论他生活在任何时代——都必然是一种建构而非重建。因此，就弗洛伊德的精神分析学而言，我们现在要追问的问题就不是：作为一种解释学的精神分析是一种"现实主义的"解释吗？而是：为什么精神分析有落入"现实主义"解释的嫌疑或者危险？这种嫌疑或者危险来自哪里？换句话说，弗洛伊德精神分析学解释的局限何在？

二、"现实主义"陷阱与拉普朗歇的辩护

作为一种解释学的精神分析其局限主要体现在它有落入"现实主义"的危险；在且仅仅在某种非常特定的意义上，精神分析可以说是一种关于个人微观历史的考古学。弗洛伊德的一个基本发现就是：人是一种神经症的动物，或者说，人是唯一会罹患心因性神经症的动物。这一特征的终极原因当然是压抑。压抑的辩证法在于，它既是神经症的原因，也是文明的原因。没有压抑，就不会有神经症，但没有压抑，也不会有人类文明。弗洛伊德令人信服地证明了人类的宗教、道德和法律都起源于伴随俄狄浦斯情结的压抑。但是，人这种动物之所以会患神经症，还与一个基本的生物事实有关，那就是人的诞生是一种不折不扣的早产；所有人在诞生之际都是一个早产儿。早产这一事实直接导致了另一个结果：人类是唯一需要度过一个漫长童年期的动物，而漫长的童年期直接意味着人这种动物必须长期依赖于父母。弗洛伊德无可怀疑地论证了一个事实，即人类的所有神经症都与童年经验具有直接关系；无论是在其治疗实践还是理论探索中，弗洛伊德都孜孜不倦地探究梦与神经症和童年经验，尤其是那些创伤经验之间的关系。正如利科分析弗洛伊德时所说："人是唯一受其童年折磨的存在者；人是被其童年不断向后拖拉的存在者；于是无意识就是所有回溯和所有停滞之源。"[1]精神分析认为神经症是一种"记忆疾病"，只有当主体借

---

[1] Paul Ricoeur, *The Conflict of Interpretations: Essays in Hermeneutics*, Evanston: Northwestern University Press, 2007, p. 113.

助自由联想恢复其"真实的历史",才能使其自我摆脱一些隐秘机制的控制,并获得一定程度的自由。

精神分析这种对童年期经验的强烈诉求使得弗洛伊德自觉或不自觉地在某种程度上落入了现实主义考古学的陷阱;而他为了传播其学说而直接面对公众的布道与宣教不仅促使人们首先将其作为一种关于主体的个体考古学来接受,而且反过来也加剧了考古学对弗洛伊德本人的诱惑。而且正如利科所指出:"从开始开讲座到出版著作那时候起,弗洛伊德便对非精神分析医生和非被分析者们说话;他将精神分析落在公众领域中去。无论如何,他所说的某些话一开始便避开了医生与病人之间确切的相互主体性关系。精神分析这种在治疗外的扩散是一个相当重要的文化事件,而其中的社会心理学则转而把研究、测量和说明当作了科学的一个对象。"①就精神分析的现实主义危险而言,公众意识的直接反应是一个不能忽略的因素,因为它反过来影响了弗洛伊德;公众朴素的现实主义情结和弗洛伊德源自启蒙运动的理性主义精神,二者形成的合力大大增加了现实主义的诱惑。

特殊的历史考古学身份和拥有固执、朴素现实主义信仰的普通受众,这两重因素使精神分析不可避免地具有落入"现实主义"解释陷阱的危险,因为人们对历史学有一种根深蒂固的信仰,认为历史学就是与真理打交道的学科,认为历史中的叙事就是绝对的事实。由于这种朴素的"历史现实主义"信仰,精神分析的普通受众往往不假思索地相信精神分析建构的就是主体真实的历史。但受制于"现实主义"的不仅是精神分析的一般受众,还有弗洛伊德本人。正如利科所说,弗洛伊德在时代精神上属于18世纪,仍然是启蒙运动时代的理性主义者。在他关于狼人(Wolf Man)病史、鼠人病史、杜拉病史和小汉斯病史的分析中,他似乎一直都在努力寻找有关原初情景真实、详细、编年性的真实。

因此我们要说,首先是弗洛伊德自己招致了落入"现实主义"陷阱的危险,他并非完全无辜。但这只是问题的一方面,需要批评的还有精神分析的普通受众,他们把这种可能的危险完全当作了事实;症结就在于他们不假思索地把精神分析与历史学、历史编纂等而视之,进而试图将一种完全属于一个不同领域的认识论模式应用于精神分析。这个认识论模式就是传统的历史学。在这场

---

① Paul Ricoeur, *The Conflict of Interpretations: Essays in Hermeneutics*, p.153.

争论中，人们不断求助的证据正是历史学家的历史和历史编纂。今天，经典形式的历史学已经被人们抛弃，因为它顽固不化地认为历史学的目的就是要打捞沉没在历史长河中、埋没在地层深处的真实，只要方法得当、立场客观。总之，它坚信历史真实是可以还原的。哲学解释学帮助我们进入新历史主义时代，历史研究、历史编纂已经成功地超越了天真的现实主义，并得出这样的结论：历史真实固然曾经存在，但它已经无可挽回地沉没、消失在历史深处；用拉康的术语来说，历史真实就是不可能的实在（real）。因此，历史对象就像任何其他对象一样，是"建构"出来的。

弗洛伊德和精神分析的普通受众协同设计了"现实主义"陷阱，因此这个黑锅不应由弗洛伊德一个人来承担。但这不是弗洛伊德遭受的最大的冤屈，最大的冤屈是人们把一种潜在的危险，或者一种模棱两可的危险当作了确凿无疑的事实。一些批评家以哲学解释学作为批判武器，把批评的锋芒指向了弗洛伊德。在他们看来，在《狼人病史》（"From the History of an Infantile Neurosis"）这篇论文中，弗洛伊德的目的就是要使主体断裂的历史恢复连续性，重新整合主体失去的记忆，以获得其个人微观历史的整体性。如果弗洛伊德果真如此，那么这种批判自然无可厚非，但是人们没有看到弗洛伊德在这个文本中业已表现出来的犹豫和怀疑，而且弗洛伊德自己并没有成功实现他的目的。这甚至不是弗洛伊德最终的目标，即使在这篇论述狼人病史的文章中也不是，尽管这本著作表面上看是一部历史编纂性的作品。我们在研究解释问题时当然可以，甚至应该将精神分析学与历史学进行对比，但必须注意的是，弗洛伊德瞄准的是无意识的历史，或者毋宁说是无意识的起源的历史。这是一种没有连续性的历史，或者充满了断裂的历史；在这个历史中，埋葬记忆的时刻和记忆复活的时刻都至关重要。它也可以说是压抑的历史，其中详细记录了一些潜流，其细节即使不比明显的特征多，至少也是同样多。必须指出的是，与历史编纂相比，弗洛伊德的《狼人病史》不是一本记录狼人真实生活事件的簿册。在这个文本中，他一方面的确力求为他"挖掘"——或者应该准确地说"建构"——出的细节给予确凿无疑的时空标记，但另一方面，他也同时否定了这些似乎具有明确时间和地点标记的材料；这些否定和怀疑在他的调查研究中同样也构成了一些具有根本意义的参考依据，这是自相矛盾的。需要我们谨慎对待的是，标记了从一个年龄段到另一个年龄段的过渡的这些"事件"究竟是什么呢？它们是像历史事件一样,发生在具体的时空坐标系中,还是发生在弗洛伊德说的"另一个场景"(the other scene)之中?

狼人在十岁以前的生活基本正常,但是他的幼年生活受到神经性焦虑的严重干扰。他本来是一个性格温和、易于教导、安静乖巧的孩子,但在一年夏天,当他的父母度假归来后,发现他性格大变,像换了一个人似的,变得愤愤不平、焦躁易怒、狂暴好斗,稍有不顺便大喊大叫,像个野蛮人。弗洛伊德在他的分析中将这次转变发生的日期确定在他的四岁生日之前不久,但是,使他做出这个判断的事件并不是一个外在的创伤,而是一个梦:狼人梦见树上坐着六七只狼。① 将狼人性情的转折点确定在一个内在发生的事件上,这确实有些出乎意料,但不管怎么说,我们似乎无法否认做梦也是一个真实的"事件"。但一个成年人所追溯的三四岁时做的梦,究竟真是一个梦还是一个幻想?当人们在回忆自己三四岁时的生活经历时都已经感到如梦似幻时,如何能够让人相信对那时所做的梦的记忆的可靠性?正因为如此,当弗洛伊德为了得到"实际发生过的"原初场景(the primal scene)而孜孜不倦地探索最细微的蛛丝马迹时,人们指责他企图以最低程度的证据追求最高程度的实证主义,甚至有人进而因此认为精神分析是一种骗术。这种极端的批评来自于这样一种情结,即对实验数据的顶礼膜拜,在持这种批评意见的人看来,任何没有切实可靠的数据支持的理论都是伪科学,因此可以不予评论。但是,把这种"实证主义"追求作为一件紧身衣强加给弗洛伊德,认为这就是正统弗洛伊德主义的根本原则,其实也是一种先入为主的偏见。参照所谓的正统弗洛伊德主义通常是一个陷阱:不管是盲目地坚持这种正统,还是以一种更加巧妙的方式,乞灵于这种正统只能将弗洛伊德囚禁在这个陷阱中并使他显得不合时宜。即使弗洛伊德确实在某种程度上穿上了这件紧身衣,我们也应该切记:弗洛伊德在"实际的事实"中寻找的事物并不是"实际发生"的事情。明乎此,我们才能将弗洛伊德与天真的现实主义划清界限,才能不把他推入现实主义的陷阱之中。

弗洛伊德推断,狼人的致病根源大约发生在他一岁半到四岁半之间的某个夏天:一个炎热夏天的下午,狼人的父母半裸着午休就寝。因为当时患了疟疾,

---

① Sigmund Freud, "From the History of an Infantile Neurosis", in *Sigmund Freud: Collected Papers*(3), ed. Ernest Jones, trans. Alix and James Strachey, New York: Basic Books, 1959, p.498.

他被抱到父母的房间照看。当他醒来后,突然看见父母正在以后位姿势做爱,这个动作重复了三次。弗洛伊德自己很清楚,这幕原初场景的可信度是很值得怀疑的:首先,一个如此年幼的孩子能否观察到一个如此复杂的过程并将它如此精确地保存在他的无意识中?其次,这些印象被推迟到四岁时所做的修正是否能够得到他的理解?最后,是否有任何方法可以成功地把这种场景的细节连贯而令人信服地带到意识之中?但弗洛伊德认为,原初场景的现实性作为一个事件有99%的可能被抹除,但只要有后位式交媾这个细节,它的创伤性结果就不会发生任何改变。另一个线索是狼人的这个陈述,即他看见父母的交媾"重复了三次"。弗洛伊德断定,这个事件发生时狼人不超过四岁半,不可能理解"三次"这样抽象的概念,因此,如果这不是对由三个事件组成的事件序列的记忆,对一个重复三次的事件的实际记忆,还能是什么呢?但是在这里,在弗洛伊德"重建"的原初场景中,"三次"作为其他细节中的一个被包括进了回忆之中。确实,这就是发生在梦的逻辑之中的事情,在梦中,"三次"就像对这个估计所做的任何其他评论一样,应该被当作内容的一部分。弗洛伊德说:"稍后我将仔细检查这些怀疑;但我可以向读者保证,我和读者一样会用批判眼光接受这个孩子的观察,而且我会专门请他和我一样暂时相信这个场景的现实性。我们将首先继续研究这个'原初场景'和患者的梦、他的症状、他的生活经历之间的关系;而且我们还要单独追踪那些效果,这些效果是紧随这个场景的根本内容以及其中一个视觉印象而来的。"①

在此我们发现,与历史学家不同,弗洛伊德要"重建"的不是"事件"而是"场景"。事件与场景是不同的东西。如何区分它们呢?或许可以用主体记录它们的方式:"事件"是某时某地真实发生、存在过的事情,它一般被记录在意识或者前意识之中;而场景则是一种具体而微妙的形势,这种形势以其丰富而暧昧的信息影响主体,它不会被记录在意识或前意识之中,而只能被记录在无意识中。

因此这就涉及记忆(memory)问题。弗洛伊德在《屏蔽记忆》("Screen Memories")这篇文章中说:"其实可以质问我们是否对童年发生的事情有任何记忆:与我们的童年生活有关的记忆可能就是我们拥有的全部记忆。我们的童

---

① Sigmund Freud, "From the History of an Infantile Neurosis", in *Sigmund Freud: Collected Papers*(3), pp. 509—510.

年记忆向我们表明的不是真实发生的事情,而是后来这些记忆被唤起时它们所呈现的样子。"①在《文明及其缺憾》中,弗洛伊德第一次对记忆作了深入的研究,他令人吃惊地告诉我们,在精神生活中:"任何东西一旦在心理上形成就不会消失——一切都以或此或彼的形式存在着,并且能在一定条件下又表现出来。"②为了阐明记忆的这种性质,弗洛伊德将个体的心理过去比喻为"不朽之城"罗马的历史,但选择这个比喻是为了表明精神生活与考古学的区别。在这座不朽之城中,破坏是建设的先决条件,因为没有任何地方是处女地了。在历史现实中,不同历史时期的建筑不可能在同一个地层上原封不动地共存,不把原来建造的建筑全部摧毁,就不可能建造起新的建筑。但弗洛伊德认为,人的心理实体则完全不同,如果我们把人的心理实体当作一个"超级考古学遗址",那么完全可以赞同相反的情况,即"任何东西一旦在心理上形成就不会消失":

> 现在,让我们做一个幻想的假设,罗马并不是一个人类居住的地方,而是一个有着同样悠久、多变历史的心理实体——就是说,在这个实体中曾经建立起来的东西没有一个消失掉,一切早期的发展阶段和最近的发展阶段一起保存下来了。这就意味着,凯撒的宫殿仍然坐落在罗马的巴拉顿丘上,赛普提米乌斯·塞维鲁的七层古堡仍然像过去一样耸立着;美丽的雕像仍然矗立在圣·安其罗城堡的柱廊上,直到它们被哥特人包围了,等等。但是还有,假如没有这种变迁,在被帕拉佐·卡发莱利占领的地方,也会有朱庇特·凯比托利那斯的神殿,不但会有它的最新样式,而且就像凯撒时代的罗马人所见到的那样,也会有它的最古老的样式,它那时仍然体现着伊特拉斯钦人的设计风格,镶有赤褐色的衬托装饰。在现在圆形大剧场耸立的地方,我们同样能欣赏到尼禄那消失不见的金殿;在万神殿的广场上,我们不仅会发现哈德良遗传给我们的今天的万神殿,而且在同一个地方还可以找到阿格里帕最初的大建筑物。的确,在同一块土地上还会矗立着圣玛利亚和密涅瓦的教堂,以及在上面建造的古老神殿。③

---

① Sigmund Freud, "Screen Memories", in *Sigmund Freud: Collected Papers* (5), ed. Ernest Jones, trans. James Strachey, New York: Basic Books, 1959, p. 69.
② 弗洛伊德:《文明及其缺憾》,见《弗洛伊德文集》第 8 卷,车文博主编,杨韶刚译,长春:长春出版社,2004 年,第 169 页。
③ 弗洛伊德:《文明及其缺憾》,见《弗洛伊德文集》第 8 卷,第 169—170 页。

在这种罗马形象中,时间似乎成为空间的第四个维度。针对弗洛伊德的这个比喻,拉普朗歇做出了极为精彩的分析。他敏锐地指出,只有当观察者坐在一列光波列车上,从距离地球2700光年的地方向地球行驶,并且在整个行程中始终把注意力集中在罗马上,他才能得到弗洛伊德描绘的这种全息图。他首先看到的是罗穆卢斯(Romulus)的罗马,然后他看到了这同一个城市继之而来的那些形象,这些纷至沓来的形象构成了弗洛伊德描绘的那种四维的全息图。但以这种理性化说明来解释记忆的特征,只能差强人意。因为在这列光波列车上,我们绝不会发现某个孤立的、业已完成的历史建筑,而只会看到它的建造或者毁灭的全部过程。更重要的是,在这样的全息图中,观察者得到的既不是一个鲜活的、意识—前意识记忆的再成形,也不是任何经验事物的完整全息图,而只是一些固定形象的演替和叠加,彼此互不相干。弗洛伊德真正想要说明的是,原初记忆或者说无意识记忆一旦形成就不会消失,尽管后来发生的事件会对它做出程度不同的修改和扭曲,但它们总是以某种方式与原初记忆保持着密切的联系。弗洛伊德认为,在无意识中,相反的刺激并排存在着,不会彼此取消或者彼此减少。

弗洛伊德的这种心理考古学应该被描述为超级考古学,或者是超现实考古学——它比以前的考古学更加迷恋自己的对象。这个对象不仅是一个事物,它还把它的各个建构阶段包含在了本身之中,而且我们现在甚至可以怀疑,它把它产生的各种影响也包括进了它自身之中。正如当代科学认为的那样,这种考古学并不隶属于历史,但是它使历史完全忙碌于复兴这个对象。被弗洛伊德当作英雄和典范的考古学先驱谢里曼(Heinrich Schliemann)就是这样,他的全部历史知识,他对荷马史诗的研究或者对古代历史学家的历史著作的研究,都被用于一个唯一的目的:根据准确的地点坐标进行耐心细致的辨认,以便把特洛伊挖掘出来。对弗洛伊德来说,这是一个令人激动的典范。另外我们注意到,他在论及无意识保存这类问题时更愿使用"痕迹"这个术语,似乎重要的事情不是记忆(memorization)本身,而是记忆留下的痕迹,以及压抑的结果。"回忆"(reminiscence)这个术语同样具有召唤能力,虽然弗洛伊德最终没有进一步注意到它。这个术语可以追溯到柏拉图,而且仍然可以表示一种回忆——但这种回忆与它的起源以及它的路线之间的联系被割断了,它被孤立了出来,被固定下来,被化简成了一个痕迹。它是一个痕迹,不是由于它必定更加虚假,而是由于它包含了一个"真理的内核",这个内核比琐碎的意识记忆更为根本。

拉普朗歇提醒我们,千万不要误读弗洛伊德——这种误读几乎难以避免。必须切记,如果记忆(memory)始终是对"事件"的记忆,那么无意识与记忆没有任何关系,无意识不是关于"事件"的记忆受到压抑的结果;压抑既不是对记忆的埋葬,也不是对记忆的保存,压抑作为发生在无意识中的灾难性埋葬,与埋葬庞贝城的那场突然爆发的火山不同;压抑不是一层厚厚的火山灰,扒开这层火山灰就可以发掘出被埋葬的无意识。精神分析如果是一种考古学,那么它通过解除压抑而发掘出的东西不在"下面",而是在"分析过程中"建构出来的。这就是我们使用"超级考古学"这个术语时要警惕的危险,即使我们必须因此从中发现我们迷恋考古学的深层原因。正因为作为超级考古学的精神分析要发掘的不是一般意义上的既定现实,所以可以将精神分析视作一种超现实主义。精神分析要查究的是发生在"另一个场景"中的事情,这个对象不同于既定的"物理现实",它应该被叫做"心理现实"。这是一个第三领域的存在,这个领域不是物质的、实际的、可以觉察的现实,但它也不是一种主观臆想,它"只是一种显示"。弗洛伊德在《释梦》中指出:"是否我们应该将无意识愿望当作现实,这就不好说了。当然,任何过渡性的或者中介性的思想都不能被当作现实。如果我们看到被还原到最基本、最真实形状的无意识愿望,毫无疑问,我们将不得不断定,心理现实是存在的特殊形式,不能与物质现实混为一谈。"①

"人类的事实"不仅只有事—物,除了"物理现实"外还有"心理现实"。心理现实之所以能作为人类世界的第三维,是因为它既不是纯粹主观的,也不是纯粹客观的,或者说它既是主观的,也是客观的。精神分析关心的婴幼期场景便是这种心理现实的典型表现形式,这种场景不是"事件",而是一些"信息"。拉普朗歇认为弗洛伊德的《一个孩子正在挨打》("A Child Is Being Beaten")这篇文章特别适宜说明这个问题。这篇文章在很多方面都具有典型意义,它示范性地表明了一个压抑过程,示范性地证明了记忆非常不同于从它那里产生的无意识幻想,而且不同于来自于前者的有意识幻想。

弗洛伊德在实践中发现一个有趣的现象,即前来向他寻求帮助的一些患

---

① 弗洛伊德:《释梦》,见《弗洛伊德文集》第2卷,车文博主编,吕俊译,长春:长春出版社,2004年,第383页。

者,甚至包括他在日常生活中接触的一些人,都经常会产生这样一个幻象:一个孩子正在挨打。基于他对四个女性患者的分析,他认为这个幻象在发展上经历了三个阶段:首先,一个孩子(兄弟姐妹)正在被(爸爸)打;其次,我正在被爸爸打;再次,一个孩子正在挨打。①

在第一个阶段中,打人者是谁? 谁在挨打? 挨打的是男孩还是女孩? 最初这一切都不甚明了。可确定的只是挨打的孩子不是制造这个幻象的那个孩子。经过一番努力之后,幻象第一阶段的一些关键细节得到了确认:正在挨打的那个孩子一般是我憎恨的人,通常就是兄弟姐妹中的一个,性别在此无关紧要。而打人者则是爸爸。从第一阶段到第二阶段,这个幻象发生了深刻的改变:打人者仍然是爸爸,但挨打的人变成了"我"——制造这一幻象的人。伴随这个阶段的是一种强烈的受虐狂快感。幻象的第三阶段颇为类似于第一阶段,但打人者不再是父亲,而是类似于父亲角色的人,比如老师;挨打的人也不再是制造幻象的人,制造幻象的人似乎不再出现在这个幻象中,或者只是一个看客;挨打的孩子现在基本上是一个男孩,而且制造幻象的人一般不认识他;最后,惩罚不一定是殴打,而是代之以其他形式的羞辱和责罚。

弗洛伊德关注这个幻象是为了探讨它的施虐狂形式和它所得到的受虐狂满足之间的折中关系,以及罪行的替代和男性情结,等等,但这些都不是我们现在要关注的问题,我们要关注的是这个幻象传达的信息,以及与记忆和现实之间的关系。且让我们把注意力集中到这个幻象的前两个阶段,虽然它们是同一个幻想的两个阶段,但如果我们仔细观察一下就会发现,这两个阶段具有不同的现实性。对第一个阶段,弗洛伊德明显表示出了犹豫,倾向于认为它是真实的:"走向殴打幻象的这第一阶段是否具有'幻想'的诸种特征,人们对此可能会有所犹豫。它可能是对一些曾亲眼见证过的事件的回忆,也可能是对在各种场合中出现的欲望的回忆。但这些怀疑无关紧要。"②如果说我们难以确定第一阶段究竟是一些真实发生过的事件,还是一些欲望场景,那么第二阶段确实是一种无意识幻想,因为它具有无意识幻想固有的特征,对它进行任何还原都是不

---

① Sigmund Freud, "A Child Is Being Beaten", in *Sigmund Freud: Collected Papers*(2), ed. Ernest Jones, trans. Joan Riviere, New York: Basic Books, 1959, pp.178—180.
② Sigmund Freud, "A Child Is Being Beaten", in *Sigmund Freud: Collected Papers*(2), p.179.

可能的,这种幻象之所以一成不变是因为它绝不会变成"意识的",只有通过分析才能建构它。故弗洛伊德指出:"第二阶段至为重要、至为关键。但我们可以肯定地说这件事情从来没有真正存在过。它从来不曾被记住,也从来不曾成功地成为意识。它是分析建构出来的东西,但并不因此而没有必然性。"①

在幻象的第一阶段,发生在主要家庭成员之间的这些真实事件确实曾以某种方式呈现在孩子面前,但这些事件的意义,即对孩子产生的心理和情感影响却是另外一回事。比如在狼人的无意识中,保姆在她面前翘着屁股擦地板绝不是中性的、无害的,它对这个孩子具有强烈的性欲刺激②。爸爸打某个孩子也许只是因为这个孩子太顽皮,或者激怒了他,但在这个制造了幻象的孩子看来,爸爸正在通过打另一个孩子这个行为向观看这个场景的孩子"说话":"爸爸正在打(我讨厌的)那个孩子(一个兄弟或者姐妹)。"但我们要知道,"我讨厌他/她"并不是这个事件的真实构成成分,它是一个语境性的成分。如果我恨这个兄弟或者姐妹,那么爸爸当着我的面打他/她,他肯定是在向我传递一些信息:他爱我。爸爸打我讨厌的那个孩子,这说明他爱我。"他爱我"比"我恨他/她"更加不易觉察到,更加不属于"事件"。至此,我们发现弗洛伊德的分析不是要还原一个曾经真实发生的事件,他所做的分析是一种解释,解释孩子对某一事件的理解。我们甚至可以进一步指出,孩子对事件的理解可能并不是当时发生的,而是事后追溯的,是孩子后来综合其他事件、欲望与情感追溯出来的。所能追溯的只能是意义而非事件。事件是唯一的,但事件包含的意义却具有无数种解释的可能;最终,今天我们已经知道,不是事件决定意义,而是意义决定了事件。唯一的、仅此一次的事件最终只能消失在意义之后,我们只能通过意义的面纱去窥探事件必然不可全部把握的真相。总之,弗洛伊德的解释建构的不是一个历史事件而是一些意义,这些意义最终只能以一些能指的形式出现。

拉普朗歇指出,就孩子而言,"打一个孩子的爸爸"实际说出的东西远比他自己意识到的要多得多。比如,他的意思可能是说:孩子不听话就得受惩罚,不然不知道规矩。他也可能以此暗示这个孩子:你比他做得好,所以你不需要接

---

① Sigmund Freud, "A Child Is Being Beaten", in *Sigmund Freud: Collected Papers*(2), pp. 179—180.
② Sigmund Freud, "From the History of an Infantile Neurosis", in *Sigmund Freud: Collected Papers*(3), p. 570.

受这种惩罚。但爸爸往往不说这些,他只知道不打不成才。在意识的层面上,爱与惩罚是教育的对立两极,但是在无意识的层面上,孩子将二者合并在了一起。面对这个事件所蕴含的高深莫测的信息,孩子竭尽所能用他所掌握的语言来翻译它:"爸爸不爱他(她),他只爱我。"但是,包含在这个信息中的那些暧昧的意义从这种翻译中丢失了,这种意义就是与性相关的"爱就意味着殴打和惩罚"。正是这种无法翻译的"残余"形成了无意识幻想,一个固定、永恒、不能直接得到的幻象,只有我们非常熟悉的那些性变态的衍生物才能确定它。高深莫测的信息的作者并不知道他的大部分意思,孩子只能以一些不充分、不完善的方式去翻译大他者传达给他的东西;就此而言,在大他者的无意识和话语与孩子利用这些无意识和话语之间,不可能具有线性的因果关系;大他者的实际行为之意义与孩子对这些行为的翻译不可能契合无间。人自从婴幼儿期以来就一直在从事着翻译,"切勿以为翻译仅仅只是一种纯粹'知性的'东西,须知此中情感发挥着重要作用,情感不仅出现在源文本中,也出现在目标文本中"①。就精神分析来说,翻译始终是一种全方位的活动:情感的、想象的、知性的、积极的。但孩子的翻译和成人的翻译具有极大的差异,成人通常只翻译他陈旧的译文,他的翻译是这些陈旧译文的"老调重弹"。

如果作为一种主体考古学的精神分析注定只是一种解释—建构而非还原—重建,那么精神分析始终在做的事情就不是还原—重建主体过去的历史,而是解释—建构其历史。如此,我们就必须回答一个问题:患者为我们提供的是一些什么样的材料?这就是弗洛伊德在《分析中的建构》("Constructions in Analysis")中要回答的问题。拉普朗歇将这些材料总结为三种:其一是一些记忆或者记忆碎片。它们诚然在不同程度上被扭曲和意识形态化了,但我们也不能认为它们只是一些幻想,因为它们与一个曾经发生的事件具有虽然无法确证但不可否认的关系。对主体至关重要的那些场景被这些记忆打散,而且经常被打碎和重复,但也只有在这些记忆或记忆碎片中我们才能发现这些重要场景,它们充满了父母高深莫测的信息。其二是主体发明的一些建构物、意识形式或者理论:它们表现了主体为他自己合成其生存的方式。其三是那些一开始就被

---

① Jean Laplanche, "Interpretation Between Determinism and Hermeneutics", in *Jacques Lacan: Critical Evaluations in Cultural Theory*(Ⅰ), p.205.

压抑下去的事物的衍生物。一开始就被压抑的事物本身是不可企及的;这些衍生物可以被称为"无意识构型"。①

如果精神分析要对付的是这样一些记忆或者记忆的碎片,各种解释,意识形式或者理论,以及原始压抑的衍生物,换句话说,如果它所追求的不是"事件",不是在具体时空中发生的历史现实,而是"心理现实",那么精神分析中的解释就只能是一种"建构",而非"重建"。因此,如果我们要准确理解精神分析,以及它所带来的前所未有的发现和动力,拉普朗歇认为,答案可能不是通过解除失忆症而"还原"事件,而是通过使压抑在得到部分解除的情况下打破旧有的"建构",创造新的"建构"。即使精神分析对"重建"有一种固恋情结,在分析中能够被重建出来的又是什么呢?因为被最初压抑下去的东西不是被遗忘的记忆,据此可知重建本质上不会是对过去的历史事件的回忆。毫无疑问,重建与某种事物有关,但这种事物不同于纯粹事件的历史。"这(精神分析)是一种对由这种方法提供的成分所做的重新排序,很多成分都已经在掌握之中了。简而言之,被重建的是某种过程,这种过程包含了信息、翻译这种信息的努力,以及在这种翻译中遗失的东西:本质上它是对防御或者压抑的重建。此间的目的不是要恢复一个尘封未动的过去(谁能对这种过去有任何作为呢?),而是要反过来解构旧有的、不充分的、偏颇的、错误的建构,并因此打开通向新的理解的道路。"②

建构与重建、解释与还原之间的冲突同样体现在弗洛伊德释梦的实践中,但就是在这种实践中,弗洛伊德已使精神分析有别于素朴的实在论,从而为现代解释学做出了独特的贡献。为精神分析奠基的是弗洛伊德的释梦实践,但在绝大多数情况下,梦本身是非常模糊的,因此,梦者对自己的梦的叙述是非常不可靠的。反对精神分析的人据此反驳说,如果精神分析的研究对象(梦)本身就不可靠,那么这门科学的真理性就大有疑问了。的确,精神分析在此似乎面临一个不可克服的障碍,因为无论梦还是症状,作为研究对象,它们的可靠性都是有疑问的。但是,在《精神分析导论》中论及释梦的前提和技术时,弗洛伊德以一种出人意料的方式轻松而又绝妙地化解了这个看似不可克服的挑战。他说:

---

① Jean Laplanche, "Interpretation Between Determinism and Hermeneutics", in *Jacques Lacan: Critical Evaluations in Cultural Theory*(Ⅰ), pp. 208—209.

② Ibid., p. 210.

"释梦的技术很简单。我们可一再问梦者他如何做了这个梦,而他的第一种回答就可视为一种解释。这样,不管他是否认为自己知道某事,我们可以对两种情况一视同仁。"①说得更清楚一点就是,弗洛伊德认为,梦者对梦的叙述与梦本身的内容是一回事,不管二者事实上存在多大差异。这一主张的确令人震惊,甚至令人难以接受。但是,精神分析特有的治疗方法——自由联想就是基于这一主张。弗洛伊德说:"如果你们认为我假定梦者第一个想到的东西会带来我们所要寻求的或者引导我们得到它,如果你们认为梦者的联想可以随心所欲而与我们想要寻求的东西无关,如果你们认为我若预期别的不同的东西,就说明我盲目地信托天意——那么,你们就犯下了一个大错误。前面我已大胆地告诉你们,你们对于非决定的精神事件和自由意志有一种根深蒂固的信仰;但这是不科学的,并且应当让位于支配心理生活的决定论的要求。我请你们尊重这样一个事实:梦者受到提问时出现的是这种联想,而不是别的联想。……可以证明梦者产生的想法不是任意的,也不是不确定的,更不是与我们寻求的东西无关。"②为了证明我们绝不可能天马行空随心所欲地任意联想,弗洛伊德在《日常生活心理病理学》中举了几个与数字有关的例子,其中一个便来自于他本人。《释梦》首次出版于1899年,在出版之前,弗洛伊德已经校对了几次文稿。对于这部大部头著作来说,每校对一遍都不是一件容易的事。在校对最后一次清样后,精疲力竭的弗洛伊德写信给一个朋友说,即使里面还有2467个错误,他也不想再改了。信写完之后,出于职业习惯,弗洛伊德开始思考2467这个数字的来源。他相信它绝不是无缘无故的。经过一番艰苦的努力,他终于找到了这个数字的来源,它与他年轻时短暂的军医生活有关,也与他最近与妻子的一次对话有关。③

　　自由联想其实绝不自由,这是否是一种新版的实在决定论? 问题的关键是,这一点在释梦中最为清楚,自由联想所表述的并不是梦境本身,弗洛伊德真正要说的是,梦者对梦的表述就是梦本身。换句话说,梦是由梦者的叙述构造

---

　　① 弗洛伊德:《精神分析导论》,见《弗洛伊德文集》第4卷,车文博主编,张爱卿译,长春:长春出版社,2004年,第60页。
　　② 同上书,第60—61页。
　　③ 弗洛伊德:《日常生活心理病理学》,见《弗洛伊德文集》第1卷,车文博主编,郑希付译,长春:长春出版社,2004年,第315页。

出来的。我们知道,胡塞尔的现象学尽管有各种缺陷,但他最大的贡献在于,他从哲学上无可置疑地证明了意向对象是由意向行为构成的,从而启发我们,尽管文学文本(text)是由作者创造的,但文学作品(work)却是由读者的阅读和接受构成的。不过,将文学作品的作者从文学文本的作者转移到读者,这个功绩不能只赋予胡塞尔,弗洛伊德也做出了巨大的贡献。我们完全有理由将梦和症状视为一个文学作品,如果梦是由梦者的叙述构成的,那么文学作品当然也是由它的读者的阅读和解释构成的。

毫无疑问,弗洛伊德仍然在某种程度上受制于决定论的解释学,至少在理论意识上是这样。但是,他的实践却在处处违背自己的理论意识,这就使他和迷恋事件之绝对真实性的传统历史学和考古学有了显著的区别。其实,无论是知觉现实还是心理现实,无论是事件还是信息,过去都是不可还原的。解释在任何时候都只能是一种建构而非重建,因为解释只能是话语的解释,即使在一般意义上的考古学中也概莫能外。话语的本体论身份决定了解释的这种特征,这种身份是弗洛伊德尚未明确意识到的。解释的开放性和历史性归根到底就是解释的回溯性,在这个问题上,拉康做出了独特的贡献。

在拉康看来,精神分析在某种意义上就是一种将症状进行符号化的努力,目的是将无意义的、仅仅以一个痕迹的形式出现的症状整合进象征秩序中。那么,在症状中被压抑的意义来自哪里呢?对此人们或许会毫不怀疑地认为当然来自过去。但拉康的回答恰好相反:被压抑的事物的意义来自事后。要理解这个悖论性的回答,我们就绝不能从经验上去理解精神分析,尤其是拉康的精神分析中的压抑。拉康所说的压抑,指的是事物无法进入能指链,无法被主体整合进象征秩序,无法获得意义的过程。这种被象征秩序排斥的事物在主体那里最终只能回到实在,它只能在精神分析中,只能从分析者那里获得意义,也就是说,其意义只能由分析者来建构。从这个意义上说,精神分析不仅是对症状意义的解释,而且还是对症状意义的创造。因此,症状的意义只能来自事后。症状是无意义的痕迹,其意义不能从深藏的过去中发现和挖掘,而只能回溯性地建构。拉康一再强调所指是能指的产物,而且是能指回溯性地生产出来的,意义就在于此。一旦既定的表意框架在象征秩序中为症状找到了一个位置,它就获得了可以理解的意义。拉康的基本欲望图(the "elementary cell" of the graph of desire)揭示了意义产生的回溯性特征:

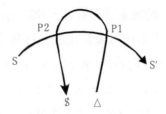

拉康发明的这个图既解释了主体的形成,也解释了意义的产生:S 表示漂浮不定的能指,△表示前主体神秘的、前符号性的意向。对于前主体来说,所有能指最初都只是一些漂浮不定的声音,其意义难以确定。而前主体的意向本身也是神秘而模糊的。只有当这神秘的意向将那些漂浮不定的能指缝合起来,这些神秘的意向才能获得清晰的意义,主体由此也就形成了。幼儿有各种各样真实的需要,除非借助语言,它无法表达它的需要。因此,为了表达和满足自己的需要,幼儿不得不求助于大他者,于是大他者立刻根据能指去解释幼儿神秘的意向。比如,当幼儿啼哭时,它的母亲立刻会说:"他/她一定是饿了","他/她需要换尿布了",或者"他/她不高兴了"等等。幼儿就是在这些能指中理解了自己神秘的意向,因为它就像钓鱼的人一样,凭借大他者的帮助,钓到了需要的鱼儿,也就是至关重要的能指。但是在前主体符合能指链的过程中,有一个至关重要的事实,如图所示,那就是向量△的方向与向量 S 的方向是相反的。这一事实表明意义是回溯性地建构出来的。也就是说,意义既不是自明的,也不内在于能指之中,意义来自于意向对能指的缝合。用齐泽克的话说就是:"在这个图的基本层面上,一个至关重要的特征是,主观意向这个向量以回溯的方式向后缝合了能指链向量:它在某一点上跨出了能指链,而这个点的位置在主观意图的向量刺穿能指链的向量的那个点之前。拉康想要强调的是,指意结果相对于能指的回溯性特征,所指相对于能指链的前进滞留在了后面:意义效果总是事后生产出来的。"① 我们可以用狼人的症状来解释拉康的论点:狼人的动物恐惧症,他对狼,即使只是图画中的狼的恐惧,对蝴蝶的恐惧,固然应该追溯到那一幕原初场景,但那幕原初场景在发生的当时并没有意义,在没有得到狼人理解之前也没有意义。在此,我们必须注意,不是狼人不知道那幕场景的意义,而是这个意义不存在。意义只能存在于语言之中,为语言排斥、不能进入语言的事物只能回

---

① Slavoj Zizek, *The Sublime Object of Ideology*, New York: Verso Press, 1989, pp. 112—113.

到实在,因此不可能具有意义。只有当以某种"后来"的话语模式去解释这个原初场景时,那些漂浮的能指才能被组织、整合成为一个有意义的系统。

意义只能来自未来,只能回溯性地建构,这绝不仅仅是精神分析这个特殊领域独有的特征,历史也是这样建构出来的。历史不是由事件构成的,而是由对事件的解释构成的。在历史进程中第一次发生的事情仅仅是一些神秘的事件,只有当这些事件得到阐释之后,它们才能进入历史。正如齐泽克所说:"一旦我们进入象征秩序,过去便总是以历史传统的形式出现,而且这些痕迹的意义也不是一成不变的,它随着能指网络的变化不断改变。每一次历史断裂,每一个新主人能指的出现都回溯性地改变了所有传统的意义,重新建构了对过去的叙述,使它得以以另一种新的方式得到解读。"① 比如,在马克思主义的历史分期理论产生之前,并不存在所谓的奴隶社会、封建社会和资本主义社会循序渐进的发展,甚至诸如此类的"社会"都不存在;但一旦以这种主人能指去缝合原先那些漂浮的能指,我们便按照这种模式去认识历史,仿佛历史原本就是这样的;而且我们还以这种发展模式去期待共产主义社会。

总之,在精神分析与历史解释的意义建构中,有两个要点必须重视:其一是意义生成的回溯性,即结果先于原因,意义只能回溯性地建构;其二是意义建构只能在能指链中,只能在象征秩序中才能进行。不为我们所知的历史并非没有发生,而是被排斥在了象征秩序之外;或者只是以游离的能指出现在历史传统的共时结构中,尚且欠缺一个可以缝合或者锚定它们的主人能指,使之形成一根新的能指链,即获得意义。因此,我们总是在重写历史,而且要永远重写下去。

三、精神分析与现象学

在探讨精神分析作为一种解释学的特殊身份时,弗洛伊德一方面确实面临落入现实主义陷阱的危险,另一方面,也与现实主义具有本质差异。不过保罗·利科以一种更加开阔、更加清晰的视野让我们发现弗洛伊德不仅没有落入这个陷阱,而且还对以胡塞尔的现象学为基础的哲学解释学提出了根本性的挑

---

① Slavoj Zizek, *The Sublime Object of Ideology*, New York: Verso Press, 1989, p.56.

战。胡塞尔与笛卡儿有一个共同之处,他们的哲学都基于对意识的直接确定性毫不动摇的坚信。但弗洛伊德创建的精神分析则是对意识的直接确定性的怀疑甚至是颠覆。不同于笛卡儿和胡塞尔,弗洛伊德属于另一个谱系,他和马克思、尼采属于一个谱系。利科指出:"当代哲学家与弗洛伊德遭遇的区域相同于其与尼采和马克思相遭遇的区域;这三个人物在他面前都扮演着怀疑的领导者,扮演着面具的撕裂者。一个新奇的问题于是产生了:即意识的谎言问题,作为谎言的意识问题。"①胡塞尔的本质直观之关键在于意向对象的绝对被给予性,但作为精神分析学之对象的无意识却是意识绝对无法把握的东西。弗洛伊德指出,我们不能从我们关于意识甚或前意识所言说的一切来理解无意识,我们甚至不能理解意识是什么。利科一针见血地指出:"这就是弗洛伊德之极端反哲学、反现象学的根本益处。"②

众所周知,哲学解释学最关键的一步是在胡塞尔现象学的帮助下迈出的,"但是胡塞尔的现象学完全不能接受意识的失败;它仍然停留在意向行为与意向对象之间相互关联的循环之中,并且只能以'被动发生'为主题为无意识观念保留一席之地。"③在利科看来,弗洛伊德的精神分析不仅看似某种实在论,它的确就是某种实在论;但弗洛伊德的实在论不是前现代的自然主义,不是现象学为了建设自己的领地所必须打击的敌人;相反,挑战者是精神分析,精神分析成了现象学前进道路上一个无法超越的障碍。因此利科认为,在哲学的发展道路上,弗洛伊德的实在论是接受反思意识失败之后所必然发生一个阶段。和康德悬置了物自体一样,胡塞尔不仅悬置了一切前见,而且也悬置了实在对象,他只关心认识对象。弗洛伊德没有回避无意识实在,在某种意义上,精神分析可以说是一种致力于解释无意识实在的学说。精神分析承认无意识不是意识所能认识的,但并不因此将其悬置起来存而不论;精神分析的使命就是竭尽所能地解释这种实在。正是在这个意义上,利科说精神分析是一种实在论。必须指出的是,说精神分析是一种实在论,并不意味着说精神分析自以为可以重建—还原无意识实在。精神分析承认无意识实在的存在,同时明了意识不能把握这种

---

① Paul Ricoeur, *The Conflict of Interpretations: Essays in Hermeneutics*, p. 99.
② Ibid., p. 100.
③ Ibid., p. 102.

实在，但正是在这种似乎毫无出路的绝境中，精神分析使自己致力于认识这种实在。所以利科说："对弗洛伊德元心理学中的实在论概念所做的批判应该完全是非现象学的；任何意识的现象学都不能为这种批判提供规则，否则就是倒退。《无意识》之所以非同凡响，在于它一开始就取消了现象学参照的资格，并因此表征了任何思想都必须经历而且必须矫正的一个发展阶段，在这个阶段，思想允许自己被逐出自我确定。"①

弗洛伊德不是无可批判的，但对其进行现象学批判是行不通的，指责他陷入了天真的实证主义更不切题。诚如利科所说，必须结合经验实在论和先验观念论才能批判性地认识他。就经验实在论来说，弗洛伊德的经济学和拓扑学不是随心所欲的构造，而是具有实实在在的发现价值，今天，即使最反感精神分析的人也无法否认无意识的存在。这种实在论的现实是可以认识的，而非不可知的。对于弗洛伊德来说，可以认识的并不是其驱力，而是其驱力的表象。精神分析作为一种学说，建基于一种根本的悖论之上："精神分析与不可认识的东西毫无关系，因为它能够认识无意识，只是基于它的经验实在论，虽然它只能通过'观念代表'才能实现这一点。我们必须指出，弗洛伊德的经验实在论是一种关于无意识表象的实在论，相对于这种实在论，本能（驱力）本身仍然是一些未知因素。"②正因为弗洛伊德不奢望把握驱力本身，而是停留在驱力的表象之内，因而才不至于迷失在一种关于不可认识的事物的实在论之中。

但利科告诫我们，精神分析的经验实在论与一种先验观念论密切相关。这种先验观念论意指无意识的"实在性"只作为已诊断的实在性而存在：无意识只能从其与意识-前意识系统的关系出发才能得到界定。因此，我们既必须承认无意识与物理对象一样真实地存在，又必须说无意识仅仅相关于其派生物而存在；无意识在其派生物中延伸并且其派生物又使无意识出现在意识的领域中。就无意识而言，说经验实在论和先验观念论相关，首先是为了表明无意识的实在性与解码系统相关，它是在解释中并且由解释建构的。正是在这种派生物重新回归到其无意识起源的运动中，无意识才被建构起来，并且恰恰是在其经验实在性中被建构起来。因此，这种相关性不是一种与意识相关的相关性，不是

---

① Paul Ricoeur, *The Conflict of Interpretations: Essays in Hermeneutics*, p. 103.
② Ibid., p. 104.

一种主观的相关性,而是业已发现的心理对象与分析方法和解释模式之间的相关性,这是一种纯粹知识论的相关性。指出这种相关性的第二个意义是为了表明,意识的实在性就存在于这种纯粹知识论的相关性中,这种相关性可以称之为"主体间的相关性"。在精神分析中,决定性的事实是:精神分析赋予无意识的那些事实对他者也是有所意指的。"首先,正是为了他者我才会有无意识。最后,当然,如果我不能够重申他者就我或为我阐述的意义时,这些就是无稽之谈。但是,探索意义的这个阶段,在此过程中,我为了另一个人的利益而剥夺我自己的意识,对于我们所说的无意识这个心理领域的建构来说是根本性的。我们一开始就基于本质的而非偶然的根据,先将无意识适用于解释学方法,接着使其适用于一种不同的解释证人,由此既界定了无意识的实在性之断言的有效性,又界定了其局限性。……就无意识是由一组对其进行解读的解释学方法'建构'起来的而言,无意识是一个对象;但无意识绝非绝对是一个对象,它与作为方法和对话的解释学相关。"①强调这种相关性的第三个意义是为了表明,主体的无意识与分析者本人有关。只有治疗上的成功才能向我们保证无意识的实在性不是精神分析的虚构。

弗洛伊德之所以有落入"现实主义"解释陷阱的危险,与精神分析的一般受众不同,朴素的"现实主义"不是首恶;危险之于弗洛伊德,有更深层的方法论原因。诚如利科指出的那样,弗洛伊德的精神分析学是由三种方法论模式建构起来的:经济学模式——心力或者驱力的贯注与反贯注,压抑与抗拒;拓扑学模式——先是意识、前意识和无意识的区分,后来是自我、本我和超我的区分;发生学模式——文化在个别主体上的具体发生和文化在人类主体上的系统发生。其中最主要的是经济学模式。精神分析学作为一种元心理学也可以说是一种心理经济学,因为精神分析学的基础就是心力或者驱力的贯注与反贯注、发展与退化、变易与停滞、满足与压抑、变态与升华;发生在驱力中的一切都符合付出与回报、损失与补偿的经济学基本原则。经济学模式是弗洛伊德特别倚重而且喜爱的模式,因为,在弗洛伊德看来,它可以为精神分析学奠定一个坚实的基础,可以使精神分析学成为一门严格的科学——这是弗洛伊德坚持不懈的奋斗目标。但是,正是这种经济学使得精神分析不可避免地沾染上今天已经很不光

---

① Paul Ricoeur, *The Conflict of Interpretations*: *Essays in Hermeneutics*, p. 107.

彩的生物主义污名,并且与解释学产生了几乎不可调和的冲突。

弗洛伊德的目的是解释文化的意义及其在个体和集体上的发生,但这一目的的基础却是心理经济学,这就使精神分析学内在地具有一个根本的矛盾。诚如利科所说:"他的发现是在意义效果的层面上进行的,但他接下来却是在语言中、在他的维也纳和柏林的老师们的力能学的概念中来加以说明的。"①这就使他的唯能论经过一种解释学而来,而他的解释学则建立在唯能论的基础之上。这种混合的话语并非含混的话语,但它带来了不可弥合的断裂。利科认为,这种混合的话语不仅要阻止精神分析滑向自然科学,而且也要阻止它滑向符号学。滑向自然科学就会落入现实主义的陷阱,滑向语言学则会牺牲精神分析最坚硬的内核。欲望与语言的关系之含混性是不可化约的,无意识的象征体系并不是一个严格意义上的语言学现象。总之,精神分析的悖论就在于,它是力能论语言与解释学语言的交织与缠绕。一方面,它为本我、为主体的历史赋予实在性;另一方面,它又表明意义来源于解释。它既执着于揭示本我或主体的历史实在,又不断提示或者警告我们位于话语之中的意义的解释性。本我或主体历史的实在性通过意义效果的回溯显现在意识的层次上,最终显现在驱力之上,显现在无意识层次上;而意义的观念性则处于那产生出意识的解释运动之中。因此,弗洛伊德的精神分析学始终处于一种现实主义与解释学的紧张对峙之中,这种紧张甚至危及我们对弗洛伊德的解读本身。从弗洛伊德的反思之中涌现出来的是一个受伤的我思,这个我思为自己定位但无法占有自己。这个我思只有在现实意识的不合时宜,在幻想和谎言泄露的信息中并且通过这些信息才能理解其原初真理。就精神分析而言,我们只能小心翼翼地行走在实在论与解释学的狭窄边界之上,既不能掉进现实主义的深渊,将其与朴素而天真的考古学等同,也不能无视其对实在的执着,否则它会有滑向解构主义深渊的危险。不过,也许精神分析的这种内在紧张其实不是它的缺陷,反而是它的有利条件;因为正是对实在的坚持使精神分析与在解释的道路上一去不归的解构主义区分开来。

---

① Paul Ricoeur, *The Conflict of Interpretations: Essays in Hermeneutics*, pp. 166—167.

三个关键概念

无意识就是大他者的话语

毫无疑问,无意识是精神分析学的基本对象,精神分析学就是关于无意识的科学。在弗洛伊德漫长的学术生涯中,无论他探讨的是梦、症状、失误动作,还是欲望、本能和人格,抑或艺术、宗教和文化,无意识始终居于他的事业之核心。为了探索无意识,弗洛伊德先后提出过三种观点,即拓扑学的、动力学的、经济学的观点,这三种观点构成了他元心理学(metapsychology)的枢轴。然而,无意识既是精神分析学大厦的基石,也是弗洛伊德毕生拼搏但又最终未能圆满解决的难题。

作为元心理学的三大枢轴之一,最早提出的是拓扑学观点(topographical point of view)。根据这种观点,弗洛伊德认为精神机器(mental apparatus)由不同的心灵区域构成,不同的心灵区域受不同程序支配。早在1895年写作的《科学心理学方案》("Project for a Scientific Psychology")中,弗洛伊德就已经初步形成了一种心理拓扑学。在此,他将精神机器区分为意识、前意识和无意识三个区域。处于意识区域之内的乃是各种能够直接为主体觉知的观念,处于前意识区域之内的乃是那些虽然暂时不在意识之中,但随时可以被觉知的观念,而处于无意识之内的则是那些因为受到压抑从而不可能被觉知的观念。这就是人们熟知的第一拓扑学。随着精神分析学的发展,弗洛伊德发现这一拓扑学不足以对付病态的自恋,因为它无法把自我安置到任何心灵区域,也无法安置主体在个体发展过程中内化的那些价值与法则。因此,在 1923 年写作的《自我与本我》(The Ego and the Id)中,弗洛伊德提出了第二个拓扑学观点,把精神机器分为本我、自我和超我。根据这个观点,无意识不再被当作心灵之中一个单独的区域,甚至在性质上也不尽相同,因为无意识不仅存在于本我之中,同时也存在于自我和超我之中。第二个拓扑学充分考虑了无意识的复杂性,尤其有助于心理人格的分析。但是,它在一定程度上削弱了无意识的核心地位,不利于精神分析的深化。此外值得指出的是,第二个拓扑学并未取代第一个拓扑学,而是与之构成一种相互补充的辩证关系。

作为元心理学的枢轴之一,动力学观点(dynamic point of view)研究的是运行于精神机器之中的各种力量对抗、结合和相互影响的方式。其实,这种研究无意识的观点从弗洛伊德开创精神分析学之初就存在,并贯穿其学术生涯,只是到 1915 年他写作《压抑》("Repression")时才得到集中表述。动力学观点建立在这样一种观念的基础之上:心灵之中运行着各种不同的力量,心灵就是这些不同力量相互冲突的场所。为了减少或者消除这些冲突引发的不快,精神机器使用了一些不同的机制,而压抑就是所有机制中的原型。借助压抑,精神机器改变了各种本能的观念表征所处的拓扑学位置。由此,通过使某些本能或者某些本能的某些方面成为无意识,它保护主体不因一些相互冲突的欲望而感到痛苦。后来弗洛伊德进而提出这样一种看法,即除了反对冲突但又在冲突之内的一些防御,精神机器还能实施另外一些防御措施,这些防御措施的目的不是组织起一些手段以对付冲突,而是从根本上预先阻止冲突的发生。因此,除了基本的压抑之外,与动力学观点密切相关的还有投射(projection)、否认(disavowal)以及排斥(foreclosure)等概念。就压抑而言,弗洛伊德的辩证之处在于他始终强调被压抑者的回归:不管阻止冲突及其心理表征的驱逐力量有多强大,精神机器都能为被驱逐者保留下一点蛛丝马迹的残余。一旦条件许可,被驱逐者就会以某种方式回归。

经济学观点(economic point of view)在弗洛伊德的元心理学中同样出现得

很早,至少在 1905 年完成的《性学三论》("Three Essays on the Theory of Sexuality")中就已经基本形成,十年之后在《驱力及其变迁》("Instincts and Their Vicissitudes")趋于成熟①。经济学观点基于这样一种假设:精神机器被投资了一些为驱力所特有的精力(force),这些精力在强度上或者天生不同,或者因为驱力的变迁而受到不同的投资。弗洛伊德提出这种观点既是为了根据运行于心理事件之中并激发心理事件的那些精力的强度,以对付个体成长过程中具有重大意义的一些心理事件,也是为了描述原始精力之间的相互影响,以及这些精力由此而改变的强度。1920 年以后,经济学观点在弗洛伊德的思想中占据越来越重要的地位。

纵观这三种解释无意识的观点,拓扑学的观点有助于确认无意识的存在及其精神机器中的位置,但不能解释无意识的运作机制;动力学的观点有助于解释无意识的运作机制,但不能解释这种机制背后的原因;经济学的观点有助于解释驱力之变迁以及原始精力之间的相互作用,但又不能解释无意识的运作机制。也许是因为这三种观点各有利弊,所以弗洛伊德从来不曾认为它们可以彼此替代,而是将其当作探索无意识的三种共存的视角。正因为此,弗洛伊德指出:"当我们在动力学方面、拓扑学方面和经济学方面成功描述了一个精神过程时,我们才能说这样的描述够得上是一种元心理学的表达。"②这三种观点在弗洛伊德思想中产生的时刻没有可以清晰区别的先后顺序,这一事实也可以证明它们的确不存在互不相容的关系。

然而,尽管弗洛伊德提出了这三种观点,并让它们和衷共济地为解释无意识服务,他终其一生仍然未能对无意识做出一个令人满意的解释,因为这三种观点都不能揭示无意识的"存在论"身份,也就是说,不能告诉我们无意识究竟是什么。这三种观点无疑对揭示无意识的真实存在、运转机制和运作原则具有至关重要而且不可或缺的作用,但它们无一能够揭示无意识的本质。完成这个艰巨的任务需要另一种新的方法,一种语言学的方法。事实上,在弗洛伊德开创其精神分析事业的全部历程中,他一直都在和语言打交道。他独辟蹊径开创

---

① 标准版《弗洛伊德全集》和《弗洛伊德论文选集》都用 instinct 翻译德语 trieb,但这可能是一种错误,因为在德语中,trieb 与 instinkt 是完全不同的概念。拉康认为,德语中的 trieb 应该翻译为 drive。就汉语而言,笔者将其翻译为"驱力"。

② Sigmund Freud, "The Unconscious", in *Sigmund Freud: Collected Papers*(4), p. 114.

的自由联想诉诸的是语言,他不辞辛苦地解释梦的内涵以及梦的工作诉诸的也是语言,他研究诙谐与无意识的关系诉诸的还是语言,他探索日常生活中的心理病理学诉诸的更是语言。在成果丰硕的 1915 年完成的《论无意识》("The Unconscious")这篇杰出的论文中,他甚至发现了无意识与意识的区别就在于,"意识表象包含了事物表象和指称这一事物的词语表象,而无意识表象只有事物表象。无意识系统包含了对象的事物贯注,这是最初且真实的对象贯注;意识系统则来自于这一事物表象因为和与之对应的词语表象相联系而被过度贯注"①。然而由于时代的限制,这种呼之欲出的语言学方法最终竟未能被明确提出。用一种崭新的语言学方法去揭示和解释无意识,历史将这个任务交给了拉康。

一、无意识具有语言的结构

当拉康从精神病学转移到精神分析学中来时,他和其他精神分析学家一样,首先要面对的问题就是在弗洛伊德庞大的思想遗产中何去何从。他既不像荣格(Jung)、阿德勒(Adler)、沙利文(Sullivan)和哈特曼(Hartmann)等修正主义叛徒,抛弃了弗洛伊德的无意识这个基础和核心,但也不是一个毕恭毕敬的守成者,在弗洛伊德划定的范围内做些谨小慎微的查漏补缺,而是一方面坚定不移地维护弗洛伊德意义上的无意识的核心地位,另一方面又果断地从拓扑学、动力学和经济学的繁难考察中解脱出来,敏锐地从语言学的观点出发,对无意识进行了一番匪夷所思但又完全合理的创造性解释:"无意识就是大他者的话语。"②这一神秘的表达就是这种创造性解释高度凝练的体现。然而这个神秘的表达与其说揭开了无意识的面纱,不如说给它蒙上了一块新的面纱。但是,在重新阐释无意识的征程中,拉康并非一开始就揭示了无意识的这一真理,而是经过了长期的摸索。因此,为了准确理解这一神秘表达的确切内涵,我们应

---

① Sigmund Freud, "The Unconscious", in *Sigmund Freud : Collected Papers*(4), p. 134.
② Jacques Lacan *Écrits*, trans. Bruce Fink, New York: W. W. Norton & Company, 2006, p. 436. 在 1953 年的论文《言语和语言在精神分析中的功能和领域》(以下简称"罗马报告")中,拉康就已经清楚地指出"the subject's unconscious is the other's discourse",可见他此时还没有明确强调 Other 和 other 的区别。后来他在 1957 年写作的《无意识中的文字实例》("The Instance of the Letter in the Unconscious")中再次表达这一意思时,他明确使用了 Other: "the unconscious is the Other's discourse."

该遵循拉康当初求索这一真理的途径，也就是说，暂时搁置一下"大他者"究竟是什么这一疑问，先来探索一番作为一种话语的无意识。无意识是一种特殊的话语，弗洛伊德对症状、梦、失误动作和诙谐的所有探索无不明白无误地证明了这一点，然而只有拉康敏锐地发现了这是揭示和解释无意识的一条崭新道路。

既然无意识是一种话语，那么它必定具有语言的结构。正是基于这种认识，拉康断言"无意识是像语言那样被结构起来的"①。在做出这一命题的次年，即1957年，拉康专门写作了《无意识中的文字实例》这篇论文详细论证了这个主题。在这篇文章正式切入主题之前，拉康再次重申："在言语背后，精神分析在无意识中发现的正是语言的整个结构。"②无意识具有语言的结构，然而语言又是如何被结构起来的呢？当追问涉及语言的结构时，我们终于可以暂时摆脱拉康从来不为读者留任何出口的令人窒息的语境，也就是说，我们现在可以从索绪尔和雅各布森的语言学中找到破解拉康迷宫的指南了。

关于语言的结构，我们基本上可以从词语和语句这两个层面去考察。索绪尔为语言在词语层面的结构做出了创造性的研究，而受索绪尔启发，雅各布森则为语言在语句层面的结构做出了杰出的探索。

上图就是索绪尔为符号（词语）的结构所绘制的示意图。所谓能指（signifier）即符号的音响形象，所谓所指（signified）即音响形象所表示的概念，符号（sign）便是由能指和所指结合而成的统一体。仅从表面上看，这个图示似乎印证了人们对符号的一般认识，即认为语言不外是一种分类命名集，即一份跟同样多的事物相对应的名词术语表，然而这恰好是索绪尔要破除的观念。索绪尔为我们不遗余力地强调语言符号的任意性，也就是说，能指和所指的联系是任意的。符号的任意性通过比较不同语言关于同一事物的指称就一目了然了，比如牛这种动物，在汉语符号中读作/niú/（牛），在法语中读作/bœf/（*bœuf*），在德语中读作/ɔks/（*Ochs*）。因此，我们没有任何理由说牛这种动物一定得读作什么，它的

---

① Jacques Lacan, *The Psychoses*, trans. Russell Grigg, notes by Russell Grigg, Lodon: Routledge press, 1993, p. 167.

② Jacques Lacan, *Écrits*, p. 413.

音响形象完全是任意的。既然能指与所指的关系是任意的,那么随之而来的问题便是,能指凭什么能够用以表达所指?对此索绪尔回答说:"我们说价值与概念相当,言外之意是指后者纯粹是表示差别的,它们不是积极地由它们的内容,而是消极地由它们跟系统中其他要素的关系确定的。它们的最确切的特征是:它们不是别的东西。"紧接着在下一页,他再次强调说:"在词里,重要的不是声音本身,而是使这个词区别于其他一切词的声音上的差别,因为带有意义的正是这些差别。"[1]一言以蔽之,能指凭借它与系统内其他能指的差别,凭借它不是其他能指,从而获得表达所指的价值。

任意性与差异性乃是语言符号最本质的特征,拉康立刻从这一发现中找到了定义"能指"的方法:"不管人们从何处开始来描述能指单位间的相互侵蚀和不断扩大的包含,这些能指单位要服从一个双重条件:其一是要化约为最小区分元素,其二是根据一个封闭秩序的法则把这些最小区分元素联结起来。"[2]在此基础上,拉康构建了他重新阐释无意识的方法论。但在阐明这一点之前,我们必须深刻理解拉康对索绪尔的符合结构所做的修改:

$$\text{Sign} = \frac{S}{s}$$

在索绪尔的符号结构中,所指居于能指之上,这表明他仍然把优先性赋予了所指。但在拉康改写后的这个表达式中,表示能指的是大写的 S,表示所指的是小写的 s,而且能指居于所指之上。这表明拉康在思考无意识话语的结构时,他把优先性不是赋予了所指,而是赋予了能指。在深入阐释这种改变所具有的深刻内涵之前,还有拉康强调的另外一种差异需要我们首先切实把握,那就是横在能指和所指之间的那根横线。在索绪尔的图示中,这根横线似乎仅仅表示所指与能指是语言符号不同的两个方面,但在拉康改写后的公式中,"它的意思是:能指在所指之上,'之上'对应了隔离这两个层面的横线"[3]。也就是说,在无意识话语中,这根横线不仅表明能指与所指的关系是任意的,而且还表明"它们一开始就被一个抵抗意义的界线分裂成两个不同的领域"[4]。说得

---

[1] 费尔迪南·德·索绪尔:《普通语言学教程》,高名凯译,岑麒祥、叶蜚声校注,北京:商务印书馆,1980 年,第 163、164 页。
[2] Jacques Lacan, *Écrits*, p. 418.
[3] Ibid., p. 415.
[4] Ibid.

更清楚一些,拉康借这根横线所要强调的是,在无意识话语中,从能指到所指几乎是不可能的,根据能指去捕捉所指几乎是不可能的。这样拉康把语言符号的任意性原则所蕴含的意义推进到了索绪尔本人也未曾到达的极致:"沿着这条道路前进,最终表明的只能是:除非参照另一个意义,没有任何意义能被维持。"① 拉康用另一个表述重申了这一命题:"意义(meaning)只坚持于(insists)指意链中,但指意链中的任何元素都不存在于(consists)它在那一刻所能提供的含义(signification)中。"②

在无意识话语中(甚至在正常的话语中),不仅能指与所指的关系是任意的,而且从能指到达所指是不可能的,而不可能的原因则是所指根本不在能指之中,所指只存在于指意链的绵延过程之中,所指只是能指相互游戏的结果。拉康不仅改变了能指和所指在索绪尔语言学中的位置,赋予能指以绝对的优先性。而且最具颠覆性的是,他还彻底重新阐述了能指:"真实的能指就是什么也不表示的能指。能指越是什么也不表示,它就越是坚不可摧。"③ 既然能指根本没有所指,既然所指根本不在能指之中,那么语言就不像索绪尔认为的那样是由统一了能指和所指的符号构成的体系,而仅仅只是一个能指体系。前文曾经指出,弗洛伊德后期认为,无意识就是只有事物表象没有词语表象的观念,据此有人怀疑拉康将无意识理解为一种话语,直接与弗洛伊德对立。其实这是一种误解,弗洛伊德之所以推断无意识没有词语表象,那是因为他那时还缺乏一种适宜的语言学观念,也就是说,他还不知道构成无意识话语指意链的不是统一了能指与所指的语言符号,而是没有所指的能指。

所指或意义只能存在于能指链的绵延过程之中,那么能指链又有什么样的结构呢?或者说能指链是根据什么原则环环相扣连接起来的呢?雅各布森的贡献之一就在于他回答了这个问题,而拉康则从他的回答中立刻洞察了进一步阐释无意识的结构的密钥。雅各布森发现,任何语言符号都涉及两种结构模式:"(其一是)组合。任何符号都是由一些(更小的)构成性符号构成的,并且/或者只有与其他符号结合在一起时才能出现。这就意味着任何一个语言单位

---

① Jacques Lacan, *Écrits*, p. 415.
② Ibid., p. 419.
③ Jacques Lacan, *The Psychoses*, p. 185.

都既是更简单的语言单位的语境,同时又在一些更加复杂的语言单位中寻找自己的语境。因此,语言单位的真实聚合把它们结合为一个更高级的语言单位:组合和编织是同一种运作的两个方面。(其二是)选择。选项之间的选择意味着存在用一个选项代替其他选项的可能性,各选项在某一方面等值,在另一方面不同。的确,选择和替代是同一种运作的两个方面。"①的确,正如雅各布森承认的那样,索绪尔对这两种活动在语言中发挥的基本作用具有清楚的认识,但由于屈从于传统观念,只相信语言的线性特征,因此只有时间序列上展开的组合原则得到了他的认可。雅各布森将针对共时而不在场符号的选择原则和针对历时而在场的符号的组合原则相提并论,这是一个至关重要的成就,因为语言的结构法则正是由这二者共同构成的,缺一不可。

拉康立刻发现,雅各布森的组合和选择正好对应了语言最为根本的两种结构原则,即换喻和隐喻;而弗洛伊德发现的梦的两种最为根本的工作机制,置换和压缩,从语言学上说,其实也就是换喻和隐喻。拉康指出,"从词语到词语的连接就是换喻的基础"。因此,就无意识话语来说,"人在换喻中找到的是什么呢?如果不是那种回避社会检查所设置的障碍的力量,又会是什么呢?这个给被压抑的真理提供领地的形式难道没有证明在它的礼物之中有一种内在的束缚?"这就是说,被压抑的真理在表达自己时,为了回避社会检查的阻碍,它不得不从一个能指转移到另一个能指;在这种无限绵延的滑移中,所指最终消失得无影无踪。与换喻不同,"隐喻的创造性火花并不来自于两个形象的并列,也就是说,并不来自于将两个同等实现的能指并列起来。它闪现在两个能指之间,其中一个能指取代了另一个能指在指意链中的位置,但被隐藏的那个能指以其与指意链中其他能指的联系而继续存在。一个词语代替另一个词语,这就是换喻的公式"②。

拉康认为,弗洛伊德早就肯定了"梦的工作遵从的是能指的法则",可惜"从一开始,人们就忽视了在弗洛伊德以最精确、最明白的方式立刻为无意识指派的身份中,能指的建构作用。"③能指作用于所指的两种基本方式就是换喻和隐

---

① Roman Jakobson, "Two Aspects of Language and Two Types of Aphasic Disturbances", in *Selected Writings: Word and Language*, Netherlands: Mouton Press, 1971, p. 243.

② Jacques Lacan, *Écrits*, p. 421, 423, 422.

③ Ibid., p. 426, 427.

喻,为了进一步阐明换喻和隐喻这两种基本结构原则,拉康从精神分析学的角度分别为之创造了一个公式。

$$f(S\cdots S')S \cong S(-)s$$

这就是换喻的结构公式,它表明正是从能指到能指的连接才使得被压抑的真理有了被删除的可能性;借助这种删除,能指在对象关系之中确立了主体"存在的欠缺"(lack of being),并利用含义的指引价值为对象投资了欲望,而这欲望针对的正是对象承载的那种欠缺。放在括号中的连字符"-"在这里表示隔离能指与所指的栅栏继续存在,这根横线表明,在能指和所指的关系中构成的含义将受到不可避免的阻抗。也就是说,在从能指到能指的换喻绵延中,所指(意义)是永远也捕捉不到的。隐喻的结构公式则是:

$$f\left(\frac{S'}{S}\right)S \cong S(+)s$$

它表明正是能指对能指的替换才生产了某种诗意的,或者创造性的指意效果。换句话说,正是这种替换才使得我们此刻讨论的含义出现。置于括号中的符号"+"在此表明了隔离能指与所指的横线在隐喻中终于被穿越了,因为这种穿越,所指(意义)终于被实现了。这个穿越还表示了能指进入所指的条件,即主体必须把自己的位置与这个通道临时(它也只能临时)合并。隐喻的结构也为我们提示了解释的条件:只有揭示了被能指链上的某个或某些能指替换掉(因为被压抑而不显现)的能指,才能发现这个或这些能指的真实所指—含义。①

二、主体的异化与分裂

无意识是一种话语,具有语言的结构,但无意识的指意链仅仅由能指构成,它服从的是能指的法则。在此基础上,我们弄清了作为能指之基本法则的换喻和隐喻的结构。但还有一个基本问题我们没有涉及:就精神分析而言,能指是什么? 在思考能指的身份的过程中,拉康首先打断了能指和所指的联系,将能指清空。然而这些本身毫无意义、什么也不表示的能指并非毫无作用,而是深

---

① Jacques Lacan, *Écrits*, pp. 428—429.

刻地决定了主体,因为主体的无意识就是这些能指作用于主体的结果。能指是什么?能指就是"替另一个能指表征主体的东西"①。严格说来,这不是一个关于能指的定义,因为在这个命题中,被定义的对象出现在了为对象定义的陈述之中;拉康的这一命题表明,能指是一种无法自我封闭的东西。正如拉康强调的那样,精神分析的症结就在于,能指替另一个能指表征的主体究竟是一个怎样的主体?在追问"无意识就是大他者的话语"的道路中,我们必须着手处理这个问题。

主体是什么呢?对于深受理性主义哲学传统熏陶的人来说,这是一个奇怪的问题,也就是说,是一个不成问题的问题。主体难道不就是"我思故我在"的"我"吗?笛卡儿的那个说"我"的主体对应的就是"自我",这个"自我"不仅相信自己就是自己思想的主人,而且相信自己的思想符合外在的现实。对笛卡儿来说,即使我其实只是一个物件或者机械,即使我的思想其实只是神经错乱的妄想,但既然我在思想,那么我就绝对存在。笛卡儿的"我思故我在"有两个牢不可破的基本预设:思维与存在的绝对同一,主体绝对的自主统一。然而就在这似乎不成问题的地方,拉康发现了一个至关重要的问题:"我作为能指的主体而占据的位置与我作为所指的主体而占据的位置究竟是同心的还是离心的?这是一个问题。问题的关键不在于知道是否我以一种符合我之所是的方式谈论自己,而是要知道,当我谈论自己时,我是否就是我所谈论的那个自己。在此我们没有理由不引进思想这个术语。因为弗洛伊德就用这个术语来表示无意识中的那些关键成分,也就是我刚才指出的指意机制中的关键成分。但是,哲学的我思(*cogito*)就居于那个幻象的中心,这一点仍然是真实的;这个幻象使现代人笃信,他自己就在他对自己的不确定中,甚至在他的怀疑中。"②拉康所要揭示的是,"我思故我在"只是一种幻觉。精神分析学的根本任务就是破除这种幻觉,反过来说,如果人们死抱这种幻觉不放,那么他就无法进入精神分析学的世界,最终他也无法真正了解人。认识你自己!如果这句箴言发布的指令至今仍然有效,那么就让我们勇敢地走进精神分析学的领域。

---

① Jacques Lacan, *The Four Fundamental Concepts of Psychoanalysis*, trans. Alan Sheridan, London: Penguin Press, 1979, p. 20. 虽然这个定义迟至1964年第11期研讨班才给出,但在20世纪50年代后期的思考中,拉康已经充分阐述了这一定义的内涵。

② Jacques Lacan, *Écrits*, p. 430.

精神分析学揭示了一个基本的真理：主体所谓的自主和统一根本就是一个幻觉，异化和分裂才是主体的根本命运和存在论本质。这一真理在弗洛伊德那里已经得到了基本探索，但直到拉康才得到最理论化的阐述。

主体的异化首先发生在想象界，然后在象征界中被再次强化。发生在想象界中的异化开始于镜子阶段的镜像认同。在主体的历史中，镜子阶段是一出戏：一个尚处于婴儿阶段的孩子，行为不能自主，一切依赖他人，它的身体远不是一个系统，只不过是各种零散器官的大杂烩，身体与外在环境的边界仍然模糊不清，既不能将自己与外在世界区分开，也不能将自己感知为一个独立的整体，但就在这个神奇的时刻，它却突然兴奋地将镜中形象归属自己。在拉康看来，"这在一种典型的情景中表现了象征矩阵。在这个矩阵中，我在一种最初的形式中得以猝成，然后才在认同他人的辩证法中客观化，以后语言才在普遍性中为其重建作为主体的功能"①。

镜子阶段这出戏的戏剧性就在于它表现了一种基本的情感动力，凭借这种情感动力，婴儿在神经系统尚不成熟、自身尚且不具备整体感知能力的情况下，"先行"出了自己的整体形象。婴儿先行的是作为一个单独的统一整体的感觉，它看到自己看上去就像其他人一样。最终，婴儿在镜中看到的这个实体、这个统一存在会形成一个自己，这个实体将由词语"我"来表示。但是，此间真正发生的是一个异化。婴儿看见镜中的影像，然后就认为这个镜像就是"我"。但这并非它自己，只是它的镜像。婴儿将自己和镜像等同起来，这一误认创造了婴儿的自我，相当于为主体创造了一副盔甲。这副盔甲，这种关于整体、综合的幻觉和错觉把碎片化的身体包裹起来并加以保护，但同时也不可避免地异化了它。因为它的身体的完全形式只能以完型的方式给予它，因为它的身体的完型是以一种外在的方式给予的，而且不是它构成了这一形式，而是这一形式构成了它；尤其重要的是，在这种形式里，形式是作为其身体的轮廓而出现的，这轮廓冻结了这个形式，而且以反转的方式与它对称。通过形式的这两个特征，这个完型目前象征了我的精神的永恒，同时也预示了其异化的结局。总之，"镜子阶段是一出戏，这出戏生产了从身体的破碎形象到我所说的关于身体整体性的外科整形形式的种种幻象——直到最终穿戴起异化身份的盔甲。这副盔甲以

---

① Jacques Lacan, *The Four Fundamental Concepts of Psychoanalysis*, p. 76.

其僵硬的结构标示出主体的精神发展"①。

镜像认同是一个不自然的现象,它在完整、对称的外在形式,一个理想的统一体和内在的混乱情感之间构成了一个异化。从此以后,人对自己的存在感就变得摇摆不定了,因为他必须在他人凝视这个模糊的镜子中预期自己的形象或理想。所有连续的分离和认同性的合并就会重新上演那一幕原初的戏剧:从外在方面来呈现自己的存在,但随后又压抑这个存在。言语只能尽可能地表现这个存在,但绝不可能成为这个存在。也就是说,镜子阶段这出戏从不足到先行,但是它永远不能在存在中实现同一和完整。从这个意义上说,镜像认同是所有次生认同的根源。"但关键的问题是,在其被社会规定之前,这个形式就将自我的动因安置在一个虚构的方向上。这个方向对任何个人而言都是不可缺少的,或者毋宁说,无论作为我的主体在解决它与自己的现实的不和谐时,将这辩证的综合完成得多么成功,他也只能渐近地与主体的产生会合,但永远不能到达。"②

镜子阶段的镜像认同只是主体遭受的第一次异化,随着俄狄浦斯阶段的到来,主体将遭受第二次异化。根据拉康的理论,在俄狄浦斯情结之前,幼儿滞留于母子的二元关系,处于一种想象的完满之中。随着俄狄浦斯阶段的到来,幼儿开始觉察到母亲—他者也是有欠缺的。尽管幼儿不知道母亲—大他者究竟欠缺什么,想要什么,但它仍然想象自己就是她所欠缺的菲勒斯(Phallus)——拉康用菲勒斯来象征这种欠缺。这种想象的完满给幼儿带来了无上的满足,但这种满足注定很快就会破灭,因为父亲随后就会出场。父亲以语言颁布了父亲的法律,它禁止幼儿把自己想象为母亲欠缺的菲勒斯(也禁止母亲把幼儿当作自己欠缺的菲勒斯)。在俄狄浦斯阶段,幼儿面临一个选择:一边是母亲的欲望,即原初快感,一边是父亲的法律,语言便是以父亲的法律为基本原则而运转的。是紧抱母亲的欲望滞留于完满而混沌的实在界中,还是放弃母亲的欲望接受父亲的法律,进入秩序井然的象征界中?做出抉择并不困难,因为正如芬克(Bruce Fink)指出的那样,幼儿此时面临的处境一如行人在荒郊野外突然遭遇剪径劫财的绿林大盗:要钱还是要命?稚弱的幼儿面临父亲这个强大的大他者,在阉割威胁下,它只能选择父亲的法律。如果人想成为一个主体,他就必须

---

① Jacques Lacan, *Écrits*, p. 78.

② Ibid., p. 76.

选择屈服。不过尽管力量悬殊，但这仍然是一个选择，也就是说，幼儿仍然有拒绝父亲的法律的可能性。在这场争斗中，如果幼儿不幸战胜了大他者，那么我们所能看到的就不是一个"正常"的人，而是一个精神症患者，因为他拒绝屈服于作为语言的大他者，使自己滞留于实在之中。由于父亲的法律，幼儿被引进了语言，引进了象征秩序，在象征秩序中占据一个位置，获得某种身份，也就是说，开始成为一个主体。但这一收获所必须支付的代价是，放弃与母亲合而为一的原初快感，也就是说，放弃成为母亲欠缺的菲勒斯。主体是什么？回到我们曾经提出的这个问题，现在我们可以给出拉康的答案了："语言的作用就是把这个原因引进主体。通过这种作用，他不是他自己的原因；他把这个撕裂了他的蠕虫般的原因深藏体内。因为他的原因就是能指，没有能指，实在之中就不会有主体。这个主体是由能指表征的，但除了替另一个能指表征主体外，它什么也表征不了。"①也就是说，主体就是由一个能指替其他能指表征的东西。这一定义的突出贡献就是它揭示了主体乃是能指或者语言的结果。

我们从拉康的哲学中获得的基本教义之一就是，在人成为人的过程中，在主体的历史进程中，主体必须经历两次异化：镜子阶段的异化和俄狄浦斯阶段的异化。在镜子阶段，它将一个镜像、一个他者认作自己；在俄狄浦斯阶段，他屈从于父亲的法律，把自己让渡给大他者。无论是在最初的镜像认同中，还是在后来的俄狄浦斯认同中，主体都是在一个虚构的方向上去建构它的自我。从这个意义上说，主体的形成本质上就是一种异化的结果。由于这种双重异化，"主体最终只得承认，它的存在绝非别的什么，而只是它自己想象中的作品；而且这个虚构削弱了他所有的确定性，因为在为另一个人而重建其存在的工作中，它再次遭遇了根本性的异化，这异化使它像另一个人那样建造其存在，而且这异化总是注定了其存在要被另一个人夺走"②。因此，我们绝不能从黑格尔与马克思的异化理论去理解拉康的异化，"对拉康来说，异化不是加于主体且能够超越的一个偶然事件，而是构成主体的一个本质因素。主体在根本上就是撕裂的，与他自己异化，这种分裂是无法避免的，根本没有'完整'或综合的可能"③。

---

① Jacques Lacan, *Écrits*, p. 708.
② Ibid., pp. 207—208.
③ Dylan Evans, *An Introduction Dictionary of Lacanian Psychoanalysis*, East Sussex: Brunner-Routledge Press, 2001, p. 9.

然而与母亲合而为一的原初快感是主体无法放弃的,所以主体,尽管他已经选择了向语言屈服,仍然总是竭尽全力去捕捉这种快感。但是,置身于象征秩序中的主体只能通过语言去表达、捕捉他所需要的快感,而以父亲的法律为基本原则而运转的语言的核心则是乱伦禁忌,也就是说,语言的正常运转以切割、删除母亲的欲望为前提。由于这个悖论,主体在形成之际当即被不可避免地分裂了,分裂为意识维度内陈述的主体(subject of the statement)和无意识维度内言说的主体(subject of the enunciation)。在主体的"正常"话语中,主体喋喋不休地说着"我":我想——,我要——,我会——,我认为——,在我看来——,但这个"我"只是陈述的主体,一个陈述的主语,那个真正说话的人,那个言说的主体并不在这个"我"之中,言说的主体已经被语言删除了。只有在口误、诙谐、症状以及梦境中,这个言说的主体才会显露其昙花一现、转瞬即逝的存在。

1953年,拉康在"罗马报告"中论及主体的虚语和实语时,他所关注的就是主体基于异化的分裂,为此他明确指出,"关于主体的自我,我们绝不可能从中解读出什么东西;这个自我不能再被主体以'我'的形式呈现,也就是说,不能以第一人称的形式呈现";而"分析者的艺术就是必须中止主体的所有确信,直到它们最后的幻想都被消灭"①。为此,精神分析所能利用的唯一手段就是主体的话语,因为语言对主体的分裂正好可以从主体的话语中得到验证:在绝大多数情况下,主体的话语小于他真正要说的东西,这就是精神分析中的虚语或者空话;在极少数情况下,比如在口误、笔误或者诙谐中,主体的话语大于他实际的陈述,这是精神分析中的实语。总之,主体绝不可能恰如其分地表达他真正想说的东西。如果说在弗洛伊德那里,口误还只是一种特殊的话语现象的话,那么在拉康这里,口误已经成为话语的本质,人类的一切话语本质上都是口误。

主体的分裂揭示了一个悖论:在异化之前,主体根本没有所谓的存在(being)问题,因为没有异化就没有主体;异化之后,主体得以形成,但就在他形成之际又被立刻抹除了。因此严格说来,异化为主体的存在带来的只是一种纯粹的可能性,带来了一个位置,人们可以在这个位置上发现一个主体,但尽管如此,这个位置仍然是空的。从某种意义上说,异化与其说建构了主体,不如说建构了一个位置,但从这个位置被建构之时起,主体就不在这个位置中。主体最

---

① Jacques Lacan, *Écrits*, p. 208, 209.

初掩盖的就是这种欠缺。异化表现了象征秩序的建立,主体就在这个象征秩序中被安排下一个位置;这个位置只是给他安排的,其他人无缘分享,但拥有这个位置的他实际上并不在这个位置上,因为语言对主体的建构其实就是对主体的删除,主体滑到能指链之下并隐没在能指后面,他在象征界中留下的唯一痕迹就是作为一个位置标记者,一个位置占据者。阿兰·米勒(Alain Miller)认为空集就是表现不在其位的主体的最好符号,空集没有任何元素,但仍然不失为一个集合,因为一旦我们以符号{Ø}来表示这个空集时,这种虚无就变成了某种东西。拉康的主体同样是对某种虚无的命名。

在笛卡儿看来,没有什么比"我思故我在"更加确定无疑的事了,但在拉康看来,这种确信只是一种纯粹的幻觉。基于主体的分裂这一根本事实,拉康以一种激进而决绝的方式将笛卡儿的这一箴言改写为:"我在我不在处思,因此我在我不思处在。"①

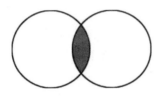
笛卡儿的主体图式

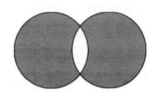
拉康的主体图式

上面两个图示便是芬克为笛卡儿的主体和拉康的主体所做的形象化表现:对笛卡儿来说,思维与存在乃是同一的,我思想所以我存在,我存在,那是因为我在思想。但对拉康来说,一旦我思想,我便不存在;我若要存在,我就不得思想。在拉康这里,存在不是与思维同一,而是与欲望同一。然而欲望是什么呢?

三、人的欲望就是大他者的欲望

除了无意识,也许欲望就是拉康哲学中最重要的概念了。斯宾诺莎一反理性主义传统,断言人的本质不是理性而是欲望,在这一点上,拉康是他的同道,但拉康的欲望首先指的是无意识欲望。那么欲望是什么呢?"欲望既非对满足

---

① Jacques Lacan, *Écrits*, p. 430.

的渴求,也非对爱的要求,而是用后者减去前者所导致的差额。"对此拉康还有另一种表述:"欲望成型于要求与需要分离的空白中。"① 据此伊文斯(Dylan Evans)对欲望有一个更为简明的表述:"欲望就是以要求表达需要时所产生的剩余。"② 拉康的定义为欲望揭示了两个根本特征:首先,欲望绝不是性本能,而是与语言密切相关,欲望只能在言语之中形成;其次,欲望与语言天生不相容,欲望的内容正好是语言要删除的东西。

无意识作为一种话语,自然是某种欲望的表达,然而它表达的是谁的欲望呢?是主体的欲望吗?如果是,鉴于拉康已经充分证明了主体的分裂,那么这欲望是哪一个主体的欲望呢?对此人们很可能会不假思索地认为,无意识话语表达的当然就是那个被压抑、删除或者切割了的言说的主体的欲望。然而事情并非如此,无意识话语表达的既非"陈述的主体"的欲望,也不是"言说的主体"的欲望,而是大他者的欲望:"如果欲望在规定条件下的主体中只是一种效果——话语的存在将这种条件强加给主体,目的是使他的需要穿过能指的狭窄通道;如果像我在上文宣布的那样,通过打开移情的辩证法,我们必须确立一个大写的他者的观念,以之作为言语展开的处所;那么由此必须假定,作为受语言制约的一种动物,人的欲望就是大他者的欲望。"③ 在我们理解"无意识就是大他者的话语"这一神秘箴言的征程中,这是又一个颇费心力的难关。

无意识话语表达的当然不是陈述的主体的欲望,因为陈述的主体只是一个陈述的主语,一个标记位置的记号,而那个本应占据这个位置的人从来不在这个位置中。正如拉康指出的那样,陈述中的"我"就像方位名词"这里""那里",正如"这里""那里"真正指示的地方从来不在"这里""那里"这种词语中,那个实际言说的主体也从来不在这个"我"这个词语之中。然而人的欲望也不是言说的主体的欲望,这一点可能的确令许多人深感惊诧,但事实的确如此。为什么呢?因为言说的主体其实没有自己的欲望,他只能欲望大他者的欲望,只希望被大他者欲望。

人的欲望就是大他者的欲望(Man's desire is the desire of the Other. / Le

---

① Jacques Lacan, *Écrits*, p. 580, 689.
② Dylan Evans, *An Introduction Dictionary of Lacanian Psychoanalysis*, p. 38.
③ Jacques Lacan, *Écrits*, p. 525.

désir de l'homme, c'est le désir de l'Autre)。句中的第二个介词 *de* 对这句话的理解具有举足轻重的影响,因为这个介词在法语中既可以表示主格,也可以表示宾格。作为主格,这句话的意思可以作如下理解:人的欲望就是大他者的欲望,人的欲望与大他者的欲望相同,人的欲望对象就是大他者的欲望对象。作为宾格,这句话的意思可以作如下理解:人的欲望就是让大他者来欲望他或她,人的欲望就是大他者对他或她的欲望。"欲望之所以可以是对大他者的欲望,是因为主体欠缺的存在其实是大他者的存在;大他者的存在将填补主体自己的有限,重新恢复因为进入象征秩序而被粉碎的充裕的幻觉。再者,欲望之所以可以是对大他者的欲望,是因为主体认为,只有在大他者的承认中,他才能获得合乎自己的自我意识;大他者的承认刺激并部分恢复了对原初统一的基本肯定。"①

人的欲望就是大他者的欲望。这句箴言的第一层意思是:人所欲望的对象就是大他者所欲望的对象,说得更准确一些,只有被大他者欲望的东西才能成为人的欲望对象。这就是说,人是从另一个人(大他者)的角度来欲望的。当人的欲望指向的是一个自然物体时,只有当这个物体受到同样针对它的他人的欲望的"中介"时,这欲望才是人性的。拉康深受科耶夫(Alexandre Kojève)影响,认为某物之所以能上升成"人性的"欲望对象,而非仅仅是维持本能的需求对象,原因完全不取决于这个事物本身,而是取决于它被他人欲望这个事实。在两军激战的阵地上,为了夺取或者保护山头飘扬的一面破碎不堪的旗帜,双方的战士不惜为之付出生命,前赴后继在所不辞。就其本身而言,这面旗帜只是一块破布而已,毫无价值,但正因为它是双方的欲望对象,所以才有人为之血溅沙场。

这句箴言的第二层意思是:人的欲望就是被大他者欲望,得到大他者的承认。拉康的这种观点深受科耶夫的影响:"人性的欲望必须指向另一个欲望……人的欲望,或者更准确地说,人这种动物的欲望生产了自由而历史的个人,他能够意识到他的个性、他的自由、他的历史,最终甚至能意识到他的历史性。因此,人的欲望不同于动物的欲望,因为人的欲望指向的不是一个实在的、'实证的'、既定的对象,而是指向另一个欲望。因此,在男女关系中,只有当欲

---

① John P. Muller and William J. Richardson, *Lacan and Language: A Reader's Guide to Écrits*, New York: International University Press, 1982, p.282.

望的不是身体,而是他人的欲望时,这欲望才是人性的;只有当他想'拥有'或者'同化'作为欲望的欲望时,也就是说,只有当他希望在他的人性的价值中,在他作为一个人性的个体这一现实中被'欲望',或者被'爱',或者被'承认'时,这欲望才是人性的。"①

这句箴言的第三层意思是:欲望总是对其他事物的欲望,因为人不可能对业已拥有的事物产生欲望。欲望总是指向尚未拥有之物或者不能拥有之物。欲无止境、欲壑难填的根本原因就在于此。

从上述分析可知,"人的欲望就是大他者的欲望",这一论断不仅适用于言说的主体,而且也适用于陈述的主体。无论是作为言说的主体还是陈述的主体,主体的欲望本质上都是大他者的欲望,然而这一事实即使对陈述的主体也是无意识的。陈述的主体喋喋不休地说着我想、我要、我希望、我认为,其实他所想要的、他所希望的事物只是大他者所想要的、希望的事物;甚至他之所以想要什么、希望什么,那也是因为大他者让他那样期盼、那样欲望,而他对此却一无所知。从精神分析学上来说,主体实实在在是一个牵线木偶,他的一举一动都受制于大他者的支配,而他还以为这一切都出自自己的意愿。西谚有云:人一思考上帝就发笑。这句谚语的本意是嘲笑人的理性与神的神圣相比微不足道,但现在我们可以从精神分析的视角赋予一种新的理解:人自以为是他自己在思考,其实是大他者在让他思考,而且是让他那样思考。现在我们终于明白,既然"人的欲望就是大他者的欲望",而无意识作为一种话语乃是一种欲望的表达,那么自然"无意识就是大他者的话语"。然而大他者是谁呢?这是我们所要追问的最后一个问题。

大他者是谁?这是一切阅读拉康的读者都会深感头痛的问题。在弗洛伊德的著作中,他者(other)并未成为一个特殊的精神分析学概念,芬克认为,拉康似乎是通过科耶夫从黑格尔处借来并发展了这个概念。前文业已指出,甚至在1953年的"罗马报告"中,拉康都还没有区分小他者(other)和大他者(Other)。直到1955年第二期研讨班,拉康才明确区分了二者,从此这种区分就在拉康此后的学术生涯中始终占据了核心地位。

---

① Alexandre Kojève, *Introduction to the Reading of Hegel*, ed. Allan Bloom, trans. James H. Nichols, J. R., Ithaca: Cornell University Press, 1980, p. 6.

拉康的小他者指的并非某个真实的他人,而是主体折射和投射的自我——主体总是将某个或者某些他人折射和投射为他的自我。小他者和自我之所以能够相互交换,原因就在于此。小他者完全属于想象界,它是主体想象认同的对象。大他者完全位于象征界中,完全铭刻在象征命令之中。大他者指示了一种根本的他异性(otherness),它绝不是主体可以认同的对象,而是主体服从/取悦的对象。主体不会去认同大他者,不是大他者不允许主体这样做,而是主体不允许自己这样做。这一点参照基督教就一目了然了:不是神不允许基督徒模仿自己,而是基督徒绝不允许自己模仿神。"大他者既是另一个主体,它以其根本的他异性和不可同化的唯一性成为一个主体,又是中介主体和其他主体之关系的象征命令。"① 我所要补充强调的是,大他者作为一个主体乃是大写的主体(Subject),发布命令的主体,而非小写的主体(subject)则是服从命令的主体/臣民。在大他者的这两个含义中,作为象征命令的大他者优先于作为另一主体的大他者,因为拉康明确指出:"大他者应该首先被当作一个场所,言语就是在这个场所中被构成的。"② 尽管有这种逻辑轻重之别,但我还是认为,当事关拉康的大他者时,我们在任何时候都应该将这两个含义同时加以考虑。大他者既是言语-命令构成的处所,也是那个说话-发布命令者,谁占据了这个位置,谁就是大他者;但是,当然没有任何具体个人能够真正占据这个位置。说大他者就是语言,就是象征命令,固然不错,但这种去拟人化的理解有损拉康这两个箴言的冲击力:无意识就是大他者的话语,人的欲望就是大他者的欲望。我们无意为拉康的哲学增加神秘色彩,但也不愿损害它与其修辞密切相关的强大力量。严格地说,大他者不是象征命令,而是象征命令的发布者,当然如上所述,这个发布者不可能是任何具体个人可以充当的。大他者之所以为大,乃是因为它对主体拥有权力,主体心甘情愿地服从它,取悦它,竭力向它寻求认可和赞扬。没有大他者的首肯,任何真理都无法获得保证:"分裂的主体力图把谎言放置到真理的位置,把假话放进大他者的口中,因为一个讯息只有在被大他者说出时才能被当作真理。"③

---

① Dylan Evans, *An Introduction Dictionary of Lacanian Psychoanalysis*, p. 136.
② Jacques Lacan, *The Psychoses*, p. 274.
③ Pierre-Gilles Gueguen, "Transference as Deception", in *Reading Seminar XI*, ed. R. Feldstein, B. Fink, and M. Jaanus, New York: State University of New York Press, 1995, p. 82.

那么大他者就是超我吗？毫无疑问，在拉康的精神分析学中，超我与大他者是两个不同的概念，具有不同的内涵，但是二者也有重叠，就超我乃是一个命令而言，超我就是大他者。

通常我们认为，超我乃是心灵最高级的动因，负责稽查无法无天、唯乐是从的本我和软弱妥协的自我；也就是说，超我的任务就是让主体服从道德法律。这种认识自然不错，但是只看到了超我阳光的一面，而忽略了超我淫秽的一面：超我不仅是一个命令，而且还是一个蛮横无理的命令；超我不仅让主体服从，而且还要主体享受其服从。正如拉康所说，"超我是一个命令"，"与法律这一领域、这一观念一致"；但另一方面，"人们也必须强调指出其作为纯粹命令、纯粹暴政的愚蠢而罔顾一切的特征"。因此，"超我与法律有关，它同时又是一种不可理喻的法律；它是如此之不可理喻，以致认可法律都遭到了失败。超我既是法律，又是对法律的摧毁。因此，它就是言语本身，就是法律的戒律，因为除了它的根本之外，它一无所剩。这种法律被化简为某种甚至无法表达的东西，就像'你必须！'这样的句子，它是没有任何意义的言语。正是在这个意义上，在主体的原始经验中，超我最终被当作最具毁灭性的、最令人迷狂的东西"。①

作为一个命令的超我就是大他者，超我的淫秽之处也就是大他者的淫秽之处。其淫秽性表现在以下三个方面：首先，这个命令在要求上是专横的，它所要求的是绝对的、无条件的服从，因此是不可理喻的、罔顾一切的。其次，它在逻辑上是空洞的，它是一种纯粹的命令，纯粹的法律；所谓纯粹，就是说它仅仅以"你必须！"这样的形式出现，除了言语本身，它没有任何其他内容。最后，在主体的原始经验中，超我既是最令人迷狂的东西，也是最具毁灭性的东西，因为它与主体的原始创伤密切相关。

大他者的淫秽性在意识形态命令中具有最为典型的表现。作为意识形态的大他者，其淫秽性首先表现在意识形态本质上也是一种"不可理喻的法律"。人们对意识形态大他者的服从不是基于其逻辑正义，而是基于大他者本身，只要这个大他者是不可思议的，只要它还保留着蛮横、非理性、给人造成创伤的特征。作为意识形态的大他者的创伤性、非理性特征不仅不会减损其权威，恰好相反，其权威正是来自于这种创伤性和非理性。一言以蔽之，对大他者的服从

---

① Jacques Lacan, *The Psychoses*, p. 274.

本质上是一种信仰。正是在此,我们触及了一个惊人的发现:信仰乃是"外在的";也就是说,主体服从大他者,不是因为大他者向主体展示了它无可置疑的真理和正义,而只是因为它被想象性地当作了真理和正义。以宗教意识形态为例,人们一般认为,信徒对教义的服从向来就是一种虔诚的心悦诚服,因而信仰必定是内在的。然而事实并非如此。克尔凯郭尔就曾指出,如果我们只是因为觉得耶稣智慧、慈悲才信仰他的话,那是可怕的亵渎;恰好相反,只有信仰行为本身才能使我们洞察基督的美德与智慧。帕斯卡尔对宗教赌博的论证非凡地揭示了信仰的外在性:

> 不要把精力集中于通过增加上帝存在的证据而说服自己,而要把精力集中于通过减少你的热情而说服自己。你想找到信仰,但不知道路在何方。你想摆脱无信仰的痼疾,寻找疗救的药方,那么学学那些人吧:他们一度像你一样束手无策,但现在却倾其所有孤注一掷。他们知道你在寻找的道路,他们也治愈了你一直想根治的那些烦恼。沿着他们开辟的道路前进吧。……这倒使你自然地产生信仰,变得更加温驯起来。选择这条路对你有什么危害呢?你将会守信、诚实、谦逊、忠于职守……不会再沉迷于有害的娱乐、荣誉和生存环境……在这条路上,你每走一步都会发现,你的收获是如此确凿无疑,而要冒的风险却可以忽略不计。最终你会认识到,你赌赢了无数确凿无疑的事物,却没有为此付出一分半厘。①

正如齐泽克所说,"我们当然必须寻找合理的理由,以证明我们的信仰,证明我们为何要服从宗教律令。但至关重要的宗教经验是这样的:这些理由仅对那些也已信仰的人揭示自己——我们找到了证明我们信仰的理由,那是因为我们已经信仰了;我们并非因为找到了足够多的信仰理由才信仰。"②资产阶级知识分子对保守主义的反动十分厌烦,对自由主义的虚伪深为不满,但是对马克思主义又极为怀疑。他们犹如歧路亡羊者,不知何去何从。他们的出路在哪里呢?他们不应该竭尽全力去求证无产阶级的历史使命这一真理,相反,他们应该首先征服自己身上的小资产阶级的激情和偏见,立即投身于轰轰烈烈的革命

---

① 帕斯卡尔:《思想录:论宗教和其他主题的思想》,何兆武译,北京:商务印书馆,1985年,第128—129页。本节根据齐泽克引文翻译,与何译略有不同。

② Slavoj Zizek, *The Sublime Object of Idelogy*, p. 37.

浪潮。选择这条道路对他们有什么坏处呢？什么也没有。他们作为资产阶级知识分子的迟疑、彷徨和自恋都将一扫而空，转而变得沉毅、坚定，充满勇往直前的大无畏精神，升华到为革命而牺牲的崇高境界。一句话，他们的人生将从此获得崇高的意义和价值。意识形态信仰的基本姿态，以基督教为例，是这样的：不要问为什么要信仰上帝，信仰后你就知道了。政治信仰的基本姿态，也是如此：不要问为什么要选择它，选择后你自然会知道。作为意识形态的法律所需要的基本姿态是：为什么要服从？因为你必须服从，而且你必须享受你的服从。

绝对命令最纯粹的表达是：你能，因为你必须！拉康在《精神分析的伦理学》中将康德与萨德相提并论不是为了耸人听闻故作惊人之举，而是因为他看到康德的绝对命令中隐藏着一个淫秽的超我的命令：享乐吧！"这是大他者发出的声音，他命令我们为了义务而服从义务；这个声音是创伤性地突然发作的对不可能的快感的追求，它打乱了快乐原则与作为其延伸的现实原则之间的动态平衡。……道德律的淫秽性表现在什么地方呢？不在黏附于法律之纯粹形式之上并污染了这种形式的那些多余、残余的经验性的'病态的'内容，就在于这形式本身。道德律是淫秽的，因为正是它的形式作为驱使我们服从其命令的动力在发挥作用——也就是说，我们服从法律只是因为它是法律，而非因为它有一套确实可靠的理由。道德律的淫秽性是其形式特征的正面。"①

"无意识就是大他者的话语"，为了彻底理解拉康的这一箴言，我们不仅必须准确把握能指的特征和无意识话语的结构，还必须深刻理解何为主体以及主体的异化和分裂这一根本事实，并在此基础上明察人的欲望就是大他者的欲望，不能明察这一真理就不可能真正理解无意识就是大他者的话语。最后，我们还必须进而认识，就超我是一个命令而言，大他者就是超我，以及超我的淫秽性。只有全部把握了上述四个方面，我们才能彻底理解何以无意识就是大他者的话语。阐释这个箴言不仅是研究拉康思想的根本任务之一，同时也将为我们思考"人的自由"这一主题开拓一个新的境域。

---

① Slavoj Zizek, *The Sublime Object of Idelogy*, p. 81.

凝视：一个精神现象学问题

从 1964 年 2 月 19 日到 3 月 11 日，拉康在其第 11 期研讨班上就凝视（regard/gaze）作了四次专题报告，并将这四次报告总其名曰《论作为对象 a 的凝视》。在拉康之前，萨特在其《存在与虚无》中对凝视已有论述，梅洛-庞蒂的《知觉现象学》与《可见的和不可见的》所关注的也是视觉与主体的关系。拉康无疑受到了二者的启发，但他和二者持论迥然有别。凝视如今已然成为电影理论和政治理论中非常重要的主题之一，拉康对凝视的分析无疑是最主要最直接的理论渊源，因此，对拉康的凝视理论有一个基本理解就成为关注这一主题的学者不可回避的现实。

尽管国内外学术界关于拉康的凝视已有不少论证，甚至是专论，但拉康的凝视理论仍然存在诸多未解之谜；任何有志于对拉康的凝视理论做一番彻底研究从而去直接阅读《论作为对象 a 的凝视》的读者，不管他们此前阅读了多少关于这一主题的论述，从而自认为对此已有相当程度的了解，一旦真正进入拉康的这个文本，进入他所建造的迷宫，都会不断遭遇一个又一个谜题，从而深感寸步难行。正因为此,本篇文章无意于对延伸进电影美学和政治哲学中的凝视(比如福柯的 panopticism)做一番综合考察,而只拟通过文本细读的方式集中探究拉康的凝视理论,希望对此问题做出尽可能清晰的解释。

拉康的凝视之所以费解,首先便是他所定义的凝视与常识中的凝视迥然不同。常识理解的凝视无非是我的凝视,或者是他者对我的凝视,无论如何,总之与眼睛,更准确地说,与含情脉脉或者全神贯注的眼睛密切相关。拉康所谓的凝视与眼睛无关。凝视而与眼睛无关,这怎么可能呢?就常识而言,这的确是荒谬的;但如果我们想真正把握拉康的凝视,由此获得一些深刻的洞见,而非停留于常识,我们就必须首先把常识之见悬置起来。

一、眼睛与凝视

在正式解释或者定义自己的凝视之前,拉康首先重申了萨特在《存在与虚无》中对眼睛和凝视的区分。萨特的非凡之处在于,他是从存在论而非认识论出发去思考凝视的,并因此再从凝视出发去思考主体与他者之间的关系,因为在他看来,主体、他者以及主体与他者的存在论关系首先是在视觉领域内展开的。由于萨特将他者定义为"凝视着我的人",所以我与他者的基本关系就必须归结为"我被他者看见的恒常可能性"(my permanent possibility of being-seen-by-the-Other)。"总之,我认为世界中的他者**或许是**一个人,这一理解起源于**我—被—他—看见**的恒常可能性,也就是说,起源于看见我的主体永远有可能被替代为被我看见的对象。'被—他者—看见'是'看见—他者'的真理。"[1]正是因为他者原则上就是凝视着我的人,因此萨特认为必须澄清凝视的含义。为此,他首先正确地区分了凝视与眼睛。萨特指出:"当然,凝视最经常的表现就是两个眼球会聚到我身上。但是它也完全可以因树枝的沙沙声、寂静中的脚步声、百叶窗的微缝、窗帘的轻微晃动而表现出来。"[2]比如在军事突袭时,在灌木丛中匍匐前进的人们要逃避的凝视不是来自眼睛,而是来自对着天空映现的、

---

[1] Jean-Paul Satre, *Being and Nothingness*, trans. Hanzel E. Barnes, New York: Washington Square Press, 1993, p. 257. 本篇文章参阅了陈宣良等的中译本,但引文悉自英文译出。本书中所有引文中的强调字体均为原文所有,此后不再一一注明。

[2] Jean-Paul Satre, *Being and Nothingness*, p. 257.

在丘陵之上的白色村舍;而对于那些出于嫉妒、好奇心或怪癖而无意中把耳朵贴在门上,或者透过锁孔向内窥视的人来说,寂静中走廊上传来的声音就是凝视;就密林之中专心致志于狩猎的猎人来说,背后林中传来的沙沙声就是凝视。萨特进而指出,当务之急是定义这凝视本身。眼睛首先不应被当作视觉的感觉器官,而应被当作凝视的载体。因此,不能将灌木丛、农舍或脚步声归结到隐藏在窗帘背后、树林背后窥视者的肉眼:它们本身就已经是眼睛了。至于凝视与眼睛的关系,萨特认为是互相排斥的:"如果我体会到凝视,我就不再知觉到眼睛:它们在那里,它们仍然作为纯粹的表象在我的知觉范围之内,但是,我用不着它们,它们被取消了,退出了活动,它们不再是某一主题的对象……他者的凝视掩盖了他的眼睛,它似乎是走在眼睛前面的。"①

将凝视与眼睛区分开来,并指出二者处于一种相互排斥的关系之中(需要指出的是,这一点在萨特那里仍然是比较模糊的,没有得到进一步的深入探究),这是拉康和萨特的共同之处。然而二者的共鸣到此为止,此后便是深刻的、本质性的差异,因为二者对凝视的效果具有截然不同的理解。

当我出于嫉妒、好奇或者某种怪癖而把耳根贴到门上或者透过锁孔向内窥视时,萨特说,这时我是孤独一人,处在非-主题的自我意识这一水平之上。"这首先意味着,没有占据我的意识的自我,我不能把我的行动指引到任何事物,以便使之得到规定。这些行动无法得到认识,我就是我的行动,因此它们本身就具备了自身的全部理由。我是关于事物的纯粹意识,而事物,受困于我的自我性的循环,则具有一些潜能以证明我对自己的可能性只有一种非主题性的意识。……从这时起,'我做着我不得不做的事情';没有任何超越的观看为我的活动赋予一种能使判断实施于它的给定性。我的意识粘连在我的活动上,它就是我的活动,活动只受要达到的目的和要运用的工具所支配。"②萨特的意思是说,此时我没有明确的自我意识,因为我的意识完全被所要窃听或者窥视的事物给吸引了,就像吸墨纸吸掉墨水一样。此刻,我不是什么,只是虚无。然而就在此时,我突然听见走廊里的脚步声,于是一切突然发生了转变;因为我马上感到了凝视的存在,这就是说,凝视突然发生了。但凝视之发生,或者说主体之

---

① Jean-Paul Satre, *Being and Nothingness*, p. 258.
② Ibid., p. 259.

被凝视,究竟意味着什么呢?"这意味着我在我的存在中突然被触及了,一些本质的变化在我的结构中显现——我能通过反思的我思以概念的方式理解和确定这些变化。"① 这种本质变化就是,现在我获得了反思意识并作为我自己而存在了。萨特认为,他者的凝视具有一种至关重要的功能,那就是使我获得了自我反思意识:"只有反思意识把自我直接作为对象。非反思的意识不能直接理解个人或者把他作为其对象。个人只是因为是他者的对象才被呈现给意识。这就意味着,我突然意识到自己正在逃离自己,但我意识到这一点不是因为我是我自己的虚无之基础,而是因为我的基础在我之外。只是因为我是他者纯粹的参照,我才是为我的存在。"②

关于凝视,萨特的贡献主要体现在三个方面:首先,他洞察了凝视这个现象在人这种存在的经验中所独具的基本性和中心性;在人的经验中,他者作为一个对象一开始就是有别于其他对象,绝不能与其他非人的对象等同,原因就在于作为对象的他者也在凝视我。其次,正是他者的凝视使主体获得了自我意识。但不幸的是,最后,这一收获还伴随着一个令人沮丧的副产品:主体由此意识到自己也是作为主体的他者的客体/对象。

理查德·布什比(Richard Boothby)指出,萨特对凝视的思考有一个基本观念,这个观念来自黑格尔的主奴辩证法,那就是意识与他者的二元关系。"这种二元模式带来了许多问题,其中之一就是萨特认为在两个主体之间只有一种不是/就是(非此即彼)关系:不是他者通过其凝视将我客体化从而维持他作为一个主体的权利,就是他自己在我的凝视下变成一个客体。但是从拉康式的观点来看,并没有什么东西能够阻止这两种情况同时出现。"③ 布什比以时尚杂志上的封面女郎为例证明了这两种效果完全是共存的。封面女郎的焦点照例都是她们的脸庞,而脸庞上的焦点则是眼睛。一方面,封面女郎都作为秀色可餐、魅力非凡的形象—对象呈现在观者的眼前,另一方面,封面女郎一般都以一种几乎令人难以置信的强烈凝视摄人心魄地直接回盼着观看者。为了达成这种让人触电般的凝视效果,杂志的美编会在封面女郎的眼睛里精心营造出一些反射

---

① Jean-Paul Satre, *Being and Nothingness*, p. 259.
② Ibid., p. 260.
③ Richard Boothby, "Figurations of the Object *a*", in *Jacques Lacan: Critical Evaluations in Cultural Theory (II)*, ed. Slavoj Zizek, New York: Routledge Press, 2003, p. 169.

性的光华。因此,封面女郎既是迷人的客体,又是凝视的主体。作为迷人的客体,封面女郎巩固了观看者的主体性;但封面女郎摄人心魄的凝视同时也让观看者羞愧地,甚至痛苦地意识到自己沦为了一个客体。而且,这两种矛盾的效果以一种辩证的方式相互强化:观看者越是感到自己被强烈的凝视压倒,封面女郎越是成为一个迷人的客体。

关于凝视,拉康与萨特的理解的区别是本质性的;尽管我们目前对拉康的凝视还不曾有一语道及,但不妨将这种区别先行总结如下:就眼睛与凝视的关系而言,在萨特这里,凝视不一定与眼睛同一,但在拉康那里,凝视一定不与眼睛同一。就凝视所处的结构而言,在萨特这里,凝视仍然囿于主体—客体的二元关系之中,但在拉康那里,凝视始终处于一种三元关系之中:主体(观看者)、可见对象(被观看者)和来自他者、不与可见对象重合的凝视。对于拉康来说,主体间的关系绝不只是两个主体之间的事情,而是始终处于一种三元结构中的关系。就凝视的效果而言,在萨特这里,凝视消灭了主体,使之沦为客体;但在拉康看来,情况恰好相反:"在窥视癖者的活动中,凝视让他吃惊,打扰他,压倒他,使他感到羞愧。目前讨论的这种凝视当然就是他者的出现。但是这是否就意味着凝视原本就处于主体与主体之间的关系中?就处于看着我的他者的存在中?这就是我们理解的真实的凝视吗?只是因为受惊的不是正在消灭的主体,不是客观世界的对应物,而是在欲望的功能中维持了自己的主体,凝视才在此介入了进来。难道这一点还不清楚吗?"① 换句话说,拉康认为,凝视的介入不是消灭了主体,而是使主体在欲望的功能中维持了自己的存在。对萨特来说,凝视使无自我的意识指向了自我,但自我的主体性被取消了;但对拉康来说,凝视使无主体的欲望指向了主体。

凝视使主体在欲望的功能中维持了自己的存在,这是什么意思呢?为了弄清楚这个问题,我们须得明白眼睛与凝视的分裂之于拉康所具有的意义:"眼睛与凝视——对我们来说,正是在这种分裂中,驱力(drive)在视觉领域的水平上得到了证明。"② 不过,在回答何为凝视之前,我们必须首先明白眼睛的功能。这是一个必要的迂回。

---

① Jacques Lacan, *The Four Fundamental Concepts of Psychoanalysis*, pp. 84—85.
② Ibid., p. 73.

二、被眼睛屏蔽的凝视

就凝视而言，萨特和梅洛-庞蒂都对拉康产生了重要的影响，但在论述拉康的凝视理论时，人们很少提及梅洛-庞蒂，只有安东尼奥·奎奈特略有触及。梅洛-庞蒂的相关论述主要集中在《知觉现象学》和后来出版的《可见的和不可见的》这两本著作中。萨特将"他者"定义为"注视着我的人"，梅洛-庞蒂则将"主体"定义为"被观看的存在者"。乍看上去，这似乎只是侧重不同而已，但我们都知道差之毫厘谬以千里的道理。相比《知觉现象学》，拉康认为梅洛-庞蒂在《可见的和不可见的》中前进了一大步，因为他不再把视觉仅限于眼睛，而是强调先于眼睛、先于观看的凝视："梅洛-庞蒂为我们指明了一些道路，沿着这些道路前进，我们到达的不仅只是视觉现象学，因为这些道路的目的是要向我们指出，可见的东西依赖于那使我们受制于观看者的眼睛的东西。借助他向我们指示的道路，我们必须确定的是凝视的先在性——我只能从某一方位去看，但在我的生存中，我被全方位观看。"①

受梅洛-庞蒂的启发，拉康要强调的是凝视的先在性，与此相对应的是惯于被看、注定被看（given-to-be-seen）相对于被看（seen）的先在性。"惯于被看"这个术语意味着：不管主体愿意与否，意识到与否，他注定要被观看。凝视的先在性，或者说"惯于被看"是主体存在论意义上的基本处境。先于观看、先于眼睛的根本性的惯于被看虽然是根本性的，而且也正因为它是根本性的，无所不在，反而被排除出了意识。正是在这个意义上拉康说："就我们与事物的关系而言，因为这种关系是通过视觉方式构成的，并被组织在一些表象性的形象中，因此始终有某种东西在不断地溜走、滑脱并被传输，并总是在某种程度上逃避进了这种关系——这种东西就是我们所说的凝视。"②也就是说，眼睛屏蔽了凝视。为什么我们通过视觉建构起来的与事物的关系总是会遗漏、遮蔽或者说排斥凝视呢？因为"视觉满足于把自己想象为意识"③，处于无意识维度中的凝视自然

---

① Jacques Lacan, *The Four Fundamental Concepts of Psychoanalysis*, p. 72.
② Ibid., p. 73.
③ Ibid., p. 74.

要被排除了。

眼睛与凝视的分裂,说到底就是意识与无意识的分裂。拉康为我们指出,眼睛—表象—意识—主体是密切相关的一个系列,而凝视—自我形象—无意识—对象 a 是密切相关的另一个系列。有一个极难为人觉察的事实是:在视觉领域,正是"我们是被观看的存在者"这一事实之被压抑构成了我们的意识;换句话说,正是眼睛对凝视的屏蔽建构了人的意识与主体性。拉康指出,在主体的生存中,他不仅自己在看,他也在向他者炫耀,邀请他者观看他;但是,他能意识到自己在看,然而却几乎意识不到自己在邀请他者观看他。拉康指出,在所谓的觉醒状态中,凝视总是被省略了,在梦的领域则相反,在梦中他只是向他者炫耀,邀请他者观看。为了说明这个问题,拉康以一种令人吃惊的创意利用了庄周梦蝶的典故:

> 在梦中,他是一只蝴蝶。这是什么意思?意思是说,他把他的现实中的蝴蝶视为凝视。这些如此纷繁复杂的花式,如此丰富多彩的姿态,如此缤纷绚烂的色彩,如果不是无偿的炫耀,还能是什么呢?正是在这种无偿的炫耀中,凝视之本质的原始性质得以为我们标示了出来。……当庄子醒来之后,他问自己是否可能是那只蝴蝶梦见它自己变成了庄子。的确,他这样想是正确的,而且具有双重的理由这样想:首先他不是一个疯子,他没有认为他绝对与庄子同一;其次,他没有充分认识到他是多么正确。事实上,正是当他是蝴蝶时他才理解了他的身份的根据——就其本质而言,他过去是,并且现在也是一只用自己的色彩粉饰了自己的蝴蝶。也正因为如此,最终,他才是庄子。
>
> 这一点可以经由这个事实而得到证明:当他是蝴蝶时,他不会像在觉醒状态下那样产生这样的想法,即怀疑自己就是那只梦中变成的蝴蝶。这是因为,当他梦见自己变成蝴蝶时,他随后无疑必须去证明他在梦中只是把自己表征成了一只蝴蝶。但这并不意味着他被那只蝴蝶迷住了——他是一只被迷住了的蝴蝶,不过捕获他的是虚无,因为在梦中,他不是为了任何人才成为蝴蝶。正是在他觉醒时,他才为了他者而成为庄子,并被捕获进他们的蝴蝶之网中。①

---

① Jacques Lacan, *The Four Fundamental Concepts of Psychoanalysis*, p. 76.

我们习惯于从物我为一的哲学角度去解读庄周梦蝶的寓言，但拉康却在这个寓言中读出了与某种精神分析契合无间的价值。拉康认为，庄周梦蝶之后的疑问，既不是一个诗意的追问，更不是一个浪漫的妄想。精神分析的一个根本发现便是：人的主体性只是社会建构的结果，人只能以异化的方式是其所是。卢梭说社会性的人总是生存在他自己之外，不也就是这个意思？正是在这个意义上拉康指出，当庄子处于觉醒状态时，他必然要使自己符合其社会环境强加给他的身份，这种强加，在视觉领域内，当然就是通过凝视（即全方位的被观看）实现的。这种全方位的被观看无疑就是一张恢恢之网，它捕捉主体一如蝶网捕捉蝴蝶。庄子怀疑自己不是庄子而是一只蝴蝶，这一点都不奇怪；倘若庄子认为自己本身从始至终就是庄子，那只能说明他不是庄子，而是疯子。但是庄子还不够正确，因为他没有认识到，正是当他变成蝴蝶时他才能理解"庄子"这一身份属于他，只是社会象征的结果。只是为了大他者——在意识之中，庄子才成为庄子，而他成为蝴蝶——在无意识之中，却无须为了任何人。

关于凝视，我们已经说了很多，然而我们还说得太少，我们甚至根本就没有触及最本质的问题：何为凝视？关于这个问题，我们最好直接引用拉康自己提供的答案："主体对他自己的分裂所产生的兴趣与那决定了这一兴趣的东西，即一个获得特许的对象是紧密联系在一起的；这个对象出自于某种原初的分裂，出自于某种自我切割，而这种自我切割乃是因为实在（real）的逼近而造成的；在我们的代数式中，这个对象的名字就是对象 a。在视觉关系中，主体在一种根本性的摇摆不定中悬挂于其上的幻想所依赖的这个对象就是凝视。"[①]一言以蔽之，凝视就是视觉关系中的对象 a。然而对象 a 又是什么呢？

且让我们先来考察一下这个表达式本身：首先，a 是法语 autre（他者）的第一个字母，这表明它与他者密切相关；其次，a 也是数学上表示变量的函数；再次，这个字母总是以斜体的形式出现，似乎还表示对象 a 永远不可能真实地显现。根据拉康的理论，在俄狄浦斯情结之前，幼儿滞留于母子的二元关系，处于一种想象的完满之中。随着俄狄浦斯阶段的到来，幼儿开始觉察到母亲－他者也是有欠缺的。尽管幼儿不知道母亲－他者究竟欠缺什么，想要什么，但它仍然想象自己就是她所欠缺的菲勒斯——拉康用菲勒斯来象征这种欠缺。这种

---

① Jacques Lacan, *The Four Fundamental Concepts of Psychoanalysis*, p. 83.

想象给幼儿带来了无上的满足,但这种满足注定很快就会破灭,因为父亲随后就会出场。父亲的出场带来了父亲的法律,它禁止幼儿把自己想象为母亲欠缺的菲勒斯(也禁止母亲把幼儿当作自己欠缺的菲勒斯)。由于父亲的法律,幼儿被引进了语言,也就是拉康所说的象征秩序。进入语言的收获是幼儿在象征秩序中占据一个位置,获得某种身份,也就是说,开始成为一个人。但这一收获所必须支付的代价是,放弃与母亲合二为一的原初快感,也就是说,放弃成为母亲欠缺的菲勒斯。正是基于此,拉康说:

> 对象 a 就是主体为了建构他自己而必须将其作为器官与自己分离开的东西。它被用来象征欠缺,也就是说,象征菲勒斯,不过不是指菲勒斯这种器官本身,而是就菲勒斯乃是指欠缺之物而言。因此,它必须是这样一个对象,首先,它是可以分离出去的,其次,它与欠缺有关。①

但是,与母亲合二为一的快感是主体无法放弃的,因此主体总是竭尽全力去捕捉这种快感。但是,置身于象征秩序中的主体只能通过语言去表达、捕捉他所需要的快感。然而,语言这个绝对的他者本身也是有欠缺的,也就是说,总有一些东西是语言所无能为力的,因为语言得以可能的先决条件就是欠缺。正是基于这种原因,拉康定义了欲望:主体以要求的形式去表达他的需要时所必然产生的衍余就是欲望。什么欲望呢?当然就是对这种剩余快感的欲望。主体的全部驱力就是围绕这个不可失去又不能拥有的菲勒斯而旋转的。

对象 a 是主体为了建构自己——成为一个"人"——而必须切割、分离出去的东西。就精神分析而言,这个必须切割、分离的东西当然就是菲勒斯——俄狄浦斯情结的关键就是执行这种切割和分离。对象 a 就是菲勒斯的象征。不过,这菲勒斯并不表示一个真实的身体器官,而是一个空虚的能指,为什么说它是一个空虚的能指呢?因为这个能指没有与之对应的所指。现代语言学告诉我们,能指与所指总是处于一种对应关系之中,有一个能指就必有一个所指,何以菲勒斯这个能指却没有所指呢?因为这个能指所要表示的是那能够一劳永逸彻底满足欲望的东西,是那个一旦拥有就别无所求的东西。然而这种东西是绝不可能存在的,因为欲望的本质就是欲无止境,欲壑难填。

---

① Jacques Lacan, *The Four Fundamental Concepts of Psychoanalysis*, p. 103.

迄今为止,关于对象 a,最精准的解释似乎应当首推理查德·布什比的论文《对象 a 之诸定形》。他从两个方面总结了对象 a 的悖论性:首先是其悖论性的阈限性;其次是它先于主体的逆动性。

布什比指出:"对象 a 最具挑战性的一个方面在于其阈限性,这表现在两个方面。首先,对象 a 奇怪地悬挂在主体和他者之间,既属于二者中任意一方,又不属于二者中任意一方。同时,它表明他者中最异己的东西正好又与主体自己紧密地联系在一起。"①也就是说,对象 a 是一个悖论性的对象,它既内在于主体,又外在于主体。说它内在于主体,是因为它就是主体欠缺的菲勒斯,主体的全部驱力都以这个东西为中心旋转;说它是外在的,是因为主体欠缺的这个菲勒斯其实是他者欠缺的菲勒斯。换句话说,只是因为他者需要这个菲勒斯,主体才欠缺这个菲勒斯。② 正是基于这种原因,拉康参照 intimate 创造了 extimate 这个词语来表达它的这种悖论性:既与主体密切相关,又外在于主体。布什比指出,对象 a 的阈限性还表现在另一个方面:它全部参与了拉康想象、象征和实在这三个基本范畴,但又不专属任何一方。对象 a 的第二个显著特征是其逆动性。人们一般倾向于认为,必须先有一个有所欲望的主体,然后才有欲望所针对的对象;但是拉康则相反,他认为先有一个欲望对象然后才形成欲望着它的主体。不过这样的欲望对象其实不是欲望的对象,而是欲望的原因。不过更为怪异的是,"这个作为欲望之原因的对象一开始就失落了,而且根本就是欠缺的,它压根儿就是一个负对象,在出场之前就不存在,它的非存在先于其存在"③。也就是说,作为欲望之原因,对象 a 从来就不存在,或者更准确地说,对象 a 只能以缺席的方式存在,它的非存在就是它的存在。

总之,对象 a 既内在于主体,又外在于主体;既是能指的结果,又抗拒象征化;既是不可失去的,又是不可拥有的。它是矛盾的完美化身。然而无论这些矛盾多么不可思议,归根到底,我们要切记的是对象 a 与欲望的关系,因为"驱

---

① Richard Boothby, "Figurations of the Object a", in *Jacques Lacan: Critical Evaluations in Cultural Theory* (II), p. 160.

② 这种悖论性的阈限性,与极权政治下的个人"档案"具有精妙的一致性:在极权政治下,体制内的每个人都有一个"档案",这个档案既是主体最密切相关的东西,又始终外在于主体,主体永远看不见也摸不着。

③ Richard Boothby, "Figurations of the Object a", in *Jacques Lacan: Critical Evaluations in Cultural Theory* (II), p. 161.

力就是围绕它而运转的"①。就视觉领域而言,驱力围绕之而运转的对象 a 就是凝视。人们对此感到难以理解,除了对象 a 本身不易把握,还有一个原因就是,说到对象 a,人们通常只会联想到一些特殊的事物,很难把近乎抽象的、无形无体的凝视与之联系起来。然而,只要抓住对象 a 与欲望的关系这个核心,突破这个障碍就并非难事。

我们必须始终铭记在心的就是:凝视就是视觉领域内的对象 a。在一般情况下,也就是在意识的层面上,除非在症状、梦和各种失误动作中让人惊鸿一瞥,激发欲望的对象 a 总是被压抑而不为我们所知。作为视觉领域中的对象 a,凝视也不例外,但准确地说,它不是被压抑了,而是被眼睛"屏蔽"了。正是在这个意义上,拉康反复强调:在我们与事物的视觉关系中,凝视总是在不断地溜走、滑脱;在觉醒状态下,凝视被省略了。但是,眼睛对凝视的屏蔽并不是无往不胜的,在一些特定的时刻,凝视会突破眼睛的屏蔽变得昭然若揭。为了证明这一点,拉康讲述了一个他亲身经历的故事:那时拉康大概二十刚出头,作为一个知识青年,他绝望地想逃跑,想见识一些不同的东西,想让自己投入实际的东西、自然的东西中去,想到乡村去,或者去海边。一天,拉康和来自一个小港的一户渔民坐上了一条小船。那时还没有拖网船,渔民只能驾着脆弱的小船冒险出海捕鱼。但正是这种冒险是拉康乐于享受的。在他们等候收网时,一个名叫小让的渔民指着一个漂浮在水面上的东西给拉康看。那是一个小罐头盒,一个沙丁鱼罐头盒。它漂浮在那儿,在阳光下闪烁着。小让以一种揶揄的语气对拉康说:"你看见那罐头盒了吗?你看见了吗?嘿,它可不看你!"②

促使拉康深思的是:为何小让觉得这件事很有趣,而自己一点也不觉得有趣?经过一番思索之后,拉康得出两点结论:

> 首先,如果小让对我说的话,即那个罐头可不看我,有任何意义,那是因为在某种意义上,它在看着我,一直在看着我。在光点的层面上,它在看着我,一切看着我的东西都被安置在了光点上——我可不是从形而上学上这么说。
>
> 这个小故事的要点——就在我的伙伴想到这一点时,即他觉得非常有

---

① Jacques Lacan, *The Four Fundamental Concepts of Psychoanalysis*, p. 257.
② Ibid., p. 95.

趣而我却不——来自于这个事实:如果有人告诉我这样一个故事,那是因为,当时,对于这些在残酷无情的大自然中艰苦谋生的人来说,我完全是无足轻重的。总之,在这幅图景中,我完全不在适当的位置。正是因为我感受到了这一点,所以我在听到以这种幽默、讽刺的方式对我说出的话时一点也不觉得好笑。①

这个故事的价值就在于,它以一个鲜活的实例见证了一向被眼睛屏蔽了的凝视。正如我们前文指出的那样,在日常生活中,我们只是一味地观看,却几乎意识不到我们时时刻刻在被他者从全方位观看。但是在这个故事中,拉康突然意识到,那个沙丁鱼罐头在看着自己,一直在看着自己。这种事情是怎么发生的呢?对此,亨利·克里普斯解释说:"年轻的拉康对外在环境的细察遭遇到了来自沙丁鱼罐头的炫目的光的抵抗;结果,这种细察'折返'过来,也就是说,反射回到了拉康身上,同时从主动变成了被动……拉康对周围环境的观看反转过来变成了被观看。因为遭到了令人不舒服的抵抗,指向外部世界的有意识的观看变成了一种自我意识,这种自我意识作为与外在匿名的他者的细察相关的焦虑返回到了其动因身上。"②渔民小让觉得这个故事很有趣而拉康却不这么认为,正是因为反转过来的凝视让拉康反观自己的身份,让一味观看的他突然意识到自己其实置身于他者的凝视之下,从而在他身上制造出了焦虑和羞愧。当那些渔民在残酷无情的大自然中出生入死艰难谋生时,拉康这个衣食无忧的知识青年却在为自己小资产阶级的多愁善感而苦闷;虽然他和渔民共处一舟之中,但他的存在完全是不合时宜的,也是无足轻重的。正是这种对比,这种由于沙丁鱼罐头的凝视所引发的反思,让拉康一点也不觉得有趣。

毫无疑问,拉康引进这个故事是为了说明外在的凝视对主体的决定作用,似乎与我们强调的欲望无关。其实不然,这个故事与欲望仍然具有隐秘的关系,因为这里出现的焦虑和羞愧与大他者的欲望直接相关。就精神分析而言,焦虑和羞愧总是与他者的欲望有关:难道不是因为不能确定大他者的欲望究竟是什么,我们才焦虑?难道不是因为不能满足大他者的欲望,我们才羞愧?

---

① Jacques Lacan, *The Four Fundamental Concepts of Psychoanalysis*, pp. 95—96.
② Henry Krips, "The Politics of the Gaze: Foucault, Lacan and Žižek", *Culture Unbound*, 2010, Volume 2, p. 93.

正如拉康指出的那样,在意识的层面上,我们只是一味地观看,而且只能从一个方位去观看,殊不知我们总是在被观看,而且是在被全方位观看。然而,正因为这种全方位的被观看,即凝视,无所不在,它反而被省略、屏蔽而不为我们所意识。拉康进而指出,甚至我们看似主动的观看其实一直都受制于大他者对我们的凝视,我们总是根据大他者的凝视来调节自己对世界、对自己的观看,我们总是根据大他者的凝视来表征和刻画自己。但是,所有这一切都以凝视被屏蔽为前提。正是在这个意义上,拉康说,如果我们像瓦莱利笔下的帕尔克那样,以为正在发生的是——当我们面对一面镜子时——我看见自己在看着自己,那么这只是一种幻觉。事情的真理是:我总是根据大他者的凝视来观看自己;当我以为是我看见自己在看着自己时,其实是大他者在看着我自己。如果人们对此还有疑惑的话,那就请想想那些每天在镜前精心打扮顾影自怜的女人吧,她们的每一个修饰都是在大他者的凝视之指导下进行的。女性主义者对此肯定深感不悦,但少安毋躁,我们马上就会补充说,不独女人,男人也是如此。正是在这个意义上拉康说:"在可见物中,在最深刻的层面上决定我们的是外在的凝视。"①

为了进一步论证这一点,拉康援引了汉斯·赫尔拜恩的绘画《大使们》,并把凝视的功能比喻为污点(stain)的功能:"如果污点的功能能够就其本身得到辨认,并被等同于凝视的功能,那么在视觉领域内,我们就可以在这个世界的每一个构成阶段上寻找其轨迹、线索和痕迹。由此我们会认识到,污点的功能和凝视的功能既最为秘密地支配着凝视,又总是逃避了视觉形式的掌握,视觉满足于把自己想象为意识。"②对于这一隐喻,读者大都会感到颇为困惑,然而我们只要依据前文的指引,这个艰深的比喻也并非不可理解。在赫尔拜恩的《大使们》中,两个服饰华丽但表情呆滞的男人分站左右,中间是一大堆俗丽的东西。最奇怪也至关重要的是,画面的下方有一个无可名状的倾斜的东西——用拉康的话说,有一个污点。如果我们从正面正视这个污点,我们无法辨别这究竟是一个什么东西;但如果我们如下图所示变换一下视角,就会发现我们观看的这个污点其实是一个回看着我们的头骨。拉康援引这幅画有两个目的,其一是为

---

① Jacques Lacan, *The Four Fundamental Concepts of Psychoanalysis*, p. 106.
② Ibid., p. 74.

了解释凝视就像对象 a 一样是一个失落的东西。正如无意识在我们的正常话语中难觅踪迹,而只能通过扭曲的形式在笑话、梦和症状中以扭曲的形式出现,凝视在正常的图画中也无从显现,而只能像在这幅画中一样,以扭曲的畸形才能出现。拉康的第二个目的是要解释凝视诱惑或者捕捉观者的魅力:为什么有时我们会被某幅画深深吸引,以致伫立画前茫然自失,就像朵拉伫立在那幅圣母玛利亚的画像前一样?原因无他,只因我们被来自图画的凝视给击中了,而它击中我们的原因则是它提示了我们的欠缺。每一幅真正杰出的图画都有击中我们的能力,但并非每一幅画都能真正击中我们。这不仅与每个观者有关,而且也与图画有关,因为绝大多数画家都在图画中尽量屏蔽了凝视。赫尔拜恩的《大使们》则反其道而行之,以一个倾斜扭曲的头骨展示了凝视捕捉观者的能力。故此拉康说:"这个奇特的东西漂浮在图画的前景中,它漂浮在那里是为了被人看,以便捕捉观画者,也就是我们,我几乎要说,以便将观画者捕捉进它的陷阱之中。"①严格地说,任何一样东西,只要我们开始凝视它,它也就开始凝视我们了。尼采说:"如果你长时间凝视深渊,深渊也会凝视你。"②难道不正是这个意思?

三、何为图画?

就精神分析而言,眼睛最重要的功能就是屏蔽凝视。然则眼睛是如何屏蔽凝视的呢?为了说明这个问题,拉康为我们提供了两个示意图:

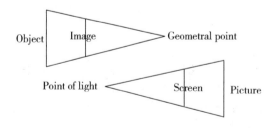

在这个图式中,上面一个三角形表示的是眼睛的机能:主体站在几何点上

---

① Jacques Lacan, *The Four Fundamental Concepts of Psychoanalysis*, p. 92.
② Friedrich W. Nietzsche, *Beyond Good and Evil*, trans. Helen Zimmern, New York: Tribeca Books, 2011, p. 91.

观看对象,观看的结果是对象在眼睛(位于中间那根线)上成像。下面一个与之反向的三角形表示的是凝视的机能:位于光点的凝视通过眼睛这个屏幕将主体转变为一幅图画,但位于光点的凝视同时也被屏幕(眼睛)遮蔽了。

然而这两个图式所演示的事情并非可以各自发生,而是始终统一在一个过程之中,所以拉康在分解说明之后将其重新统一起来。于是我们有了第二个示意图:

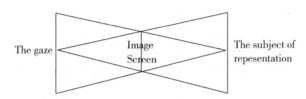

我们最好还是来看拉康自己对这个图式的解释:

> 第一个三角形在几何领域内把表征的主体放到了我们的位置上;第二个三角形把我变成了一幅图画。第一个三角形的顶点位于右边线上,这是几何主体的位点,正是在(中间)那条线上,我自己在凝视之下变成了一幅图画,而凝视则被刻写在第二个三角形的顶点。这两个三角形在此彼此交叠,事实上它们在视觉领域内的机能就是这样的。①

现在我们已经很清楚,眼睛作为屏幕,不仅是外在的事物成像之所在,而且也是主体自己成像之所在;在他者的凝视之下,主体变成了一幅图画,但正因为此,造就这幅图画的凝视却被眼睛这个屏幕给屏蔽了。

主体就是一幅图画,第一次遭遇拉康的这一断言我们难免感到十分惊疑不解。然而就精神分析而言,在视觉领域内,主体不就是一幅图画吗?主体对自己形象(无论是身体形象还是精神形象)的全部设计不正是根据大他者的凝视而展开的吗?为了大他者的凝视,主体精心装扮自己的肤色、发型、服饰,力求自己的一举一动、一颦一笑都完全符合大他者的凝视;为了大他者的凝视,主体甚至不惜付出自己的生命。所谓女为悦己者容,士为知己者死,其最核心的意义不就在于此吗?正是在这个意义上拉康说:

> 首先,我必须强调下面这个事实:在视觉领域内,凝视是外在的,我被

---

① Jacques Lacan, *The Four Fundamental Concepts of Psychoanalysis*, pp. 105—106.

观看,也就是说,我是一幅图画。在位于可见物之内的主体这个机构之核心,我们所发现的就是这种功能。在最深刻的层面上,在视觉世界中,决定我的就是外在的凝视。正是通过凝视我进入了光,正是从凝视我接受了光的影响。因此,所发生的事情是,凝视是一个工具,通过它,光得到了具体体现,通过它——如果你们允许我以一种断裂的方式使用一个词语,像我经常做的那样,那么我要说——我被**拍摄**(photo-graphed)了下来。[1]

精神分析最大的发现就是主体的分裂,分裂为意识和无意识。在语言的维度内,这种分裂表现为陈述主体和言说主体;在视觉领域中,这种分裂表现为眼睛和凝视。与眼睛对应的是主体,与凝视对应的则是对象 a。在视觉领域内,在意识层面上活动的主体不是别的,就是一幅图画。拉康正是从这个基点出发去思考模仿(mimicry),从而思考绘画。在意识维度中活动的主体并不能意识到自己的分裂,不能意识到无意识的存在;因此,主体在一种自恋性的满足中把自己想象为自足充分的主体。在视觉领域内,这种自足感表现为主体似乎对自己的方方面面一览无余。正是基于这个原因,拉康又把主体称之为"概观"(overview):"我把这种概观称之为主体,而且我认为正是它使这幅图画获得了一致性。"[2]拉康进而认为,只有在概观这个现象学维度中,模仿才能得到彻底的理解。

一个显而易见的事实是,模仿不是只有人类才具有的能力,动物也能模仿。动物的模仿可以分为三种:戏仿(travesty)、伪装(camouflage)和恫吓(intimidation)。戏仿与性有关,最常见于鸟类,孔雀开屏是最典型的戏仿。恫吓与争斗有关,欺骗敌人对自己做出过高评价,最常见于爬行类,眼镜蛇是此中高手。在动物界中,最典型的模仿是伪装,比如变色龙随时根据周围环境改变自己的颜色,枯叶蝶经常把自己化装为一片枯叶,某些蛇让自己和攀附的树皮混为一体。动物为什么要模仿? 对此,人们通常以适应论来回答这个问题,但拉康认为,适应论解释不了上述三种模仿中的任何一种:戏仿的关键是诱惑,恫吓的关键是欺骗,二者都和适应无关。那么伪装这种模仿又如何呢? 乍看上去,适应论似乎是解释伪装的不二之选,但拉康认为这种解释还没有触及伪装

---

[1] Jacques Lacan, *The Four Fundamental Concepts of Psychoanalysis*, p. 106.
[2] Ibid., p. 97.

的本质,伪装的本质就是伪装者为了逃避注视/凝视把自己写入一幅图画(picture)中;当动物开始模仿时,"它变成了一个斑点,一幅图画,它被写进了这幅图画。严格地说,这就是模仿的起源。"①正是基于此,拉康认为人类身上的艺术或者绘画(painting)与动物层次上的模仿颇有相似之处。所不同的是,"只有主体——人类主体,欲望的主体,而欲望乃是人的本质——不像动物那样,没有完全落入想象的捕获。他把自己绘制进去。他是怎么做的呢? 因为他把屏幕的作用离析了出来并与之嬉戏。的确,人知道如何与背后存在凝视的面罩游戏。在此,屏幕就是中介所在之处"②。拉康的意思可以如是总结:首先,人类的绘画与动物的模仿有相似之处;但是,二者也有本质的差异。这种差异又可以两说:首先,人不会像动物那样完全落入想象的陷阱;其次,人把这种模仿升华成为绘画这种特殊的艺术实践。总之,这是我们理解绘画的一个根本向度。

就精神分析而言,在视觉领域中,主体就是一幅图画。他不得不是一幅图画,而且这幅图画的绘画者就是主体自己,但他必须假凝视而行。也正是在这个意义上,拉康为发生在主体精神维度中的绘画与一般意义上的绘画规定了一个统一的定义:"绘画是什么? 我们把主体不得不将他自己如此那般地绘制进去的功能称之为绘画。"③说得更明白一些,绘画就是在视觉领域内构建笛卡儿式的主体。但是,因为我们是在精神分析的维度内思考这个问题,我们就必须立刻联想起这一表述的另外一种意义;也就是说,"在视觉领域内构建笛卡儿式的主体(意识维度中的主体)"其意义完全等同于"在视觉领域内消灭拉康式的主体(无意识维度中的主体)"。正是在这个意义上,拉康以不同的方式反复强调了下面这句话表达的意识:"我在世界上的存在方式就是主体,但因为主体把自己化简为仅仅只是一个确定无疑的主体,这就变成了一种主动的自我消灭。"④因此,现在我们要说,绘画就是在视觉领域内消灭拉康式的主体。当一个人致力于描绘自己时,也就是说,当他致力于使某种以凝视为核心的事情开始运转时,这时发生的是什么事情呢? 一般的艺术理论认为,艺术家绘画的目的

---

① Jacques Lacan, *The Four Fundamental Concepts of Psychoanalysis*, p. 99.
② Ibid., p. 107.
③ Ibid., p. 100. 在此拉康似乎同时在动词和名词两个维度上使用 painting 和 picture,并将其作为同义词使用。
④ Ibid., p. 81.

之一就是希望成为一个主体,绘画这种艺术之所以区别于其他艺术就在于,在这种作品中,艺术家把自己作为主体强加给观者。从笛卡儿式的主体来说,情况确实如此,但是从拉康式的主体来说,情况恰好相反,这里发生的是主体的消灭。也就是说,绘画与眼睛具有完全一致的功能:屏蔽来自大他者的凝视。正是在这个意义上,拉康说:

> 图画的功能与凝视有关。这种关系不在于图画是为凝视而设的陷阱,尽管初看上去是这样。人们可能会认为,像演员一样,画家希望被观看。我可不这么认为。我认为绘画与观众的凝视有关,但这种关系更加复杂。对那必定会站到其作品前面来的人,画家给予了他某种东西;关于这幅画,至少这幅画的局部,我们可以这样总结:你想看吗?好,看这个吧!他给出了某种东西去喂养那眼睛,但是请那个观看这幅画的人放弃其凝视,就像让某人放下武器一样。这就是绘画抚慰性的、阿波罗似的效果。画家给出了某种东西,但与其说是给凝视的,不如说是给眼睛的,这种东西关系到凝视的放弃。①

拉康的这段话有两层意思;首先,绘画的功能总是与凝视有关,即使是那些在我们看来与一般意义上的凝视——与眼睛直接相关的凝视——完全无关的绘画,那些完全没有任何人类形象的绘画,比如荷兰或者弗莱明画家的风景画、中国古代的山水画,只要观者有足够的敏感,总是会感受到某种凝视的存在。这也就是说,发生在真实绘画(表现主义绘画除外)中的事情与发生在精神维度中的事情,本质是一致的。其次,更重要的是,对画家而言,由于凝视的驱迫,绘画是一件不得不为之的事情(就像诗人情动于中而不得不形于言一样);然而与演员不同,画家绘画不是为了吸引—捕获来自大他者(位置)的凝视,而是为了逃避—驯服来自大他者(位置)的凝视。主体为什么必须逃避—驯服这凝视呢?因为凝视尽管是主体渴望拥有的,但同时也是主体必须与之保持距离的,否则这束极为灼热、耀眼的光华会将主体焚为灰烬。拉康把绘画的这种功能称之为"驯服凝视"(dompte-regard),而驯服凝视又以"欺骗眼睛"(trompe-l'œil)的形式出现。(拉康所谓的"欺骗眼睛",意思其实就是眼睛对凝视的胜利。)绘画的

---

① Jacques Lacan, *The Four Fundamental Concepts of Psychoanalysis*, p.101.

本质功能就在于通过欺骗眼睛而驯服/屏蔽凝视,对内欺骗画家自己的眼睛——不让自己看见大他者的凝视这道炫目的光华,对外欺骗观者的眼睛——不让观者发现画家被大他者凝视。

利用图画欺骗眼睛,其结果既可以表现为驯服凝视,也可以表现为激发凝视。宙克西斯(Zeuxis)和帕尔哈希奥斯(Parrhasios)是古希腊生活于同一时代的两个大画家,各负盛名但互不相服。为了一决高下,他们决定来一场公开赛。宙克西斯率先完成作品,他在墙上画了一株葡萄,他画的葡萄栩栩如生,以致枝头的鸟儿也被吸引过来啄食。见此情景,观众都以为宙克西斯必将在这场比赛中胜出,宙克西斯本人也是志在必得,然而结果却是他的朋友帕尔哈希奥斯胜过了他。帕尔哈希奥斯画的是什么呢?他在墙上画了一张帘子。这张帘子是如此栩栩如生,以致踌躇满志的宙克西斯转过身来对他说:好吧,现在让我们看看你在帘子后面画了些什么。为什么说胜出的是帕尔哈希奥斯呢?因为宙克西斯的作品只是欺骗了鸟的眼睛,而帕尔哈希奥斯的作品则欺骗了宙克西斯的眼睛。宙克西斯的眼睛为何受到了欺骗?因为帕尔哈希奥斯使他笃信自己所画的东西不是帘子,而是帘子之后别的东西。帕尔哈希奥斯之所以更胜一筹,就在于他欺骗宙克西斯的眼睛主要不是通过将帘子画得栩栩如生,尽管这一点非常必要,而是通过使他坚信自己的作品在帘子后面,从而在宙克西斯心中制造出某种欲望,窥看存在于帘子背后之物的欲望。其实帘子后面什么也没有,甚至根本就没有什么"后面",因为帘子就是作品。如果不是帘子后面"乌有之物"的凝视,宙克西斯的眼睛怎么可能受骗呢?正是在这个意义上拉康说,帕尔哈希奥斯对宙克西斯的胜利"是凝视对眼睛的胜利"——而非正常情况下眼睛对凝视的胜利。

因此,就画家而言,如果他意欲欺骗观者的眼睛,最佳的途径并非将所画之物画到以假乱真的地步,而是像帕尔哈希奥斯一样,让观者以为画家所画的东西不是呈现在自己眼前的东西。正是在此,拉康说这则逸事有助于我们深化柏拉图反对绘画的理由:"关键不在于绘画为对象提供了一个虚幻的等价物,即使柏拉图似乎就是这个意思。关键在于,绘画所具有的欺骗眼睛这一特质能使绘画假装不是它所是者。"①

---

① Jacques Lacan, *The Four Fundamental Concepts of Psychoanalysis*, p.112.

不过我们切勿以为，只有当画家刻意欺骗观者时，绘画才具有欺骗眼睛的功能；拉康援引这则画坛逸事的真正目的是为了证明一切绘画（表现主义除外）都具有欺骗眼睛的功能，而欺骗的诀窍就在于画家让观者以为他的作品非其所是。观者的眼睛为何会受骗呢？如果图画中不是有某种吸引和安慰观者的东西，眼睛何以会受骗？那么这种吸引和安慰我们的东西是什么呢？它是在什么时候捕获了我们的注意并使我们高兴的呢？"在这个时候，即当我们通过简单地移动一下我们的凝视从而认识到表象不会随着凝视运动之时，认识到表象不过是欺骗眼睛的东西之时。因为那时表象似乎不是它自己，或者毋宁说它现在似乎变成了别的东西。"①这"别的东西"自然就是对象 a，拉康说，正是画家建立了与对象 a 的对话。绘画总是与作为对象 a 的凝视有关，如果不了解这一点，我们就不能真正理解绘画；如果不了解这一点，当我们在某些绘画作品前情不自禁地驻足不前时，我们既不能把握画家创作这幅作品的动机，也不能理解我们为何会在这幅作品前驻足不前。

迄今为止，拉康似乎一直在强调绘画对眼睛的欺骗，对凝视的驯服，至于凝视对绘画的作用则付诸阙如。然而拉康并未忽略这个方面，在他即将结束第 11 期研讨课之际，他终于提到了这个问题，但也由此给听者和读者制造了最大的理解障碍。绘画与凝视有何关系呢？

绘画总是与作为对象 a 的凝视有关，而对象 a 的悖论之一在于它既是主体渴望的东西，又是他必须与之保持距离的东西（这一点布什比没有明确指出）。这一悖论性的特征决定了绘画既是一场视觉盛宴——对观者来说，因为画家必须为观者提供一席盛宴让他放弃凝视；也是一种炫耀——对画家来说，因为绘画始终是在大他者的凝视下并为了大他者的凝视而提供的一场炫耀。

梅洛-庞蒂在《符号》中记叙了一个极为有趣的发现：当马蒂斯真正进入创作状态时，他的一笔一画看似行云流水，似乎都是深思熟虑的结果，实则是由一个个断裂的运动瞬间构成的。拉康断言，这不是马蒂斯特有的现象，而是绘画这种艺术实践固有的特征。在拉康看来，画家作画并非为了再现某一场景，而是为了对某一场景之中的某种东西做出回应。支配画家绘画节奏的并非有意识的意向，而是某种别的东西，即作为对象 a 的凝视。明白这一点，我们才能理

---

① Jacques Lacan, *The Four Fundamental Concepts of Psychoanalysis*, p. 112.

解拉康这个极为晦涩的表述:"当一笔一画从画家的画笔下如雨点般落下,图画的奇迹就是由这些笔画构成的,此时发生的并不是画家有意的选择,而是某种别的东西……如果鸟要作画,它难道不是通过抖落它的羽毛来作画?如果蛇要作画,它难道不是通过抖落它的鳞片来作画?如果树要作画,它难道不是通过抖落它的树叶来作画?"①也就是说,画家在凝视之下的绘画动作与动物在凝视之下的行为,本质上是一致的,都是一种无意识行为。稍后拉康提醒说:"我们不要忘了画家的笔画是这样一种东西,于中运动被终止了。"拉康将这种被止住了的运动称为"姿势"(gesture)。姿势是什么?用拉康的话说,姿势就是被"逮捕"的运动。为了让读者对姿势具有一个感性的把握,拉康建议人们去看看京剧。京剧中最突出的东西就是表现打斗的方式,即通过姿势而非真正的打击来表现打斗。在京剧中,姿势占有绝对的统治地位,打斗的双方根本不会真正碰触到对方,他们在不同的空间中运动,一系列姿势就在这些空间中展开。拉康认为,和京剧一样,姿势在绘画这种艺术实践中也具有绝对的统治地位:"正是借助姿势,笔画才得以被应用于画布……图画与姿势的亲和力远胜于其他任何别的运动。"②是什么逮捕、终止了动作,将其变成姿势?如果不是作为"邪恶的眼睛"的凝视,难道还能是别的东西吗?

> 终结性的凝视时间完成了姿势,我认为这个时间和我后来所说的邪恶的眼睛处于一种严格的关联之中。凝视本身不仅终止了运动,还冻结了它。……那种推力是什么?运动停滞的时间是什么?这纯粹就是一种魅惑效果,因为这是一个为了把邪恶的眼睛挡开而将其凝视剥夺的问题。邪恶的眼睛是符咒,正是它具有逮捕运动和几乎可以说杀死生命的效力。在主体停止和悬置起其姿势的时刻,他深感羞愧。这个终点的反生命、反运动的功能就是符咒,它是凝视的力量得以在其中直接实施的维度之一。看的时刻(the moment of seeing)在此只能作为缝合,作为想象和象征的联合介入进来;它再次在一种辩证法中被寻获,即时间发展的辩证法,我把这种时间发展的辩证法称为仓促、冲刺和前进;但这种辩证法终结于符咒之中。③

---

① Jacques Lacan, *The Four Fundamental Concepts of Psychoanalysis*, p. 114.
② Ibid.
③ Ibid., p. 118. 关于时间的辩证法,请参阅拉康《文集》(*Écrits*)中的《逻辑时间与预期确定性的断定》("Logical Time and the Assertion of Anticipated Certainty")。

拉康这段话的逻辑反过来推论可能更清晰一些：首先，邪恶的眼睛是凝视的力量得以直接实施的维度之一，也就是说，大他者的凝视可以直接通过邪恶的眼睛体现出来。其次，落入大他者的凝视中的主体就像被符咒控制了一样，他将完全受制于大他者的欲望，在一种出神状态中呆若木鸡、惘然自失，用拉康的话说就是，邪恶的眼睛逮捕了他的运动，杀死了他的生命。再次，凝视不仅终止了运动，将其变成姿势，而且还冻结了姿势；这种冻结纯粹就是魅惑的结果，既是主体魅惑大他者的结果，也是主体被大他者魅惑的结果；而绘画就是为了把邪恶之眼的凝视挡开而将其解除的一种艺术实践。绘画之所以能做到这一点，是因为它能让主体重新去观看，而观看可以将主体的想象界和象征界缝合起来，重新启动那被符咒终止的时间的辩证法。

　　拉康关于凝视的这三次演讲牵涉了科学、哲学和精神分析学，为了阐明自己的凝视理论，拉康还使用了许多逸事、典故和隐喻。牵涉面深而且广，这些五花八门的材料看上去完全风马牛不相及，加上拉康本人的文风极为晦涩，这一切给听者和读者的理解造成了极大的困难。国内外阐释拉康凝视理论的文章颇多，但大多就某一侧面立论，全面阐释这三次演讲的文章尚不多见①。为了完整而且深入理解拉康的凝视理论，本篇努力在拉康崎岖艰险的文本迷宫中开辟一条思路。虽然我自信这条思路并非自己肆意穿凿之物，但也绝不敢断言它完全符合拉康的逻辑，毕竟这个文本中还有许多费解甚至是不可解之处。然而这毕竟是一条思路，也许它的确能引领读者穿越拉康的迷宫。

---

① 台湾学者刘纪蕙曾在2008年就拉康的凝视做过一次专题演讲，名曰"Object a：在他者的目光之下，自我形象作为欲望的对象"。这似乎是迄今为止汉语学界全面阐释拉康之凝视的最初尝试。刘纪蕙女士的这次演讲旨在全面梳理拉康的凝视理论，不过仍然可以更加深入一些。吴琼在他研究拉康的大作中也曾花费大量篇幅深入讨论这个主题，但仍然有许多问题有待思考。

升华或崇高:物的尊严

不管作为一个美学范畴还是作为一个精神分析学范畴,升华或者崇高的性质与身份似乎都是暧昧不清的。在汉语中,升华是一个动词,崇高是一个形容词;但在英语和法语中,二者对应的词语都是sublime。而sublime在英语和法语中既是形容词,又是名词,也是动词(如果不考虑法语的动词变位)。作为一个美学范畴,这个术语开始于古希腊的朗吉努斯。但从中世纪到文艺复兴,其大作《论崇高》一直湮没无闻。直到17世纪布瓦洛将其译成法文才得以流传。但是,崇高这种风格却不合当时占据主导地位的古典主义美学的品位,因此没有得到深究。18世纪,英国学者伯克在《论崇高与美两种观念的起源》中开始专门论及崇高。浪漫主义运动的兴起,引起审美趣味的改变,古典主义那种静穆的庄严不再是艺术的理想,奇绝恢宏的大自然和激情澎湃的情感冲突受到推崇。于是才有文克尔曼在其《古代艺术史》中对崇高的分析,而且这种分析直接影响到了康德。从此,崇高/升华变成一个非常重要的美学范畴。但要深入探究崇高或者升华,仅限于一般的审美心理学是不可能的，必须借助精神分析。因此，就崇高或升华而言，弗洛伊德是康德之后最为重要的理论资源；但作为一个精神分析学范畴，升华从来不像其他范畴，如压抑、无意识、移情等，得到过弗洛伊德充分的理论阐释。在精神分析思想中，缺乏连贯理论的升华仍然是一个空白。这个空白直到拉康才得到比较满意的弥补。

尽管是一个空白，它对文学批评家仍然具有巨大的诱惑力，但他们同时又对这个范畴的批评效力深感困惑。许多人甚至明确反对将这个临床性的精神分析学概念应用到文学批评上来，认为对文本进行的这种症状式阅读不可避免地会使文本活动症状化。在笔者看来，这种担心可能是多余的，文本世界与现实世界之间的差异当然是不容否认的，但这种差异并不能对文本的精神分析学解读构成不可逾越的鸿沟。精神分析学批评无论是着眼于外部批评，像弗洛伊德那样对达·芬奇和陀思妥耶夫斯基所做的作家批评，还是着眼于内部批评，即专注于文本世界中的人物，笔者认为都具有充分的可靠性。着眼于外部的精神分析学批评，其合理性是毋庸置疑的，因为作家、艺术家就是一个活生生的人，而且确实是一个"成问题的"人。至于着眼于内部的精神分析学批评，首先，文本世界中的人物虽然不同于现实生活中的人物，但无论前者的行为、思想、心理和意识（当然也包括无意识）如何惊世骇俗，它们都产生于一个现实存在者，因此同样具有坚固的现实基础。当然，这不是说文本世界中的人物的行为和心理就等同于作家、艺术家本人的行为和心理，而是想指出，只要这些行为和意识不是出自一个机器而是一个有生命的人，那么它们就必定具有存在的合理性。其次，杰出的文学作品本身就是一个自足的世界，活动于文本世界的人物构成了一个与现世生活同样甚至更加真实的世界，因此，对这个世界中的人物的心理与行为进行精神分析学解读同样具有合理性。在这个意义上，将精神分析应用于文本中的角色（character）并不过分。但升华并不因此就没有疑问，恰好相反，它还有许多地方有待探讨。事实上，探讨升华的精神分析学家很多，详尽无遗地一一介绍既不可能也无必要，本篇文章的重点在于探讨弗洛伊德和拉康对升华问题的不同解释。

弗洛伊德认为，力比多（libido）是人最根本的动力，但悖论性的是，人类文明正是建立在对性驱力的压制之上。驱力包括四个要素：驱力的压力、驱力的目的、驱力的对象、驱力的根源。压力是驱力的动力因素，是驱力的本质；驱力的目的在任何时候都是为了获得满足,这就是驱力必然会受到压抑的原因;驱力的对象指驱力指向的事物或者驱力为实现自己的目的所借助的事物;驱力的根源指身体过程,它产生于某一器官或身体的某一部分。性驱力的"目的"在任何条件下都是为了得到满足,而这种满足在任何情况下都是令人愉快的。这种令人愉快的驱力满足之所以受到压抑,乃是因为它与其他目的和要求不相容,从而导致了一种更加强大的力量阻止它的实现。这些其他的目的和要求无疑就是文明的要求。值得注意的是,弗洛伊德提醒我们:"压抑起初并不是一种防御机制,只有在意识和无意识之间出现明显的裂缝之时它才会出现。压抑的本质在于将某些东西从意识中移开,并保持一定的距离。"[1]这一点非常重要,因为人们一般都会错误地认为压抑从一开始就是一种防御机制。忽略这个问题,我们就难以理解弗洛伊德对原始压抑和压抑的区别。弗洛伊德接着指出:"在心理组织未达到这一阶段之前,避开本能驱力的任务是由驱力可能出现的变化承担的。比如,转向反面或曲解自己(self)。"[2]

弗洛伊德在《驱力及其变迁》[3]中指出,驱力会发生四种变化:(1)变成对立面,(2)围绕主体的自我运作,(3)压抑,(4)升华。驱力向对立面的转化可以分为两种过程:由主动向被动的转化,以及驱力内容的转化。就前者而言,比如从窥阴癖转变为裸露癖,从虐待狂转变为受虐狂;就后者而言,则只有一种情况,即爱转化为恨。驱力向对立面的转化已经包括了驱力的第二种变化:围绕主体的自我。受虐狂实际上也是一种虐待狂,只不过他把虐待的对象变成了自己;而裸露癖其实也是一种窥阴癖,只不过他窥视的是自己的身体。受虐狂分享着攻击自我的快乐,裸露癖分享着展示自己的快乐。因此,虐待狂与受虐狂、窥阴癖与裸露癖是共生的。

弗洛伊德在《驱力及其变迁》中详细阐释了前两种变化,然后在《压抑》中专

---

[1] 弗洛伊德:《性学三论》,见《弗洛伊德文集》第3卷,车文博主编,宋广文译,长春:长春出版社,2004年,第162页。

[2] Freud, "Repression", in The Standard Edition of The Complete Psychological Works of Sigmund Freud, ed. James Strachey, Vol. 14, London: the Hogath Press, 1981, p.147.

[3] 这篇文章的德语标题是"Triebe und Triebschicksale",但詹姆斯·斯特拉奇在英文版《弗洛伊德心理学标准版全集》中将其翻译为"Instincts and Their Vicissitudes"。斯特拉奇不加区别地把德语原文中的 *instinkt*(本能)与 *trieb*(驱力)都翻译为 instinct(本能),其实,这两个词语在弗洛伊德的文本中是有显著差别的,本篇将在后面详细解释这种差别。这篇文章的标题翻译为中文应该是"驱力及其变迁"。

章讨论了压抑,但对升华的研究始终付之阙如。虽然我们可以在他的著作中经常看见他提到升华①,但他对升华只有这样一个简单的定义:"使性驱力的力量脱离性目的并把它们用于新的目的——这个过程应该被称为'升华'。"②弗洛伊德通常将升华与压抑相提并论,仿佛它们是同一个水平上的现象,比如在《性学三论》中将升华与压抑视为影响幼儿发展的诸种因素中的两种,在《驱力及其变迁》中将二者视为驱力的四种变化中的两种,自相矛盾的是,他又经常把压抑看作升华的前提,把升华看作压抑的结果;有时他似乎又认为,有些升华是性驱力受到压抑的结果,有些升华则是性驱力没有受到压抑直接获得了升华。我们更倾向于认为压抑与升华具有一种逻辑因果关系:文化要求对性驱力加以压抑,但压抑并不能消灭性驱力,只能将它从意识之中排除进无意识,它的能量不会受到任何削减;压抑的结果不是永远的压抑,而是释放;但释放有两种方式,其一是以症状的方式释放,其二便是以升华的方式释放。但问题的复杂性在于,这两种方式并非泾渭分明,升华可能以一种单纯的方式实现,但也可能与神经症或性倒错杂糅在一起,甚至以神经症和性倒错为前提;所以弗洛伊德有时认为,只有在典型的性变态身上,才会有典型的升华。正是在这个意义上,弗洛伊德说:"异常先天倾向的第三种结局可能是升华过程。这使得源于某一性源的过强兴奋寻求出路,以在其他领域大展风采。因此,本身具有危险性的素质,却可使心理效率大大提高。于是我们找到了艺术创作的来源之一。通过对升华或完全或不完全的分析,关于资质颇高尤其是具有艺术素质的人的性格研究表明,它们是效率、倒错和神经症的混合体。"③

从某种意义上说,我们有理由把《达·芬奇对童年的回忆》作为弗洛伊德深入研究升华的典范文本,但正是在这个文本中,弗洛伊德暴露了他在升华问题上的全部矛盾。在论及儿童性欲时,弗洛伊德指出,在大约3—5岁时,儿童的性生活达到了第一次高峰,儿童对性充满了浓厚的兴趣;弗洛伊德将这一时期称为"幼儿性研究时期"。弗洛伊德将这种兴趣宽泛地称为"求知本能",但他认

---

① 参见《性学三论》,见《弗洛伊德文集》第 3 卷,第 20、33、41、65、86、89、150 等页。
② 弗洛伊德:《性学三论》,见《弗洛伊德文集》第 3 卷,第 32—33 页。他在《文明的性道德与现代神经症》和《达·芬奇对童年的回忆》一文中重复了这个定义,见《弗洛伊德文集》第 7 卷第 86 页,以及第 4 卷第 82 页。
③ 弗洛伊德:《性学三论》,见《弗洛伊德文集》第 3 卷,第 65 页。

为不能将这种本能划入基本的本能之列,更不能归入性本能之中,但它确实与性问题密切相关。在这个阶段,儿童会不知疲倦地提出无数个为什么,这些问题经常令父母无从回答。教育学家认为这充分证明了人天生对世界充满了好奇,天生具有求知的驱力,这种观点不无道理,但可能忽略了更为重要的一些东西。弗洛伊德认为,这一时期儿童没完没了地提问不是,至少不仅是因为他们对生活中的那些现象本身感到好奇,他们提出这些问题只是"想以此来代替没有提出来的那个问题"①。这个问题就是:人来自哪里? 弗洛伊德认为,儿童的这种求知本能会有三种可能的变化:第一种类型,儿童的性欲占据了绝对的主导地位,求知欲被抑制了,自由的智力活动可能在此后一生中都受到限制,由此诱发早发性神经痴呆症。第二种类型,求知欲彻底取代了性欲,性欲被完全抑制了;科学研究成为一种变相的性活动,甚至是唯一的活动,从科学研究中获得的满足代替了性满足。关于第三种类型,弗洛伊德说:"这里确实也发生性压抑,但压抑不会把这些性欲望的本能降至无意识中。代替性本能的是力比多,从一开始就直接升华为求知欲,依附于强大的研究驱力作为支援力量从而逃避了被压抑的命运。研究活动也在某种程度上变成了强迫和性活动的替代物,但由于潜在的心理过程完全不同,即性驱力直接得到了升华,而不是被压抑为无意识之后再闯入意识,因而没有表现出神经症的特点。"②弗洛伊德认为第三种类型"最宝贵、最完美",而且认为达·芬奇就是这个类型的典范。但是从弗洛伊德关于达·芬奇的具体分析中,我们被确凿无疑地告知,达·芬奇是一个典型的同性恋。既然如此,达·芬奇何以能被当作完美升华的典范? 而且,在达·芬奇的身上,压抑是明显存在的。

达·芬奇是文艺复兴时期的一个不解之谜,但他的令人不解之处首先不是因为他在艺术和科学研究诸多领域中都取得了不可思议的超前成就,而在于以下事实:人到中年之后,他在艺术领域中表现出的天才和热情逐渐被科学研究的兴趣取代,以致后来他对艺术越来越兴味索然,越来越不愿意执笔绘画,转而痴迷于科学研究,尤其是飞行器的研究;而在 50 岁以后,他的艺术创造力

---

① 弗洛伊德:《达·芬奇对童年的回忆》,见《弗洛伊德文集》第 7 卷,车文博主编,邵迎生译,长春:长春出版社,2004 年,第 83 页。

② 同上书,第 83—84 页。

再次勃发。这些谜团的核心是,神秘莫测的蒙娜丽莎式的微笑的内涵究竟是什么?

在蒙娜丽莎的微笑中,究竟是什么使画家如此迷恋,迷恋得如此之久,以至于在同期作品中一再表现它?联系到前面从童年回忆以及日记中平凡而奇异的那两个细节推导出的画家与他的母亲的特殊关系,弗洛伊德推测:"因为这个微笑唤醒了他心中长久以来沉睡着的东西——很可能是往昔的记忆。这个记忆一经再现,就不能再被遗忘,因为它对他来说具有特别的重要性,他不断地给它注入新的表现力。"①这微笑所唤醒的长久沉睡的东西就是母亲的爱以及对母亲的爱。弗洛伊德推测,蒙娜丽莎的微笑一定与他的亲生母亲卡特琳娜的神情具有神似之处。达·芬奇对这个形象的表现表达了他对母亲的欲望,他一再围绕这个神秘的微笑进行创作,这正好否定了他在性生活上的不幸,并让他在艺术中成功超越了这个不幸,他再次以艺术创作的方式升华了自己对母亲的欲望。

最后,弗洛伊德对达·芬奇身上最主要的两个谜团,即科学研究对艺术创作的抑制和蒙娜丽莎的微笑,做出了这样的解释:(1)"渐渐地出现在他身上的这个过程只能比作神经症患者身上的退行。他在青春期变为一个艺术家的发展过程,被在婴儿早期就已决定了的使他成为一位科学研究者的过程掩盖了。他的性驱力的第二个升华(艺术)让位给最初的升华(科学)②,当第一个压抑到来时,升华的时机就成熟了。"(2)在他刚刚50岁,正值男人另一个性旺盛期时,他看到了蒙娜丽莎的微笑。于是,"他最深层的心理内容再一次活跃起来,这有利于他的艺术,当时他的艺术正处于举步维艰的状态。他遇到了一个唤醒他母亲那充满情欲的快乐又幸福的微笑的记忆的女人,在这个苏醒了的记忆的影响下,在他为艺术努力开始时起促进作用的因素恢复起来了……在最早的性驱力的帮助下,他体验到了再一次征服艺术中的压抑的欣喜"③。

弗洛伊德的升华理论确实可以为人们理解艺术创作和艺术作品提供一种

---

① 参见《达·芬奇对童年的回忆》,见《弗洛伊德文集》第7卷,第104页。这种推测并不只为弗洛伊德一个人具有,其他传记作家即使没有精神分析学背景,也做出了类似的猜想,比如沃尔特·佩特和赫茨菲德和瓦萨利等人。

② 弗洛伊德在此可能出现了一个笔误,第一次升华应该是艺术,第二次升华应该是科学。

③ 弗洛伊德:《达·芬奇对童年的回忆》,见《弗洛伊德文集》第7卷,第118页。

独特的视野,但是这种升华理论自身的歧义与矛盾也是显而易见的。首先,升华与压抑之间的关系纠缠不清,有时说升华是压抑的结果,有时说升华逃避了压抑。其次,升华与神经症或者性变态之间的关系也悬而未决,一方面弗洛伊德认为升华可以使人以一种社会认可甚至赞赏的方式顺利释放被压抑的性驱力,从而不会导致神经症和性变态,但同时又认为最典型的升华经常出现在那些具有不同程度的神经症和性倒错的作家、艺术家身上。

我们知道,弗洛伊德对升华的定义是:"使性驱力的力量脱离性目标并把它们用于新的目标。"不管这个定义事实上具有多少暧昧、含糊和矛盾之处,但至关重要的是,他通过这个定义为我们指示了理解升华必须迈出的第一步:与升华相关的不是本能(*instinkt*)而是驱力(*trieb*)。但弗洛伊德就本能与驱力所做的重要区分却被多数人忽略了,对此詹姆斯·斯特拉奇翻译的广为流传的英文版《弗洛伊德心理学标准版全集》也负有相应责任,因为他不加区别地把弗洛伊德的 *instinkt*(本能)与 *trieb*(驱力)都翻译为 instinct(本能)。弗洛伊德告诉我们,在升华中所发生的事情是驱力以某种其他形式、在其他对象那里得到了满足。他给出这个定义是为了表明这个事实:驱力可以与它的目标发生偏离。拉康指出,这两个词语在弗洛伊德的文本中是有显著差别的,本能纯粹是一个生物学概念,属于动物行为学的研究对象,动物的行为完全是由本能驱动的,这些本能是固定的,几乎不可改变,直接指向某个对象。本能不可改变,因此根本就不存在将性本能的力量脱离性目标的可能性。人作为一种动物,当然具有性本能和各种本能,但人的性欲不是一个本能问题,而是一个驱力问题,驱力是可变的,而且是善变的,绝不会与一个固定的对象捆绑在一起。在力比多的发展历史中,驱力在不同的阶段具有不同的表现形式。弗洛伊德将充盈着各种性驱力的身体比作一个多管道的连通器,一旦受到刺激或者压力,驱力就会寻求释放渠道;而一旦某个渠道被堵塞,驱力必然也会通过其他渠道释放。之所以要将升华安置在驱力的领域之中,而不是在本能的领域之中,原因正在于此。

拉康认为,将本能与驱力严格区分开是理解升华至关重要的第一步。澄清二者之后,我们才能接近精神分析中最为深奥的东西,即弗洛伊德就驱力的性质所不得不说的东西,也是我们不得不切实把握的东西,驱力可以通过不止一种方式为主体提供满足,特别是以升华方式。"总之,解决升华问题的方法必须以辨认出驱力的可塑性为起点。"①驱力的可塑性主要表现在它们可以用不同的方式,任意更换对象来获得满足;为何要更换满足驱力的方式或者对象呢?因为原先的方式或对象受到了现实的否定;而对象或者方式何以能被更换呢?因为对象可以被符号化,而在符号之中能指与所指的关系是任意的。由此,拉康把驱力的可塑性与符号和能指联系了起来:"这种结构(即力比多的身体结构)把人类的力比多委托给了主体,使它滑进了词语的游戏中,使它被符号世界的结构征服;而符号世界的结构便是唯一普遍的、统治性的范式。而正如皮尔斯指出的那样,符号就是为了某人而出现在别的某种事物的位置上的东西。"②

在驱力的四个要素,即压力(thrust)、目的(aim)、对象(object)和根源(source)中,与升华最直接相关的是对象。驱力要得到满足,就必须具备相应的对象,所以一旦某个对象被禁止,无论如何,要求满足的驱力就会指向其他对象;因此,驱力的对象与驱力没有必然的关系。正是因为对象的可变性、可塑性,才使得升华变得可能。拉康指出:"只要人们开始区分升华所涉及的事物,对象这个词就绝对不会不出现在他的笔下。如果不参照对象,人们无论如何都不可能表现那得到升华的驱力的形式特征。"③正因为此,拉康认为升华问题首先是一个关于对象的问题。但就升华而言,对象是什么意思呢?依据弗洛伊德在《性学三论》中的解释,升华的特征就是对象的改变和力比多的改变;这两种改变不是通过被压抑事物的回归这个中介发生的,也不是症状性地、间接地发生的,而是直接发生的,以直接满足的方式。性欲力比多在一些对象中找到了满足。它如何区分它们呢?它非常简单而且有力地将它们区别为社会规定的对象,集体满意的对象,只要它们是公共事业的对象。使性驱力的力量脱离性目标并把它们用于新的目标,新目标、新对象之所以被选择,就是因为它是社会满意、集体认可的对象。弗洛伊德就是这样定义升华的,我们绝大多数人也是这样理解的。但这个定义在拉康看来颇成问题:"一方面,满足的可能是存在的,即使只是替代性的满足,而且通过这篇文章所说的代理这个中介。另一方面,它是一个关于对象的问题,这些对象将会得到集体的社会价值。在此我们

---

① Jacques Lacan, *The Ethics of Psychoanalysis*, trans. Dennis Porter, London: Routledge Press,1992, p. 91.
② Ibid.
③ Ibid., p. 94.

发现自己面临一个陷阱,只需在个人和集体之间建构一个简单的对立和一个简单的和解,非常贪图方便的思想总是喜欢跳进这个陷阱。"①

在弗洛伊德的升华定义中,驱力的对象并没有什么特别之处,唯一的差别就是,升华所涉及的对象是社会认可、集体满意的。拉康认为问题绝非这么简单,当我们满足于这个对象时,我们就落入了一个陷阱而不自知。在拉康看来,升华涉及的对象绝不是社会认可的一般对象,而是一个**物**(Thing)。拉康说:"我正尽力为你们提供与升华有关的必要信息,只要我们想说明升华与我们所说的**物**的关系——就主体对现实的建构而言,**物**位于升华的核心位置。"②针对弗洛伊德的定义,拉康提出了自己的定义:升华就是"把一个对象提升到了具有**物**的尊严的高度"③。对比这两个定义,我们一眼就看出二者之间的差别:弗洛伊德是从主体的角度来定义升华的,得到升华的是主体的性驱力④;拉康是从对象的角度来定义升华的,得到升华的是一个对象,这个对象被升华成了一个物。那么拉康所说的**物**究竟是什么呢? 他是这样定义**物**的:"一种事物,只要人必须围绕它打转,它就是物;而如果他想沿着他的快乐之路前进,他就必须围绕它打转。"⑤这不是一个严格意义上的定义,但也绝不是一个随随便便的定义,只有对拉康精神分析学的精髓有所领悟的人才能把握其全部内涵。拉康一再强调,如果我们想在升华上取得任何进展,**物**都是必不可少的,是绝对本质性的。拉康所说的物究竟是什么呢?

物是拉康精神分析学中一个非常重要的术语(后来这个术语几乎从拉康的文本中消失了,因为拉康用对象 a 取代了它),他经常直接用德语 das Ding 或者英语 Thing 来表示这个术语,而不是用法语中与之大致相应的词语 chose。在拉康的语境中,**物**既是欲望的对象,也是语言的对象。它是一个业已失落但又必须不断找回来的对象,它是前历史的、难以忘怀的东西。换句话说,它是被禁忌的欲望的对象,是能把永远失落了的菲勒斯快感带给主体的东西。必须同时从拉康一再探索的想象(imaginary)、象征(symbolic)和实在(real)三个维度

---

① Jacques Lacan, *The Ethics of Psychoanalysis*, p. 94.
② Ibid., p. 117. 对于拉康所说的"物",本书一律以黑体形式表示。
③ Ibid., p. 112.
④ 在论及升华问题时,本能与驱力的关系非常微妙,我们可以坚持这样的观点:得到升华的的确是本能,但本能得到升华的原因不是本能的可塑性,而在于性驱力的可塑性。
⑤ Jacques Lacan, *The Ethics of Psychoanalysis*, p. 95.

出发,才能准确理解拉康的**物**。在以镜子阶段为范式的想象界中,幼儿似乎本能地追求与大他者/母亲合而为一;在这种自我与他人可以相互交换的封闭循环中,幼儿体验到了"完满"。但这种完满、极乐或者至福从来就是一个神话,即使在前俄狄浦斯阶段,幼儿就已经感觉到了母亲/他者的欠缺,感觉到她的欲望总在别处,感觉到自己并非她所欠缺的东西。它尽力争取成为,用拉康的话说,争取成为母亲欠缺的菲勒斯,但这时父亲介入进来,他以阉割威胁确立了父亲的法律,幼儿从此进入了象征秩序,进入了语言。它成为一个人,但代价是永远失去了菲勒斯快感这种至福,永远失去了那给它带来至福的东西。但是,主体是在从来也不曾获得这种极乐的基础上就永远失去了它,就像那个宁静、祥和、沐浴着神的光辉的伊甸园一样,因为在真正拥有这种至福时主体还不是一个主体,还没有最初的自我意识。人之所以永远失去了它,原因就在于人进入了语言,从而被语言异化和撕裂,并在获得主体性的同时被抹除了自己的存在。语言就像那个诱人的苹果,人在吃了它之后也被它吃了。亚当与夏娃因为偷吃了苹果而被逐出伊甸园,他们的子孙因此永远怀念那片神圣的乐土;人因为进入了语言而与母亲的原初统一分裂了,所以终其一生梦想那种毫无缺憾的至福。这种永远失去了的东西就是拉康所说的**物**,它失落到了什么地方呢? 失落到了实在之中。实在就是语言无法表达的东西;如果把语言比喻为一张网,那么不论这张网多么细密,总有某种东西是它无法打捞住的,这种无论如何也无法被语言打捞起来的东西就是实在。

因此拉康说:"就这个领域,即我所说的**物**的领域而论,我们被投射进了某种东西,这种东西远远超越了情感的范围,它是移动的、模糊的,而且因为它的领域/注册(register)缺乏充分的组织,所以没有参照点,它是某种更加原始的东西……就它与表象相反,是生命的本质,而生命的支柱就是它而言,它不仅只是叔本华意义上的意志的领域。它是这样一个领域,在那里,既有善的意志,也有恶的意志;当人们在爱与恨的层面上接近它时,这种善恶就是人们难以把握的两可歧义。"[①]拉康认为,快乐原则的作用就在于使主体与**物**保持一定的距离,使主体围绕着它打转,但永远也不能得到它。"快乐原则的功能就是通过尽可能多地创造所需的能指,以便在尽可能低的水平上保持调控精神机构的全部机能

---

① Jacques Lacan, *The Ethics of Psychoanalysis*, pp. 103—104.

所需要的紧张,从而引导主体从能指到能指。"①**物**是主体的至福,但如果主体超越了快乐原则得到了这种至福,它就变成了痛苦/邪恶,因为主体无法承受**物**带给他的至福。不过幸运的是,**物**始终是不可企及的。

理解拉康所定义的**物**对理解拉康的升华是至关重要的。拉康认为,要跳出弗洛伊德在升华上跌入的陷阱,就必须理解对象与**物**的差别。因为,"在对象与**物**之间,存在一个差异,而升华问题便恰好为我们坐落在这种差异的斜坡上面"②。换句话说,拉康认为,升华的特征并不像弗洛伊德说的那样,是性驱力从一个对象转移到另一个社会认可的对象,而在于同一个对象本身的改变。拉康以他惯常的幽默说道:"另一个解释在于告诉我们,升华就是改变对象以使驱力得到满足,使它不再受到压抑。这是一个更加深奥的定义,但如果不是因为这个事实,即我的教学使得你们发现了兔子藏身的地点,它可能甚至打开了一个更加棘手的问题式。事实上,这个从帽子中变出来的兔子已经在本能中被发现了。这个兔子不是一个新东西;它是事物本身的变化。"③

物的第一个特征是:**物**是实在中遭受能指折磨的东西。拉康说:"如果**物**在精神构造中占据了一席之地——这种精神构造是弗洛伊德在快乐原则这一主题的基础上界定的,这是因为**物**就是在实在、根本的实在之中饱受能指折磨的事物;你们将会明白,它是我们尚未限定的实在,一个完整的实在,既是主体的实在,也是外在于他而他必须对付的实在。"④主体在阉割情结的威胁下经历了俄狄浦斯情结,它成了一个人,但永远失去了原初的菲勒斯快感,失去了**物**;此后终其一生,主体始终都梦想重找回这个**物**,但它不可能直接拥有它,而只能借助语言去捕捉、打捞它;但就像母亲这个原始的他者一样,语言这个他者自身也是有欠缺的(因为符号只能通过差异和对立来定义自身,能指和所指之间只有任意的关系),语言从本体论上说就绝不可能捕捉到那不可象征的东西。正如拉康所说,**物**就是主体围绕之打转而且不得不围绕之打转的东西,主体始终想用能指抓住它,可又始终抓不住它。正是在这个意义上,拉康说**物**就是饱受能指折磨的东西。

---

① Jacques Lacan, *The Ethics of Psychoanalysis*, p. 119.
② Ibid., p. 98.
③ Ibid., p. 293.
④ Ibid., p. 118.

物的第二个特征是:物始终是一个被遮蔽的对象,因此需要发现它。但对物的发现本质上是一种重新发现。因此,物是一个被重新发现的对象。"它已经失落了这一点是它被重新发现的结果;但它业已失落发生在这个事实之后,发生在它被重新发现之后。我们并不知道,除非通过重新寻找,它已经被永远失落了的情况下,它被这样重新发现了。"①拉康的语言一贯高深,但绝非故作高深。物的失落发生在它被重新发现之后,这尽管与通常的因果关系相悖,但这正是发生在人的心理现实中的事情。失落发生在俄狄浦斯情结之中,那是主体尚且不是主体(请原谅这个自相矛盾的表达),只能是前主体;失落发生在前主体阶段,而重新发现则是主体阶段的事情,换句话说,在主体阶段并不曾发生过什么失落。因此失落当然是重新发现的结果。

那么"事物本身的变化"是如何发生的呢?换句话说,对象是如何被升华的呢?拉康回答说,升华是围绕一个空白(emptiness)发生的。梅拉尼·克莱因(Melaine Klein)在她的文章《艺术作品和创造性驱力中的幼儿焦虑情境》("Infantile Anxiety Situations Reflected in a Work of Art and in the Creative Impulse")中记叙了另一个精神分析学家卡林·米凯利斯(Karin Mikailis)所提供的一个非常有趣的病例,这个病例中的患者名叫鲁思·克娅(Ruth Kjar),发病之前,她从来没有学习过绘画,也没有动过画笔。在她的抑郁症发作最严重的时候,她总是抱怨在她的内心有一个空白,她始终无法填补这个空白。在精神分析医生的帮助下,她结婚了,而且在婚后的最初一段时间,似乎一切正常。但之后不久,抑郁症又重新出现了。鲁思·克娅的姐夫是一个颇有名气的画家,她在自家的墙壁上挂满了姐夫的绘画作品,其中一间屋子挂的尤其多。后来她的姐夫把其中一些画从墙上取下来卖了,这就在墙上留下了一个空白。

事实证明,这个空白在鲁思·克娅抑郁症的发作中发挥了一种极化作用,这种症状从此重新出现在病人的生活中。在一个晴朗的日子里,她决定在墙上"略作涂抹",以填补这个可恶的空白。为了填补这个空白,她模仿她的姐夫,力求画出一张与取走的某张画一模一样的画。她到绘画用品店寻觅她姐夫使用的那种颜料,然后兴致勃勃地干了起来。最后,一件艺术品问世了。当她把这个东西交给她的姐夫看并充满焦虑地等待这个行家的评判时,后者几乎勃然大

---

① Jacques Lacan, *The Ethics of Psychoanalysis*, p. 118.

怒,因为他认为只有一个老练、成熟的艺术家才能画出那样的作品。他恼怒地说,如果他的姨妹能画出那样的作品,那么他也可以在皇家教堂指挥一场贝多芬的交响乐。

拉康对这个病例极感兴趣,但他的兴趣焦点完全不是这个传闻中的奇迹部分,相反,拉康认为作者叙述这个故事时缺乏一种批判距离,这样一种技术奇迹毕竟应该受到基本的质疑。拉康真正感兴趣的是这个病例中的既外在于墙又内在于心的空白,以及患者填补这个空白的艺术努力。梅拉尼·克莱因发现这个病例肯定了一个心理结构,拉康从他自己的立场出发,则发现这个结构非常符合他的核心计划,因为**物**的问题就是以这种方式出现的。

在拉康对升华所做的说明中,现在我们发现升华是围绕一个本体论意义上的空白发生的,升华是由预示了实在和能指之间的空白激发的;这个空白就是无法用能指表达、始终受能指折磨的**物**。"这个**物**,由于由人创造出的它的所有形式都属于升华的领域,这个**物**将始终由空白来表现,因为它不能由任何别的东西来表现——或者更精确地说,因为它只能被某种别的东西表现。但是在任何形式的升华中,空白都是决定性的。"①

我们不仅能在精神分析学中发现这个本体论意义上的空白,而且能在鲁思·克娅的病例中确定这个空白对艺术升华的关键作用,我们甚至还能在日常生活中随处可见的器具中发现这个空白以一种最现实,甚至可触摸的形式出现,并同时领悟这种空白对于创造的核心作用。这种器具就是壶。拉康提醒我们注意,陶壶就是围绕一种空(emptiness)而被创造出来的,但这种被创造出来的器具本身又创造了这种空,呈现了这种空,并通过这种虚空(emptiness)让人想起完满②。今天,我们往往仅仅将瓷壶当作一件器具,忽视了它其实是一件纯粹的艺术品;通常我们也把陶瓷业只当作一种工业,忽视了制陶就是人类最初的艺术活动之一。拉康提醒我们,人类最原始的艺术活动可能就是古老的制陶艺术。升华中至关重要的事情就是处理这种空白。正是在这种艺术中,位于升华核心深处的空白或者说**物**,以最为具体的形式呈现出来。正是在这个意义

---

① Jacques Lacan, *The Ethics of Psychoanalysis*, pp. 129—130.
② 根据具体的语境,本篇对 emptiness 采取了灵活的处理,有时将其翻译为"空白",有时将其翻译为"空",有时翻译为"虚空"。另外,只有联系到想象中的与母亲的合二为一、亲密无间才能更好把握这里所谓的"完满"。

上,拉康说升华就是一种无中生有的创造(creation *ex nihilo*):"现在如果你们从我最初提出的观点来考虑这个陶壶,将其视为一个用于表现位于实在中心的空白(emptiness)的存在物——我们将这个实在的中心称为**物**,那么表现在这种表象中的这个空白自身就是一个虚无(*nihil*),什么都不是。陶工为什么要用他的手围绕着这个空白来创造陶壶,就像神话中的创始者那样从一个空洞开始,**无中生有**(*ex nihilo*)地创造它,原因正在于此。"①

升华的核心就是**物**,而**物**就是饱受能指折磨的东西;升华就是重新发现这个被遮蔽的物。这一切都是围绕一个空白而发生的,但以什么为媒介发生呢?当然只能以能指为媒介。所以拉康说:在升华的过程中,"要发现的东西被找到了,然而是在能指的道路上被找到的"②。就文学作品而言,这句话是容易理解的,因为发生在文学作品中的升华只能通过能指,只能在能指的道路上前进。但是如果升华的作品是一个陶壶,情况会怎么样呢? 我们习惯于将陶壶理解为一件器具,而且只是一件器具,但我们难以把一个陶壶理解为一个能指,甚至当拉康指明这个事实时我们仍然觉得不可思议。但一个陶壶确实就是一个能指,这个能指的所指就是虚空:"就陶壶而言,我只想关注这个基本的区别,即陶壶作为一个器具的用途和它的表意功能之间的区别。如果它真是一个能指,由人的手塑造的那些能指中的第一个能指,那么,就其表意本质而言,它是一个表示虚无的能指,而不是一个有意味的能指,或者换句话说,它是一个没有特定所指的能指。……这种虚无就是那以陶壶的具体形式表现了陶壶本身之特征的东西。它创造了一个空虚并因此引进了注满它的可能性。空与满被引进了一个本身并不知道它们的世界。正是在这个被制造出来的能指、这个陶壶的基础上,空与满才不多不少地以相同的意义进入世界。"③

升华就是把一个对象提升成为主体不可企及的**物**。这种提升、拔高在爱情中具有特别突出的表现。弗洛伊德在论及爱情时曾分析过恋爱中的"理想化"问题,即恋爱中某一方,通常是最先坠入情网中的一方会过高估计他或她仰慕的对象:被爱的对象在某种程度上具有无可挑剔的完美,对她或他的评价比对

---

① Jacques Lacan, *The Ethics of Psychoanalysis*, p. 121.
② Ibid., p. 118.
③ Ibid., p. 120.

任何没有被爱的人或者比她或他本人尚未被爱时都要高出很多;仿佛他或她爱这个人是因为她或他精神上的优点而不是性感上的魅力。这种理想化发展到极端时,一个男人往往对他仰慕的女人表现出深深的迷恋和崇拜,以致完全抑制了自己对她的性驱力,而只与他并不"爱",甚至瞧不起的女人交往。① 弗洛伊德明确将升华与理想化区别开:升华是一个与对象力比多有关的过程,强调的是性的转移;理想化只是一个关系到"对象"的过程,个体在不转换对象的条件下,在心目中夸大对象。升华是一个特殊的过程,理想也许能促进它,但升华过程完全独立于这种促进作用。理想的形成增强了自我的要求,是导致压抑的最强大因素;升华则是一种出路,可以在无压抑的条件下满足自我的这些要求。②

将爱慕对象理想化,最极端的范例就是欧洲中世纪蔚然成风的典雅爱情(amour courtois / courtly love)。"典雅爱情"是19世纪才创造出来的新概念,出自法国的罗曼语言文学学者加斯东·帕里斯(Gaston Paris)1883年的一篇论文。他在这篇论文中总结了典雅爱情的四个特征:

　　1. 典雅爱情是非法的,因而必须隐秘。它包括肉体上的完全献身。
　　2. 典雅爱情体现在男人对女人的绝对服从。他视自己为某一贵妇的仆人,竭尽全力满足女主人的欲望。
　　3. 典雅爱情要求男人努力变得完美,以赢得贵妇的青睐。
　　4. 典雅爱情是具有独特游戏规则的一门艺术。③

总之,典雅爱情中被爱慕的贵妇是绝对完美得不可企及的,男人必须对她绝对服从。这正是弗洛伊德论述的最纯粹的爱情中的理想化。与弗洛伊德相反,拉康认为,这种极端的理想化正是升华:"典雅爱情,妇女的提升,弗洛伊德自己讨论过的某种基督教风格的爱情,把一个历史性的改变标记了出来;这当然是非常重要的。而我现在正把你们带到那个领域去。正如我向你们表明的那样,尽管如此,人们还是可以在很多古代作家中发现这样一些要素,也许甚至是全部这些要素,它们表现了人们对一个理想化对象所给予的崇拜的特征;就

---

　　① 弗洛伊德:《群体心理学与自我的分析》,见《弗洛伊德文集》第6卷,第83页。
　　② 弗洛伊德:《论自恋:导论》,见《弗洛伊德文集》第3卷,第133页。
　　③ 约阿希姆·布姆克:《宫廷文化:中世纪盛期的文学与社会》(上册),何珊、刘华新译,北京:生活·读书·新知三联书店,2006年,第450—451页。

对某种关系所做的'升华性的苦心经营'来说,这个理想化的对象是决定性的。"①典雅爱情的特征在于,被仰慕的女士对她的仰慕者来说是不可企及的,更准确地说,是禁止企及的:"所涉及的这个对象,这个女性对象,被非常奇怪地引进穿过了剥夺的大门,或者不可企及的大门。不管在这个角色中发挥作用的这个人的社会地位如何,这个对象的不可企及性都被作为一个出发点被安排了下来。……如果她没有被某种障碍包围或者隔离起来,要在她的诗歌角色中为她唱小夜曲就是不可能的。"②

值得注意的是,典雅爱情中贵妇不可企及的高贵只是想象出来的。实际上,在11世纪到13世纪的欧洲,妇女的地位是非常低下的,即使在妇女享有继承权的法兰西和德意志部分地区——直到1156年奥地利公国建立时,皇帝把女性继承权作为一项特权赏赐给巴本贝格家族,女性享有继承权才在德意志地区逐渐流行。但是正如约阿希姆·布姆克在《宫廷文化:中世纪盛期的文学与社会》中指出的那样,女性继承权并没有给贵族女性带来更大的自由和更高的社会地位。因为女性掌握的封地越重要,别人对她本人的政治兴趣就越大,她就越是受人摆布。③质以史实,可以发现无数事实证明了妇女在欧洲封建社会里的实际地位。"严格地说,她就是基本的亲属关系指示的那种事物,即只不过是种种社会交换功能的相关物,是权力的许多商品和符号之中某一种的载体。她必然把她与某种社会功能等同起来,这种功能没有为她个人或者她的自由留下任何空间,除非与她的宗教权利有关。"④贵妇在文学与现实中巨大的地位反差,只能说明她们的"崇高"只是出于诗人或者小说家的想象,只是典雅爱情中男人自恋的想象。典雅爱情依赖于其对象的不可企及性,但这种不可企及性只是男人仰慕者自恋想象的结果。因此,这种不可企及性所能解释的不是受到仰慕的贵妇,而是那些男性仰慕者。典雅爱情中存在一套完整的游戏法则,这些游戏法则的根本在于为仰慕者设立各种为了得到仰慕对象而必须完成,但又几乎无法完成的使命。因此,典雅爱情存在明显的悖论:仰慕者的最终目的是得到仰慕的贵妇,但为此他把被仰慕者提升为不可企及的对象。根据拉康的看

---

① Jacques Lacan, *The Ethics of Psychoanalysis*, p. 99.
② Ibid., p. 149.
③ 参见约阿希姆·布姆克:《宫廷文化:中世纪盛期的文学与社会》(上册)第五章第三节。
④ Jacques Lacan, *The Ethics of Psychoanalysis*, p. 147.

法,在典雅爱情中,男人所要求的,他所能要求的,与其说是得到某种不可企及的对象,不如说是把某种实在的东西从他那里剥夺走。各种各样的约束、典雅爱情诗的各种规章制度、所涉及的那个女士随心所欲的要求,所有这些都发挥着干扰、中介、迂回的作用。这种作用就是快乐原则的作用。因为**物**是不可企及的,拥有物的结果只能是痛苦和邪恶。所以主体必须阻止自己得到它。

因此拉康进而指出,发生在典雅爱情中的升华显然是情欲性的。我们已经探讨了拉康与弗洛伊德在升华上的第一点差异:升华的关键不是对象的转换,而是同一个对象的提升。现在我们还注意到第二个差异:在弗洛伊德的升华中,对象的转换表现为"性驱力的力量脱离性目标并把它们用于新的目标",但拉康认为,升华中并不存在这样的去性化机制,相反,对象之所以能升华为一个不可企及的**物**,正是因为主体将其力比多驱力全部集中到这个对象,借以无限趋近(但永远不能抵达)他那因为象征的阉割而永远失去了的菲勒斯;换句话说,他竭尽全力用这个"崇高"的对象去填补那个空白,当然这个空白始终是无法填补的。因此,性驱力在升华中不是受到了去性化,反而是得到了"过分的"强化;当然,这种强化通常不会以赤裸裸的性欲形式出现。拉康的意思是说,不论是从文学与艺术的社会起源还是从它们在作家、艺术家那里的发生来看,文学与艺术都起源于一个无法填补的空白,而这个空白对主体来说具有本体论的意义。

弗洛伊德将艺术创造和文学创作当作升华的最佳途径,也就是当作最佳的去性化途径;但他没有看到的是,正是在文学作品和艺术作品中,人们往往可以强烈感觉到作者的情欲动机;不仅如此,写作或者创作本身就可能成为一种性活动。性驱力的可塑性不仅表现在满足性驱力的对象是偶然的、可以替换的,而且表现在满足的方式不必一定与身体直接相关。拉康认为,弗洛伊德的升华理论面临一个无法消化的硬核,一个无法回避的绊脚石,那就是萨德的文学实践。弗洛伊德将文学、艺术创作当作性欲升华的最佳手段,但萨德的症状"不是那种虐待狂的病源学范畴,而是他的写作;在针对他所痛恨的大自然母亲而展开的不断重复的暴行幻想与他对'大他者的快感'的功能所持的严格怀疑之间,这种写作踌躇不决"[①]。在萨德那里,写作不仅不能升华他的性欲,反而强化了

---

① Jean-Michael Rabaté, *Jacques Lacan: Psychoanalysis and Subject of Literature*, Hampshire: Palgrave Press, 2001, p.108.

它,或者更准确地说,为了强化自己邪恶的性欲,他不得不写作。因此,在拉康看来,萨德的写作证明了弗洛伊德的升华理论是有局限的:"如果我们对升华的思考是以其最发达的形式——其实也就是以其最强烈、最愤世嫉俗的形式,在这种形式中,弗洛伊德以表现它为乐;也就是说,认为升华就是性欲本能转化成了一个作品,人人都可以在这个作品中辨认出他自己的梦想和驱力,都可以酬谢这个艺术家,因为他通过赋予后者一个更充实、更幸福的生活而为他提供了这种满足,因为他一开始就为他提供了另外一条获得满足这种本能的渠道——如果我们从这种视角出发去把握萨德的著作,那么这是一种失败。"①"真正的问题不是这个。升华不是别的,就是一个存在者,不管是读者还是作者,在接近炽热的核心或者绝对的零时所做的回答——这个炽热的核心或者绝对的零,在身体上是不能忍受的。……因此,萨德的作品属于我所说的实验文学的领域。在这种情况中,艺术作品是一个实验,它通过艺术活动把主体从他的社会心理的停泊处解放出来——或者更准确地说,将他从对所涉及的升华的全部社会心理性的欣赏中解放出来。"②

拉康认为,萨德的写作当然是一种升华,但升华不能从弗洛伊德的定义去理解,以弗洛伊德式的升华去理解萨德的写作"是一个错误"。升华的本质不是去性欲化,而是欲望的提纯,是某个对象上升成为难以企及的物。

在此我们发现,拉康激进地走到了与弗洛伊德彻底对立的一面,在弗洛伊德看来,升华的本质在于将性驱力的力量转移到某个可以为社会认可的对象上,但拉康反其道而行之,认为文学艺术升华的本质在于"把主体从他的社会心理的停泊处解放出来",也就是说,升华的特征之一在于抛弃社会认可度。拉康的意思当然不是说艺术与文学创作就是一种性活动,而是要指出,在弗洛伊德的定义中,始终存在一种无法自圆其说的矛盾:一方面将升华当作一种去性欲化机制,同时又承认性驱力乃是文学与艺术创造的基本动力。

拉康认为,正是因为弗洛伊德把升华与驱力本身联系在一起,才使得升华的理论化阐释特别困难,因为驱力的满足是悖论性的:它似乎出现在别的地方,

---

① Jacques Lacan, *Encore*, trans. With notes by Bruce Fink, New York: Norton Press, 1998, p. 200.

② Jacques Lacan, *The Ethics of Psychoanalysis*, p. 201.

而不是出现在它的目标的所在之处。以前它是性欲的,而现在则不是性欲的了,性欲力比多已经变成非性欲的了。我们能满足于这种说法吗？拉康认为,升华既不涉及对象的转移,也不涉及驱力的去性欲化,不能从这两个方面来考虑升华。理解升华的关键是理解作为一个真空的**物**,升华就是围绕这个真空进行的。这里存在着两个悖论。第一个悖论是：升华就是无中生有的创造,就是去竭力表现那个无法象征化、能指化的**物**,但这种创造又只能在能指的道路上前进；为了捕捉这个**物**,主体拼命用能指去表达它。从这个意义上说,**物**既是欲望的对象,也是语言的对象。第二个悖论是：升华不仅可以理解为主体为了重新寻找、占有这个**物**而竭尽全力去创造无穷的能指；也可以理解为主体为了填补这个空白、逃避这个"绝对的空",而不得不使用语言文字去表达它、消灭它。因为这个空就像一个黑洞会吞没主体。但寻找与消弭它都只能徒劳无功,所以快乐原则的作用就在于使主体与**物**保持一定的距离,使主体围绕它打转,但永远也不能得到它。总之,要理解拉康的升华,就必须把握这个空,这个空正是能指创造的,也是能指企图消灭而又不能消灭的。

拉康的升华理论与文学艺术的关系比弗洛伊德的升华理论与文学艺术的关系更密切,弗洛伊德将升华理解为性驱力的力量脱离性目标转移到与性无关的目标,这样科学研究也就成为一种升华的渠道；而拉康将升华理解为主体将一个对象提升到具有**物**的高贵的高度,也就是变成一个不可企及的对象,这就把升华的领域基本限定在了文学艺术领域。在笔者看来,这更加有助于人们利用升华认识文学艺术。拉康认为,艺术、宗教和科学这三种话语都与这种作为空白的**物**有关：所有艺术都是围绕这个空白、以之为中心而建构起的特定话语模式；一切宗教都是为回避一尊重这种空白而建立起来的话语；全部科学话语都是为了拒绝这种空虚而建构出来的适合于对象的实体论。

升华问题粗看上去很简单,但细究起来非常复杂,笔者希望阐明它在弗洛伊德和拉康理论中的联系和差别,但这个目的也只得到了部分实现,因为升华与死亡驱力的关系仍不十分清楚,升华与伦理学之间的关系也有待澄清,而这种关系是弗洛伊德和拉康都十分关心的。尽管如此,也许本篇还是阐明了二人最显著的那些差异,为有兴趣的读者指示了一点方向。

解释的边框

关于《被窃的信》:德里达与拉康

理论界向来是一个充满激烈论争的领域,20世纪尤其如此。布莱希特和卢卡奇的现代主义与现实主义之争,哈贝马斯和福柯的权力理论与交往理性之争,德里达与伽达默尔的解构与解释之争,以及德里达与拉康围绕《被窃的信》的争论,等等,这些都是20世纪理论征程中饶有意味的事件。本篇文章所要探讨的正是德里达针对拉康的《关于〈被窃的信〉的研讨报告》所做的抗辩。1956年,拉康在其研讨班上汇报了他的《关于〈被窃的信〉的研讨报告》,这不仅是精神分析学领域中的一个关键时刻,也是文学批评领域中的重大事件。时隔20年,当德里达以《真理的供应商》(1975)向彼时如日中天的拉康发起咄咄逼人的进攻时,人们发现通往"真理"的道路再次因为峰回路转而花明柳暗。面对德里达毫不留情的批判,一向尖刻犀利的拉康却出人意料地保持了沉默,不做一字回应,或者说拉康不屑一顾的沉默正是对德里达的回应?

关于这场"争论"(严格说来,其实不能算是争论,因为拉康没有做出回应),美国学者芭芭拉·约翰森(Barbara Johnson)和爱琳·哈维(Irene Harvey)曾有专文评述。概而言之,约翰森的立场位于拉康这一边,她认为德里达对拉康的批评几乎在每一点上都重复了他指控拉康的"罪行";哈维则比较中立,她以"范例的结构"为切入点,同时对德里达和拉康提出了批评。哈维认为,拉康以《被窃的信》为范例阐述自己的真理,而德里达以拉康的论述为范例阐述自己的真理,但二者都没有对范例的结构做出必需的反思:将某物 A 当作某物 B 的范例既意味着将 A 当作 B 的符号,也意味着将 A 当作 B 的一个特例。德里达与拉康关于《被窃的信》的争论就来源于这两种意味之间的错位理解。但是,关于《被窃的信》,拉康的研讨报告的真正主题是什么?对这些主题,德里达为什么如此不满?而他批判的根据又是什么?由于拉康与德里达二人都素以思想艰深和文风晦涩而著称,他们之间的分歧和对抗的真义即使在西方学术界也只为极少一部分学者所了解,至于在中国学术界,能洞察其中奥妙的人就更少了。关于这一争论,我们至今尚且没有一篇论文。

　　《被窃的信》是爱伦·坡的"杜宾三部曲"中的最后一篇(另外两篇是《莫格路凶杀案》和《玛丽·罗热案之谜》),小说主要由两个窃信场景构成。拉康以精神分析学的术语将第一个场景称为原初场景(the primal scene),这个场景发生在王室内廷:王后收到了一封密信,在她尚未将信妥善放置之前,国王走了进来。这封信的内容不能让国王知道,否则王后的名誉与安全将严重受损。随后部长 D 也进来了。王后故作镇静地将信放到桌上,让有字迹的一面朝下。王后的举动没有引起国王的注意,但是没有逃过 D 的眼睛。部长以他一贯的精明与老练处理完日常事务之后,从口袋里掏出一封外表与王后的信相似的信(碰巧有这样一封信),假装阅读一番后也把它放到桌上。在说了几句无关紧要的话之后,部长公然在王后的眼皮底下将她的那封信装进了自己的口袋,然后扬长而去;王后眼睁睁地看着这一切却无计可施。

　　王后当然想夺回那封信,于是她秘密命令警察局长 G 趁部长外出之际前往搜索他的办公室。警察虽然没有掘地三尺,但也确实搜遍了部长办公室中的每一个角落,然而一无所获,不得已他只好求助于福尔摩斯似的杜宾。杜宾前往拜访部长,部长知道他的来意,于是假装漫不经心地接见了他。杜宾虚与委蛇地和部长聊了起来,同时若无其事地审视房中的一切。当他透过有色眼镜发现壁炉架上插在破旧纸板夹中间的一页旧笺时,他知道那就是自己要找的信。于是他起身告辞，但故意遗留下自己的鼻烟盒。

第二个窃信场景：第二天，杜宾借口来取自己"忘记"的鼻烟盒。通过雇人在部长宅邸外制造一起小小的喧嚣以吸引其注意，杜宾以一封事先精心伪造好的信替换了王后的那封信。值得注意的是，杜宾在自己伪造的那封信中写有一句出自克雷庇隆的台词，作为自己的签名——部长不会认不出他的笔迹。将来当部长觉得有必要利用这封信时，那时他会读到杜宾引自克雷庇隆的《阿特柔斯和提厄斯特斯》中的这句话："此计真毒，如果阿特柔斯不应遭此算计，那么这对提厄斯特斯倒是很适合。"①

这篇小说的确有趣，但似乎也就仅此而已。可别具慧眼的拉康发现，对于精神分析学的一个真理来说，这篇小说实在是一个完美的寓言："我之所以决定在今天，通过一个故事证明主体从**能指**的旅程中所接受的决定作用，为

---

① "Un dessein si funeste, s'il n'est digne d'Atrée, est digne de Thyeste." 古希腊伊利斯地区有座古城，名叫皮萨(Pissa)，其王奥诺马俄斯(Oenomaos)膝下有一独女，名叫希波达弥亚(Hippodamia)，有倾国倾城之貌。奥诺马俄斯受神谕警告，自己将死于女婿之手，或因爱恋女儿，不愿女儿出嫁，就故意刁难求婚者，要求他们与自己赛车，胜者娶走公主，败者留下头颅，赛车终点是科林斯地峡。珀罗普斯获悉公主美貌，也来求婚，公主对这位俊美青年一见倾心，遂请求父亲的马车夫，赫尔墨斯之子米尔提罗斯(Myrtilus)帮助她实现愿望。米尔提罗斯也是公主的暗恋者，对公主的要求有求必应。他在奥诺马俄斯战车的车轴上动手脚，拔去轴钉，结果导致车毁人亡的事故，珀罗普斯因而赢得公主。他们外出旅行时，米尔提罗斯与这对新婚夫妇偕行。他乘珀罗普斯为妻子取水之机，试图强奸公主。珀罗普斯从妻子那里获知此事，就把米尔提罗斯从悬崖抛下大海。米尔提罗斯死前发出诅咒：珀罗普斯的后代陷入血亲相残、冤冤相报的怪圈中，不能自拔。希波达弥亚为珀罗普斯生下孪生长子阿特柔斯(Atreus)和提厄斯特斯(Thyestes)，但他最钟爱的儿子却是他与某仙女的私生子克吕西普斯(Chrysippus)。阿特柔斯和提厄斯特斯受其母希波达弥亚唆使，害死了这个弟弟。阿特柔斯兄弟被珀罗普斯放逐，流亡到迈锡尼，投奔姐夫迈锡尼国王斯忒涅罗斯(Sthenelos)。斯忒涅罗斯死后传位于儿子欧瑞斯透斯，欧瑞斯透斯死后无子，迈锡尼贵族遵照神谕指示，推选阿特柔斯继承迈锡尼王位。阿特柔斯曾向阿耳忒弥斯女神许诺，愿从其羊群中挑选一只最好的羊羔作为祭品奉献给女神。不久，一只稀罕的金羊果真出现在他的羊群中，但阿特柔斯舍不得将羊羔献祭，他认为这是他合当为王的预兆，于是将其藏入一个箱子里。阿特柔斯之妻阿厄洛佩(Aerope)是克里特国王卡特柔斯(Catreus)的女儿。尽管她为阿特柔斯生下两位著名的儿子，即阿伽门农与墨涅拉俄斯，但对丈夫不忠，暗中与小叔提厄斯特斯私通，并将羊羔偷来赠送给他，帮助提厄斯特斯取代阿特柔斯成为迈锡尼的国王。当迈锡尼人奉神谕邀请兄弟俩登基时，提厄斯特斯当众向兄弟提议，谁拥有长着金羊毛的羔羊，谁就登基为王，阿特柔斯自认为是羊羔拥有者，满口答应，谁知自己却拿不出羊羔，提厄斯特斯反而拿出了羊羔，于是后者顺理成章地成为迈锡尼王。在宙斯亲自安排下，提厄斯特斯被迫让位，并被其兄流放。阿特柔斯假意摆出和解姿态，邀请流放中的兄弟重返故国，并设宴款待之，但暗中派人抓捕提厄斯特斯与一位水仙女所生的三个儿子。尽管他们躲藏在宙斯祭坛前寻求庇护，仍被抓来杀死，并吩咐厨师将其身体肢解，烹调成美味的肉，献给提厄斯特斯。当后者津津有味地享用过亲子之肉后，阿特柔斯才把婴孩们的手和头送上宴席，并再次把提厄斯特斯逐出国门。提厄斯特斯强奸了自己的女儿帕罗皮亚，但后者被不知情的阿特柔斯迎娶为妻。帕罗皮亚产下乱伦之子，被阿特柔斯命名为埃吉斯托斯(Aegisthus)。埃吉斯托斯长大后杀死阿特柔斯，帮助提厄斯特斯夺回了迈锡尼的王权。

你们阐明一个真理，原因就在于此；这个真理可以从我们正在研究的弗洛伊德的思想中的一个环节中抽取出来，这个真理就是：对主体来说，象征秩序具有构成作用。"①拉康的《关于〈被窃的信〉的研讨报告》就是要借这个寓言去阐释这个"真理"。

就这篇小说而言，能指（信）的旅程是如何具体决定主体（它的持有人）的呢？小说中的主体有国王、王后、部长、警察局长和杜宾，拉康将这些主体分为三类：第一类主体什么也没有看到：先是国王，然后是警察。第二类主体看见第一类主体什么也没有看见，因此误以为隐藏了自己要隐藏的东西：先是王后，然后是部长。第三类主体看见谁都可以拿走那件必须隐藏但又无处隐藏的东西：先是部长，然后是杜宾。在此我们可以发现，信/文字对主体的决定作用就表现在，任何持有信的主体，或者更准确地说，任何被信持有的主体，都必然表现出某种特定的盲目。也就是说，随着信在主体间流转，"盲目"便在相应的主体身上"自动重复"。这个故事是中国寓言"螳螂捕蝉，黄雀在后"的坡式版本，如果拉康知道这个中国寓言，想必他不会用鸵鸟政策来比拟它。但是这里并非完全没有疑问：根据这一真理，当杜宾持有信或者被信持有之后，他也应该表现出特定的盲目，那么他将对什么盲目呢？什么是他必然视而不见的呢？在此拉康没有展开任何论述或者推测，然而意味深长的是，素以在他人文本之中发现矛盾与歧异见长的解构主义大师德里达竟然也忽略了这个有利的把柄。一旦被信持有之后，杜宾会对什么盲目呢？"此计真毒，如果阿特柔斯不应遭此算计，那么这对提厄斯特斯倒是很合适。"当杜宾将写有这句引语的那封精心伪造的信放在部长原来放置信的位置之后，他也被那封被窃的信持有或者占有了，尽管他转手就将那封信交给了警察局长，或者说让它回归了它固有的路线；当然，我们甚至也可以说，他也被自己伪造的信持有或者占有了。现在，杜宾将会对什么视而不见？或者我们可以换一种提问：现在，杜宾将期待看见什么？因为他的盲目就来自于他的关注。显然，他期待见证部长出丑和毁灭的那一刻：夺回信的王后面对部长的威胁将寸步不让，但自以为抓住了王后把柄的部长将有恃无恐；当对质的那一刻到来时，部长将拿出这封信，但那时他将读到的是："此计真毒，如果阿特柔斯不应遭此算计，那么这对提厄斯特斯倒是很适合。"而且，他

---

① Jacques Lacan, "Seminar on 'The Purloined Letter'", in *Écrits*, p. 7.

不会认不出是谁给他留下了这句话。这就是杜宾期待的,他将在想象中见证这戏剧性的一刻,即使他不能在这一刻身临其境。但是,这一刻真的会来临吗?杜宾真的能在这预想的时刻中体验那令他战栗的复仇的快感吗?对此,拉康深表怀疑。"那么,在部长与其命运约会的时刻,等候他的就是这个吗?杜宾向我们保证说就是这个,但我们也学会了不再轻信他的花招……但如果他(部长)像作者所说的那样真的是一个赌徒,他会在摊牌之前最后检查一下他的牌,并在看清自己的牌后及时离开,以免丢丑。"①这就是说,杜宾期待的那一刻不会到来。部长在与王后摊牌之前,一定会检查他的牌;当他发现是杜宾将信窃取之后,他一定会采取报复行动,但可怜的杜宾这时还在期待那想象的胜利,对即将来临的毁灭性打击视而不见。信的持有者都认为持有这封信会让自己处于一个有利地位,"其实这是一个绝对虚弱的位置"。这就是杜宾被信持有之后的盲目,虽然拉康没有明确指出这一点,甚至没有在合适的地方指出这一点,至少他以一种迂回的方式为我们给出了暗示。

　　信在主体间的流转就这样决定了主体,谁持有它或者被它持有,谁就必然变得盲目。难道不是吗?但是,拉康说的是"主体从能指的旅程中所接受的决定作用"。那么"信"就是"能指"吗?或者"信"就是"能指"的隐喻?"信"为什么能隐喻"能指"?而拉康的"能指"又是什么?

　　作为一篇侦探小说,《被窃的信》的最奇妙之处就在于小说并没有告诉我们这究竟是一封什么信,也就是说,信的内容从来没有得到揭示。不仅信的内容,甚至连信的外观也被小说的作者刻意扣留了。在警察局长拜访杜宾时,后者问他是否知道那封信的样子,对此小说接下去写道:"'噢,是的!'局长掏出一本备忘录,随机把关于那封失窃的信的信纸,特别是信封的细致描述,大声念出来。念完之后不久,他就起身告辞离去,神情十分沮丧,我还从来没见过这位绅士这副样子。"②约翰森注意到了这个非常意味深长的细节,按照常理,小说在此应该直接引用警察局长的描述,把信的样子详细揭示出来,但奇怪的是,它把至关重要的描述省略了。不但信的内容,甚至连信的样子,以及发信人,这些我们一无

---

① Jacques Lacan, "Seminar on 'The Purloined Letter'", in *Écrits*, p. 30.
② 爱伦·坡:《被窃的信》,见《爱伦·坡哥特小说集》,肖明翰译,成都:四川人民出版社 2005 年,第 192 页。

所知。然而拉康关于这篇小说的研究正是基于这种空白之上，不是说信的内容必须被隐藏起来，而是说它实际上无关紧要；甚至可以说，正因为它的内容无关紧要才使它特别适合拉康的需要。

有两个理由促使拉康将信视为能指的隐喻：首先，在英语中，letter 除了表示"信"，还表示"字母、文字"。这一点并非文字游戏，更非无关紧要。但最重要的是，信的内容从未得到揭示，但这毫不影响它对被它持有的那些主体的决定作用（正如无意识从未被揭示，但主体始终受其支配一样），正是这一点使得拉康将其视为能指的隐喻。那么拉康所说的能指究竟是什么呢？能指作为一个重要术语进入批评话语要归功于索绪尔，他认为符号（sign）总是由能指和所指这两方面构成；所指指的是符号的概念内容，而能指则是符号的声音形象；对于一个符号来说，所指与能指就像一片树叶的两面，二者缺一不可。拉康从索绪尔那里借用了能指这个概念，但为它赋予了一个精神分析学的全新解释："能指就是为另一个能指表征主体（主语）的东西。"① 从逻辑学来说，这与其说是一个关于能指的定义，不如说是一个丑闻，因为我们几乎不能从这个陈述中得到任何明确的信息。但是，这个貌似丑闻的陈述具有十分重大的理论价值：如果能指就是为另一个能指表征主体（主语）的东西，或者说，如果能指的功能就是为另一个能指表征主体（主语），那么由此而来的结论必然是：能指之中一无所有。比如，如果我们要用能指 A 去表征某个主体（主语），那么我们需要借助能指 B，为了表征能指 B 表征的主体（主语），我们又需要借助能指 C，如此等等，以至无穷。由此可以进一步推论：如果能指之中一无所有，那么像索绪尔断定的那种与能指一一对应的所指根本就不存在，也就是说，一切所指其实都是能指。听上去这的确有些让人震惊，但拉康关于能指的这一定义的必然结论就是这个，而这正是德里达以延异（differance）为核心的解构主义哲学不容撼动的基石。②如果能指无须内在固有的所指，就能为另一个能指表征主体（主语），那么这不正是《被窃的信》所隐喻的真理吗？坡的这篇小说中的信不正是无须其内容就决定了它的那些持有人？"弗洛伊德在我所评论的那个文本中教导我们的就是

---

① Jacques Lacan, *The Four Fundamental Concepts of Psychoanalysis*, p. 207.
② 尽管德里达从来不承认他的解构主义受惠于拉康，但学理上的一致以及二者学术活动的交集，似乎可以证明这一点。

主体遵循象征/符号的路线。但这里所阐明的东西更加引人注目：不仅是这个主体，而且是这些主体都被捕获进了他们的交互主体性之中。他们排成一队，比绵羊更温驯，在意指链经过他们的那一刻塑造了他们自己的存在。"①

这就是拉康这篇研讨报告的基本主题，一切似乎顺理成章。然而，就在我们为精神分析学的真理在一个文学文本中找到了不谋而合的证明而欣喜之际，德里达同样惊喜地发现这是一个新的，足以与柏拉图、卢梭、海德格尔等价的解剖对象，值得他尽情挥舞解构主义的手术刀大展身手。在德里达看来，拉康与其说是真理的揭示者，不如说是真理的供应商。"真理的供应商"②，这就是德里达反驳拉康的论文的标题，谁能不从这个标题中立即感受到那种揶揄的口吻？拉康言之凿凿地说他要借《被窃的信》为我们阐明一个真理，甚至断言："让我们切记，正是真理使一切小说的存在得以可能。"③当此之时，德里达再也不能无动于衷了。世间最令德里达深恶痛绝的莫过于"真理"了，他对"真理"反感到近乎过敏的程度。在他看来，一切以真理为旨归的话语都是逻各斯中心主义的，而作为超越所指的形形色色的逻各斯不仅在能指链的无限延续中被无限延异（延迟和差异），而且归根结底是被虚构出来的。虽然拉康和海德格尔一样，一向被视为拆毁形而上学圣殿的大师，但在德里达看来，对"真理"的迷恋证明他们仍然尚未彻底挣脱形而上学的羁绊。德里达的论文从一番言近而旨远的序曲开始，随后他便以一种欲抑先扬的方式表明了自己对拉康这篇研讨报告的判断："虽然拉康对所谓的文学文本从来没有直接的语义学的兴趣，虽然据我所知'神秘'从来不曾介入他的话语，在他的文字中，能指的逻辑打乱了天真的语义学主义，而一般的文本问题从来没有在其文字中停止运作。而且拉康的'风格'就是要永远阻止人们在文字之外得出任何可以离析的内容，任何毫不含糊、可以决定的意义。但是在《关于〈被窃的信〉的研讨报告》中，情况完全是另外一种面貌。至少看上去是这样。"④然而就拉康的这篇研讨报告而言，正如前文所论证的那样，它的主题难道不是圆满自洽的吗？德里达解构主义的手术刀将从哪里

---

① Jacques Lacan, "Seminar on 'The Purloined Letter'", in *Écrits*, p. 21.
② 德里达这篇论文的标题"Le Facteur de la Vérité"中的Facteur有两个意思：邮递员和供应商。
③ Jacques Lacan, "Seminar on 'The Purloined Letter'", in *Écrits*, p. 7.
④ Jacques Derrida, "The Purveyor of Truth", in John P. Muller, William J. Richardson, *The Purloined Poe, Lacan, Derrida, and Psychoanalytic Reading*, Baltimore: Johns Hopkins University Press, 1987, p. 176.

下手呢？从阐释框架下手。

如前文所述，拉康从《被窃的信》中提取出两个场景，这两个场景分别由两个三元组合构成：第一个场景由国王—王后—部长构成，第二个场景由警长—部长—杜宾构成。德里达认为，这种以三元组合为参考框架的解释策略一开始就错了，因为它毫无反思地排除了一个至关重要的元素：叙述者。在德里达看来，正确的阐释框架不应该是三元组合，而应该是四元组合，因为《被窃的信》是一篇虚构的小说，从始至终是由那个作为杜宾的好友、以第一人称"我"出现的叙述者叙述出来的，因此故事是以两个四元组合为基础而展开的：(1)国王—王后—部长—叙述者；(2)警长—部长—杜宾—叙述者。拉康为什么会忘记叙述者？因为他忘记了他所分析的只是一个故事，因为他迫切希望为我们供应一个真理。德里达认为，拉康将叙述者排除在外，表明他不自觉地将这个虚构的故事当作了一个真实的事件，他没有看到文学虚构对精神分析学知识具有一种永远不断更新的抵抗。然而，这种遗忘和排除绝不是无关紧要的小事："这当然是一个关于信、关于能指的偷窃和置换的故事。但这篇研讨报告处理的只是这个故事的内容，只是它无可非议的历史，只是在其记叙之中得到讲述的东西，只是叙述内在的、被叙述的方面。而非叙述本身。接触伊始，这个报告就为坡的小说建构了与其文字(writing)、能指和叙述形式相对立的示范性的内容、意义和被书写物(the written)。就此而言，它对信中能指的力量所产生的兴趣的确抓住了这种力量。"①因此，对德里达来说，拉康对叙述者的忽略或者排除并不是一个单纯的技术问题，在这种忽略或者排除的背后具有更加深刻的形而上学渊源，那就是逻各斯中心主义。正如德里达在他的《文字学》中剖析的那样，逻各斯中心主义总是与语音中心主义难解难分：先验的逻各斯作为超越的所指是外在于能指的，但以鲜活的语音为手段的言语最终能够如其所示地再现它，也就是说，让它充分、完满地在场。为此德里达认为，一切专注于言语的所指、意义或者内容，忽视或者无视言语的游戏性质和播撒功能，相信言语能够捕捉、再现这样的所指、意义或者内容的话语都是逻各斯中心主义的，因而也必然是语音中心主义的。因此，德里达从拉康基于三元组合的阐释框架断定他的这篇研讨

---

① Jacques Derrida, "The Purveyor of Truth", in John P. Muller, William J. Richardson, *The Purloined Poe, Lacan, Derrida, and Psychoanalytic Reading*, p.179.

报告是语音中心主义的。

拉康忽略了叙述者吗？其实他早就明确指出："要是没有在这个故事中扮演了某个角色的人物从其观点出发对每一场景所做的叙述，这出戏中没有什么是可以看见，可以听见的。"他尤为强调第一幕场景与叙述者之间的关系："事实是，如果我们仅仅把这次对话当作一个汇报，那么它的逼真性就有赖于精确性的保障了。但只要我们能展示它的程序，这次汇报就将比它乍看上去更富有成果；如果我们将全部注意力集中于第一幕场景的叙述，我们将会看到这一点。因为这个场景到达我们时所通过的双重甚至三重过滤器并非仅仅是偶然安排的结果，这三重过滤便是：杜宾密友（今后我称之为故事的总叙述者）的叙述，这个叙述叙述了警察局长向杜宾所做的说明，而这个说明则是王后向警察局长做出的关于信的描述。"①如果我们以此判定拉康没有忽略叙述者，那么也许不是德里达误了拉康，而是我们误解了德里达。在德里达看来，是否排除了叙述者不能单纯从拉康是否注意到叙述者的叙述来判定，而是要根据他是否意识到叙述者的叙述对文本意义产生的延异效果。在以上两处论及叙述的时候，拉康强调的都是叙述使人物与事件"可以看见，可以听见"，强调叙述的"逼真性"和"精确性"。在德里达看来，这种对叙述的强调与对叙述的排除本质上是一致的；与其说它们证明了拉康对叙述者的关注，不如说证明了拉康对叙述者的排除。故此德里达说："在某个既定的时刻，人们也许相信拉康将把（叙述着的）叙述纳入考虑，把嬉戏与文本之中的文字场景之复杂结构考虑进去，把叙述者的奇妙位置考虑进去。然而它刚一被瞥见，分析性的破译就把这个位置给排除了、取消了，或者更准确地说，它让叙述者控制了这种发挥取消作用的排除，这种排除把整个研讨报告改变成了一个迷恋内容的分析。"②

在德里达看来，对于一个文本的解释来说，是否考虑到叙述者是一个至关重要的问题；如果排除叙述者，我们就会不假思索地将文本讲述的内容当作不容置疑的事实加以接受，并进而接受其中蕴含的"真理"。为什么大多数文学文本都会隐藏其叙述者，或者使其与作者融合，或者干脆采取一种全知叙事，原因

---

① Jacques Lacan, "Seminar on 'The Purloined Letter'", in *Écrits*, p. 7, 11.
② Jacques Derrida, "The Purveyor of Truth", in *The Purloined Poe, Lacan, Derrida, and Psychoanalytic Reading*, p. 179.

就在于此;因为无论采取以上哪一种策略,都会给读者制造一种身临其境的幻觉,仿佛文本所讲述的事件自动在读者面前真实地展开。但是,如果我们发现——这并非一件容易之事——所有的文学文本都必须借助某个叙述者的叙述才能实现,那么文本制造的那种幻觉的"真实"就有破灭之虞了,因为这让我们明白文本讲述的内容只是某个具有特殊(意识形态)立场的人物的"话语"而非"事实"。因此,是否将叙述者考虑在内就绝不只是文本阐释中的一个技术问题,而是事关解释的方法论问题。叙述者不仅是给文学文本提供了一个特殊的视角,而且更重要的是,它为文本安装了一个边框(frame)。然而让事情变得更加复杂的是,《被窃的信》不是只有一个边框,而是有几重边框:诚如德里达所言,除了叙述者这个边框,我们还不应忘记,这个文学文本还是爱伦·坡"杜宾三部曲"之一,这就是说,后者也是这个文本的又一边框;此外,小说开始时引用了塞内加的一句格言:"在智慧面前,再也没有什么比过分狡猾更讨厌的了。"结尾又引用了克雷庇隆的《阿特柔斯与提厄斯特斯》中的那句台词,这些都会把这个文本牵引到一些更远的文本,这些文本同样也是这篇小说的边框。故此,德里达说:"这里有一个装框、定界和划界的问题,如果我们想弄清虚构的效果,就必须非常细致地分析这个问题。拉康对此不置一词,他从这个虚构的文本内部抽取出所谓的普通叙述,从而排除了这个虚构的文本。这个操作因为下面这个事实变得非常容易了:叙述没有胜过这个名曰'被窃的信'的小说/虚构。但它是一个虚构。在故事的周围有一个边框,尽管它是不可见的,但也是不可简化的。"①

然而"边框"是什么意思呢?它与它所框定的事物是什么关系呢?一般而言,我们习惯于认为边框的作用在于框定某些特殊的事物,将框里与框外的事物隔离开,从而让我们专注于前者。但是,为什么我们会将注意力集中到框内的事物而无视框外的事物呢?因为"边框"的基本作用不仅是包容、呈现框内的事物,而且还要排除、遮蔽框外的事物;或者更准确地说,正是通过排除和遮蔽框外的事物我们才会关注、呈现框内的事物。德里达认为,边框是形而上学的重要工具,为事物装框是形而上学的基本策略。因此,与常识相反,德里达认

---

① Jacques Derrida, "The Purveyor of Truth", in *The Purloined Poe, Lacan, Derrida, and Psychoanalytic Reading*, p. 180.

为,如果我们不想继续做形而上学的囚徒,被形而上学装进框里,那么我们必须重塑边框的基本功能:与其让它为我们的视域**定界**,不如让它指引我们的视野**越界**。也就是说,一旦我们发现边框的存在,我们就应该向框外出发。对德里达来说,边框颠覆了内外之分,而且边框之外复为边框,以至无穷。拉康为什么能够为我们供应真理?据德里达看来,根本原因就在于他排除了这篇小说的边框,从而将文本所叙述的内容当作一个事实不加批判地接受了下来;如果他能发现这个文本被装进了一个特殊的边框,而且边框之外复有边框,那么就会洞察这个文本的意义不可决定,其指引将无穷无尽,最终不可把握。所以德里达说:"这里缺少了对边框、签名和配饰(parergon)这个问题的阐释。这一欠缺使得能指场景被重建为所指,书写/文字(writing)被重建为被书写者(the written),文本被重建为话语,甚至更准确地说,被重建为'主体间的'对话。"①

德里达坚决反对拉康以三元组合为基本结构来阐释这篇小说,不仅因为他认为拉康排除了叙述者,而且不无反讽的是,还因为他根据后者的镜像理论发现小说中的部长和杜宾各自都不仅有一个镜像的他者,而且他们自身还是两个人物的合体。小说告诉我们,部长还有一个兄弟,两人都很有才华;但这不是最主要的,最主要的是部长本身就具有双重身份:他既是一个数学家,又是一个诗人。正是作为诗人,他才挫败了警察局长;后者愚蠢地认为诗人都是笨蛋。至于杜宾,他与叙述者"我"互为镜像。"杜宾三部曲"中的第一部《莫格路凶杀案》详细介绍了二者相识的经过:"我们初次会面是在蒙特马特利路上的一个没有名气的图书馆里。因为我们碰巧都在寻找同一本非常稀少的珍贵书籍,我们的关系亲密起来。……最后我们做出安排,在我旅居巴黎期间,我们住在一起。由于我的经济状况不像他那样窘迫,他同意由我出钱租下一座年久失修、风格怪异的房子,并按我们都具有的那种比较古怪的阴郁性格来配备家具。"②不仅如此,和部长一样,杜宾也具有双重身份:"当他处于这种情绪中时,对他进行观察,我经常沉思关于双重灵魂的古老哲学。我想象有两个杜宾,搞创造的杜宾和搞分析的杜宾,似乎觉得蛮有趣。"③如此看来,杜宾与部长不仅不是单独的个

---

① Jacques Derrida, "The Purveyor of Truth", in *The Purloined Poe, Lacan, Derrida, and Psychoanalytic Reading*, p.180.
② 爱伦·坡:《莫格路凶杀案》,见《爱伦·坡哥特小说集》,第121页。
③ 同上书,第122页。

人,而是一体而二人。"如果这两个双体之间的双重关系包含并笼罩了整个所谓的象征空间,溢出并模仿它,无休止地毁灭和打乱它,那么想象和象征之间的对立,尤其是这种对立隐含的等级秩序,其适当性就很有限了:也就是说,如果人们根据这个文字现场的平方来测量它时,其适当性就很有限了。"①

拉康为什么对杜宾和部长的镜像他者视而不见呢?为什么对叙述者的介入不置一词呢?为什么要选择这种基于三元组合的结构作为其解释策略呢?除了形而上学的诱惑之外,德里达认为精神分析学本身也难逃干系。在《真理的供应商》中,德里达劈头便写道:"据说精神分析被发现了。当人们以为自己发现了它时,其实是精神分析自己发现了自己。当它发现某物时,其实它发现的是自己。"②据他看来,精神分析学要做的事情并不是将自己的真理或者法则应用到其他文本,尤其是文学文本,而是要在其他文本中发现自己的真理和法则,从而自我印证。所以他才会尖刻地说,当精神分析有所发现时,它发现的其实是它自己。故此德里达断定,拉康之所以粗暴地将三角结构作为其解释的关键,这是父—母—子三角形的俄狄浦斯结构蛊惑的结果:"他[叙述者]构成了一个代理,一个'方位',凭借这个方位,经过杜宾这个中介,这个三角形保持住了一个得到非常确定、充分投资的关系。以这种暴力方式为其装框,为了仅看到俄狄浦斯结构而将被叙述的角色从第四方砍掉,凭借这些措施,人们也许回避了某种复杂情况,也许是回避了俄狄浦斯结构的复杂情况,人们宣布在文字现场发现了俄狄浦斯结构。"③

但是,这个结论只是一种断言,要让人信服,德里达需要论证。他是如何论证的呢?他将信(letter)等同于菲勒斯。或者更准确地说,他断定拉康将信和菲勒斯等同了起来。但是,拉康不是一再强调信的意义不可确定吗?

拉康的主题有一个基本前提,那就是信的内容始终没有得到揭示,或者说无须揭示。但在德里达看来,这是完全不能成立的。首先,正如警察局长提醒我们的那样,任何人都知道这封信包含了足够多的内容,足以使王后这个身居高位的人的荣誉受到影响,甚至使她的安全受到威胁。其次,尽管拉康一方面

---

① Jacques Derrida, "The Purveyor of Truth", in *The Purloined Poe, Lacan, Derrida, and Psychoanalytic Reading*, p. 203.
② Ibid., p. 173.
③ Ibid., p. 181.

宣称我们对这封信的发信人及其内容完全一无所知,但另一方面他也不得不承认,无论这是一封情书还是一封事关密谋的信、一封告密信、指示信或者求救信,我们唯一能够确信的是,王后不能让她的国王或者主人知道这件事。"因此,不管王后对这封信采取什么行动,事实都是:这封信是一个契约的象征,即使它的收信人不为这个合约承担责任,这封信的存在也把她投进了一条符号链,而这条符号链与构成她之忠诚的符号链是异质的。它与她的忠诚是水火不相容的,这一点已经被这个事实所证明:她不能合法地公开拥有这封信,为了拥有这封信,王后只能借助其隐私权;而隐私权是建立在荣誉的基础之上的,但这种拥有恰好冒犯了这种荣誉。"①德里达据此认为:"这就把这封信所传达的信息的精华告诉了我们,而上述那些可能的意义对于这一信息来说并非是无关紧要的,不管我们相信它究竟是什么。无论是哪一种可能的假设,这封信的信息都必然包含了对一个'誓言'的背叛……就这封信的意义这个主题而言,对其无知或者对其漠然都只是暂时的、可能性极小的。谁都知道它的意思,谁都对它的意思全神贯注,从这个研讨报告的作者开始。如果它真的没有明确的意思,那么没有人会担心别人会把什么意思强加给他/她,王后是这样,部长也是这样。所有人,从部长开始,包括拉康,中经杜宾,都确信这封信其实已经说了它所说的东西:对一个契约的背叛;而它所说的东西也是'一个契约的象征'。否则不会有什么'被抛弃'的信:先是被部长抛弃,然后被杜宾抛弃,最后被拉康抛弃。他们全都验证了这封信、这封'正确的'信的内容。他们全都做了警察局长做过的事:在支付了酬金之后,当他从杜宾的手上接过这封信时,他检查了它的要旨。"②

德里达认为,拉康表面上宣称我们对信的意义一无所知,其实一开始就将其意义与至关重要的菲勒斯等同了起来。但是拉康在其研讨报告中从未提及菲勒斯,更没有直接将信视为菲勒斯的隐喻,德里达何以能够提出这种主张呢?拉康的《关于〈被窃的信〉的研讨报告》中有哪些论述可以证明他将信与菲勒斯等同了起来呢?对此,德里达基本上采取了一种反证法:如果拉康不是将信视

---

① Jacques Lacan, "Seminar on 'The Purloined Letter'", in *Écrits*, p. 19.
② Jacques Derrida, "The Purveyor of Truth", in *The Purloined Poe, Lacan, Derrida, and Psychoanalytic Reading*, p. 211. 译文略有修改。

为菲勒斯的隐喻,那么他关于信的以下三种主张就是不可理解的:

1. 信的位置的古怪性;
2. 信的"不可分割性",或者"不可毁灭性";
3. 信总是会抵达其目的地。

严格地说,拉康这篇研讨报告的真正晦涩难解之处,其实并非在于它的基本主题,而是在于他关于以上三方面的晦涩论述。对这些论述没有一个基本把握,就不能算是读懂了拉康的这篇研讨报告。

首先让我们来看第一个问题:信的位置。警察局长带人逐个房间搜查了部长的整个宅邸,每个房间都花了七个晚上。他们检查了所有的家具、墙面和地板。所有抽屉都被拉开,所有桌面都被揭开,所有家具的接缝都被仔细查看,所有书本都被逐页翻检,镜子、窗帘、床单、地毯的夹层都被搜查。他们用探针检查了坐垫,用高倍显微镜检查了所有桌椅的横档,用精度极高的量尺测量了每本书的厚度。他们甚至将房屋表面分为若干区间,一寸一寸地细致检查。总之,一切可能的藏匿地点都无一遗漏地得到了搜查,但一无所获。毫无疑问的是,信的确就在房间里,但为什么警察们掘地三尺仍然一无所获呢?难道这封信会"无化"不成?问题的关键就是信的位置,或者更准确地说,就是信与位置的关系:"显然,文字/这封信(the letter)的确与位置有一些古怪的关系……我得说这些关系是非同寻常的,因为这些关系正是能指与位置之间的关系。"①

信的确就在他们巨细无遗地搜索过的房间内,它之所以逃脱了他们的搜查,诚如拉康所说,完全是因为他们不知道,一封信的最佳藏匿地点不是某个经验性的物理空间,无论这个空间多么绝密,而是某个非经验性的符号空间。故此拉康说:"这些搜查者对现实具有一种冥顽不化的观念,以致他们无法看见他们的搜查会将它转变为其对象——他们本来可以凭借这种特征将这个对象与所有其他事物区别开来。无疑这对他们是要求过高了,不是因为他们缺乏洞察力,而是我们缺乏洞察力。因为他们的愚蠢既非个别人的愚蠢,亦非集体的愚蠢;这种愚蠢的根源是主体性。这是现实主义者的愚蠢,现实主义者毫不犹豫地认为,没有什么东西是可以真正藏匿起来的,即使这封信被一只手推到这个世界的天涯海角,另一只手也可以将其找回;而且他们认为被藏匿起来的东西

---

① Jacques Lacan, "Seminar on 'The Purloined Letter'", in *Écrits*, p. 16.

无非不过是**不在其位**之物,这就像图书馆中一册误放位置的书。即使这本书就在毗邻的书架上,或者就在旁边的窄槽中,它也是被藏在了那里,不管它在那里是多么显眼。"① 现实主义的警察局长认为,因为藏匿的本质就是使某物"不在其位",所以他们一开始就把信通常所处的位置排除了;但"不在其位"的某物既然是一物就必定"另在某处",所以他们把全部精力都集中在了所谓的隐秘之处。从现实主义的观点来看,的确没有什么东西能够被真正隐藏起来,前提是所要藏匿的东西是一种物质性的东西。然而,如果所要藏匿的东西不是一种物质性的东西,而是一种真正不在其位的东西呢?什么东西能够真正不在其位呢?对此拉康回答说:"严格说来,只有那种能改变位置的东西,也就是说,只有那种符号性的东西,才能不在其位。实在之物,不管我们如何改变它,总是且始终在其位置上;它将它的位置牢牢地粘在其鞋底上,没有什么东西能够将其从鞋底赶走。"② 部长并没有为这封信寻找一个绝密的隐藏地点而煞费苦心。首先,他只是将信封做了一番小小的改变:在原来的信封上,印章小而红,印的是 S 家族的公爵纹章;收信人是某位王室成员,字迹刚劲豪放。在改变后的信封上,印章大而黑,印的是 D 字;收信人写的是部长的名字,字迹娟秀纤细。然后,他仍然把这封信放在通常放置信件的位置上。仅仅通过这两道程序,部长就使这封信既在其位——它仍然在一个信封里,在通常放置信的位置,又不在其位——它被改变成了另一封信。因此,它被成功隐藏起来了。部长之所以能够做到这一点,是因为他知道信本质上是文字或者能指。所以拉康说:"因为能指是存在(being)唯一的单元,而能指就其本质而言不是别的,仅是表示缺席(absence)的符号。正因为此,我们不能像说其他事物那样说这封被窃的信必定在哪里或者不在哪里,而只能说,与别的事物不同,它在但又不在它所在的地方,无论它去哪里。"③

letter 是什么?它既是"信",又是"文字"。在拉康看来,与其说被窃的是一封"信",不如说一封"文字"。拉康绝不是在玩文字游戏,他甚至不是在隐喻的意义上谈论"信"和"文字"的关系。既然那封信是由一些文字写成的,那么部长

---

① Jacques Lacan, "Seminar on 'The Purloined Letter'", in *Écrits*, p. 17.
② Ibid.
③ Ibid.

窃取的当然就是一封"文字"。文字是什么？文字是一物吗？正如海德格尔在《语言的本质》中指出的那样，文字绝非一物，因此我们绝不可能说文字在哪里或者不在哪里。和海德格尔一样，当拉康说只有文字才能"不在其位"时，他的意思不是说，文字本来应该在某处，但现在不在那里。他的意思是说，文字绝不可能像实在之物那样有某个位置。关键是要知道，部长要藏匿的并不是一封信，而是一些文字，一些能指。在这场隐藏—寻找游戏中，部长取得了完胜。他的取胜之道在于他让那封信/文字"隐身"了。信/文字之所以能隐身，乃是因为它不是实在之物，它没有"位置"。无论文字出现在哪里，如拉康所说，它都既在又不在它所在的地方。部长之所以能藏匿起这封信，警察局长之所以找不到这封信，尽管它在他们的手中多次翻动，就是因为它就像文字一样，既在又不在它所出现的地方。

从上述论证可知，拉康之所以花费大量笔墨来讨论信与其位置的古怪关系，目的仍然是为了将信与文字，进而将信与能指接通，从而为其基本主题服务。那么德里达何以能在信的位置这个问题上认为拉康将其等同于菲勒斯呢？关于部长隐藏/放置信的位置，拉康这样描述说："瞧！在壁炉立柱的中间，那个东西就在那里，只要劫持者伸伸手，立刻就能得到……他是从壁炉架的上边拿到它，像波德莱尔翻译的那样，还是从下边拿到它，像原文所说的那样，这个问题不会有损来自于厨房的推论。"①这段叙述似乎并没有什么特殊之处，但德里达不仅敏锐地从中嗅出了某种暧昧的气息，而且发现拉康隐瞒了一桩债务："果真无害吗？相反，在这个研讨报告内部，这种损害是不可弥补的：如果是在壁炉的台面上，这封信就不可能'在壁炉的立柱中间'，'在壁炉的两腿之间'……为什么要将这个问题贬低到厨房，就像贬低到外屋一样？为什么要将回答这个问题的那个妇女贬低为厨师？"②德里达在此想说的是，拉康对信的位置所做的描述已经暗示了信其实就是菲勒斯的象征，不然它不会那么"碰巧"出现在菲勒斯固有的位置上。因此，不像拉康所说的那样，信是放在壁炉的台面上还是台面下，绝不是一件无关紧要的事情。此外，德里达还发现，拉康将信视为缺失的菲

---

① Jacques Lacan, "Seminar on 'The Purloined Letter'", in *Écrits*, p. 26.
② Jacques Derrida, "The Purveyor of Truth", in *The Purloined Poe, Lacan, Derrida, and Psychoanalytic Reading*, p. 189.

勒斯的象征乃是受到了另一个精神分析学家玛丽·波拿巴的启发，尽管他不仅没有感谢后者，还将她的观点贬低为"来自厨房的推论"。德里达进而认为，拉康若非将信视为缺失的菲勒斯的象征，他不可能推论信对部长所发生的"女性化"作用："从部长那种漠不关心的做派，比如假装无精打采，到把自己打扮得似乎倦于谈话，再到那种氛围——这个'家具哲学'的作者知道如何从那些不可触摸的细节中捕捉到这种氛围——这一切似乎合谋起来，以致当他出现时，就使得这个'最男人'的要人逐渐渗出最古怪的女人气息。"①信不仅是王后缺失的菲勒斯，在部长窃取了它之后，它也变成了部长缺失的菲勒斯，并在某些特定的时刻为部长赋予了一种特别的女性气质。杜宾也不例外，当他夺取这封信后，他本可以用一页白纸替换它，但他没有这样做，而是怒气冲冲地以一句引语为自己签名——部长不会不认识他的笔迹。拉康敏锐地嗅出了这种歇斯底里的愤怒的"女性"特征："由于杜宾所在的位置，他之所以不能不对以这种方式发问的他产生一种明显女性化的狂怒，原因就在于此。对那个曾经让我们领教过这种狂怒的人来说，这个高明之士——在他的身上，诗人的创造性和数学家的严谨，与花花公子的无动于衷和骗子的优雅结合在了一起——突然变成了真正可怕的恶魔，借用他自己的话说，则是'一个没有道德顾忌的天才'。"②在这篇研讨报告中，拉康从来没有提及菲勒斯，当他论述部长和杜宾被信持有之后表现出的女性化特征时，他的直接目的是证明能指对主体的决定作用。但是，德里达的引申（将信引申为菲勒斯）也并非没有道理，也许这的确就是拉康想说而未说的话。

现在我们来看第二个问题，信的不可分割性或者不可毁灭性。在论及信的位置的古怪性时，拉康非常突兀地抛出了一句话："我所强调的首先是能指的实质性/重要性（materiality），这种实质性/重要性在许多方面非同寻常，首先就是它不可分割。将一封信撕成碎片，它仍然是一封信。"③为什么一封信被撕成碎片之后还是一封信？当我们收到一封恐吓信、绝交信、诽谤信时，我们完全可以将其撕成碎片，甚至将其付之一炬。但当此之时，这封信仍然是一封信！拉康的这一命题的真意究竟何在呢？关键在于如何理解 letter，当我们在这个语境

---

① Jacques Lacan, "Seminar on 'The Purloined Letter'", in *Écrits*, p. 25.
② Ibid., p. 29.
③ Jacques Derrida, "The Purveyor of Truth", in *The Purloined Poe, Lacan, Derrida, and Psychoanalytic Reading*, p. 16.

中遇到这个词语时,也许我们必须时刻铭记它既表示"信",也或者更表示"文字"。正因为此,拉康接下来才会说:"但至于 letter 本身,不管我们在哪个意义上使用它,字母、书信或者成就了作家、学者的文字,我们一般会说必须严格**按照文字**(à la lettre)去理解人们所说的一切,会说邮局里有你**一封信**(a letter),或者甚至会说你博学有文(letters)——但人们从来不说某处有(**一笔**)**文字**(de la lettre),不管是在什么语境中,甚至在指迟到的邮件时也不这么说。因为能指是存在唯一的单元,而能指就其本质而言不是别的,仅是表示某种缺席的符号。"①

显然,当拉康论及 lettre /letter 时,他所指的其实不是信,而是文字。我们可以把一封信撕成碎片,把一本书化为纸浆,把一本字典焚为灰烬,但是,我们无法以此消灭文字。因为文字与其说表示的是事物,不如说是事物的缺席。在此,德里达再次为拉康做了引申:如果文字表示的是事物的缺席,那么这个缺席的事物不是别的,正是菲勒斯。"在这个意义上,阉割—真理就是碎片化的对立面,就是碎片化的解药:从这个地方缺失的东西在阉割中有一个固定的、核心的位置,这个东西是任何其他事物都不能替代的。某物从其位置上缺失了,但是这个欠缺永远不会从那里缺失。由于阉割,菲勒斯总是保持在它的位置上,保持在我们以上谈论的这个超越的拓扑结构中。在阉割中,菲勒斯是不可分割的,因此也是不可毁灭的,就像那封就位的信。正因为此,对于这种受限制的经济(economy),对于这种固有的传播来说,那个有目的但从未得到证明的预设,即信的物质性就在于其不可分割性,乃是不可或缺的。"②

最后我们来看拉康给我们提出的第三个谜题:"正如我告诉你们的那样,发送者以一种颠倒的形式从接收者那里接收他自己的信息。这封'被窃的信',不,这封'备受磨难的信',意味着一封信总是会到达其目的地。"③这个断言其实包含了两个命题:首先,"发送者以一种颠倒的形式从接收者那里接收他自己的信息";其次,"一封信总是会到达其目的地"。而且,这两者之间有什么逻辑关系吗?如果没有,他不可能将它们放在一起,如果有,那又是一种什么逻辑关

---

① Jacques Derrida, "The Purveyor of Truth", in *The Purloined Poe, Lacan, Derrida, and Psychoanalytic Reading*, p. 17.
② Ibid., pp. 184—185.
③ Jacques Lacan, "Seminar on 'The Purloined Letter'", in *Écrits*, p. 30.

系?拉康以一种近乎水到渠成的方式在这个研讨报告的最后提出这个结论,但我们似乎无法从前文中找到导出这两个结论的论证。他就这么突兀地将其强加给我们,斩钉截铁而且戛然而止。

发送者以一种颠倒的形式从接收者那里接收自己的信息?这难道不是与我们的常识背道而驰吗?倘若果真如此,那么谁是真正的发送者,谁是真正的接收者?发送者才是接收者,接收者才是发送者吗?也许我们应该暂时脱离一下目前的语境,专心致志地从拉康的精神分析学去寻找答案。信息的发送与接收,实质上就是一个交流问题。大多数现代语言学为我们提供的交流理论都具备两个基本特征:首先,强调信息发送者的意向性,而且是意识层面的意向性;其次,基本上将交流看作一个从发送者到接收者的单向过程。但是,从精神分析学的实践来看,这两个基本特征都是成问题的。首先,言语的意向性还包含超越意识意向的无意识意向;其次,说话人的信息不仅指向听话人,而且也指向自己。正是在这个意义上,拉康说:"在人类的言语中,发送者同时也是接收者。"[①]综合考虑这两种基本特征,我们就会发现,发送者的信息在无意识的维度上是指向自己的,因此也是发送者自己所不知道的。

发送者如何才能接收/理解自己发出的信息呢?要回答这个问题,我们还必须首先弄清楚话语的意义得以实现的条件。我们业已知道,拉康的语言学理论与索绪尔大有不同:在索绪尔那里,能指与所指是符号的两个基本元素,它们有机地统一在一起,但索绪尔更强调所指的优越性。拉康则强调能指的优越性,所指只是能指的效果。不仅如此,他还强调能指与所指的分离性和对抗性:所指一旦被能指生产出来,同时也就开始在能指下不停地滑脱。为了能够暂时阻止所指滑脱,并创造某种意义或者意义幻象,就必须在某些缝合点(*Points de Capiton*)上将能指与所指扭结起来。言语链在共时维度中的缝合点就是隐喻,而在历时维度中的则是标点/停顿。回到我们上面提出的问题,发送者要理解自己发出的信息,以历时维度而言,他/她必须让接收者为他/她的话语打上标点。所谓发送者必须以一种颠倒的形式从接收者那里接收自己的信息就是这个意思。对此,我们可以母子关系和分析者和被分析者的关系予以证明。在母婴关系中,尤其是对尚未学会说话的婴儿来说,它只能以一种原始的哭喊来表

[①] Jacques Lacan, *The Psychoses*, p. 24.

达自己的需要，它的哭喊究竟表达的是饥饿、寒冷、燥热、疼痛或者恐惧，它自己也无从知道（它还不会说话），但是母亲会以一种特殊的方式安慰它，从而以一种颠倒的方式为它的哭喊赋予意义。在精神分析实践中更是如此：分析者经常以一种出人意料的方式为被分析者的话语加标点，从而以一种反转的方式改变被分析者的意思，从而让后者突然明白他/她实际所说的多于他/她所意识到的。分析者的标点可以通过重复被分析者的话语，但略加改变来实施。比如，当被分析者说"*tu es ma mère*"（you are my mother），分析者可以略加变音指出他/她也许实际想说的是"*tuer ma mère*"（to kill my mother）。分析者也可以打断被分析者的话语，或者对其报以沉默，或者干脆结束本次会谈，以此来为后者的话语加标点，从而提示后者他/她所说的话语也许具有别的意思。

信息的发送者需要以一种颠倒的方式从接收者那里去接收自己的信息，这不仅是发生在精神分析治疗中的事情，其实人类的一切交流都具有这种特征。在20世纪50年代中期，这一理论经常出现在他的研讨班上，因此他在《关于〈被窃的信〉的研讨报告》中再次提及这一理论但又没有展开，也就不难理解了。但是，"一封信息是会回到其目的地"又该如何解释呢？难道拉康不知道每个邮局里总是存在大量无人接收的信？难道他不知道总是有很多信会莫名其妙地丢失？难道仅仅因为借助杜宾的帮助王后重新夺回被窃的信这个特殊而且虚构的个例，拉康就足以断言"一封信息是会回到其目的地"？显然，拉康不是在讨论邮政服务的理想状态，也不是在武断地宣扬一种目的论。信最终回到了它的原初目的地王后那里，拉康的确就是由此得出上述那个几乎令人难以忍受的结论的。他不是不知道这封信完全有可能回不到王后那里，他不是不知道这只是一篇小说；因此，如果我们相信他没有神经错乱，那么这个命题就必然是一个隐喻。然而，它隐喻了一个什么"真理"呢？

"一封信总是会回到其目的地"。信是什么？什么东西能算是一封信？难道只有装进信封、写下收发人姓名和地址，并盖上邮戳或者印章的文字才能算是一封信？无意间说出的一句话不也是一封信？一个口误、一句玩笑、一个梦、一个症状不也是一封信？它们没有被"封"起来吗？如果"封"的意思不仅是或精美或普通的纸质的信封，如果它还意味着加密、阻止和压抑，那么不易理解的玩笑、口误、梦和症状不也是被加密"封"起来了吗？"一封信"的目的地必须是别人吗？不是有很多人为自己写信吗？经常在我们身上发生的口误、玩笑、梦和症状不就是发送给我们自己的信吗？发送者以一种颠倒的形式从接收者那里接收他/她自己的信息；一封信总是会到达其目的地。如果我们同意这些判断，而且注意到了这两句话之间的因果关系，那么我们必定会逐渐领悟拉康的意思：首先，"一封信"，一份被封装、加密的文字，必定有待接收，必定自有其目的地，即使它的目的地或者接收者是发送者自己。其次，只要有人接收，它就到达了其目的地；因为它的目的地不是既已规定的某人，凡是它所到达的地方都是它的目的地。最后，它一定会抵达其目的地，不管收信人是否知道它所传达的信息；即使收信人以为自己不知道，其实他/她也是知道的，因为就像弗洛伊德指出的那样，他/她不知道自己知道。信总是会到达其目的地，就像被压抑的东西一定会回归。

然而德里达并不这样认为，他一如既往、坚定不移地将其理解为拉康"不可救药"的菲勒各斯中心主义（phallogocentrism）的必然推论："拉康带领我们回到了真理，回到了一个不可能失落的真理。他把这封信带回来了，以此表明这封信带领自己经过一个固有的旅程之后回到了它固有的地方；而且，正如他公然指出的那样，让他感兴趣的正是这个目的地，作为命运的目的地。能指在信中自有其位置，而信在它固有的地方重新发现了它固有的意义。一种特定的再据有和特定的再拉直将重建固有之物、位置、意义和真理，尽管这些东西由于一时的弯路或者无法投递而远离它们自己固有的地方，这是最为重要的东西。这封信有一个发行之地，也有一个目的地。这个地方不是一个主体，而是一个洞，主体就是在这个欠缺的基础上被建构起来的。这个洞的外形是可以确定的，而且它磁化了弯路构成的整个旅程，这条弯路从空洞到空洞，从空洞到它自己，且因此有了一种循环形式。我们正在讨论的其实是一个受到管控的循环，它组织了一个从弯路到空洞的回归。一个卓越的（超验的）再据有和一个卓越的（超验的）再拉直完成了一个真正的契约。"①不管绕行了多少弯路，这些弯路终究会被拉直；不管偏离收信人多么久远，它终究会被重新据有。总而言之，终归会回到它固有的目的地。为什么？不是它具有百折不挠的毅力，也不是仰仗了神灵的保佑，而是因为，拉康将信判定为菲勒斯，王后（一个女人）欠缺的菲勒斯；它被

---

① Jacques Derrida, "The Purveyor of Truth", in *The Purloined Poe, Lacan, Derrida, and Psychoanalytic Reading*, pp. 181—182.

阉割了,所以它一定要回去,那是它固有的地方,是它本来的家园。源于尘土的,必将归于尘土。这也是菲勒斯的命运。故此德里达说:"这个固有的地方,就是阉割之地:女人就是欠缺阴茎之地,就是菲勒斯的真理,也就是阉割的真理。这封被窃的信的真理就是真理,它的意义就是意义,它的法律就是法律,就是真理在逻各斯中与它自身的契约。"①因此,在德里达看来,让这封信回归其固有的路线,就等于纠正一次偏航,矫正一次脱轨。与拉康针锋相对,德里达以同样斩钉截铁的态度断言:"碰巧发生的正是信的可分割性(注:可以与其目的地分离),它催发了航程,但它不会保证它能回归,不会保证有任何东西会得到保存:一封信**并不总是**能抵达其目的地,从这种可能性属于其结构的那一刻起,人们就能够说它绝不会真的抵达,当它真的抵达时,它的不抵达其目的地的性能就开始用一种永恒的漂移来折磨它。"②

更具颠覆性的是,德里达认为"被窃的信"指的其实不是王后的那封信,而是整个这篇小说,而这篇小说又是"杜宾三部曲"这个更大文本中的文本,"杜宾三部曲"又是爱伦·坡众多文本中的文本,爱伦·坡的全部文本又是其他文本中的一部分,如此以至无穷。因此,它的意义必将由于这种无限的指引而不可确定:"'被窃的信'乃是作为一个文本而运作,这个文本逃避每一个可以确定的目的地;正是在它叙述信的到达之时,它就生产或者毋宁说通过自我溯源诱导了这种不可确定性。正是在它假称的东西,即先于文字写定的东西,因为自身的原因而自我分离之际和之地,它假装有所述说,让人们相信'信总是会抵达其目的地',真实可靠、完整无缺、未被分裂的目的地。其实是为了再次跳到另一边去。"③

在论及能指的移置对主体的决定作用时,拉康敏锐地指出杜宾也未能幸免。正如小说表明的那样,他之所以介入这个案件,与丰厚的酬金密切相关。更重要的是,他与部长曾经在维也纳结下了仇怨。正因为此,当他成功夺取那封信之后,也就是被那封信据有之后,他身不由己地表现出了"女性的狂怒"。但是,在德里达看来,当拉康将这篇小说作为一个真实的话语而非虚构的文本

---

① Jacques Derrida, "The Purveyor of Truth", in *The Purloined Poe, Lacan, Derrida, and Psychoanalytic Reading*, p. 183.
② Ibid., p. 201.
③ Ibid., p. 204.

来对待时,他没有看见他所说的那个"普通叙述者",即小说中第一人称的"我",杜宾的挚友,其实完全不"普通"。因为我们在"杜宾三部曲"中的第一篇《莫格路凶杀案》中可以发现,"我"之所以与杜宾一见如故,那是因为他们都在寻找"一本非常稀少的珍贵书籍";更重要的是,为了更方便倾听杜宾的故事和奇思妙想,"我"让杜宾搬到自己租赁的一栋房子免费居住。也就是说,"我"出钱换取杜宾的"文字"。"我"与杜宾的这些利益关系导致我们不可能将"我"视为一个"普通"叙述者,不可能将其叙述视为客观的事实。不仅如此,德里达进而认为,在能指的移置过程中未能幸免的人还包括拉康自己,因为拉康迫切希望从这篇小说/文字中为我们提供一个真理,为此,拉康窃取了爱伦·坡的"文字"。部长从王后那里窃信是为了权力,杜宾从部长那里窃信是为了金钱和报仇,"我"从杜宾那里窃信/文字是为了得到故事和幻想,而拉康从爱伦·坡那里窃信/文字则是为了"真理"。他们全都深陷其中,不能自拔。如此看来,真正超然事外,客观中立的就只有德里达了。果真如此吗?正如约翰森指出的那样,当德里达指责拉康为了向我们"兜售"真理而窃取了爱伦·坡的"文字"时,其实他自己也因为与拉康的"恩怨"而窃取了后者的"文字"。

我们曾经在前文指出,拉康的语言学是对索绪尔语言学的颠覆,因为他令人信服地揭示了能指与所指之间并不存在一一对应关系,所指最终只是能指的效果,而且这种效果一旦产生就会漂移,除非凭借历时性的停顿或者共时性的隐喻能指和所指暂时扭结起来,制造一种意义幻觉,否则任何意义都是不可能的。这一认识萌芽于 1953 年发表的《精神分析中言语与语言的功能和领域》,在 1957 年发表的《无意识之中的文字实例》中得到详尽的表述。德里达的解构主义思想的核心在于揭示或者主张超验的逻各斯(一切被奉为真理或本质的东西)乃是形而上学的虚构,而这一哲学的基石则是意义在能指链中的无限延异(延迟—差异)。德里达哲学的核心不在于指出作为绝对他者的逻各斯是不可抵达的,而是要表明一切逻各斯都是言语预设的幻象。从这种极为原则性的比较中,我们可知德里达的哲学与拉康的哲学在本质上是相通的。但是,与德里达毕竟承认海德格尔对他的影响和启迪不同,他在其著作中从未提及拉康的贡献,更绝口不提拉康对自己的启发,这当然让拉康十分不满。拉康曾多次在其著作中含蓄地谴责"某人"窃取了他的思想。在 1969 年出版的波因特(Point)版的《文集》"声明"中,他明确指责德里达剽窃他的思想:"我所恰如其分地称作文字实例的东西要早于任何文字学。"①对拉康的指责,德里达在《立场》(1972)第一部分"符号学与文字学"的尾注中予以了回应:"在我迄今出版的文本中,我的确完全没有参照过拉康。我这样做是完全合理的,不仅因为拉康那种以攫取为形式或为目的的欺凌。在我的《文字学》(1965)出版之后,拉康就大量制造这种欺凌,或者直接,或者间接,或者在私下里,或者公开地在他的研讨班上,甚至在他的每一个文本中。从1965年以来,我倒是提醒自己读他的研讨报告。"②然而,拉康的欺凌终究不是通过一个尾注就能够解气,到了1975年,忍无可忍的德里达终于写作并在《诗学》第21期发表了他的论文《真理的供应商》。

  德里达的《文字学》是否真的如他所说没有受拉康启发,这是值得怀疑的。尽管拉康的《文集》1966年才结集出版,但收入其中的《无意识之中的文字实例》("The Instance of the Letter in the Unconscious")发表于1957年,比德里达的《文字学》早整整八年,而且考虑到拉康当时如日中天的影响力,德里达即使真的如他所说没有读过拉康的著作,至少也应该对拉康的思想有所了解。当然,本书的目的不是要为这桩公案做个了断,而是为了表明,正如杜宾与部长之间有未了的恩怨,德里达与拉康也是如此。这样看来,《真理的供应商》就绝不可能超然事外。为了报复拉康对自己的欺凌,德里达也开始窃取拉康的"文字"予以反击了。正如约翰森指出的那样,当德里达指责拉康忽视《被窃的信》的叙述边框,并竭力强调这个边框的重要性时,其实他真正的目的就是要把拉康装进自己设定的边框,也就是说,他要"陷害"拉康:我们不能忽视,边框还有一个意思就是"陷害"。也就是汉语中的"构陷":建构一个框,然后把你装进去。

  但是,本篇探究这桩学术公案的目的既非要站在拉康的立场反驳德里达,也非站在德里达的立场反驳拉康。在精神分析学的维度内,拉康的命题完全能够自圆其说;在解构主义的维度内,德里达的逻辑同样圆满自洽。拉康完全将《被窃的信》当作一个寓言来解读,而德里达反对任何寓言式解读。因此他们之间的争论并非同一个立场上两种主张的斗争,而是两个不同立场之间的斗争,因此无所谓孰对孰错。德里达因为与拉康的个人恩怨而卷入这场争论,这个事

---

  ① From John P. Muller, William J. Richardson, *The Purloined Poe*, *Lacan*, *Derrida*, *and Psychoanalytic Reading*, p. 220.

  ② Jacques Derrida, *Positions*, trans. Alan Bass, Chicago: the University of Chicago Press, 1981, p. 107.

实也无损《真理的供应商》的价值。正如拉康"窃取"爱伦·坡的文字揭示了一个精神分析学理论，德里达也"窃取"了拉康的文字揭示了一个解构主义理论。问题的关键既非个人之间的恩怨，也非"窃取"行为本身，而是通过这场论争，我们对主体的命运和能指的本质在对立的两极上同时获得了远比从前深刻的认识。

螺丝被谁拧紧?

1898年,亨利·詹姆斯(Henry James)发表了他的中篇小说《螺丝在拧紧》(*The Turn of the Screw*),由此引发了许多激烈的争论。对于文学批评家来说,几乎可以肯定的是,无论是谁,只要阅读并深思这篇小说,必定都会因之饱受困扰。从长远来看,文学作品的影响力无疑是衡量其文学价值的重要尺度之一;问世百年以来,这篇小说在专业批评家和普通读者心中所造成的强烈影响和激发的激烈回声,迄今未有了结。据此或许可以确信,虽然它够不上伟大,但也绝不失为一部杰作。

小说叙述了这样一个故事:一个家境清寒的年轻女士受聘于一个风度翩翩的绅士,前往一个名曰布莱的乡村庄园照顾他的一双侄儿侄女,迈尔斯(Miles)和弗洛拉(Flora)。除了优厚的报酬之外,雇主尚有一个颇为古怪的条件:她必须独自处理受聘期间发生的全部事情,也就是说,不管发生任何事情,都不得向他报告。怀着忐忑不安的心情,这个女士来到了风景优美的布莱庄园。布莱虽然僻处乡村,但景色宜人,宁静而优美;庄园的建筑虽多半因无人居住而荒废,但仍在使用的那些房间却赏心悦目,甚至堪称高贵奢华;更加令人喜出望外的是,不仅那两个孩子光彩照人,美丽纯洁一如天使,照顾他们的保姆格罗斯(Gross)太太也性格温和,且对她的到来感到由衷的欣喜。一切似乎尽善尽美,无可挑剔。对于这个家庭女教师来说,似乎除了感谢命运的垂青之外,她所需要做的就只是尽情享受这美好的生活了。但是,这个家庭女教师很快——甚至就在到达的当夜——就感受到了隐伏其中的诡谲之处。她在事后的叙述中指出:"其实当时在这种宁静中就已经潜藏着或者聚集着什么东西。这变化有如一头猛兽一跃而起。"①最先破坏这种美好氛围的是一封信,一封来自迈尔斯所在学校的校长的信:迈尔斯被学校开除了,但开除他的原因却付之阙如。诡异之事接踵而至:她发现这个老宅其实是一座凶宅,有一男一女两个幽灵出没其间;这两个幽灵的前身是这个庄园的仆人昆特(Quint)和前任家庭女教师杰塞尔(Jessel)小姐;而那两个天使般的孩子似乎并不如看上去那般天真无邪,他们似乎一直在合谋欺骗她,秘密与那两个幽灵约会。为了阻止这两个孩子与这两个幽灵约会,为了拯救他们不受邪恶幽灵的蛊惑与毒害,家庭女教师勇敢地与幽灵斗争。她的拯救策略就是力图在孩子们与幽灵约会的过程中抓住他们,迫使这两个孩子供认他们与幽灵的不体面交往。但这场斗争以失败告终:弗洛拉大病一场被送走了,而迈尔斯则死在了她的怀里。

这是一篇令人毛骨悚然的小说,但又绝非只是一篇恐怖小说。在这篇小说中,存在诸多沉默、空白、含混和模棱两可之处。一句话,存在着诸多神秘。第一,布莱的主人聘用家庭女教师的条件便十分古怪,大异常情。第二,迈尔斯究竟出于什么原因被学校开除?主人是否知道个中蹊跷?第三,就小说本身而言,幽灵真的存在抑或只是家庭女教师的幻觉?——这是最引人注目且最引发争议的一点;第四,迈尔斯和弗洛拉究竟是天使还是邪恶之人?最后,迈尔斯究竟是怎么死去的?正是这些模棱两可和神秘不解,使得人们读罢之后可以释卷却不能放心,正是它们激发了彼此尖锐对立的两种批评。

《螺丝在拧紧》发表之初并没有立刻引起太多关注,虽然也有一些评论,但基本上是一些片段且负面的批评,严格意义上的批评文章尚未出现。直到1934

---

① 亨利·詹姆斯:《螺丝在拧紧》,袁德成译,成都:四川人民出版社,2005年,第18页。此后凡是出自这篇小说的引文均随文注明章节和页码。

年,埃德蒙德·威尔森(Edmund Wilson)在他的论文《亨利·詹姆斯的模棱两可》中对这篇小说作了弗洛伊德式的解释,他明确主张,小说中令人惊怖的幽灵并非别的什么东西,无非是女家庭教师病态的想象,是她的性欲望在受到压抑和挫折之后的幻觉投射:"这个被塑造出来讲述这个故事的女家庭教师是一个性压抑的神经症患者,而幽灵也并非真的幽灵,不过是这个女家庭教师的幻觉而已。"①在《螺丝在拧紧》的批评史中,威尔森这篇论文的发表成为一个里程碑式的事件,在文学批评界投下了一枚重磅炸弹,但它所激发的与其说是人们对这篇小说的好奇,不如说是强烈的阐释欲望。不仅如此,从此以后,围绕这篇小说的批评基本上可以分为两大阵营:弗洛伊德派和反弗洛伊德派。

弗洛伊德派的旗手自然是威尔森本人,赞同者有斯本德(Stephen Spender)、温特斯(Ivor Winters),此外还有卡吉尔(Oscar Cargill)、西维尔(John Silver),据费尔曼考证,著名的印象派诗人庞德(Ezra Pound)也卷入其中。反弗洛伊德派的中坚是赫尔曼,同属这一阵营的还有里德尔(Robert Liddell)、斯托(Elmer E. Stoll)、波特(Katherine A. Porter)和斯皮尔卡(Mark Spilka)、伊文思(Oliver Evans)等。本篇将着重分析威尔森(弗洛伊德派)、赫尔曼(反弗洛伊德派)和超越了这两派的费尔曼,也许可以将其称之为拉康派。

一、埃德蒙德·威尔森:欲望的故事

威尔森并非运用精神分析学解释这篇小说的第一人,早在他的文章发表十年之前,有证据表明,肯顿(Edna Kenton)女士就曾在她公开发表的一篇文章中对《螺丝在拧紧》尝试做了精神分析学的解释,此后戈达尔(Harold C. Goddard)在史华斯摩尔(Swarthmore)大学的一次演讲中也做了类似的解释。可见在威尔森对《螺丝在拧紧》做精神病理学研究之前,已有几位批评家猜测这篇小说讲述的可能不是鬼故事而是别的什么。但他们的评论并没有引起大家的注意;只有威尔森掀起了大家愤怒而喧嚣的反对。借用卡吉尔形象的说法,这种反对"从字面意义上把一本书扔向了他",这本书正是威尔森自己对他的故

---

① Edmund Wilson, "The Ambiguity of Henry James", in *The Triple Thinkers*, London: Penguin Press, 1962, p. 102.

事所做的评论。

后来威尔森进一步修正了他的论文,并将其收录进 1938 年出版的《三个思想者》(*The Triple Thinkers*),本篇即以这个修正版为依据。威尔森从三个方面寻找证据论证自己的解释:首先,文本自身的内在证据——这是本篇将详细分析的内容;其次,詹姆斯本人在为自己的纽约版文集第 19 卷(《螺丝在拧紧》即收录在这一卷)所写的前言中所做的说明,以及一个事实,即詹姆斯在汇编自己的作品时并未将其放在幽灵类的故事中,而是将其与《阿斯本文稿》(*Aspern Papers*)、《说谎者》(*The Liar*)和《两副面孔》(*The Two Faces*)放在一起;最后,他把女家庭教师和詹姆斯其他小说中的人物联系起来思考。下面笔者将从这三个方面介绍威尔森的论证,同时做出一些补充和评论。

据帕金森(Edward Parkinson)博士考证,威尔森的内在论据与以前肯顿和戈达尔的论据基本相同。"威尔森与这两位先行者的不同之处在于,他比二人更加自觉地借助于弗洛伊德。他不仅明确提及弗洛伊德的名字,而且在讨论这篇小说中的事件时明确运用了弗洛伊德式的象征符号学。"①

首先,威尔森提醒我们注意,女家庭教师对主人一见钟情。她走进哈利大街那座富丽堂皇的房子,发现未来的主人是位年富力强、风度翩翩的单身绅士。除了在梦中或者在旧式小说里,这个从汉普郡教区来的姑娘从未见过这般人物。"他英俊潇洒,性情开朗、待人随和,秉性善良。在她眼里,他自然显得风度翩翩、不同凡响。"(C1, pp. 5—6)虽然与主人只有一面之缘,但她从此对他念念不忘,尤其是在她独处之时:"事情发生在一天傍晚,孩子们已经上床,我走出屋外散步。我现在毫不讳言,在散步时我常常会产生一些奇思异想,其中之一就是我会突然碰到某个人。他出现在小路拐弯处,朝我露出赞许的微笑。我只希望他能了解我,除此之外我别无所求。只要看到他那英俊的脸上那和善的表情,我就知道他了解我。在六月漫长的一天,在傍晚来临之际,我想见到的那张脸果然出现了。"(C3, p. 19)显然,这里的"某个人"除了主人难道还会是别人吗?当女家庭教师把自己看见的一切,即两个幽灵与孩子们的不正当交往,原原

---

① Edward Parkinson, *The Turn of the Screw: A History of Its Critical Interpretations 1898—1979*. 此书下载自网上: http://www.turnofthescrew.com/。在这本著作中,帕金森博士对这篇小说自问世到 1979 年间所发表的几乎所有重要的批评文章都做了详尽的考证,并对各自的论点做了清晰的梳理与中肯的评价。

本本告诉格罗斯太太,并为自己无计可施而深感绝望时,后者提议她写信告诉主人这里发生的不祥之事,对此她断然拒绝:"'你认为我会请他来看我吗?'……他会嘲笑我,会感到好笑;他会蔑视我,因为我失去了独立工作的能力,想要依靠他,而且还编造谎言来吸引他的注意,使他注意到我那被他忽略的魅力。"不仅是断然拒绝,而且女家庭教师还警告格罗斯太太,如果她这样做,"我会马上走,离开你们俩。"(C12,p.59)细心的威尔森注意到,此后女家庭教师便有多日不曾遇到鬼魂。① 威尔森注意到了这个细节,但是没有深究其原因。其实这个细节不仅非常有力地证明了女家庭教师对主人的热恋,而且证明了她对这份感情的压抑;此后多日鬼魂之所以不再出现,原因正在于女家庭教师因为格罗斯太太的建议几乎意识到了自己的无意识欲望,因此对它进行了更加强有力的压抑。

还有一类细节可以证明女家庭教师对主人的欲望,威尔森忽略了这一类细节,但其他弗洛伊德派批评家将其指示了出来,那就是幽灵每次出现的时机都是在女家庭教师独处之时,尤其是黄昏或者夜晚。女家庭教师第一次感受到幽灵,或者说产生幻觉,是在她初到布莱的第一个凌晨,在熹微的晨光中,"我觉得似乎听见一两下不自然的声响,不是在房外,而是在屋内。一时间我甚至觉得我辨别得出是一个孩子的哭叫声,既微弱又遥远。接着我又听见一下声响,就在过道里,我的屋门前,就像是轻轻的脚步声。"(C1,p.10)这次幽灵(幻觉)出现在一个无眠之夜后的凌晨。第二次发生在傍晚独自散步之时,这次她清晰地看见了昆特的幽灵出现在塔楼上;第三次发生在一个星期天的傍晚,当时阴雨绵绵,昆特出现在餐厅的窗户外;第四次发生在下午,在花园里的池塘边,这次出现的是杰塞尔小姐的幽灵;第五次发生在一天晚上,昆特的幽灵出现在楼梯的拐弯处——这次相遇是女家庭教师主动寻找的结果;第六次同样是在深夜,同样是在楼梯上,只不过这次出现的是杰塞尔小姐;第七次是前次之后的第十一天的午夜一点,这次两个幽灵都出现了,虽然她没有看见他们;第八次发生在教室里,在"中午明亮的光线中",但是我们知道,这是一个十分寂静的中午,因为人们都去了教堂;第九次是在午饭之后的池塘边,杰塞尔小姐的幽灵再次出现;最后一次也是在午饭之后,地点在餐厅。

---

① Edmund Wilson, "The Ambiguity of Henry James", in *The Triple Thinkers*, p. 105.

请注意，幽灵出现的时分经常是傍晚、夜间或寂静的午后，这也许并非偶然，因为这时正是女家庭教师耽于幻想的良机。傍晚或者夜间，当一天辛勤的工作结束之后，女家庭教师终于有了自己的闲暇，而一旦得闲，可以不再为他事分心，她的幻想自然会更加活跃。我们知道，正是在女家庭教师模糊地对主人充满浪漫的幻想时，昆特的幽灵第一次出现了。

其次，威尔森对这个事实进行了深思熟虑：文本之中的所有人物，只有女家庭教师一个人看见了幽灵。在女家庭教师看来，格罗斯太太和她是站在一边的，格罗斯太太究竟是否相信她所断言的一切，这在文本中是模棱两可的；但可以肯定的是，文本之中没有任何证据表明格罗斯太太看见了幽灵。至于两个孩子，虽然她坚信——同时也成功地让读者相信——迈尔斯和弗洛拉也看见了幽灵，但是就文本而言，没有任何证据足以证实，唯一的证据就是女家庭教师自己内心深处的绝对确信。这种绝对确信在下面这种绝望的哭喊中得到了最高的证明："他们知道——这真是太可怕了！他们知道，他们知道！"（C7，p. 36）但是，弗洛拉最终并不承认她看见了幽灵，即使在最后的湖边一幕中，面对女家庭教师歇斯底里的指控："她在那里，你这倒霉的小东西。那里，那里，就在那里！你看见了她，就像看见了我一样！"（C20，p. 86）弗洛拉仍然坚持回答说："我不懂你的意思。我没有看见任何人，也没有看见任何东西。我认为你这人很无情。我不喜欢你！"（C20，p. 87）

迈尔斯的情况更加复杂而暧昧。在小说的高潮也就是最后一幕中，当女家庭教师在昆特的幽灵出现时为了拯救迈尔斯而将后者紧紧抱在怀里时，迈尔斯的表现似乎承认了他看见了幽灵：

> 我决心要搞个水落石出，因此不顾一切地质问他："你所说的'他'是指谁？"
>
> "彼得·昆特——你这个魔鬼！"他的脸又抽搐起来。他四下张望，哀声问道："你在哪里？"（C24，p. 107）

关于这一幕，反弗洛伊德派认为，迈尔斯最终承认他看见了昆特的幽灵。但威尔森认为，这一幕不仅不足以证明幽灵的存在，恰好相反，它证明了这一切仅仅是女家庭教师的幻觉，置迈尔斯于死地的不是昆特的幽灵，而正是女家庭教师本人。因为在迈尔斯的临终哀号，即"彼得·昆特——你这个魔鬼！"这个痛苦的叫喊中,"你"指的并不是昆特,而恰好是女家庭教师本人。其实我们还可以将威尔森的分析继续向前推进:"彼得·昆特——你这个魔鬼!"迈尔斯的哀号表达的意思是:哪里有什么幽灵!你(女家庭教师)真是一个魔鬼!但威尔森没有看到的是,迈尔斯的这句话也可以表示他相信了女家庭教师的幻觉,这个"你"也可以指昆特的幽灵,不过这同样证明了迈尔斯并没有看见幽灵;因为这句话可以这样理解:彼得·昆特,你这个可恶的幽灵!你究竟在哪里?为什么你一再出来骚扰她,从而让她又来折磨我!所以,不管是哪种解释,我们都可以说迈尔斯并没有承认,没有忏悔,因为他并没有看见所谓的幽灵。其实这一点当时就已经为女家庭教师所承认:

> 在他眼里,窗户那边依然什么也没有。我有一种强烈的驱力,想使那令他极其沮丧的东西成为他获得解放的明证。(C24,p.106)

> 她是不是在这里?迈尔斯喘着气,朝着我说话的方向望去,可是他什么也没有看见。(C24,p.106)

> 尽管此时我已经感觉到那鬼魅的气息有如毒气一样充满整个房间,他还是什么也没有看到。(C24,p.107)

如果幽灵不是鬼魂,而是女家庭教师欲望的幻觉投影,那么这两个幽灵究竟应该作何解释呢?她为何要在其心灵世界中制造出这两个幽灵呢?威尔森在论文的第一版中并没有对此做出解释,据爱德华·帕金森,我们知道这个缺漏是在修正版中得到弥补的。要弥补这个缺漏,本质上就是回答下面这个挑战,幽灵说可能提出的最有力的挑战:布莱庄园从前确实有两个关键人物,即男仆昆特和前女家庭教师杰塞尔小姐;而且这两个人在女家庭教师到来之前不久刚好去世,而且死因十分暧昧(尽管格罗斯太太对二者的死因三缄其口,但文本之中还是流露出某种非常强烈的淫秽气息)。而且,如果庄园的塔楼上、楼梯中和窗户外出现的不是昆特的幽灵,何以女家庭教师能够就她所见到的幽灵所做的描绘竟然与昆特生前的体貌特征惟妙惟肖,以致格罗斯太太立即直接确认了那正是昆特的幽灵?——须知她从来没有见过昆特,而且甚至不知道此地曾经还有过这样一个人。若非昆特的幽灵现身,这一切将如何解释?

弗洛伊德派,也就是非幽灵说要想使自己站住脚跟,就必须回答这个挑战;而这是威尔森在论文第一版中未曾顾及的问题。女家庭教师真的完全不知道从前有过昆特这个人或这类人在布莱存在吗？威尔森敏锐地抓住了一个细节：虽然在昆特的幽灵第一次出现之前，女家庭教师从来没有听说过这个男仆，但在她和格罗斯太太第一次谈及前女家庭教师时，后者曾无意间透露一个信息，即布莱庄园从前曾有过一个男人，"他喜欢那些长得年轻漂亮的"：

> 我记得当时我轻率地说："看来他喜欢我们这些人既年轻又漂亮。"
>
> "哦，的确如此，"格罗斯太太同意我的意见，"他喜欢那些长得年轻漂亮的！"她发现自己有些失言，随即又说道："我的意思是说，他这人就是这样，主人就是这样。"
>
> 我感到有些惊奇。"可是你先说的究竟是谁？"
>
> 她表情木然，但脸却变红了。"当然是他。"
>
> "是主人吗？"
>
> "还会是其他什么人？"（C2, p. 15）

此处非常丰富的信息需要读者高度小心方能捕捉得到。首先这段话发生在谈论迈尔斯的第二天，因此，此处的"他"已经不再是迈尔斯了。女家庭教师第一句话中的"他"自然是主人，这证明她心中对主人始终念念不忘。格罗斯太太显然没有注意到这一点，在听到现在这位女家庭教师说"看来他喜欢我们这些人既年轻又漂亮"时，她的思绪还停留在前任女家庭教师的身上，于是自然而然地联想到了与杰塞尔小姐有过恋情的昆特；因此，她随口说道："他喜欢那些长得年轻漂亮的！"但她很快意识到自己失言了，因为主人并非那种只要女人年轻漂亮他就喜欢的人，所以，为了弥补这个口误，她匆忙补充说："他这人就是这样，主人就是这样。"但是这个补充不仅没有弥合原先的口误，反而使之欲盖弥彰了。女家庭教师由于其特殊的敏感，立刻捕捉到了这个口误，从而猜想到这里从前还有一个男人。

对此，威尔森说："女家庭教师从未听说过这个男仆，但管家和她之间的谈话向她暗示了这里曾经有一个男人，他'喜欢那些长得年轻漂亮的'；这个人被模棱两可地混同于主人，并使她暧昧地觉得主人可能会对她这个现任女家庭教师感兴趣。"[①]因此，当她在潜意识的想象中受到暗示时，难道她不会把自己认同

---

① Edmund Wilson, "The Ambiguity of Henry James", in *The Triple Thinkers*, p. 105. 此处略微采取了意译。

于自己的前任,并采用"魔法"把主人召唤来吗?至于这个男人看上去"卑贱,像个演员",但他不正是主人的化身吗?这恰好是弗洛伊德所说的欲望在压抑中发生的变形,况且这里女家庭教师自己也明确指出他"穿着主人的衣服"。至于后来这个幽灵出现时变成"驼得不能再驼"的驼背,难道不能解释为幻想这个高傲的主人终于卑躬屈膝拜倒在她的石榴裙下?

据此可以看出,女家庭教师并非不知道从前有过一个喜欢年轻漂亮女人的男人。当她向格罗斯太太详细描述了幽灵的外貌特征后(第5章),后者直接确认了幽灵就是昆特的鬼魂——看来前者的描述惟妙惟肖。这一事实又当如何解释呢?这岂不恰好证明幽灵的确就是昆特的鬼魂吗?否则何以会如此吻合?在笔者看来,即使在修订后的论文中,威尔森并没有很好地回应这个挑战;这项证据看似铁证如山,其实不堪一击。所谓女家庭教师的描绘与昆特生前的相貌惟妙惟肖,其实殊难成立,格罗斯太太最后确认幽灵是昆特的鬼魂,完全不是因为女家庭教师的描绘惟妙惟肖,反而是在她的诱导之下逐步得出的。只要我们细读这一段,这一点便一目了然。在一段详尽的描绘之后,女家庭教师接着说道:

> "可是他绝不是,绝不是一个绅士!"
>
> 在我不断往下说的时候,我的同伴脸色变得刷白……"绅士?"她惊讶地、迷惑不解地问道,"你说他不是一个绅士?"
>
> "那么你认识他?"
>
> 她显然在努力控制自己的感情。"他样子长得英俊?"
>
> 我知道该如何帮助他把话说清楚。"他长得非常英俊!"
>
> "他穿的是……?"
>
> "别人的衣服。衣服很漂亮,但不是他自己的。"
>
> 她气急败坏地说道:"那是主人的衣服。"
>
> 我抓住这点不放,问道:"那么你认识他?"
>
> 她犹豫了一下。"那是昆特!"(C5, pp. 28—29)

在此,女家庭教师与其说是在陈述事实以求证于格罗斯太太,还不如说她在诱供。格罗斯太太的确认不是来自女家庭教师客观、准确的描述,而是来自于一些模糊的判断,比如"他不是一个绅士","他长得非常英俊"(其实这个信息不是来自女家庭教师,而是来自格罗斯太太),他穿着"别人的衣服",和倾向性极强的诱导,比如接连两次说"那么你认识他"。正是在这种诱导之下,格罗斯太太终于承认那就是昆特,而且尽管如此,还不无"犹豫"。

威尔森认为,昆特的幽灵并非真的幽灵,而是女家庭教师幻觉中主人的替身。这个主张并不像反弗洛伊德派认为的那样荒谬,因为昆特和主人一样相貌英俊,甚至还穿着主人的衣服;至于他看上去卑贱,像个演员,绝不是个绅士,无疑正是无意识中因为稽查而发生的变形。威尔森甚至认为,女家庭教师对昆特外表的那段详细刻画也许正是对主人外表特征的漫画式模仿,其中必定不无相似之处,只不过我们无从知道而已。威尔森说:"这个幽灵'身板挺直,相貌英俊',而且其外表得到了详细刻画。当我们回顾前文时,我们会发现主人的外表从来没有得到任何描述;我们只是被告知他'相貌英俊'。因此我们不可能知道他与主人究竟有多像——这个女家庭教师当然不会告诉我们。"①

如果威尔森的推论是正确的,也就是说,如果昆特其实就是主人的投影,那么杰塞尔小姐就只能解释为女家庭教师本人的投影。威尔森极富洞察力的阅读使他在第15章中发现了极具说服力的证据。因为在去教堂的路上与迈尔斯之间的一场未竟的对话使女家庭教师决定离开布莱庄园;带着忐忑不安的心情,她决定去教室取一点东西,再次,她看见了杰塞尔小姐的幽灵:

> 在中午明亮的光线中,我看见在我的桌子旁坐着一个女人。如果不是因为我过去见过她,我可能会把她误认为是留在家里照看房子的女仆,趁家里无人时来到教室,用我的笔、墨水和纸,正煞费苦心地给她的情人写信。……她站起身来,似乎并不是因为我的来临,脸上才流露出难以描述的忧伤、冷淡和拒人于千里之外的表情。站在十来英尺以外的那个毫无尊严和悲伤的女人就是我那邪恶的前任。……她穿着像午夜一样黑暗的黑色外衣,脸色憔悴,容貌秀美,带着难以言述的悲哀表情。她注视我的时间长到足以向我表明,她有权坐在我的桌旁,正如我有权坐在她的桌旁一样。在此期间,我有一种冷彻心扉的极其不舒服的感觉,感到自己才是闯入者。
> (C15,pp.69—70)

---

① Edmund Wilson, "The Ambiguity of Henry James", in *The Triple Thinkers*, p.105.

"她注视我的时间长到足以向我表明,她有权坐在我的桌旁,正如我有权坐在她的桌旁一样。"对此,威尔森说道:"她分裂的人格中那病态的一半占据了另一半的上风……是她打扰了这个幽灵,而不是幽灵打扰了她。"[1]正如前文指出的那样,这个女家庭教师始终受着欲望的煎熬,每次幻觉出现之际都是她的欲望非常活跃而难以成功压抑之时;这里也不例外,就在她带着失望、烦乱的心情回到教室突然看见杰塞尔小姐的幽灵时,正如她陈述的那样,她当时的第一判断是有个女人"正煞费苦心地给她的情人写信";这难道没有说明她心中按捺不住的欲望总是念兹在兹?难道这不正是她一直想做而又不能做的事情?其实,仅以这段引文而论,这个推论,即杰塞尔小姐正是女家庭教师的投影,不仅仅只有"她有权坐在我的桌旁,正如我有权坐在她的桌旁"可资引证;杰塞尔脸上"难以描述的忧伤、冷淡和拒人于千里之外的表情"难道不正是此刻女家庭教师本人的黯然神伤?她憔悴的脸色、秀美的容貌难道不正是此刻她本人的写照?

这一段的关键之处在于:"在此期间,我有一种冷彻心扉的极其不舒服的感觉,感到自己才是闯入者。"正如威尔森指出的那样,"是她打扰了这个幽灵,而不是幽灵打扰了她"。也就是说,是她打扰了她的无意识,而不是她的无意识打扰了她。这里发生的事情岂不正好印证了拉康关于主体的分裂所做的论述?主体的分裂是人进入象征秩序,也就是进入语言所必须支付的代价;为了成为一个"人",他必须被分裂为陈述的主体(意识的主体)和言说的主体(无意识主体),这两个主体始终处于斗争之中。所谓正常,指前者在这场永恒的争斗中始终占据优势,用弗洛伊德的术语来说,便是现实原则优先于快乐原则;所谓反常,指后者获得或者几乎获得了与前者分庭抗礼的均势,主体同样执着于快乐原则;所谓失常,则是后者反过来取得了针对前者的优势,快乐原则压倒了现实原则。这里发生的正是第二种情况,无意识主体已经强大到以幻觉的形式现身,并直接面对意识主体。现在已经不是意识主体受到无意识主体的打扰,而是反客为主的无意识主体受到了意识主体的干扰。也就是说,在当前这种情景中,居于主位的是无意识主体,而非意识主体。所以我们的女家庭教师才会"在此期间,有一种冷彻心扉的极其不舒服的感觉,感到自己才是闯入者"。当意识主体尚能居于主位时,不管如何受到无意识主体的打扰,只会形成口误、笔误、

---

[1] Edmund Wilson, "The Ambiguity of Henry James", in *The Triple Thinkers*, p. 127.

各种动作失误，以及梦和症状，而且意识主体不会知道它们发生的原因，自然更不会产生羞愧意识。此间发生的事情与人在沉湎于白日梦（尤其是性幻想）时突然意识到自己在做白日梦非常相似，这时受到打扰的正是无意识主体，而不受欢迎的打扰者正是意识主体。所以，女家庭教师会有极不舒服的感觉；这种感觉正与弗洛伊德指出的一个事实类似，即人们可以主动而且详细讲述自己的梦，但当要求他讲述自己的白日梦（即幻觉）时，通常人们会恼怒地拒绝。不过，这里发生的事情与白日梦受到打扰还有显著差异，因为白日梦尚且只是一种停留于心理世界中的纯粹意识活动，而现在无意识主体已经强大到以幻觉的形式现身出来。

将主人投射为昆特，自然也就不难解释，杰塞尔小姐就是女家庭教师自己的投影了：昆特与杰塞尔小姐的恋情不正是女家庭教师渴望与主人发生的恋情吗？威尔森的解释无疑极具洞察力，但是还有一些他没有解释，也许也难以解释的谜题，比如小说只是暗示昆特与杰塞尔小姐生前有恋情，但两个幽灵之间似乎完全没有关系；另外，更具淫秽气息的是两个幽灵与两个孩子之间的关系：昆特寻找的是迈尔斯而非弗洛拉，杰塞尔寻觅的是弗洛拉而非迈尔斯。

除了从小说本身寻找论据证明自己的观点，威尔森还援引分析了詹姆斯在为自己的文集第19卷所写的前言中发表的声明。威尔森认为，这篇前言至少有几点值得我们注意：首先，在评论人们谴责他塑造的女家庭教师没有完整丰满的性格特征时，詹姆斯声称他"反讽的心有那么一瞬间几乎都碎了"，并对"她所记录的那么多反常与暧昧之事与她对它们所做的解释"进行了区分。其次，他说女家庭教师拥有"权威，这是给予她的优待"；威尔森把这种权威解释为"英国人无情的权威，这种权威使她能够把那些甚至完全错误的目的、对他人一点好处都没有的目的加诸她的学生"[1]。此外，在小说再版之际，詹姆斯没有把这篇小说和他的其他真正的鬼故事放在一起，而是将其放在《阿斯本文稿》和《说谎者》之间，后者的主角正好是一个病态的撒谎者，其妻为了保护他撒下的弥天大谎也具有女家庭教师一样的权威。威尔森认为，这三点也足以证明这篇小说并不是一篇鬼故事。

---

[1] Gerald Willen, *A Casebook on Henry James's "The Turn of the Screw"*, New York: Thomas Y. Crowell Press, 1969, p. 390.

威尔森的论证还不仅限于前两方面的材料,他还做了一种更加开阔的联想,那就是他把女家庭教师与詹姆斯创造的一系列人物形象的人格与行为联系起来,从而显示出她和其他人物形象完全是一类。"现在我们发现,它(《螺丝在拧紧》)完全就是詹姆斯擅长的那类主题的一个变种:即身世坎坷的盎格鲁一撒克逊的未婚妇女。我们记得他还表现了这种类型的其他妇女,对自己感情的来源和特征,她们自欺欺人。"① 比如《波士顿人》(The Bostonians)中的钱斯勒(Olive Chancellor),其"同性恋激情"被如此成功地伪装成"促进女性主义事业的热情",以致这个执着的未婚处女本人完全不知道自己正在阻止塔兰特(Verena Tarrant)结婚。还有《婚姻》(The Marriages)中"不适于结婚的"女主角,她因为"被父亲深深吸引,同时对亡故的母亲念念不忘",所以破坏了父亲的婚姻,但同时还深信自己这样做乃是出于对母亲的忠诚。

再比如《反射灯》(The Reverberator)中的女主角多森(Francie Dosson),虽然有许多男人为之痴迷,但她似乎完全不懂爱情与婚姻为何物,永远只满足于和她的父亲和姐姐一起在巴黎旅馆的客厅里吃香草糖汁栗子。还有《多弗的翅膀》(The Wings of the Dove)中可怜的希尔(Milly Theale),她在威尼斯日渐憔悴,因此她的医生不得不为她介绍一个情人。威尔森的意思是,既然詹姆斯笔下的女性人物都是这样一些性欲受挫或者性格在不同程度上受到扭曲的病态女子,那么我们似乎没有理由相信作者会突然写作一篇旨在说鬼的故事;詹姆斯在《螺丝在拧紧》中塑造阴森诡异的幽灵,不过是采取一种新奇的方式表现自己一贯的主题而已。

威尔森进而将詹姆斯作品中屡见不鲜的模棱两可归结为他本人不能妥善处理自己的性欲,为此他详细考证了詹姆斯的生平,将他不同阶段的生活经历与在这些阶段中创作的作品人物联系起来思考。关于这方面的分析,我们在此就不再详细展开了,有兴趣的读者可以参看威尔森的论文以及帕金森的评注。②

---

① Gerald Willen, *A Casebook on Henry James's The Turn of the Screw*, p. 391.
② Edward Parkinson, *The Turn of the Screw: A History of Its Critical Interpretations 1898—1979*, http://www.turnofthescrew.com/.

二、罗伯特·赫尔曼：一首关于堕落与拯救的诗

威尔森的文章一经发表就引起了强烈反对。那些抨击他的文章其论据大致有二：其一是指斥他将艺术与现实混淆，把小说中的人物与真实的人物混淆，把只能应用于真实人物——在他们看来——的精神分析应用于虚构的文学形象；其二是抨击他的头脑中充满了作者自己也闻所未闻的弗洛伊德式的偏见，抱着先入为主的精神分析成见对小说深文周纳。以今天的批评常识来看，这两点意见几乎不值一驳：既然人们可以理直气壮地对哈姆莱特、安娜·卡列尼娜或者卡拉马佐夫兄弟作性格分析，为什么就不能对他们进行精神分析呢？至于所谓的先入为主的弗洛伊德式的成见，更是不能成立；现代解释学给我们的最大教益就是，一切理解都发生在两种视域之中，作者的视域和读者的视域，而读者的视域正是由其"成见"构成的，而最好的成见不是经验性的常识，而是深刻的理论；读者的成见不仅不是解释的障碍，反而是解释得以发生的前提；解释的深度和创造性不仅取决于文本的深度和力度，同业也取决于解释者理论成见的深度和创造性。至于作者是否理解读者抱有的理论成见，就更加无足轻重了；而且我们知道，同样受惠于现代解释学和现代语言哲学，认为作者是解释的最终权威，认为作者永远比读者更加了解自己的作品，这种观念已经非常可笑了。威尔森的论文并非不可批评，但纵观那些幽灵论者的批评文章，多数都缺乏说服力。但是，在反弗洛伊德派中，仍然有一篇文章值得重视，那就是罗伯特·赫尔曼1948年发表的《作为一首诗的〈螺丝在拧紧〉》。帕金森将这篇论文称为"支持非幽灵论立场的最著名论文"。

针对威尔森的论文，赫尔曼旗帜鲜明地断言道："在情节的层面上，这个故事的意义正好就是它所说的一切。"[①]也就是说，就文本本身而言，女家庭教师的叙述是可靠的，幽灵是存在的，幽灵对孩子的腐化和侵蚀是真实的。总之，这篇小说是一首寓言诗：

> 幽灵象征了邪恶，悄悄来临的邪恶，它在被人发现之前就取得了胜利；

---

① Robert Heilman, "The Turn of the Screw as Poem", in *A Casebook on Henry James's "The Turn of the Screw"*, New York: Thomas Y. Crowell Press, 1969, p.175.

女家庭教师则是一个卡桑德拉式的人物,具有他人没有的直觉;她是一个保护者,其作用就是侦查和驱逐邪恶;格罗斯太太——人如其名,就像叙述者的称号,具有真正的寓言意义——则象征了凡人,善良但只能觉察显而易见的事物。两个孩子则是邪恶的牺牲品;具有讽刺意味的是,这两个牺牲品却一直隐瞒着真相——他们无疑必须隐瞒——一旦不再隐瞒就能获得拯救。如果这种象征主义的阅读是可靠的,那么我们就能部分理解这个故事的想象力量,因为在奇怪而令人吃惊的情节外表之下,我们拥有的是一个最古老的主题——邪恶竭力占有人的灵魂。①

在赫尔曼看来,《螺丝在拧紧》其实是基督教伊甸园神话的另一个版本,因为它的主题就是人性的堕落——由于邪恶的强大力量。赫尔曼的批评或许近似于一种神话原型批评,不过与神话原型批评相比,他的论证更具有新批评的特征,也就是特别强调文本的修辞,特别重视语义细读。因为在赫尔曼看来,在这篇小说中,这个古老的主题与"弥漫于整篇小说中极富暗示性甚至象征性的语言"紧密地结合在一起,以致"这篇小说已经变成了一首戏剧性的诗"②。

赫尔曼分别从几个方面论证《螺丝在拧紧》是一个诡异版的伊甸园神话。首先,弗洛拉与迈尔斯其实就是人类两性的象征,他们在小说中初次出现时天使般的纯洁与美丽象征了人性最初的完美。赫尔曼注意到,弗洛拉"非常可爱","在我见过的人中,她是最漂亮的一个"。"脸上的表情犹如拉斐尔画中圣婴一样可爱而恬静。"迈尔斯"浑身上下散发着纯洁清新的气息,他美得令人难以置信";具有"天使般的气质"。"他们好像天使下凡,简直无懈可击。"他们的"脆弱无助"使他们显得"最为可爱"。③ 即使到了故事发展的中途,女家庭教师仍然因弗洛拉"粉红色的脚丫"和"泛着金光的卷发"而赞叹,因她"红润可爱的小脸"和"放射出一种极度之美的那双蓝眼睛"而晕眩。而迈尔斯"仍然显得极其有教养,简直就像神话里的小王子"。通过严格的细读,赫尔曼引用了无数例

---

① Robert Heilman, "The Turn of the Screw as Poem", in *A Casebook on Henry James's "The Turn of the Screw"*, p. 175.

② Ibid., p. 176.

③ 在本节中,凡是引用小说的词句,均不再注明出处,因为本节对小说文本的引用比较零碎;此外,为了突出其特殊意义,本节引用的词句与译著不尽相同。

句证明詹姆斯在强调弗洛拉和迈尔斯的纯洁与美丽上是多么"奢侈",以致"在这两个孩子身上出现的任何污点都将令人感到震惊"①。因此,詹姆斯的"真正主题是人的两面性,他比天使低级,还是会成为邪恶世界中的奴隶。孩子们的美丽象征了人类所能达到的精神的完美。因此女家庭教师和恶魔的斗争就成为一出披着新衣的道德剧"②。

严谨的细读加上对修辞特有的敏感,让赫尔曼还发现了一个反复出现在文本之中的意象:光。赫尔曼认为,当詹姆斯谈到"对孩子们的纯真的任何遮蔽"时,"他再次提醒我们注意他们的美丽所具有的特殊品格所发生的变化,他几乎以一种主题性的完满悄悄地强调这种美丽。遮蔽(clouding)暗示了他们特有的澄明(brightness),我们因为反复出现的意象光而意识到这种澄明"。③ 通过这种独特的视角,赫尔曼发现了大量与意象"光"有关的词语,而这些词语几乎都是用于修饰弗洛拉和迈尔斯的,比如,弗洛拉最初灿烂地(brightly)面对初来乍到的女家庭教师;她的形象容光焕发(radiant);有一张可爱而明亮(lighted)的小脸;她思考问题时显得熠熠生辉(luminously)。迈尔斯也是如此,他在黑暗中"闪闪发光"(fairly glittered);他能光彩焕然地(radiantly)耍点花招;他以"非同寻常的辉光"(extraordinary brightness)回答女家庭教师的问题。有鉴于此,赫尔曼说道:"除了强调他们的美丽,他们的澄澈、清新和纯洁也得到了强调。从这样一个文本中,我们所相遇的只能是伊甸园的回声;我们拥有的是一出道德剧……迈尔斯和弗洛拉是人类童年的象征。他们是象征性的孩子,正如幽灵是象征性的幽灵。"④

为了支持自己的结论,赫尔曼进一步推进了他的修辞细读。赫尔曼认为,不仅格罗斯(Grose)太太的名字和女家庭教师的称号(Governess)具有寓意,迈尔斯和弗洛拉的名字也大有深意:Miles 这个名字在英语中不仅代表勇士,而且与 male(男人)谐音;Flora 当然就是 flower(花儿),而花儿不正是女人的原始象征? 所以迈尔斯和弗洛拉分别表征了人类两性的童年。不仅如此,赫尔曼还认

---

① Robert Heilman, "The Turn of the Screw as Poem", in *A Casebook on Henry James's "The Turn of the Screw"*, p. 177.
② Ibid., pp. 177—178.
③ Ibid., p. 178.
④ Ibid.

为，布莱其实就是伊甸园的象征：草地上开满"鲜艳夺目的花朵"，"密密丛丛的树梢顶上，白嘴鸦在金色的天空中盘旋鸣叫。这景象非同一般。"曾经有那么一段时间，他们三人的"生活笼罩在音乐和爱"之中；而兄妹二人则和睦相处、融洽如一（were extraordinarily at one）。赫尔曼认为，詹姆斯甚至利用季节来强化这出戏的伊甸园寓意：这首田园牧歌开始于六月，这时春天进入鼎盛之期，然后逐渐变换，直到九月黑暗的终点；九月是一个寒冷和死灭的季节，秋天"刮走了我们一半的光明"，天空阴沉，大地枯萎，落叶飘零，万物萧瑟。"因此九月不仅是一年的结束，而且还是一个循环的结束：欢乐的春天，人类光明的纯真为黑暗的秋天（autumn），或者说黑暗的堕落（fall）让路了。"[①]

赫尔曼还发现一个非常重要的细节：当女家庭教师发现弗洛拉在池塘边悄悄和杰塞尔小姐约会时，她注意到："在这时候，她已不再是个孩子，而是个很老很老的女人。"(C19, p. 83)此后不久，当女家庭教师终于看见杰塞尔，从而与弗洛拉对质时："相反，她望着我，一声不吭，满脸冷酷无情。那是一种全新的表情……这种表情使这个小女孩变成了一个令我感到害怕的怪物。"(C20, p. 86)稍后，"弗洛拉继续盯着我，带着责备表情的脸活像一副假面具"，在那一刻，"她那无与伦比的童真之美突然消失殆尽"，"她变得俗气甚至丑陋"。(C20, p. 87)迈尔斯也是如此。虽然迈尔斯在外表上似乎没有发生明显的改变，但在最后两章中，他与女家庭教师之间的对话充分表明了他那与其年龄极不相称，甚至远胜成人的世故与狡黠。赫尔曼认为，詹姆斯这是用另一种象征形式描绘了人类的精神历程："随着光明和季节的变化，孩子们的美变得模棱两可了，他们的身上发生了另一种变化。自然，他们的年轻是这个故事的基本事实，对此我们永远都了然于心；但同时我们也意识到他们身上有一种奇怪的成熟——比如，他们的镇静，他们游刃有余地制造快乐的非凡天赋。"[②]

如果弗洛拉和迈尔斯最初的纯洁与美丽象征了人类——亚当和夏娃——最初的完美，如果他们身上发生的变化象征了人类必然要经历的堕落与腐败；如果布莱就是伊甸园的象征；那么引诱、败坏孩子的幽灵就只能是邪恶本身的

[①] Robert Heilman, "The Turn of the Screw as Poem", in *A Casebook on Henry James's "The Turn of the Screw"*, p. 179.

[②] Ibid., p. 180.

象征。在基督教传统中,邪恶最初的象征正是伊甸园中那条卑鄙的蛇。现在,这条蛇以幽灵的形式出现了。在赫尔曼看来,这种推论并非虚构,而是有着事实依据,因为小说中对昆特幽灵的描绘无可怀疑地就是对蛇的刻画:"他的眼睛显得有些奇怪,既尖刻,又可怕。它们长得很小而且目光定定的。他的嘴很大,嘴唇很薄……脸倒是刮得很干净。"(C5, p. 28)蛇视物的特征就是目光直定,赫尔曼在杰塞尔对弗洛拉和女家庭教师的凝视中也看到了这种特征。

杰塞尔小姐同样是邪恶的象征。她是一个与昆特同样"可怕和邪恶"的幽灵:"身穿黑衣,脸色苍白,神情恐怖。"她是"恐怖的恐怖"。但与昆特英俊一样,杰塞尔小姐也"有一种不同寻常的美","美极了,可是美得邪恶"。(C7, p. 39)对此赫尔曼说:"把美丽赋予她,这是非常高明的,这不仅把她与弗洛拉等同起来,从而强调了弗洛拉将要面对的双重可能性,而且也因此让人想起弥尔顿的堕落天使,从而丰富了这个主题;弥尔顿的堕落天使保存了她们原初的部分光彩。"[1]赫尔曼认为,作者反复强调她身上浓郁的悲哀,这让我们几乎预见到后文会说到她遭受着被诅咒者的痛苦。因此,她既是一个被诅咒者,也是诅咒者——这是弥尔顿式神话的另一种复活。他指出,在伊丽莎白时代的戏剧中,我们可以经常看见这类主题;这些攻击、败坏人的邪恶力量大致可以分为两类,即外在的现实和内在的现实,这也是浮士德博士经常遭遇的敌人之一体两面。和歌德一样,"詹姆斯把邪恶既表现为动因(恶魔),也表现为效果(曾经朝气蓬勃、美丽纯洁的孩子身上发生的变化)。"[2]

既然这是一首讲述天使-人性之堕落的寓言诗,既然幽灵其实是邪恶的象征,那么女家庭教师就只能是拯救者,虽然是一个失败的拯救者。赫尔曼认为,从一开始,女家庭教师使用的那些词语就表明詹姆斯将其作为一个拯救者;不是一般意义上的拯救者,而是基督教意义上的拯救者。比如,她说自己是"赎罪的牺牲者",把自己遭受的折磨称之为"纯粹的苦难";她不止一次谈及自己受到的"折磨",以及自己"保护"和"绝对解救"两个孩子的责任。当她为自己不能"保护和庇护"他们,当她发现"他们已经迷失了"而恐惧时,作者将她称之为一

---

[1] Robert Heilman, "The Turn of the Screw as Poem", in *A Casebook on Henry James's "The Turn of the Screw"*, p. 182.

[2] Ibid., p. 183.

个"可怜的保护者"。赫尔曼认为,女家庭教师和孩子们的关系完全是一种牧羊人和羊群的关系:"当女家庭教师告诉迈尔斯'我只希望你帮助我拯救你'时,这一点变得显而易见了。"①在此,赫尔曼提醒弗洛伊德派注意,女家庭教师是在这个意义上"爱"迈尔斯。

赫尔曼认为还有一个细节可以证明这种源于希伯来文化的牧师功能,那就是她直截了当地把自己视为一个牧师,并千方百计地让弗洛拉和迈尔斯向她承认或忏悔与幽灵的不正当交往。小说最后那漫长的一幕就是围绕忏悔而发生的。忏悔是必需的,对女家庭教师来说,这是一种客观的保证,对迈尔斯来说,这可以减轻他的傲慢。这种经验具有某种圣典的品质,她说迈尔斯感受到了忏悔的需要,只要他忏悔,他就得救了。但是忏悔最终没有发生,迈尔斯死了;凶手正是力争成为拯救者的女家庭教师,至少迈尔斯是这样认为的。在赫尔曼看来,迈尔斯的临终呼号"彼得·昆特——你这个恶魔!"其实是"他临终做出的价值重估:她原本要成为他的拯救者,但对他来说却变成了一个恶魔。他的脸又抽搐起来——也就是说,这其实也是向昆特做出的祈祷,这个恶魔现在变成了他绝对的神。但是这个神不在那里,所以迈尔斯绝望而亡。"②

总之,在赫尔曼看来,这篇小说的主题就是拯救和诅咒,这个主题最终在结尾一幕的仪典中取得了一种特殊的形式;尽管作者对原罪所做的神学思考非常隐晦,但其蛛丝马迹仍然丰富了这一主题。"原罪……与这个故事的布局完全吻合;在这个故事中,两个美丽的孩子在生机勃勃的春天已经,并非无意地,遭受了隐秘的伤害,这种伤害最终毁灭了他们。"③

凭借这些穿针引线的连接,赫尔曼认为詹姆斯有意无意的修辞"为他的小说赋予了一种氛围,在这种氛围中,我们感觉到了许多虚构的力量所带来的压力,而不是与阅读假语村言的眼光相遇。在试图示意性地陈述这种压力的来源时,我们却落入了更多生硬的主张,而我们应该少制造出这样的主张。我们过于直率地把布莱认作伊甸园。正如在研究一切好诗时一样,我们必须抵制这种驱力,即在次级的意义层面上为了自圆其说而强作解人;因为这种方法源于这

---

① Robert Heilman, "The Turn of the Screw as Poem", in *A Casebook on Henry James's "The Turn of the Screw"*, p. 184.
② Ibid., pp. 183—184.
③ Ibid., p. 185.

种粗陋的假设,即这个故事的任何部分在这个寓言机器中都是丝丝入扣的齿轮"①。虽然赫尔曼反对对文学作品做穿凿附会的强解,但他还是谨慎地坚持自己的解释,认为小说中大量存在的寓言信息对这篇小说的构成及其意义的限定毫无疑问都是非常重要的。爱德华·帕金森认为:"赫尔曼的论文可以作为索隐批评的一个例证,它关注的是语言的模式——包括'主旨、形象、象征和原型'。他的论文不能被当作传统意义上的道德批评或者神学批评,因为其目的不在于提取寓言性的信息;我们也不应该将其当作神话批评或者原型批评,因为赫尔曼对诗意语言的关注涵括了对那些可以被当作原型的语言模式所做的思考。而且,他的目的也不在于阐明荣格心理学的原则,或者以推论性的方式解释这个作品如何作用于读者的无意识。"②

纵观威尔森和赫尔曼的论文,我们会有这样一个发现:虽然他们二者的观点截然对立,但奇怪的是二者之间并无交锋。也就是说,他们除了观点对立之外,在具体的论证上并无多少——也并非全无——辩难之处。赫尔曼反对威尔森弗洛伊德式的解释,但这种反对不是通过批驳威尔森的具体论证而进行的。除了在文章开始部分断言"弗洛伊德式的解释已经失效"之外,赫尔曼再也没有提到任何弗洛伊德式的解释。因此我们便发现这样一个非常有趣的现象:两者为论证自己的观点所选择的证据虽然来源相同,但却极少交叉——除了最后一幕提供的材料;也就是说,他们各自从文本和作者那里找到了支持自己的证据,至于对方——尤其是赫尔曼,因为他的文章是为批评威尔森而写作的——所使用的论据,他们基本不做任何评论。这就让我们不得不得出这样的观点:这两种解读具有完全不同的问题式,虽然他们各自具有比较充分的理据,但只能证明自己的观点,而无法驳倒对方的观点。正如帕金森指出的那样:"赫尔曼的论文,和威尔森的一样,以一种强有力的方式使人注意到这篇小说的一个重要维度,一个没有被对方充分认识到的维度。虽然威尔森忽略了赫尔曼指出的那些宗教因素毫无疑问地存在,但赫尔曼同样也没有考虑到不利于女家庭教师的病

---

① Robert Heilman, "The Turn of the Screw as Poem", in *A Casebook on Henry James's "The Turn of the Screw"*, p. 188.

② Edward Parkinson, *The Turn of the Screw: A History of Its Critical Interpretations 1898—1979*, http://www.turnofthescrew.com/.

例，这一病例业已为许多批评家发现。"①也正因为此，虽然这两篇论文在《螺丝在拧紧》的批评史中至关重要，但仍然需要且事实上也被后人超越了。而做出这种超越的，在笔者看来，也许苏珊娜·费尔曼是最重要的一位。

螺丝究竟被谁拧紧？威尔森为我们提供的答案是：女家庭教师。赫尔曼为我们提供的则是：幽灵。那么费尔曼将为我们提供一个什么样的答案呢？

三、苏珊娜·费尔曼：一个精巧的陷阱

苏珊娜·费尔曼 1973 年发表的长篇论文《解释的螺丝在拧紧》("Turning the Screw of Interpretation")在《螺丝在拧紧》的批评史中同样也是一个标志性的事件，因为这篇论文几乎终结了关于这篇小说的批评——至少迄今为止，再没有更具分量的批评文章问世。费尔曼的文章同样具有非常浓厚的精神分析色彩，而且也是以精神分析学为理据写作的，但与威尔森的论文已迥然有别，因为费尔曼依据的精神分析已经是拉康式的精神分析。更加有趣的是，正如赫尔曼的论文是为批驳威尔森而写作的一样，费尔曼论文的批评鹄的也主要是威尔森。

针对此前的弗洛伊德派解释，尤其是赫尔曼的解释，费尔曼不无幽默地指出，他（们）急于将这个文本从幽灵论中解救出来的做法与女家庭教师急于将孩子们从幽灵的蛊惑下解救出来极为一致。② 费尔曼的意思是，如果女家庭教师情真意切的拯救，诚如威尔森所论，其实有可能是另一种迫害，那么威尔森将《螺丝在拧紧》从幽灵论中拯救出来的努力，其本身难道就不可能同样反讽性地变成对文本实施的另一种"迫害"？因为费尔曼同样是以精神分析学为理据去思考这个文本，去批评威尔森的解释，因此她必然会提出这样的问题："弗洛伊德式的阅读有多弗洛伊德？要到什么程度人们才能成为一个弗洛伊德主义者？阅读要在什么程度才会开始变得'足够弗洛伊德'？在弗洛伊德式的阅读中什

---

① Edward Parkinson, *The Turn of the Screw*: *A History of Its Critical Interpretations 1898—1979*, http://www. turnofthescrew. com/.
② Shoshana Felman, "Turning the Screw of Interpretation", in *Literature and Psychoanalysis*: *The Question of Reading Otherwise*, ed. Shoshana Felman, Baltimore: the Johns Hopkins University Press, 1982, p. 101.

么东西是弗洛伊德式的？以何种方式来定义和测度这种东西？"①

因此,在费尔曼看来,威尔森论文的失误之处不在于,像反弗洛伊德派批评的那样,他依据弗洛伊德的理论去解释这个文本,而在于他的解释还"不够弗洛伊德",因为他的解释还只是一种"粗浅的"弗洛伊德式解释。这种"粗浅"集中体现在威尔森对"性欲"的理解上。在费尔曼看来,赫尔曼将女家庭教师定义为一个性压抑的神经症患者,将其症结归结于她的性欲没有得到正常的满足,并以詹姆斯其他作品中常见的"老处女"形象,甚至以詹姆斯本人的"性生活"来佐证这一论断,这一切都说明赫尔曼对精神分析学中非常重要的性欲概念缺少精当的理解。为此,在引用了弗洛伊德关于性欲的一段长文之后,费尔曼再次强调说:"不应该从字面上、从流俗的意义上去理解性欲:就其在分析上的外延而言,它'既低于也高于'其字面意义,它既超越了其字面意义又低于其字面意义。精神分析的性欲概念和性行为之间的关系不是一种简单的、与字面意思等值的关系,而是一种不等值的关系:弗洛伊德指出,精神分析学的性欲概念既多于又少于字面上的性行为。"②如果性欲不能仅从字面上去理解,那么也不能将"欠缺满足"理解为性生活中的一个"事件","欠缺满足"是性生活永远内在固有的维度。正因为此,拉康说:"所有人类结构的本质都不是某个事件,而是对快乐的限制——对圆满的限制。"③正如费尔曼指出的那样,弗洛伊德一再告诫人们,神经症并非简单来源于性满足的缺乏,而是来源于两种对立力量的冲突。仅有性驱力还不能构成性欲,还必须有对性驱力的压抑。换句话说,驱力与压抑共同构成了性欲。在性欲的产生上,压抑不仅不是第二位的,也许还是第一位的。因此,性欲就绝不只是一个生物学上的本能问题。费尔曼准确把握住了弗洛伊德性欲概念的精义:"性欲的意义就是它本身的矛盾:性这种东西的意义就是它本身的阻碍,它本身的删除。"④因此,威尔森的解释尚且是一种"平庸的"精神分析学解释,"因为它阻止了那建构意义的运动,因为它封锁和打断了隐喻性更替永无止境的进行"⑤。费尔曼认为,一切解释,只要它错失或者缺乏象征维度,只

---

① Shoshana Felman, "Turning the Screw of Interpretation", p. 103.
② Ibid., pp. 109—110.
③ Ibid., p. 111.
④ Ibid., pp. 110—111.
⑤ Ibid., p. 107.

要它取消或者排除了作为失落和逃逸的意义,只要它企图消灭语言内在的沉默,只要它错过了文本积极的"无言",那么这种解释就是平庸的。然而不幸的是,"如果平庸就是将修辞本身还原,将栖居于意义的未定之处清除,将文本的两可歧义清除,那么这不就是威尔森的目标吗?"①

费尔曼发现,粗浅的精神分析认识不仅只是弗洛伊德派的症结,它同样也是反弗洛伊德派的病根:虽然对立的批评双方在理解詹姆斯的"真实意义"上截然对立,但他们在理解弗洛伊德的"真实意义"上则是完全一致的;在他们看来,与詹姆斯的"真实意义"不同,弗洛伊德的学说是透明的、明确的、无可争议的。但是,透明的弗洛伊德何尝存在?为了成为一个弗洛伊德派而声称自己是弗洛伊德派,或者为了成为一个反弗洛伊德派而声称自己是一个反弗洛伊德派,同样都是绝不充分的,因为二者都假定存在一个透明的弗洛伊德,而且都不假思索地认为自己对弗洛伊德的理解是正确无误的。有鉴于此,费尔曼指出:"在这个意义上,弗洛伊德的名字几乎不能被视为一个**正确的**名字,而是在事实上变成了一个与幽灵无异的东西,和詹姆斯的幽灵一样模棱两可,因为它传达的不是笃定的真理,而是**对解释发出的邀请**。弗洛伊德式的阅读不是由弗洛伊德的知识担保的,而是由对弗洛伊德的知识的阅读担保的。"②

就此而言,威尔森(弗洛伊德派)的阅读无疑是正确的,但是并不比与之对立的赫尔曼(反弗洛伊德派)更加正确,反之亦然。这两种彼此对立的解释都是正确的,因为它们排除了与自己对立的解释,它们的正确来自于这种排除,本身就是由这种排除构成。同样,它们的错误也来自于这种排除,因为它们排除了同样正确但与之对立的解释。到此,提出下面这个问题就顺理成章了:"解读两歧真的可能吗?在解释的过程中,既阅读和解释这种两歧,同时又不将其化简还原,这真的可能吗?解读和两歧真的可以相容吗?"③

---

① Shoshana Felman,"Turning the Screw of Interpretation",p. 107. 但让事情变得多少有些复杂的是,虽然威尔森对性欲和"欠缺满足"的理解尚且粗浅,但在具体解释文本时,他并未像费尔曼批评的那样将女家庭教师的症结归结于"性满足的缺乏",并未将她的欲望简单地还原为性行为。威尔森在其论文第一部分,也就是具体的文本分析的部分,始终强调的是女家庭教师对主人抱有的那份无法得到回应的爱,而非直截了当的性行为。换句话说,在威尔森的理论依据和具体的文本分析之间出现了某种错位。但不管怎么说,费尔曼对他的批评仍然是中肯的。

② Shoshana Felman,"Turning the Screw of Interpretation",p. 116.

③ Ibid., p. 117.

实现这个艰难的任务其实是可能的,只要我们能实现一个问题式的转变。在费尔曼看来,有两种弗洛伊德式的阅读,其一是阅读弗洛伊德的命题,即解读他解读的意义与内容,其二是阅读弗洛伊德的言说,也就是解读他解读的方式与方法。前一种阅读的哲学基础是传统的形而上学,是美国精神分析的主流;后一种的哲学基础是现代解释学,是以拉康为中坚的法国精神分析的主流。费尔曼正确指出了这一点:对拉康来说,弗洛伊德的发现之要旨,首先不在于他发现了无意识这种新的意义,而在于他发现了一种新的阅读方式:"正是在倾听的过程中,他读出了无意识这种东西。也就是说,这种东西他只能猜想,而且他自己也被牵连了进去;令他非常吃惊的是,他发现自己不能不参与癔症患者告诉他的那些东西,他发现自己被这些东西影响了;正是在这个意义上,我们说他被牵连进去了。"①

如果意义并不内在于文本自身,而是发生在作者、文本和读者之间,如果读者不是意义的客观发现者,而是意义的积极建构者,如果解释不是一种客观的揭示,而是一种积极的介入,那么,解释的根本目的就不应该是揭示两可歧义背后的真理,背后并没有真理,而应该是解释这种两歧是如何建构出来的。所以在澄清了何为弗洛伊德式的阅读之后,费尔曼找到了跳出悖论性陷阱的方法。因为她解释这个文本的目的已经与弗洛伊德派和反弗洛伊德派截然不同:"因此我们阅读《螺丝在拧紧》与其说是要捕获破解神秘的答案,而毋宁说是要追踪这个答案意味深长的逃逸途径;与其说是要解决或者回答这个文本谜一般的问题,不如说是要调查它的结构;与其说是要命名或者澄清这个文本的歧义,不如说是要理解文本性的两歧的必然性和修辞机制。支撑这种阅读的问题因此就不是'这个故事的意思是什么?'而是'这个故事的意思是如何表述的?'"②

威尔森和赫尔曼的解释都忽略了小说前面的引子,对其不置一词,费尔曼则将这个引子作为解释的起点和重点之一。就小说的内容而言,这个引子构成了一个框架,其作用就是确定故事的起源。但这一起源既先于故事——位于故事开头,又后于故事——发生于故事之后。一般而言,故事的起源依赖于叙述

---

① Shoshana Felman, "Turning the Screw of Interpretation", p. 118. 借助弗洛伊德和拉康,我们不仅发现了一种更为根本的阅读,而且也发现,强调读者在解释中的本体论地位不仅只是胡塞尔、海德格尔和伽达默尔的专利,精神分析也做出了独特的贡献。

② Shoshana Felman, "Turning the Screw of Interpretation", p. 119.

者的权威,叙述者既被当作故事文字上的源头,又被当作对所述故事无所不知的人。但是就这篇小说而言,这个前言似乎既把故事与其叙述者联系起来,又把他们拆开。因为这篇小说的叙述者不是一个,而是三个。首先是自称"我"的第一人称叙述者,虽然他与故事没有直接关联,然而是他把从道格拉斯那里听来的故事转述给我们。其次是道格拉斯,他把这个故事读给围坐火堆的人;他认识甚至爱慕女家庭教师,但没有直接参与这个故事。第三个叙述者是女家庭教师本人,她是道格拉斯所读文本的第一人称叙述者。

女家庭教师把自己经历的故事写下来,然后在弥留之际交给道格拉斯,多年以后,道格拉斯把这个故事讲述给围坐火堆的那些人,然后在弥留之际把女家庭教师的手稿交给"我";最后呈现在我们眼前的小说文本是"我"凭借追忆记录下来的。因此费尔曼指出,这个故事是由一条叙述链构成的,在这根链条中,三个叙述者的接力叙述构成了这个故事:"这个故事的起源因此不能归因于任何一个声音,任何声音都不能单独为这个故事负责;而是要归因于某种被延宕了的共鸣效果,这种共鸣效果是由这些声音'事后'造成的,而这些声音本身又再生产了前面的声音……如果这个故事是通过它自己的再生产而被引进的,如果这个故事的重复领先并抢先发生于它自己,那么这个框架就绝不像粗看上去那样确定了故事的**起源**,而是在事实上确定了起源的**失落**,构成了它无限的延宕。因此这个故事的起源看上去被确定在了其起源的**遗忘**中:讲述这个故事的起源就是讲述这个起源被删除的故事。"①

费尔曼指出,这难道不正是发生在精神分析中的事情吗?和精神分析中无意识的故事一样,在此正是故事起源的失落构成了故事的起源。在精神分析中,我们知道,主体之所以要向分析师寻求帮助,向他讲述自己的故事,原因—起源就在于他失落了自己的病因—起源。所以正是故事起源的失落构成了故事的起源。

费尔曼进而认为,作为这篇小说之叙述框架的引子不仅建构了故事起源的失落,而且也建构了作为失落的起源。因此这个叙述框架就不仅是简单的背景,从外去限定内;而是在文本空间的内外之间建构了一种非常复杂的关系。一方面,这个框架不仅纳入了故事的内容,而且把炉火周围的读者也囊括了进

---

① Shoshana Felman, "Turning the Screw of Interpretation", pp. 121—122.

去,一旦遭遇这个故事,任何人都不能够客观地置身事外。这个框架实际上几乎无所不包,它把通常所说的外在因素——读者——全都席卷了进去。另一方面,这个框架同时又把内在的东西拉到了外面:"因为在经过由多重而重复的叙述声音所导致的共鸣性的链条时,正是故事的内部(内容——笔者所加之注)不知怎么的就变成了它自己的外部(叙述者-读者自己的解释——笔者所加之注),似乎它是由一个内在地与之疏离的声音(每个叙述者,包括女家庭教师本人与事件本身都是疏离的——笔者所加之注)报道的,而且这个声音使它变成了'影子的影子';这个声音的侵扰危及了这个故事秘密的隐私,它的他者性干扰了故事本身的存在。"①因此,这个框架的性质是悖论性的:它是外在的,但又弥漫于这个故事的内部深处;它是内在的,但又把故事的内容拖到了外面。因此费尔曼进一步提出了一个颠覆性的问题:"要是这个故事的内容正好是对它本身的阅读,情况会怎么样? 要是(外在于文本的)阅读正好是故事(内在于文本的)内容,情况会怎么样?"至此,这个故事与精神分析之间的关联变得更加显豁了:"如果我们停下来思考一下这个故事自己的不在场(non-presence),那么这种自我—外在性、离心—中心性、内容与自身的异质性就能准确地定义无意识;在此我们可以看到,阅读是理解这个故事与无意识之间本质关系的关键。"②在费尔曼看来,阅读(外)与内容(内)在《螺丝在拧紧》所展示的辩证关系极为精妙地定义了拉康为我们揭示的无意识的特质:无意识绝不是主体内在的东西,无意识就是那种与自身疏离、与自身异质、外在于自身的东西。用拉康的话说就是:"无意识就是他者的话语。"

由于这个故事起源于接力叙述的三种声音所导致的共鸣效果,没有一个可靠的锚着点,所以它的起源神秘地"失落"了。但是,就这篇小说而言,叙述本质上就是阅读。因此,传播这个故事的叙述链本质上就是一条阅读链。每一种阅读都是对其他阅读的重读和重写。费尔曼指出,在这个故事的传播链中,为了把这个故事接力传播下去,每个叙述者首先是一个接受者,一个记录和解释这个故事的读者,同时他还尽力为这个故事赋予意义,将其作为一种生活经历、一种"印象"、一种阅读效果加以体验。

---

① Shoshana Felman, "Turning the Screw of Interpretation", p. 123.
② Ibid., p. 124.

费尔曼发现，詹姆斯曾在为其《小说艺术》中《死者的祭坛》所写的前言中指出，"超自然"故事的主旨和叙述条件就是它"通过他人的历史隐约出现"的方式，就是它在他人之中，且出自他人的叙述。就《螺丝在拧紧》而言，这里的他人难道不就是读者吗？女家庭教师是迈尔斯和弗洛拉的读者，道格拉斯是女家庭教师的读者，"我"是道格拉斯所述故事的读者。现代解释学和接受美学强调读者的前见是解释发生的必要条件而非消极因素，强调读者在阅读中的能动作用，甚至强调读者的本体论地位，这些都是非常正确的；但它们所理解的"前见"仍然还是一种理性的、意识的前见，尚未注意到阅读过程中读者积极活跃的无意识，尚未注意到阅读本身就是一种力比多特别兴奋的活动，尚未注意到读者自身经验的无意识参与。一个文本能否吸引读者，固然与作者的艺术水准和文本的风格有关，但这同时也是一个力比多事件。读者的无意识经验和力比多活动贯穿整个阅读过程。相对于作者来说，读者就是他人，他的历史（history）就是他个人的故事（his story），这种故事必然会无意识地参与整个阅读过程，故而他的阅读意义深远，因为它直接干预了故事，重新解释了故事，也就是说改写了故事。正是从这个意义上说，读者才是作者。"这些层层叠加的故事，每一种叙述行为和每一种叙述，在此都是**他人的阅读**；每一次阅读都是**一个他人的故事**（a story in the other），这个故事的含义被干预了，但这种被干预是至关重要的；这个故事的意义在进行干预，但它的干预**意味深长**。"因此，"这就把我们带回到了无意识这个问题，因为，无意识如果不是**读者**还能是什么呢？"①为此她进而引用拉康予以证明："在精神分析话语中，你们假定无意识主体懂得如何阅读。无意识要做的事情就是阅读。"②

因为这个文本产生于三种叙述声音的共鸣，没有哪个叙述者可以成为可靠的试金石，以评估和裁决彼此冲突的证据、自相矛盾的线索和变幻不定的视角，所以，不仅故事的起源神秘地失落了，而且更加重要的是，这也表明这个故事是詹姆斯设计出来的一个精巧的陷阱，用以捕捉那些不易捕捉的人。费尔曼发现，这个陷阱最有趣的地方是，虽然它提供了两种可能的阅读，但它完全消除了两种阅读之间的界限。也就是说，读者无法以一种阅读去否定另一种阅读。这

---

① Shoshana Felman，"Turning the Screw of Interpretation"，p. 125.
② Jacques Lacan，*Encore*. p. 38.

两种阅读可以分为天真的阅读——专门捕捉那些天真的读者,和世故的阅读——专门捕捉那些清醒而苛刻的读者。但最为有趣的是,这个陷阱首先,且主要是为那些聪明老练的读者设计的。这些聪明读者的"聪明"体现在什么地方呢?当然就体现在他们避开陷阱的自觉和决心中。用费尔曼的话说,他们是一些"多疑的"读者,他们发现有陷阱,拒绝上当受骗。天真的读者就是那些完全相信女家庭教师的陈述和解释的人,聪明的读者就是那些怀疑、不相信女家庭教师的人,也就是以威尔森为代表的那些弗洛伊德派批评家。

威尔森也认为《螺丝在拧紧》是一个陷阱,一个骗局,一个由作者、故事人物和读者三方的无意识与文本的修辞共同设计的陷阱:首先,从精神分析的观点来看,女家庭教师是一个自欺欺人的人,她对自己的无意识欲望无知。其次,詹姆斯自己也是一个自欺欺人者,他也对自己的无意识无知。在此,读者也是受骗者,欺骗他的是文本的修辞、作者的诡计及其叙述技巧。在威尔森看来,只有弗洛伊德派批评家才能跳出这个陷阱,因为只有他们能置身事外,不会受到三方无意识和文本修辞的欺骗。但是在费尔曼看来,威尔森这种自以为真理在握的独断态度何其相似于女家庭教师,后者不也是同样苦心孤诣力求不受骗于迈尔斯和弗洛拉吗?正如威尔森不相信詹姆斯的叙述,怀疑它设置了一个陷阱一样,女家庭教师不也不相信孩子们的叙述和解释吗?因为深为文本中大量存在的两歧而惊异,威尔森断定女家庭教师的话蕴含更多的言外之意;女家庭教师不也是以同样的态度去对待格罗斯太太的话语吗?女家庭教师和威尔森一样,在观察、阅读和解释周围的世界时,不也是抱着一种怀疑态度,力求看穿表象直指本质吗?因此,如果女家庭教师是一个自欺欺人的上当受骗者,威尔森就能独善其身吗?

如果这个文本是一个精心设计的陷阱,尤其是为那些老谋深算的读者设计的陷阱,那么,这个陷阱的机关就是"怀疑":对作者、女家庭教师深信不疑的读者当然会落入这个陷阱,因为轻信永远都是落入陷阱的关键;但这个陷阱主要不是为这种读者设计的,否则就太没有技术含量、太没有艺术性了;它主要是为老谋深算的读者设计的,当这些读者自以为识破作者诡计、力图避开眼前的陷阱时,他们已经落入了陷阱;而且,他们在落入陷阱时还不知道自己落入了陷阱。但最为有趣的是,导致他们落入陷阱的机关正是他们对陷阱存在的怀疑,也就是说,正是他们避开陷阱的欲望。正是他们的怀疑,正是他们避开陷阱的欲望导致了他们落入陷阱，因为"怀疑"就是陷阱。这个陷阱的精妙之处就在于此。所以费尔曼说道："我们不应忘记，不是**尽管**他聪明，而是**由于、因为**他聪明，读者才在此落入陷阱。"①

费尔曼认为，发生在解释之中的争论其实重复了发生在文本之中的争夺。正如幽灵产生于女家庭教师对布莱、对孩子们的阅读，欲望也产生于弗洛伊德派批评家对小说文本的阅读；正如家庭教师与幽灵之间的斗争是一种阅读效果，弗洛伊德派与反弗洛伊德派之间的争论同样也是一种阅读效果。"换句话说，批评性的解释不仅是阐明文本，而且戏剧化地再生产了文本，不知不觉地**参与了**文本。正是通过这种阅读，这么说吧，这个文本把自己**付诸行动**（act out）。作为一种阅读效果，这种不经意识的'**付诸行动**'的确很怪异：不论读者转向哪条道路，他都只能被文本扭转，他只能通过重复它而表演它。"②

这就是詹姆斯设计的陷阱，这个陷阱同时也是一个邀请，邀请读者阅读，邀请读者跳入陷阱。因此，螺丝不是被幽灵拧紧，也不是被女家庭教师拧紧，正是因为詹姆斯的精妙设计，螺丝被作者、读者和文本三者之间的共同协作拧紧。

对威尔森而言，这是一个关乎欲望的故事，而且是一个与阶级身份差异密切相关的欲望的故事；尽管威尔森在引用弗洛伊德的理论上显得十分粗糙，至少他将这篇小说从幽灵论中解放了出来。对赫尔曼来说，这篇小说则是一个关于堕落和拯救的寓言，一个诡异版的伊甸园神话，一首光明与黑暗、纯洁与邪恶对峙的寓言诗。对费尔曼来说，这篇小说其实是一个只能由作者和读者共同协作完成的精妙的陷阱，这个陷阱的精妙之处就在于：避免落入陷阱正好是落入陷阱的机关；读者越是聪明老练，越是自信能避免这个陷阱，就越是要落入其中。解释《螺丝在拧紧》的文本有许多，但以上这三个文本确实在一定程度上表征了解读这篇小说的三种比较具有代表意义的视角；而且，这三个文本还在一

---

① Shoshana Felman,"Turning the Screw of Interpretation", p. 190.
② Ibid., p. 101. 在此我们发现了精神分析与解释学的奇异融合。付诸行动（acting out）是弗洛伊德首创的一个精神分析学概念 Agieren 的英译。弗洛伊德的思想中有一个贯穿始终的主题，那就是记忆与重复的对立。这是将过去带回现在的两种对立的方式。如果过去发生的事情被压抑了，不能进入记忆，那么它们就会以行动来表达自己。换句话说，如果主体不能回忆其过去发生的事情，那么这些事情自己会付诸行动重复发生。拉康使用这个术语的独特性在于他非常强调回忆的互主体维度。在拉康看来，回忆不仅把某件事带到意识中来，而且还是，且首先是借助言语与他者的交流。回忆失败的原因就是他者拒绝倾听，当此之时，付诸行动就发生了。参见 Dylan Evans, *An Introductory Dictionary of Lacanian Psychoanalysis*。

定程度上表征了这篇小说的批评史。诗无达诂，其实小说何尝不然。围绕这个中篇小说，以上三者的解释是如此截然对立，但每一种解读又都如此引人入胜、发人深思，这不仅让我们领略了小说的魅力，而且，也许更重要的是，也让我们领略了文学批评本身的魅力。

作为换喻的欲望

哈姆莱特的犹豫

　　黑格尔将伟人定义为迫使人们去理解他的人。我们可以用同样的方式去定义伟大的作品：迫使人们去理解它的作品。从这个意义上说，《哈姆莱特》自然属于伟大的作品之列。在《哈姆莱特》的批评史上，尽管弗洛伊德并没有为此专文论述，而只是在其相关著作中附带论及这出悲剧，但他的评论具有标志性的意义，因为他第一次让人们从精神分析学的维度出发去思考哈姆莱特。弗洛伊德的评注是一个诱惑，诱惑人们将这出悲剧纳入精神分析学的境域中来理解。作为弗洛伊德之后最为著名的精神分析学家，拉康对这出悲剧抱有同样的热情，并在其 1959 年的研讨班上分三期深入分析了这出悲剧。如今，拉康的解释业已成为《哈姆莱特》批评史上的经典之作，但这个解释本身也需要人们去解释。这一解释的循环不仅来自于拉康的艰深，而且主要来自于拉康本人也是一个迫使人们去理解他的人。然而，使事情变得更加复杂的还有另外一个因素：拉康讨论《哈姆莱特》的目的是借其阐释自己的精神分析学思想，而我们如要解释他的解释，则是根据他的学说去解释《哈姆莱特》。显然这是一个反转,圆满完成这个反转具有双重的困难,甚至是困难的平方,因为我们的读者可能对拉康的学说知之不详。也许正因为此,拉康论述这出悲剧的研讨报告至今令人敬而远之。但是,如果我们还想在《哈姆莱特》的认识上继续前进,就不能回避拉康艰深的话语。

一、欲望还是母亲的欲望?

弗洛伊德最初提及《哈姆莱特》是在致弗里斯的一封信中;在这封信中,弗洛伊德不仅把哈姆莱特与一个男性癔症患者相比,而且把他与俄狄浦斯情结联系在了一起:

> 如何解释癔症性的哈姆莱特的这个表达:"因此良心把所有人变成了懦夫",以及他在杀死他的叔父为父报仇上的犹豫不决,同时却又那么随便地让他的朝臣前去送死,并那么迅速地杀死雷欧提斯?与借助由那种暧昧的记忆——因为他对母亲的激情,他自己也考虑过对他的父亲做出同样的事情——与在他身上唤醒的折磨相比,如何才能更好地"以每个人应得的名分对待他们",而且谁能"逃脱一顿鞭子"?他的良心就是他无意识的负罪感。他与奥菲利娅说话时表现出的性冷漠,他对生育孩子的本能的拒绝,最后,他把契约从父亲转到奥菲利娅,这些难道不是典型的癔症性的吗?而且,就像我的一些癔症患者那样,难道他最后没有以相同的方式成功地把惩罚加诸自己,并遭受和他父亲同样的命运,被同一个敌人毒死?①

弗洛伊德在《释梦》中再次论及这出悲剧,其基本观点没有改变,但增加了两点新的内容:首先,他不再将哈姆莱特作为癔症患者,而是将其作为一个神经症患者。更重要的是,弗洛伊德认为,作为一个角色和一出戏剧,哈姆莱特体现了文明发展的新阶段:"莎士比亚创作的《哈姆莱特》,与《俄狄浦斯王》植根于同样的土壤上。但是对相同材料的不同处理反映了两个相距遥远的文明时代在

---

① Sigmund Freud, "Letter to Fliess" (15 October 1897), in *The Complete Letters of Sigmund Freud to Wihelm Fliess*; trans. and ed. by Jeffrey Moussaieff Masson, London: The Belknap Press of Harvard University Press, 1985, pp. 272—273. 在这段话中有一个笔误,显然这里的雷欧提斯应该是雷欧提斯的父亲波诺涅斯。

心理生活上的全部差异；反映了人类的情感生活在世俗生活中愈益受到压抑。在俄狄浦斯王身上，儿童憧憬的幻想——这种幻想支持了俄狄浦斯情结——被公开引进并实现，就像在梦中一样。而在《哈姆莱特》中，欲望仍然受到压抑——正如在神经症患者身上一样，我们只能从它禁忌的那些结果中了解它的存在。"①

在弗洛伊德的解释中，索福克勒斯提供的俄狄浦斯结构是理解哈姆莱特的必不可少的框架，差别是俄狄浦斯付出了行动并实际上杀死了父亲娶了母亲，而哈姆莱特则在父亲的亡灵寄予的复仇希望中受到了抑制。他之所以受到抑制是因为这个事实，即他在无意识中辨认出他的叔父在他之前实现了他所强烈欲望的事情：杀父娶母。俄狄浦斯情结是精神分析学说预设的基石，人们不能以"心理化"为理由去批评它，因为俄狄浦斯情结完全是一个无意识结构，而非赤裸裸的有意识的欲望。

弗洛伊德附带做出的这种评注在《哈姆莱特》的批评史上虽然具有里程碑性的意义，但与其说他回答了关键的问题，不如说他激发更多亟待回答的问题：哈姆莱特的拖延真的像弗洛伊德断定的那样是因为俄狄浦斯情结吗？哈姆莱特究竟与其母亲是一种什么关系？他在一再拖延为父报仇的同时，为何会毫不迟疑地杀死波诺涅斯，将罗森格兰兹和吉尔登斯吞送上不归之路？奥菲利娅究竟应该怎样理解？哈姆莱特为何突然对她变得刻薄而冷酷？而当她死去之后，哈姆莱特为何高调宣布自己对她的热爱？哈姆莱特与亡父的关系其实质究竟何在？他和雷欧提斯的关系又该如何理解？他为何要将波诺涅斯的尸体藏起来？他为何说"国王是一件东西"？

这些就是拉康要回答的问题，也是需要我们加以解释的问题。在深入细致地阅读了拉康的论文《欲望与〈哈姆莱特〉中欲望的解释》之后，我们会发现，尽管拉康非常尊重弗洛伊德，但实际上他的解释完全不同于弗洛伊德。也许我们可以在此预先指出二者的区别：在拉康对《哈姆莱特》的阅读中，问题的关键是"母亲的欲望"而非"哈姆莱特的欲望"，这就决定了拉康的解释的焦点是菲勒斯而非欲望。

除了弗洛伊德，拉康对《哈姆莱特》产生强烈兴趣还受到另一位具有浓厚的

---

① 弗洛伊德：《释梦》，孙名之译，北京：商务印书馆，1996年，第264页。引文略有改动。

精神分析学背景的作者埃拉·夏普的影响。1959年他阅读了后者的一系列文章,尤其是她的《梦的分析》,以及她对一篇论《哈姆莱特》的文章所做的未竟的注释①。据拉康说,埃拉·夏普在分析一个患者的梦时指出,对这个患者来说,问题的关键就在于"是非勒斯抑或不是非勒斯";进而她认为这也是哈姆莱特面临的问题;哈姆莱特那句著名的道白"To be or not to be"也应该如是解读:To be the phallus or not to be the phallus. 埃拉·夏普的这种解释正好与拉康在《主体的颠覆与欲望的辩证法》中的第四个欲望图式表达的意义吻合。这就使得拉康洞察到应该将菲勒斯作为解释这出悲剧的核心。

毫无疑问,关于哈姆莱特,人们最为关注的就是他的犹豫、踌躇和拖延。几乎所有讨论这出悲剧的文章都不能回避这个问题。但是在弗洛伊德之前,所有关于这个问题的解释都多少显得有些牵强。但是,弗洛伊德的解释就是最后的答案了吗? 说不尽的哈姆莱特到此真的被榨干了吗? 在某种意义上,歌德将哈姆莱特与他自己的多愁善感的少年维特等同了起来,他认为哈姆莱特代表了一种类型的人物,他们由于智慧的高度发展而陷入麻痹。还有一种观点认为,莎士比亚创作这出悲剧的目的就是要全力表现一种病态的人格,其典型特征就是犹豫不决。但弗洛伊德认为,这两种解释都难以成立,因为戏剧的情节表明,哈姆莱特绝不是一个不敢行动的人。我们可以在两个场合中看到这一点:第一次是他在狂怒之中毫不迟疑地用剑刺死了挂毯后面的波诺涅斯;第二次是他毫不迟疑地偷换了国书,将克劳狄斯派去谋害他的两个朝臣送上死路。"哈姆莱特什么事都干得出来——除开向那个杀了他父亲娶了他母亲、那个实现了他童年欲望的人复仇。于是驱使他进行复仇的憎恨为内心的自责所代替,而出于良心上的不安,他感到自己实际上并不比杀父娶母的凶手高明。"②

弗洛伊德似乎完美地解释了哈姆莱特的拖延,但拉康正是在这个看似终结了问题的答案中发现了新的问题。拉康感到奇怪的是,这样一种俄狄浦斯模式如何能够解释无尽的拖延,又如何能够阻止复仇? 为什么因为克劳狄斯实现了他最深沉的愿望哈姆莱特就不能杀死他? 为什么一个人不想消灭一个成功的

---

① Ella F. Sharpe, *Dream Analysis: a Practical Handbook for Psychoanalysis*, London: Hogarth Press, 1951.
② 弗洛伊德:《释梦》,第265页。

竞争者？拉康认为，这与现实生活中实际发生的许多事例是背道而驰的，因此这个推理可以被完全颠倒过来：

> 精神分析传统告诉了我们什么？能告诉我们：一切依赖于对母亲的欲望，这个欲望受到了压抑，而这就是这个主角没有实施要求于他的那个行动的原因，即向一个男人复仇，这个男人目前正是母亲这个对象的占有者，但他的占有因为犯罪而极不合法。如果他不能为复仇打击这个被指明的人，那是因为他自己已经犯下了应该得到报复的那种罪行。在这里，就像在背景中一样，对婴儿时期对母亲的欲望的记忆，对谋杀父亲的俄狄浦斯欲望的记忆，哈姆莱特在某种意义上已经变成了目前他眼中的这个拥有者的同谋。他不能袭击他而不袭击自己。它们的意义就是这个？——或者他不可能在袭击这个拥有者的同时而不在他自己身上唤醒这个古老的欲望；在一个明显更加有意义的机制中，这种欲望被感受为一个有罪的欲望。我们不要被这样一种非辨证的方案迷住。难道我们不能说这一切可以被颠倒过来？如果哈姆莱特直接去攻击他的继父，人们难道不能说他在这里面找到了扑灭自己罪行的机会？①

在此，拉康虽然没有直接给出自己的解释，但他完全抛弃了弗洛伊德的观点。弗洛伊德的解释不仅本身缺乏辩证性，而且不能解释哈姆莱特在对待奥菲利娅时的态度转变，也不能解释与他的"拖延"形成强烈对比的"仓促"。

关于哈姆莱特，拉康与弗洛伊德的差异要追溯到他对俄狄浦斯情结的不同理解。主体并非生成的，而是养成的；人并非生而为人，在人的成长过程中，也就是说在人的"文化"过程中，俄狄浦斯情结及其克服是一个至关重要的事件。与弗洛伊德一样，拉康也非常重视俄狄浦斯情结，但是有显著的不同。从1950年开始，拉康就发展出了他独具一格的俄狄浦斯理论。虽然他总是遵循弗洛伊德，将俄狄浦斯情结视为无意识的中心情结，但在某些方面已经与其有了显著的差异。最本质的差别也许在于，俄狄浦斯情结在拉康这里获得了更加明确的结构主义意义。也就是说，它不是一个心理事件，而是一个三元结构的范式，与二元的母子关系直接对立，因此绝不能从时间上去认识。我们绝不能从心理学

---

① Jacques Lacan, "Le Désir et son Interpretation", ed. J. A. Miller in *Ornicar?*, no. 25, 1981, p. 19.

的角度去解释俄狄浦斯情结,必须谨防将俄狄浦斯情结局限于存在主义式的生活经验,或者将它理解为某些可以客观化的事实或者事件。它不是主体历史边缘上的一件逸事,而是一个文化结构。另外值得一提的是,在拉康看来,无论是男孩还是女孩,母亲都是欲望对象,而父亲都是一个竞争者。

在镜子阶段猝成的想象的自我将在随后来临的俄狄浦斯冲突中结晶。俄狄浦斯情结首先会重新创造出原先与母亲的二元关系(严格说来,拉康认为前俄狄浦斯阶段也是一种三元结构关系:母亲-孩子-菲勒斯),以及最初针对相似者的侵凌性,不过现在这种侵凌性指向的是一个新的入侵者——父亲,因为父亲是一个竞争者,一个危险的对手。俄狄浦斯冲突的解决结束了二元的母子关系,创造了一个具有无限可能的新的三元关系:大他者(Other)、自我和对象。俄狄浦斯冲突的解决使主体得以重新以一种新的认同来重塑自己,这就是认同父亲(男孩)或认同母亲(女孩)。当然,这是一种次生认同。这种次生认同的发生必须以镜子阶段的原始认同为根据,因为如果没有一个虚构的、想象的"我"的存在,对父亲的仇恨是无从产生的。

正是在这个意义上,拉康将俄狄浦斯现象的过程分为三个阶段。在第一阶段,孩子觉察到在自己之外母亲还欲望着别的什么东西——拉康将其称之为想象的菲勒斯,于是孩子力图成为母亲欠缺的菲勒斯。在这一状态下,它的欲望就是母亲的欲望,为了满足这一欲望,它将自己认同于菲勒斯。处于这一阶段的幼儿完全不能称之为一个主体,而只是一种欠缺,一种虚无,因为它尚且没有将自己作为一个独特的个别存在安置或者说注册到象征秩序中去。它希望与母亲合而为一,仅仅是母亲的一种延伸或者附件,因此从它自己的角度来看,它仅仅是一个空白,一个虚无。在第二个阶段,想象的父亲作为一种否定力量的代理,通过颁布乱伦禁忌介入进来:一方面他否定了幼儿成为母亲的欲望对象的企图,另一方面剥夺了母亲的菲勒斯对象;他是一个使人扫兴的人,因为他带来了双重戒律。主体于此第一次遭遇了禁忌,遭遇了父亲的法律。这一事件极大地动摇了它所取立场的基础;其直接的结果便是第三阶段的到来。在第三阶段,真实的父亲介入进来,显示他才是真正拥有菲勒斯的人;孩子被迫放弃成为母亲菲勒斯的企图,转而认同于父亲,并通过自我实现将自己注册到象征秩序之中去。①

---

① Dylan Evans, *An Introductory Dictionary of Lacanian Psychaoanalysis*, p. 22.

一旦在语言和家庭的象征秩序中获得属于自己的一席之地，儿童就在家族和社会中获得了自己的个人身份；这就意味着它实现了自己，从此能够将自己作为一个与众不同的个人来理解和筹划。进入象征界，或者说个性的获得、自我的实现就发生在俄狄浦斯阶段。在人一生的精神发展中，俄狄浦斯阶段是一个至关重要的转折点，是人最重要的一个历史时刻。正是在这个阶段，儿童实现了从想象到象征的转化和过渡；也就是说，从二元、直接的镜子关系进入三元、间接的象征关系①。

拉康将他创造的换喻公式应用到俄狄浦斯情结，从而有了下面这一公式：

$$\frac{\text{Name-of-the-Father}}{\text{Mother's Desire}} \cdot \frac{\text{Mother's Desire}}{\text{Signified to the Subject}} \rightarrow \text{Name-of-the-Father}\left(\frac{A}{\text{Phallus}}\right)$$

因此，对拉康来说，理解哈姆莱特的关键在于母亲的欲望，而非哈姆莱特的欲望："在哈姆莱特的结构中，我首先要向你们指出的就是他对大他者（Other）的欲望的依赖，也就是对母亲的欲望的依赖。"②在另一个研讨报告中拉康更加明确地指出："注意哈姆莱特面对的是欲望，这也是他一直与之搏斗的对象。必须在这个欲望在这出戏剧中的位置上考虑它。这个欲望与他自己的欲望非常不同。它不是他对母亲的欲望，而是他的母亲的欲望。"③值得指出的是，将问题的关键放置到母亲的欲望上，并非只有拉康才有这种观点；另一个评论家罗伯特森也有类似的看法，虽然后者并没有什么精神分析学背景："莎士比亚的《哈姆莱特》，就它是莎士比亚的作品而言，是一出处理母亲的罪恶对儿子产生的影响的戏剧，而莎士比亚没有能力把这个动机成功地运用到这个古老戏剧的棘手材料上来。"④

拉康说问题的关键、哈姆莱特的症结不是他的欲望，而是他的母亲的欲望，这究竟是什么意思呢？弗洛伊德和拉康的差异究竟何在呢？对拉康的理论不甚了解的读者也许对此会深感困惑，因此有必要做进一步的解释。在弗洛伊德

---

① 参见拙著《雅克·拉康：语言维度中的精神分析》第 5 章第 2 节，北京：东方出版社，2006 年。
② Jacques Lacan, "Desire and the Interpretation of Desire in *Hamlet*", tans. James Hulbert, in *Literature and Psychoanalysis*: *The Question of Reading Otherwise*, p. 17. 拉康的这个文本的英译本最早发表于《耶鲁法语研究》(*Yale French Studies*)第 55—56 期，陈越有一个节略版的汉译本，并附有许多非常有价值的注释。
③ Jacques Lacan, "Le Désir et son Interpretation", ed. J. A. Miller, in *Ornicar?*, no. 25, p. 20.
④ Cf. Jean-Michel Rabaté, *Jacques Lacan: Psychoanalysis and Subject of Literature*, p. 62.

看来,哈姆莱特的拖延乃是因为俄狄浦斯情结在作祟,也就是说,他自己也有弑父娶母的欲望,并为此在无意识中深感不安。但正如前文所述,拉康已经指出这种解释不能成立。在拉康看来,哈姆莱特迟疑不决的根本原因在于母亲的欲望,说得更清楚一些,在于他无法摆脱母亲的欲望,始终受困于母亲的欲望。哈姆莱特的迟疑不决正是强大的母亲的欲望之存在的明证:"在哈姆莱特王子这个主体的眼中,大他者的欲望是如何得到证明的呢?这个欲望,母亲的欲望,本质上为这一事实所证明:在面对卓越、完美和尊贵的一方——他的父亲,和卑劣、猥琐的另一方,即克劳狄斯这个罪犯和通奸犯时,哈姆莱特没有做出选择。"①

在冤死的父亲和杀父仇人叔父之间,哈姆莱特没有做出适当的选择。适当的选择当然就是杀死克劳狄斯为父报仇,但哈姆莱特迟迟不能做出行动,甚至在最佳时机到来之际,也就是第三幕第三场,当克劳狄斯看了那场戏中戏之后,因为深感罪孽深重而暗自祈祷忏悔之时。哈姆莱特对亡父的要求一再迁延,对凶手克劳狄斯的命令却令人吃惊地完全服从,不管是接受他的命令到英国去(事实上这是一个将哈姆莱特送上死路的阴谋),还是服从他的安排与雷欧提斯赌剑(这是另一次欲置他于死地的阴谋)。我们甚至可以说,哈姆莱特并非没有做出选择,只不过他事实上选择的是克劳狄斯。

不仅哈姆莱特没有在亡父和叔父之间做出选择,他的母亲也没有做出选择。她的前夫"相貌高雅卓越,有太阳神的卷发,天神的前额,战神一样威风凛凛的眼睛,神使一样矫健的步伐"。而克劳狄斯形容猥琐,"像一株霉烂的禾穗"。但是她似乎对这种判若云泥的天渊之别浑然不觉,在前夫尸骨未寒之际立刻就投入了后者的怀抱。为什么会这样?如果不是因为她那强烈的淫欲,如果不是因为她对快感无法割舍的贪婪,还能因为什么?哈姆莱特没有在父亲和叔父之间做出选择,恰好是因为他的母亲没有在二者之间做出选择。正因为此,拉康才反复阅读第三幕第四场(王后寝宫),在这一场中,哈姆莱特最初的目的是要在母亲的面前放一面镜子,让她看清自己的灵魂,从而劝说她与克劳狄斯断绝关系。哈姆莱特几乎就要获胜了,因为在他尖刻冷酷的控诉下,他的母

---

① Jacques Lacan, "Desire and the Interpretation of Desire in *Hamlet*", trans. James Hulbert, in *Literature and Psychoanalysis: The Question of Reading Otherwise*, p. 12.

亲哀求说:"不要说下去了!你使我的眼睛看进了我自己灵魂的深处,看见我灵魂里那些洗刷不去的黑色的污点。""你把我的心劈为两半了!"可当她准备接受他的建议,并询问"我应当怎么做"时,他却突然在一段十分露骨而又高深莫测的演说中重新提起了她在性欲上的放纵:"我不能禁止您不再让那肥猪似的僭王引诱您和他同床,让他拧您的脸,叫您做他的小耗子;我也不能禁止您因为他给了您一两个恶臭的吻,或是用他万恶的手指抚摩您的颈项,就把您所知道的事情一起说了出来。"①

哈姆莱特完全被他母亲的欲望压倒了,他难以从这种欲望的裂缝中逃脱。拉康指出,对人类主体的形成而言,母亲的欲望是"一个永恒的维度"。在前俄狄浦斯阶段,幼儿其实已经丧失了与母亲合而为一的完满与至善,因为它在母亲的一切言谈中都听到了某种其他事物的回声,虽然它并不知道这种东西究竟是什么,但它已经模模糊糊地意识到这种东西对母亲非常重要,它是母亲所欠缺的。在右边这个欲望图中,最上层由两根曲线构成的问号之所以从O(Other)中生发出

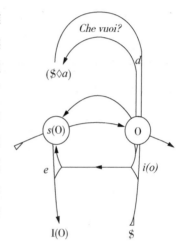

来,就是因为O表示的正是母亲②。正是在与母亲的关系中,幼儿第一次遭遇了无意识欲望。主体最初就是在母亲那里与欲望遭遇,母亲的欲望就是主体的欲望。幼儿想知道母亲究竟想要什么,母亲想要什么,幼儿就想成为那个什么,以便成为母亲所欠缺的东西,从而把自己提供给母亲,重新体验与母亲合而为一的完满。这个问号,这个弯钩之所以从母亲(O)开始,原因就在于此。母亲究竟想要什么?为了回答这个神秘的问题,主体只能构筑某种幻想,并在幻想中勾住某个他认为母亲所欠缺的事物,也就是自己欠缺之物。因此凡豪特说:"幻想是主体为了逃避欲望之不确定性所做的终极尝试,他以此为幻想赋予了最低

---

① 威廉·莎士比亚:《哈姆莱特》,朱生豪译,《莎士比亚全集》(九),北京:人民文学出版社,1978年,第89、91页。
② 在拉康的第二个欲望图中,O表示语言,或者能指的宝库,在当前的第三个图式中,它表示母亲,这并不矛盾,因为母亲就是最初的大他者,最初让主体遭遇语言的人。

程度的确定性。"①

哈姆莱特想勾住这个对象,但始终未能成功,因为他的母亲没有在俊逸卓越的父亲与猥琐的叔父之间做出选择。"你究竟想要什么?"哈姆莱特百思不得其解。拉康说:"要更好地理解这个问题,我们必须深入一个心理细节;如果不从决定这出悲剧的方向和意义的总体方向出发,这个细节就会成为一个不解之谜:这个永恒的维度如何触及了哈姆莱特意志的神经和精力。在我的图式中,他的意志就表现为作为 Che voui(你究竟想要什么?)这个问题之标记的弯钩,这个主观问题正是在大他者中才得以被构成和表达。"②

拉康还给我们提供了另外一个证据:还有一个细节证实了哈姆莱特迷失在母亲的欲望中。杀死波洛涅斯之后,克劳狄斯建议哈姆莱特离开丹麦去英国,哈姆莱特立刻表示服从;因此有了下面一段对白:

哈姆莱特:到英国去!
克劳狄斯:是的,哈姆莱特。
哈姆莱特:好。
克劳狄斯:要是你明白我的用意,你应该知道这是为了你的好处。
哈姆莱特:我看见一个明白你的用意的天使。可是来,到英国去!再会,亲爱的母亲!③

这场对话本来发生在哈姆莱特和克劳狄斯之间,他的母亲并不在场,但在这段对白末尾,哈姆莱特竟然说的是:"再会,亲爱的母亲!"哈姆莱特原本想说的是:"再会,亲爱的祖国(motherland)!"这里显然是一个口误,但精神分析学告诉我们,口误也是一种症状,是两种不相容的精神力量冲突的结果。因此,这个口误也明白无误地证明了母亲的欲望在哈姆莱特的心灵中念兹在兹,无日或忘。

拉康认为,在主体的形成过程中,俄狄浦斯情结是一个关键阶段;至关重要的是,母亲的欲望必须被抹除,必须因父亲的名字、父亲的法律的介入而被压抑,否则,孩子就会痴迷、滞留、受困于母亲的欲望中,父亲的名字、父亲的法律

---

① Philippe Van Haute, *Against Adaptation: Lacan's Subvertion of the Subject*, tans. Paul Crowe and Miranda Vankerk, New York: Other Press, 2002, p. 132.
② Jacques Lacan, "Desire and the Interpretation of Desire in *Hamlet*", trans. James Hulbert, in *Literature and Psychoanalysis: The Question of Reading Otherwise*, p. 12.
③ 威廉·莎士比亚:《哈姆莱特》,朱生豪译,《莎士比亚全集》(九),第99页。

就无法正常地建立起来；换句话说，孩子将始终滞留在母子之间二元的想象秩序中，无法顺利进入母亲－父亲－孩子之间三元的象征秩序；如此一来，必然发生的结果就是，孩子不能顺利正常地获得其主体性，也就是说，不能成为一个"正常的人"。但值得重视的是，俄狄浦斯情结的解决不是一劳永逸的，因为彻底抹除母亲的欲望是不可能的。正因为此，随着青春期的到来，主体将面临一场艰巨的考验；许多神经症患者就是在这一时期发病的。哈姆莱特的问题之关键尚不在父亲被害，而是父亲被害之后，母亲急不可耐地另寻新欢。正是这一事实复活了那个古老的问题，也就是他对母亲的欲望的好奇：你究竟想要什么？换句话说，面临人生中这种措手不及的重大打击，哈姆雷特带着怨恨重新沉迷进了母亲的欲望。发生在哈姆莱特身上的事情不是俄狄浦斯情结的复苏，而是俄狄浦斯情结的衰落。问题的关键不是哈姆莱特的欲望，而是母亲的欲望。拉康认为，导致哈姆莱特一再迁延不决的原因不是他的俄狄浦斯情结，不是他弑父娶母的欲望，恰好相反，原因在于他自己的欲望迷失了，迷失在了母亲的欲望之中而无力逃离。哈姆莱特从来没有自己的欲望，他竭尽全力想要弄清楚的是作为母亲的欲望之原因的对象 a，而不是他自己的对象 a，或者更准确地说，他从未有过自己的对象 a。故此拉康说："他从来没有为自己设定过一个目标，一个对象——一个选择，这个选择总是某种'随意的'东西。"①

前夫尸骨未寒，乔特鲁德就钻进了克劳狄斯的床帷，此间缺少了什么？缺少了必不可少的哀悼！哈姆莱特之所以重新沉迷——带着怨恨——进了母亲的欲望，就是因为在旧人去后新人来之间缺少了必不可少的哀悼。在第一幕中，哈姆莱特自己就曾直接对霍拉旭说："葬礼中剩下的残羹冷炙，正好宴请婚宴上的宾客。"而王后在推测哈姆莱特的病因时也说："我想主要的原因还是他父亲的死和我们过于迅速的结婚。"②拉康说："正是哀悼（的欠缺）使得哈姆莱特母亲的婚姻变得可耻。"③

---

① Jacques Lacan, "Desire and the Interpretation of Desire in *Hamlet*", trans. James Hulbert, in *Literature and Psychoanalysis: The Question of Reading Otherwise*, pp. 25—26.
② 威廉·莎士比亚：《哈姆莱特》，朱生豪译，《莎士比亚全集》（九），第 16、40 页。
③ Jacques Lacan, "Desire and the Interpretation of Desire in *Hamlet*", trans. James Hulbert, in *Literature and Psychoanalysis: The Question of Reading Otherwise*, p. 40.

二、哀悼与菲勒斯

弗洛伊德在《忧郁与哀悼》中指出，哀悼与忧郁的心理机制都在于主体认同于某个丧失的对象，将其结合进了他的自我。拉康指出，这不仅是我们正确理解哀悼的前提，也是我们正确理解法律所必需的维度之一。拉康提醒我们，应该将俄狄浦斯神话分为两个阶段：第一个阶段就是弗洛伊德在《图腾与禁忌》中阐明的原始罪行，只有在这桩原始罪行的基础上，法律秩序才是可以想象的；第二阶段就是当悲剧主角以及我们每个人重复这出古老的悲剧时，从法律与罪行的联系中发展出的东西；也就是说，悲剧主角以及我们每个人对这出悲剧的重复复兴了法律。

与《俄狄浦斯王》一样，在《哈姆莱特》中，在哀悼的底部有一桩罪行。但这两出悲剧仍有明显的差异：在《俄狄浦斯王》中，弑父娶母的罪行发生在悲剧主角这一代，而在《哈姆莱特》中，犯罪发生在悲剧主角的上一代。在《俄狄浦斯王》中，悲剧主角因为不知道自己正在做什么，所以他在某种程度上是受命运的支配；而在《哈姆莱特》中，罪行是经过精心策划的。但最关键的差异在于，在《俄狄浦斯王》中，哀悼得到了进行，惩罚得到了执行，法律建立起来了；而在《哈姆莱特》中，哀悼被取消了，惩罚没有实施，法律没有得到恢复，因为父亲不是得到认同而是被排除了。哈姆莱特的父亲是在熟睡之中被谋杀的，突如其来的罪行使他甚至得不到一个悔罪的机会，只能在毫无准备的情况下背负着全部罪恶去对簿阴曹。所以拉康说："《哈姆莱特》开始时的形势是完全不同的，虽然可以用相同的符号来表示它。从一开始，大他者（Other）就揭示了他自己是一个被排除了的大他者。他不仅被排除出人间，而且得不到公正的报偿。他只能带着这桩无法被人抵偿的罪行、这笔无法抵偿的债务进入地狱。事实上，对他的儿子来说，这就是他的显灵最可怕的含意。"①如果说俄狄浦斯可以通过惩罚自己（他最终似乎阉割了自己）来抵偿自己的罪行，那么，哈姆莱特却无计可施，无论他做什么，他的父亲都已落入万劫不复的地狱，发生在他父亲身上的罪行是无法抵偿的。作为发生在我们每一个人的无意识场景中的心理戏剧，俄狄浦斯罪

---

① Jacques Lacan, "Desire and the Interpretation of Desire in *Hamlet*", trans. James Hulbert, in *Literature and Psychoanalysis: The Question of Reading Otherwise*, p. 44.

行能从那种惩罚中得到什么抵偿呢?当然就是阉割。所以,"我们的调查随着其进展引领我们追问报偿与惩罚的问题,也就是说,追问那卷入了阉割中的菲勒斯能指的问题"①。

到此我们初步理解了哀悼与菲勒斯之间的关系。弗洛伊德在《忧郁与哀悼》中已经探索过这种关系,并将其与他所谓的"俄狄浦斯情结的衰落"联系起来思考。弗洛伊德曾明确指出:就主体必须为菲勒斯哀悼而言,俄狄浦斯情结进入了衰落;菲勒斯对主体之所以具有特殊的价值,原因在于主体的自恋。拉康赞同这一主张,但他认为弗洛伊德的"俄狄浦斯情结的衰落"遗漏了一些重要的问题。在弗洛伊德那里,俄狄浦斯情结的衰落就是俄狄浦斯情结的顺利克服,就是指主体接受父亲的象征阉割,将(对)母亲的欲望压抑下去。针对弗洛伊德的解释,拉康批评说:"参照这一切解释是没有意义的,除非它能使我们阐明弗洛伊德遗漏的东西。"②拉康对俄狄浦斯情结的衰落是这样理解的:

> 主体必须探索他与大他者这一领域的关系,亦即他与在象征域中组织起来的领域之间的关系;在这个领域中,他对爱的要求开始表达出来了。正是当他从这种探索中显现/形成,并将这种探索贯彻至终之时,菲勒斯的失落对他发生了,并被他体验为一种根本的失落。那么他如何回答这种哀悼的必然性呢?正是凭借他的想象域的合成……③

弗洛伊德的解释和拉康的解释区别何在?区别即在于弗洛伊德在象征秩序中理解俄狄浦斯情结的衰落,而拉康则在想象界中理解它。按照弗洛伊德的解释,我们只能将俄狄浦斯情结的衰落理解为俄狄浦斯情结的顺利克服,主体平安进入象征秩序,成为一个正常的人。拉康认为,这不是俄狄浦斯情结的衰落,而是它的完成。正如前文已经指出的那样,拉康将俄狄浦斯情结的发展分为三个阶段,因此,拉康或许认为俄狄浦斯情结的衰落是指主体止步或者退化到第二阶段。这就是发生在哈姆莱特身上的事情。

哈姆莱特的问题不是俄狄浦斯情结,而是俄狄浦斯情结的衰落——但要在

---

① Jacques Lacan, "Desire and the Interpretation of Desire in *Hamlet*", trans. James Hulbert, in *Literature and Psychoanalysis: The Question of Reading Otherwise*, p. 44.
② Ibid., p. 48.
③ Ibid.

拉康的意义上去理解。哈姆莱特在被父亲的亡魂告知真相之后，曾发出一声痛苦的喟叹："这是一个颠倒混乱的时代，唉，倒霉的我却要负起重整乾坤的责任！"(The time is out of joint. O cursed spite/that ever I was born to set it right!)①为什么哈姆莱特将为父报仇当作一件"倒霉的"事？如果他是一个正常的人，而且并不缺乏勇气——事实上他也不缺乏勇气，那么他应该毅然肩负起这一使命。他之所以将其当作一件倒霉的事，正是因为他在大他者的欲望，在母亲的欲望，在自己的菲勒斯幻想中迷失了自己的欲望。由此拉康声称："这就证实和深化了我们对《哈姆莱特》的理解，也就是说认为它可能阐明了一种颓废的俄狄浦斯形势，即俄狄浦斯形势的衰落。"②

拉康还指出了一个一直被人忽视的显著事实：每当哈姆莱特要采取某种关键行动时，在他的言行之中菲勒斯几乎无处不在：在他对奥菲利娅恶语相向时，在他对母亲极尽讽刺时，在他杀死波洛涅斯时，在他与雷欧提斯争相哀悼奥菲利娅时，甚至在他评论父亲与叔父时。拉康向我们指出，哈姆莱特对他父亲与叔父的评论是非常奇怪的，关于他的父亲，除了在相貌上极尽赞美之词，他从来说不出什么别的；关于他的叔父，除了极尽贬抑，说他是个"衣衫褴褛的国王"之外，他似乎也说不出什么别的。这种仅仅关注身体甚至肉体的评论难道不是隐晦地透露了他的菲勒斯幻想？所以拉康说："在哈姆莱特的悲剧中，不像俄狄浦斯的悲剧，在父亲被谋杀之后，菲勒斯依旧存在。它的确还在，而且正是克劳狄斯被召唤来体现了它。"③因此，最诡异的事情便是，父亲象征的菲勒斯现在在想象中出现在了真实的克劳狄斯身上："必定有某种非常强大的东西把她吸引到她的伴侣身边。哈姆莱特的行动正是围绕这个要点旋转和逗留，难道不是这样吗？这么说吧，他那受惊的精神在某种完全出乎意料的东西面前战栗不安：菲勒斯在此被安置在一个与在俄狄浦斯情结中完全不同的位置上。在此，将要受到打击的菲勒斯竟然成了一个真实的菲勒斯。所以哈姆莱特总是住手……人不能攻击菲勒斯，因为菲勒斯是一个幽灵，即使真实的菲勒斯也是如此。"④

---

① 威廉·莎士比亚：《哈姆莱特》，朱生豪译，《莎士比亚全集》(九)，第33页。
② Jacques Lacan, "Desire and the Interpretation of Desire in *Hamlet*", trans. James Hulbert, in *Literature and Psychoanalysis: The Question of Reading Otherwise*, p. 45.
③ Ibid, p. 50.
④ Ibid.

由此我们也到了回答另一个神秘之谜的时候了。哈姆莱特杀死波洛涅斯之后,将他的尸体藏了起来;当吉尔登斯吞问他把尸体藏在什么地方时,哈姆莱特说出了下面最让人费解的话:

哈姆莱特:他的身体和国王同在,可是国王并不和他的身体同在。国王是一件东西——

吉尔登斯吞:一件东西,殿下!

哈姆莱特:一件虚无的东西。①

拉康说:"用'菲勒斯'这个词语代替'国王',你们就会发现问题的关键就是——身体与菲勒斯问题密切相关,但反过来菲勒斯只与虚无(nothing)联系在一起:它总是从你的手指间滑过。"②这个细节再次证明了在哈姆莱特的无意识中,菲勒斯无所不在!但是,或许我们可以为拉康这个极为敏锐而又极具创意的解释做一点补充,也就是在从 king 到 phallus 的过渡中增加了一个中介,这个中介就是 Thing。鉴于这个词语在拉康学说中的独特地位,它与 king 读音上的近似,以及它在日常生活中可能具有的引申义,当它在哈姆莱特的舌尖滚动时,其内涵滑向 phallus 就是很自然的事情了。因此我们会得到一个三重能指链:

The boby is with the king, but the king is not with the body. The king is a thing(of nothing).

哈姆莱特为什么一再拖延?为什么他在复仇的最佳时机突然收起了手中的剑?至此,这个最艰难的谜被拉康揭破了。拉康指出:"不是恐惧——对克劳狄斯他只有蔑视,而是因为他知道他必须打击的东西不是那目前在场的东西。"③在克劳狄斯因为一瞬间的良心发现而忏悔时,哈姆莱特的确可以轻而易

---

① 威廉·莎士比亚:《哈姆莱特》,朱生豪译,《莎士比亚全集》(九),第 96 页。原文如下:Hamlet: The body is with the king, but the king is not with the body. The king is a thing. /Guildenstern: A thing, my lord! /Hamlet: Of nothing.

② Jacques Lacan, "Desire and the Interpretation of Desire in *Hamlet*", trans. James Hulbert, in *Literature and Psychoanalysis: The Question of Reading Otherwise*, p. 53.

③ Ibid., p. 51.

举地杀死他;但杀死他不是哈姆莱特的目的,他真正想要打击的是菲勒斯。但在克劳狄斯忏悔时,菲勒斯已不在他身上了,他不再是他要攻击的人了。

因为迷失于母亲的欲望之中,哈姆莱特一再拖延他的复仇大计,所以他的悲剧本质上也是一个时间问题。作为一个神经症患者,哈姆莱特力图在他的幻想对象上找到自己的时间感,他甚至想在这个对象中学会认读时间。但是他所幻想的那个对象,他在其幻想中勾住的那个对象,也就是他的母亲欠缺的对象,永远不会真正呈现在他面前,永远漂移在他前面。故此拉康说:"哈姆莱特一直被悬置在大他者(Other)的时间之中,从始至终。"①从时间的角度出发,我们可以这样来提问:他在等待什么? 当然,他在等待自己的时间。

在"戏中戏"的那一场,即第三幕第三场,面对与自己完全相似的罪恶,克劳狄斯惊魂不定,从而将自己的罪行暴露无遗。演戏结束后,哈姆莱特玩味着自己的胜利,按照约定前去见他的母亲,途中他撞见了祷告忏悔的克劳狄斯。他站在克劳狄斯身后,杀他只是举手之劳。克劳狄斯对随时可能发生的灭顶之灾一无所知,但哈姆莱特没有行动,因为这不是置他于死地的时间。这时候杀他,一方面太善良了,一方面又太残忍。因为祈祷是悔过自新的表现,不管他以后是否会继续作恶;这时候杀他,不但不能为父亲报仇,反而拯救了克劳狄斯。他认为自己必须等候:"不! 收起来,我的剑,等候一个更惨酷的机会吧;当他在酒醉以后,在愤怒之中,或是在荒淫纵欲的时候,在赌博、咒骂或是其他邪恶的行为的中间,我就要叫他颠踬在我的脚下,让他幽深黑暗不见天日的灵魂永坠地狱。"②当哈姆莱特识破克劳狄斯的阴谋,将计就计处死吉尔登斯吞和罗森格兰兹,从海上归来之后,他接下来本应该顺势而为执行他的复仇大计,但他仍然无所事事。他虽然立刻预感到了和雷欧提斯比剑中潜藏了阴谋,但仍然一口应承下来。拉康在精神分析实践中发现,时间是区分性变态与神经症的关键:"性变态的幻想是可以命名的。它在空间之中。它悬置了一种至关重要的关系。它不是非时间的,但确实在时间之外。神经症则相反,主体与处于幻想层面的对象的关系之基础在于他与时间的关系。这个对象充满了重要意义,而这种重要

---

① Jacques Lacan, "Desire and the Interpretation of Desire in *Hamlet*", trans. James Hulbert, in *Literature and Psychoanalysis: The Question of Reading Otherwise*, p. 17.
② 威廉·莎士比亚:《哈姆莱特》,朱生豪译,《莎士比亚全集》(九),第85—86页。

意义要在我所说的真理的时刻中去寻找,在真理的时刻中,这个对象总是处于另一时刻,要么太快要么太慢,要么太早要么太晚。"①这一发现的确在哈姆莱特的身上得到了印证:当哈姆莱特杀死波洛涅斯,杀死吉尔登斯吞和罗森格兰兹时,这个幻想中的对象就出现得太早了;或者更准确地说,在它没有出现的时候哈姆莱特以为它出现了;而当他面对克劳狄斯却迟迟不能下手时,它又出现得太晚了;或者说当它出现时,哈姆莱特以为它还没有出现。

其实哈姆莱特杀死克劳狄斯的机会很多,在他为自己的罪行忏悔时,在他想借刀杀人除掉哈姆莱特的阴谋被识破之后,在他挑拨哈姆莱特与雷欧提斯比剑之时。然而他一次又一次地犹豫不决:"他从未想过他的时间已经来了。不管以后会发生什么,这都不是大他者的时间,但是他中止了他的行动。无论哈姆莱特要做什么,他都只能在大他者的时间中去做。"②比如,他原本打算去威登堡,但其行未果。当他滞留于丹麦时,那是他父母的时间。当他悬置自己的复仇时,那是别人的时间。当他前往英格兰时,那是克劳狄斯的时间。当他马马虎虎地让罗森格兰兹和吉尔登斯吞前去送死时,那是这二者的时间。当悲剧向前发展,直到哈姆莱特突然认识到,杀死一个人并不困难,只需说声"一"的工夫就足够了,那是奥菲利娅的时间,是她自杀的时间。他对一切事情都来者不拒,因为他没有自己的事情,也就无需自己的时间。因为迷失了自己的欲望,哈姆莱特始终悬置在他者的时间之中。

什么时候他才能真正实施自己的行动?他要等到什么时候才能动手?对此拉康回答说:"这是菲勒斯的问题,除非他完全牺牲掉他的所有的自恋性依恋,也就是说,除非他受到致命的伤害并知道自己受到了致命的伤害,否则他永远不会有能力打击它。"③他最终杀死克劳狄斯也并不如他设想的那样,就像杀死波洛涅斯一样,他也是在仓促之间完成了他的复仇,也就是说,是在大他者的时间中完成的。他一直在等待自己的时间,但他自己的时间只有在他自己即将死亡的那一刻才会来临。只有在面对死亡之时,哈姆莱特才能找回自己那迷失的欲望,找回他自己;才会明白,至关重要的问题不是去弄清母亲(大他者)欠缺

---

① Jacques Lacan, "Desire and the Interpretation of Desire in *Hamlet*", trans. James Hulbert, in *Literature and Psychoanalysis: The Question of Reading Otherwise*, p. 17.
② Ibid., p. 18.
③ Ibid., p. 51.

的欲望对象是什么,而是他自己乃是克劳狄斯罪行的受害者。他在弥留之际呼喊道:"倘不是因为死神的拘捕不给人片刻的停留,啊!我可以告诉你们——但随它去吧。"①他想告诉我们什么?当然就是上述这一发现。这就是死亡对于哈姆莱特所具有的意义:"对哈姆莱特来说,没有哪一个时刻不是他自己的时刻。而且,他只有一种时刻:他被毁灭的时刻。《哈姆莱特》的全部悲剧就是这样构成的,它向我们展示了这个主体不屈不挠地奔向这一时刻的运动。"②哈姆莱特悲剧的特殊性在于他直到临死才知道自己究竟想要什么,所以他总是莽撞地向自己的死亡跑去。只有当哈姆莱特放弃其他所有自恋性的依恋,摆脱母亲的欲望,也就是说,只有当他不再渴望成为母亲欠缺的菲勒斯,他才能真正作为一个主体去欲望;但这个时刻只有当他受到致命的伤害并知道他即将死去时才会来临,此时他才能在自己的时间里将自己的行动付诸实施。

三、奥菲利娅(Ophelia)或哦-菲勒斯(O-phallus)

根据拉康,这出悲剧的核心不是哈姆莱特的欲望,而是母亲的欲望;不是"哈姆莱特为什么不能行动?"而是"哈姆莱特的欲望发生了什么事情?"哈姆莱特迷失了自己的欲望,他的整个存在都因为这个欲望的"黯淡"而受到决定。

奥菲利娅可以帮助我们理解这个问题。丹麦王子哈姆莱特的复仇故事是北欧古已有之的一个传说,在莎士比亚之前,已有许多别的作家以这个故事为题材创作过悲剧,比如 12 世纪的丹麦历史学家萨索·格兰马蒂库(Saxo Grammaticus)和 16 世纪的法国作家贝尔福斯特(Belleforest)。拉康注意到,在这些作品中,奥菲利娅被塑造成了一个诱捕哈姆莱特的诱饵,但哈姆莱特并未上当,一方面是因为他事先得到了警告,其次是因为奥菲利娅深爱着王子,拒绝与僭王合作。在莎士比亚的版本中,她的作用被扩大了。仅仅将奥菲利娅当作一个被哈姆莱特辜负了的痴心少女无助于把握她的重要性;她的重要性不在于她的纯洁、美丽和痴情,而在于她是哈姆莱特的幻想语法($\Diamond a$)中不可或缺

---

① 威廉·莎士比亚:《哈姆莱特》,朱生豪译,《莎士比亚全集》(九),第142页。
② Jacques Lacan, "Desire and the Interpretation of Desire in *Hamlet*", trans. James Hulbert, in *Literature and Psychoanalysis: The Question of Reading Otherwise*, p. 25.

的一个结构要素。拉康说:"莎士比亚借她来出其不意地捕捉哈姆莱特的秘密,因此她成为哈姆莱特的戏剧中最隐秘的元素,这出戏讲述的是一个迷失了其欲望道路的男人的故事。在哈姆莱特以其身不由己的行动一步步走向难免一死的归宿时,她提供了一个必不可少的支点。在这个主体身上有一个标准,按照这个标准,哈姆莱特的命运是由一个纯粹的能指来表达的。"①

哈姆莱特从前对奥菲利娅可谓一往情深,不仅多次与她约会,而且还给她写下了最热烈的情书:"你可以疑心星星是火把;你可以疑心太阳会移转;你可以疑心真理是谎话;可是我的爱永没有改变。"但是,在亡父的幽灵告诉他被害的真相之后,立刻一切都发生了改变。这个"天仙化人的""灵魂的偶像"在哈姆莱特的眼中突然变成了一切罪孽的孕育者,"将会生出一群罪人来",注定要受到一切诅咒。关于这种突兀的转变,一般有两种解释:其一是将其归因为哈姆莱特为了复仇大计而装疯所故意为之的表现,借此以麻痹周围的人,尤其是克劳狄斯。持这种观点的人一般都会把第二幕第一场中奥菲利娅向波洛涅斯转述哈姆莱特与自己相会时失魂落魄的表现当作他装疯的预演或者前奏,甚至当作一种暗示:不管以后我怎样对待你,你都不要受到迷惑,我是真心爱你的。这可能是最为人们普遍接受的一种解释。这种解释在情理上是成立的,也正因为此,它才被人广为接受,但就这出悲剧本身而言,这种解释却是完全不能成立的;因为哈姆莱特后来对待奥菲利娅的一切作为,都绝不是做作出来的,否则这出悲剧的价值就要大打折扣了。

弗洛伊德认为,哈姆莱特与奥菲利娅对话时表现出的对性欲的厌恶与自己推论的俄狄浦斯情结吻合,足以证明自己对哈姆莱特的拖延所做的解释。依据弗洛伊德,哈姆莱特对性欲的厌恶来自于他自己对母亲的非分欲望。如果是这样,那么理应受到哈姆莱特痛恨的人正应该是他自己,而非奥菲利娅;但我们在第三幕第一场中所能感受到的却只是他对奥菲利娅的刻薄与残忍。在这个场景中,哈姆莱特不仅以最恶毒的词语伤害这个美丽纯洁的姑娘,而且还一再(五次)以愤激的语气催促奥菲利娅"进尼姑庵去吧"。据拉康考证,尼姑庵(nunnery)这个词在莎士比亚时代还有"妓院"的意思。所以 nunnery 这个词语

---

① Jacques Lacan, "Desire and the Interpretation of Desire in *Hamlet*", trans. James Hulbert, in *Literature and Psychoanalysis: The Question of Reading Otherwise*, p. 12.

表达了哈姆莱特对待奥菲利娅时两种悖论性的态度：一方面是戒绝淫欲，做一个冰清玉洁的人，免得生出一群罪人来；另一方面是，尽管放纵你自己吧，满足你的一切淫欲。如果是因为俄狄浦斯情结而产生的负罪感，那么哈姆莱特应该谴责的是他自己，但我们在此所感受到的全部痛恨却无可怀疑地直接指向无辜的奥菲利娅。如此，我们怎么可能坦然接受弗洛伊德的解释？毫无疑问，无辜的奥菲利娅是一个替罪羊，是哈姆莱特"恨屋及乌"的替罪羊。那么哈姆莱特真正痛恨的人是谁呢？当然就是他的母亲。但这种痛恨首先表现为一种无意识的强烈好奇，甚至被这种强烈的好奇淹没。哈姆莱特对什么好奇？对他母亲的欲望。

哈姆莱特的命运纯粹受制于母亲的欲望，菲勒斯就是拉康用来表示母亲的欲望的能指；同时这个能指也表示主体因为接受父亲的法律、进入象征秩序而永远失落的快感。之所以说菲勒斯是一个纯粹的能指，那是因为这个能指永远不会有一个确定的所指，或者更准确地说，菲勒斯是一个根本就没有所指的能指。所以拉康说："我们的出发点就是：通过他与这个能指的关系，某种属于主体自己、属于他的生命的东西被剥夺了，这种东西承担了将他与这个能指捆绑在一起的那种东西的价值。菲勒斯就是我们用来表示他在符号化过程中受到的异化的能指。当主体被剥夺了这个能指，一个特殊的对象就为他变成了一个欲望对象。这就是 $\$ \lozenge a$ 的意思。"①

对于哈姆莱特来说，这个为他变成了一个欲望对象的"特殊对象"就是奥菲利娅。不过最诡异、最令人百思不得其解的是，"只有当哈姆莱特的欲望对象变成一个不可能的对象时，它才能重新成为他的欲望对象。"②在此之前，她只能是哈姆莱特诅咒的对象。哈姆莱特刻薄而冷酷地对待奥菲利娅，肆意贬低、羞辱她，对他来说，她一度成为他拒绝其欲望的象征。拉康说："在此发生的便是这个对象的毁灭和失落。对于主体来说，这个对象出现在了外在世界中。……他以其存在（being）的全部力量拒绝它，在他把自己牺牲掉之前，他不会再次发现它。正是在这个意义上，这个对象在此成了菲勒斯的等价物，占据了菲勒斯的

---

① Jacques Lacan, "Desire and the Interpretation of Desire in *Hamlet*", trans. James Hulbert, in *Literature and Psychoanalysis: The Question of Reading Otherwise*, p. 28.

② Ibid., p. 36.

位置。……在这个意义上,奥菲利娅就是菲勒斯,被主体作为表示生命的符号而外化并拒绝。"①也许人们会问,为什么只有当奥菲利娅死去之后,用拉康的话说,"变成了一个不可能的对象"之后,她才会重新成为哈姆莱特的欲望对象呢?这是因为"欲望的根本结构总是使人类的欲望对象具有一种不可能性。固念性神经症患者的特征尤其在于他强调自己与这种不可能性的对峙。换句话说,他装配起一切事物以便他的欲望对象变成表示这种不可能性的能指"②。拉康甚至援引海德格尔的哲学进一步加以解释:如果说人类经验中还有无法忍受的事情,那绝不是主体自己的死亡,而是他人的死亡,人绝不可能经验自己的死亡,我的死亡永远是别人的事情。正是在这种悲痛欲绝的哀悼中,哈姆莱特才认同了奥菲利娅的价值,才认同了自己的对象 a,但她/它已经失去了。然而正因为它已经失去了,所以它永远与主体同在,因为它以此被"并入"了主体。

  正是因为这个原因,我们才能理解哈姆莱特为何会与雷欧提斯在奥菲利娅的墓穴中展开争斗。此前,哈姆莱特不把奥菲利娅当作一个女人看待,在他的眼中,她只是一个未来的罪犯,一个各种罪孽的孕育者,命中注定要在诽谤中伤中悲惨死去。但当哈姆莱特一看见雷欧提斯在奥菲利娅的墓穴中却变得暴怒不已,并向雷欧提斯提出挑战。他不是早已不爱她了吗?难道雷欧提斯作为奥菲利娅的哥哥哀悼自己的妹妹有什么错吗?在拉康对此做出解释之前,似乎还没有人对这个情节做出过令人信服的解释。但是现在,这个谜题可以解开了:奥菲利娅因为死亡变成了一个不可能的对象,从而再次成为哈姆莱特的欲望对象。突然之间,这个对象重新获得了其直接性以及对于他所具有的价值。所以哈姆雷特才会悲痛欲绝地高调宣布:"哪一个人的心里装载得下这样沉重的悲伤?哪一个人哀痛的辞句,可以使天上的行星惊疑止步?那是我,丹麦王子哈姆莱特!"③他就是以这个激情的呼号表明自己重新找回了自己的欲望。他不能忍受雷欧提斯对奥菲利娅的哀悼,只是因为他不能忍受一个更能表达哀悼的对手:"我爱奥菲利娅;四万个兄弟的爱合起来,还抵不过我对她的爱。你愿意为

---

  ① Jacques Lacan, "Desire and the Interpretation of Desire in *Hamlet*", trans. James Hulbert, in *Literature and Psychoanalysis: The Question of Reading Otherwise*, p. 23.
  ② Ibid., p. 36.
  ③ 威廉·莎士比亚:《哈姆莱特》,朱生豪译,《莎士比亚全集》(九),第 128 页。

她干些什么事情？"①

此外，在此墓穴也成了表示这个对象的能指，死亡创造的这个洞坑等于文学字符的洞穴：二者都为一个缺失的能指的投射提供了可能，没有这个能指，欲望就找不到它的位置：

> 正如从象征秩序中被拒绝的东西重新出现在实在中一样，以同样的方式，因为失落而来的实在中的洞穴刺激了这个能指。这个洞穴为这个失落的能指的投射提供了地方，这个能指对大他者的结构是必不可少的。这个能指的缺席使大他者不能回答你的问题，这个能指只能用你的血、你的肉去购买，这个能指本质上就是被遮掩起来的菲勒斯。②

因此，哈姆莱特与雷欧提斯争斗，本质上是与一个想象的对手争夺自己的菲勒斯。雷欧提斯其实就是哈姆莱特的镜像。拉康非常仔细地阅读了最后那一幕决斗，注意到在对两位决斗者使用的剑所做的精心描写中有一个特殊的强调。莎士比亚使用的词语是"foil"（钝剑/陪衬），由此有了哈姆莱特的这个双关语："雷欧提斯，我的剑术荒疏已久，只能是你的陪衬；正像黑暗的夜里一颗吐耀的明星一般，彼此相形之下，一定更显得你的本领的高强。"③显然，哈姆莱特在此被捕捉进了与雷欧提斯的想象性竞争之中。

拉康认为，还有一个细节可以证明奥菲利娅正好位于哈姆莱特幻想结构中菲勒斯的位置上："我并不想鼓励你们去制造在那些精神分析文本中到处充斥着的废话。我只是对这一点感到惊奇：还没有人指出奥菲利娅（Ophelia）的意思就是'哦-菲勒斯'（O-phallus）。"④对此，笔者在网上看到精神分析学界有一些人认为拉康在此所作的引申并不正确，因为他们考证 Ophelia 这个词来自古希腊语（*wpheleia*），意思是帮助、援助，与 phallus 没有关联。这些学者的考证无疑是正确的，但笔者想说的是，他们恐怕误解了拉康。拉康在此并非要从语源学上考证 Ophelia 与 phallus 之间的关联，拉康真正想说的可能是，Ophelia 这个

---

① 威廉·莎士比亚：《哈姆莱特》，朱生豪译，《莎士比亚全集》（九），第 129 页。
② Jacques Lacan, "Desire and the Interpretation of Desire in *Hamlet*", trans. James Hulbert, in *Literature and Psychoanalysis*: *The Question of Reading Otherwise*, p. 38.
③ 威廉·莎士比亚：《哈姆莱特》，朱生豪译，《莎士比亚全集》（九），第 139 页。
④ Jacques Lacan, "Desire and the Interpretation of Desire in *Hamlet*", trans. James Hulbert, in *Literature and Psychoanalysis*: *The Question of Reading Otherwise*, p. 11.

名字的读音在哈姆莱特这个受困于菲勒斯快感的悲剧主角这里,始终向他强烈暗示了菲勒斯的存在。对神经症患者来说,任何事物都可能因为极为偶然的、个人性的关联而暗示出强烈的性象征含意。这也就是我们通常所说的"说者无心,听者有意"。

正是在这个意义上,拉康发现不仅 Ophelia 对哈姆莱特具有强烈的菲勒斯暗示,而且词语 between 这个词语对他也是如此,尤其是当这个词语和她母亲或者奥菲利娅联系起来时。在第三幕第二场,也就是戏中戏上演之前,乔德鲁特让哈姆莱特坐到她的身旁,哈姆莱特却转而问奥菲利娅:"我可以把我的头枕在您的膝上吗?"接下去甚至说:"睡在姑娘大腿的中间,想起来倒是很有趣。"①在第三幕第三场,当哈姆莱特试图劝说母亲不要到克劳狄斯那里去时,父亲的亡魂再次出现并对他说:"O, step between her and her fighting soul."(朱生豪译为:快去安慰安慰她正在交战中的灵魂吧),这时哈姆莱特首先想到的也是菲勒斯,因为"在她中间"的东西正是菲勒斯,而他始终不能做到的就是"step between her"。哈姆莱特欲知又不知的就是存在于母亲或奥菲利娅"中间"的菲勒斯究竟是什么,这就是他自己的欲望的局限和弱点。这个局限也是他的幻想的局限:哈姆莱特不知道他想要什么,因为他的幻想把他滞留在了困境之中。正因为此,拉康才要花费大量的精力去解释"幻想的语法",在这种语法中,被抹除的主体或者哈姆莱特不得不学习把他的欲望与促成这个欲望的对象联系起来,而且这个对象将"咬住"他并逼迫他据此行动。

拉康对《哈姆莱特》这出悲剧的阐释与弗洛伊德有何不同?对这个问题我们可以这样总结:(1)在弗洛伊德那里,关键是哈姆莱特对母亲的欲望,而在拉康这里,关键是他的母亲的欲望。(2)在弗洛伊德那里,哈姆莱特的拖延是因为在克劳狄斯的身上意识到了自己的欲望,所以他无法下手;但在拉康这里,根本不存在这个问题,哈姆莱特的拖延是因为他迷失了自己的欲望,他总是想等待自己的时间,但他不知道他的时间已经永远失去了,他只能在他者的时间中行动。(3)奥菲利娅在剧中、在哈姆莱特的欲望中的作用得到了深刻的揭示,她就位于哈姆莱特幻想结构中菲勒斯的位置上。

---

① 威廉·莎士比亚:《哈姆莱特》,朱生豪译,《莎士比亚全集》(九),第71页。

安提戈涅的辉煌

拉康的文学批评都是六经注我式的,因为其目的是借文学批评去建构和发展精神分析学。不过当我们进入其文学批评的具体论域时,必须暂时将这一论证逻辑颠倒过来,亦即根据他的精神分析学理论去理解他的文学阐释。因此,当我们试图理解拉康对《安提戈涅》的创造性解释时,必须清楚他是在精神分析的伦理学这个特殊语境中介入这出悲剧的。

一、安提戈涅的一意孤行

在开始着手讨论《安提戈涅》这出悲剧时,拉康首先评论了亚里士多德的悲剧理论。亚里士多德认为,悲剧的基本功能是在观众心中"激起怜悯和恐惧,从而导致这些情感的净化",为此它必须通过模仿和我们类似的普通人,"这种人在道德品质和正义上并不是好到极点,但是他的遭殃并不是由于罪恶,而是由于某种过失或弱点"。① 净化的结果就是让怜悯与恐惧这些强烈的情感得到宣泄（catharsis），从而产生一种"无害的快乐"，使精神得到抚慰。亚里士多德的净化论直到今天仍然是许多人理解悲剧的基本原则，但在拉康看来，这种理论对认识悲剧是很不完善的，甚至可以说是错误的，对《安提戈涅》这出悲剧尤其如此。拉康为我们指出了一个显而易见，但又为我们熟视无睹的一个基本事实：绝大多数悲剧主角都不是和我们类似的普通人，安提戈涅尤其不是一个和我们类似的普通人。拉康一开始就提醒我们注意：人们在《安提戈涅》中首先发现的就是安提戈涅。为什么？因为"安提戈涅有一种让人难以承受的辉煌"②。

索福克勒斯从未直接描写过安提戈涅的美，她的美并不表现在身材和面容上，而是集中体现在她那让人难以承受的辉煌之美中，而这种辉煌直接来源于她舍生忘死的一意孤行。毫无疑问，安提戈涅是一个非同寻常的人。她的"非同寻常"几乎表现在她的全部行为中：她的决心，她的行动，她的被捕，她的受罚，还有她的哀悼。她明知克瑞翁（Creon）的禁令以及违反禁令的结果，但仍然决定为波吕涅克斯（Polynices）举行葬礼。而且，在她与伊斯墨涅（Ismene）的谈话中，她直接把这道禁令针对的目标等同于自己。当伊斯墨涅拒绝她的建议之后，安提戈涅立刻断然说道："我再也不求你了；即使你以后愿意帮忙，我也不欢迎。你打算做什么人就做什么人吧；我要埋葬他。即使为此而死，也是件光荣的事。"③（v. 69—72）稍后当伊斯墨涅好心提醒她注意保密，并承诺自己会严守秘密时，换来的不是感谢，而是她更加尖酸刻薄的抨击："不——尽管告发吧！你要是保持缄默，不向大众宣布，那么我就更加恨你。"（v. 86—87）根据后来发生的事情，这些都绝非一时赌气之言。当克瑞翁责问她是否为波吕涅克斯举行了葬礼，以及是否知道禁止安葬波吕涅克斯的禁令和违反这一禁令的后果时，

---

① Aristotle, *Poetics*, trans. Joe Sachs, Newburyport MA: Focus Publishing / R. Pullins Company, 2006, p. 26, 37.

② Jacques Lacan, *The Ethics of Psychoanalysis*, p. 247.

③ 索福克勒斯：《安提戈涅》，罗念生译，《罗念生全集》（第三卷），上海：上海人民出版社，2004年。出自《安提戈涅》的引文，主要依据罗念生的汉译本，但本文还参阅了四个英译本：(1) Sophocles, *Sophocles*, ed. and trans. H. Lloyd-Jones, Cambridge: Harvard University Press, 2002. (2) Sophocles, *The Theban Plays*, trans. Ruth Fainlight and Robert J. Littman, Baltimore: the Johns Hopkins University Press, 2009. (3) Sophocles, *Antigone*, trans. Reginald Gibbons and Charles Segal, Oxford: Oxford University Press, 2003. (4) Sophocles, *Sophocles*(I), trans. F. Storr, London: William Heinemann Ltd., 1962, p. 362. 第4个版本是希腊文和英文的双语对照本。

安提戈涅直截了当承认了自己的所作所为,并坦陈死亡正是自己期待的事情:"我知道我会死的——怎么会不知道呢?即使你没有颁布那道命令。如果我在应活的岁月之前死去,我认为是件好事;因为像我这样在无穷无尽的灾难中过日子的人死了,岂不是得到好处了吗?"(v. 460—464)当伊斯墨涅被传讯上场时,安提戈涅再次表达了这个意愿,她对妹妹说:"你愿意生,我愿意死。"(v. 555)因此,安提戈涅的非凡之处就在于她的毁灭是她自愿选择的结果,或者更准确地说,是她热烈期望的事情。这就和其他悲剧主角有了显著的差异,如果说铸成俄狄浦斯、李尔王、麦克白斯、奥赛罗等人悲剧的原因是他们受到了诱惑和蒙蔽,那么安提戈涅对自己的行为具有完全清醒的认识。总之,安提戈涅的一意孤行成就了她那让人难以承受的辉煌之美。对此,歌队具有充分的感受。所以在第三场结尾,当克瑞翁盼咐士兵将她押送进石室禁闭至死时,歌队唱道:

> 爱罗斯啊,你从没有吃过败仗,爱罗斯啊,你浪费了多少钱财,你在少女温柔的脸上守夜,你飘过大海,飘到荒野人家;没有一位天神,也没有一个朝生暮死的凡人躲得过你;谁碰到你,谁就会疯狂。你把正直的人的心引到不正直的路上,使他们遭受毁灭;这亲属间的争吵是你挑起来的;那美丽的新娘眼中发出的鲜明热情获得了胜利;爱罗斯啊,连那些伟大的神律都被你压倒了,那不可抵抗的女神阿佛罗狄忒也在嘲笑神律。(v. 781—800)

在此,歌队赞美爱神爱罗斯(Eros)其实就是赞美爱欲,因为安提戈涅的辉煌之美就来源于她决不妥协的欲望。安提戈涅的美辉煌而壮丽,令人难以直视,从她身上放射出的光华似乎可以熔化一切,因为她那毫不妥协的决绝行动令人震惊。安提戈涅绝不是一个可以让人认同的对象,对所有常人来说,她都是一个让人难以理解而且不可承受的悲剧英雄。我们必须回答一个问题:安提戈涅明知为波吕涅克斯举行葬礼的后果只能是死路一条,那她为什么非得要这么做呢?对此安提戈涅似乎在剧本中为我们给出了答案:

> 波吕涅克斯呀,只因为埋葬你的尸首,我现在受到这样的惩罚。可是在聪明人看来我这样尊敬你是很对的。如果是我自己的孩子死了,或者我的丈夫死了,尸首腐烂了,我也不至于和城邦对抗,做这件事。我根

据什么原则这样说呢？丈夫死了，我可以再找一个；孩子丢了，我可以靠别的男人再生一个；但如今，我的父母已埋葬在地下，再也不能有一个弟弟生出来。我就是根据这个原则向你致敬。(v. 902—913)

安提戈涅提供的理由是，兄妹关系在所有伦理关系中最为特殊，尤其是在父母去世之后。但是，这个回答与其说是一个回答，不如说提出了一个更加亟待回答的问题：为什么兄妹关系是所有伦理关系中最为特殊的关系？事实上，这节歌词所透露出的丑闻气息曾让歌德震惊而且困惑，他甚至希望有朝一日人们会找到证据揭示这一节文字出于后人的篡改①。黑格尔也感受到了这里的特殊之处，但并不认为其中有任何丑闻气息；相反，正是这个细节让黑格尔就兄弟与姐妹之间的特殊关系发展出了一套宏大的理由，并进而以之解释悲剧的本质。

在黑格尔看来，这出悲剧的冲突双方，即安提戈涅和克瑞翁，前者代表家庭的伦理价值，后者代表城邦的政治理念，悲剧就是这两种理念的矛盾冲突，因为从各自的立场出发，二者具有相同的合理性。悲剧冲突就是两种同样合理又都不尽合理的"普遍力量"的对立冲突，于是，永恒的真理借悲剧人物的毁灭而得到伸张。黑格尔的这一解释似乎也可以从文本中获得直接的支持：当克瑞翁责问安提戈涅竟敢明知故犯时，安提戈涅回答说："我敢。因为向我宣布这法令的不是宙斯，那和下界神祇同住的正义之神也没有为凡人制定这样的法令，我不认为一个凡人下一道命令就能废除天神制定的永恒不变的不成文律条，它的存在不限于今日和昨日，而是永久的，也没有人知道它是什么时候出现的。我不会因为害怕别人皱眉头而违背天条，以致在神面前受到惩罚。"(v. 450—455)

既然安葬亲人是希腊人应尽的义务，是神的法律，那么我们有理由要求她对所有至亲一视同仁，但安提戈涅为什么要特别强调兄妹关系的特殊性，甚至将其提高到夫妻关系和母子关系之上？面对这一困境，黑格尔仍然为自己找到了说辞。黑格尔认为，现实生活中的伦理实体不是个别的自我意识，而是绝对精神在实际存在着的多元意识中的实现，也就是一种公共理念。作为现实的实体，这种精神是一个民族国家，作为现实的意识，它是民族国家的公民。这种集

---

① 据拉康在第7期研讨班中考证，1827年3月28日，歌德在他与约翰·彼得·艾克曼(Johann Peter Eckermann)的对话中表达了这种震惊。

体精神、公共理念就是黑格尔说的"人的法律"。当它以普遍形式出现时，它是众所周知的法律或者道德习俗；当它以个别形式出现时，它就是现实的政府。在目前这出悲剧中，它的代表就是克瑞翁，或者说克瑞翁自认为代表了它。所谓"神的法律"就是自然的伦理精神，其基本环节就是家庭。家庭，作为无意识的、尚属内在的概念，与概念的有意识的现实对立，作为民族国家的现实的元素，与民族国家本身相对立①。安提戈涅就是神的法律的代表。代表人的法律的政府是自身反思的、现实的精神，是全部伦理实体的唯一自我。它使各个单一的自我意识感觉到自己没有独立性，并使他们意识到只有在整体中他们才有生命。但个人作为独立的存在，总是要追求他神圣不可侵犯的自为存在和个人安全，家庭就是他们的庇护所，为此公共理念就受到了威胁。因此，社会共同体的存在依赖于将不同的男性个体从家庭中孤立出来，但要将这些不同的个体整合在一起，政府必须把战争任务委任给他们，使他们体验到主人和死亡的存在。但在此过程中，共同体会受到来自家庭的守护者女人的反对："由于共同体之所以能够继续存在下去，全靠它破坏了家庭幸福，把自我意识消溶于普遍之中，所以它就给自己制造了内在敌人，即是说，它把它所压制的而同时又从属于它的本质的东西、一般的女性，造就为它自己的内在敌人。女性——这是对共同体的一个永恒的讽刺——她竟以诡计把政府的公共目的改变为一种私人目的，把共同体的公共活动转化为某一特定个体的事业，把国家的公共产业变换为一种家庭的私有财富。"②黑格尔认为，家庭由三种关系构成：夫妻关系、亲子关系和手足关系。夫妻关系不是在它自身中而是在子女中得到实现，夫妻关系本身就是由这种他者形成的，并在这种他者（子女）的形成中消逝。亲子关系则相反，在这种关系中，子女在他者（父母）的消逝中形成，成长为自为的存在。上述两种关系是彼此过渡的，至于手足关系则是一种彼此毫无混淆的关系。他们同出一脉，但彼此独立。手足关系中的两性既不像夫妻那样彼此欲求，他们实现自为的存在也不依靠对方。但黑格尔认为，正是这种起源上的亲密与成长后的独立导致了弟兄的死亡成为姐妹无可弥补的损失，因此姐妹对弟兄的义务是最高的义务。

---

① 黑格尔：《精神现象学》下卷，贺麟、王玖兴译，北京：商务印书馆1979年，第6—7页。
② 同上书，第31页。

在拉康看来，像黑格尔这样诉诸文本之外的历史去解释文本之内的问题，事实上是行不通的。最重要的是，拉康根本不赞同黑格尔根据两种话语之间的冲突去解释安提戈涅与克瑞翁的矛盾。一言以蔽之，拉康认为安提戈涅对克瑞翁的反抗根本不是一种法律对另一种法律的反抗。在安提戈涅与克瑞翁的第一场对话中，她的确曾明确说道："我不认为一个凡人下一道命令就能废除天神制定的永恒不变的不成文律条。"(v.453—455)就此而言，她似乎真的是遵照神的法律对抗克瑞翁。但拉康通过无比精细的阅读，找到了大量相反的证据，表明她的行为并非出于对某种律法的遵守和捍卫，而是完全出于她自己的自由意志，由她自主。比如在目送安提戈涅被押送到活埋她的石室时，歌队唱道："你这样去到死者的地下是很光荣，很受人称赞；那使人消瘦的疾病没有伤害你，刀创的杀戮也没有轮到你身上；这人间就只有你一个人由你自己做主，活着到了冥间。"(v.817—821)剧中歌队两次强调安提戈涅的自主性："这个女儿天性倔强，是倔强的父亲所生；她不知道向灾难低头。"(v.471—472)在第四场，歌队再次对安提戈涅说："你倔强的任性害了你。"(v.875)安提戈涅的"倔强"岂不正是她绝对自主性的体现？她的言行和歌队的咏唱，都向我们表明，安提戈涅的行为绝非为了捍卫神的法律。正常情况下，人们遵守法律乃是因为不得不遵守，因此，在可以不遵守法律的时候仍然遵守法律，这种遵守就已经不是一种对法律的遵守了。安提戈涅可以不遵守神的法律，没有谁会因此惩罚她；相反，遵守神的法律反而会招致灭顶之灾，可是她仍然要遵守。原因究竟何在？基于这种细读，拉康毫不留情地说："对我来说，黑格尔在任何地方都比在诗学领域里更强，无论如何这都是实情，就他关于《安提戈涅》的评论而言，这一点尤其真实。"①

如果两种法律、两种话语的对立不能解释安提戈涅何以执意要为波吕涅克斯举行葬礼，那么这一舍生忘死的执着究竟是因为什么呢？或者说得更直接一些，波吕涅克斯的独特性如果不是源自兄妹之间特殊的伦理关系，那么它来自哪里呢？在这出悲剧刚刚开始的时候，当伊斯墨涅提醒安提戈涅安葬波吕涅克斯的后果时，安提戈涅回答说，尽管克瑞翁下了禁令，她还是要为波吕涅克斯举行葬礼，因为"他仍然是我的哥哥"(v.45)。在安提戈涅与克瑞翁的第一次激烈

---

① Jacques Lacan, *The Ethics of Psychoanalysis*, p. 249.

辩论中，克瑞翁指责安提戈涅不应该平等对待波吕尼克斯和埃特俄克勒斯，作为攻打城邦的敌人，波吕涅克斯死后不配获得尊重，而应暴尸荒野。但安提戈涅认为，尽管波吕涅克斯是城邦的敌人，他仍然应该被安葬，因为"死去的人不是奴隶，而是我的哥哥"（v. 517）。对此，人们一般认为这正好佐证了波吕涅克斯对安提戈涅具有特殊伦理价值，但是拉康并不这么认为。在拉康看来，虽然安提戈涅一再强调"他是我的哥哥"，其实这些词语已经变成了清空了所指的能指：波吕涅克斯是善是恶已经不重要，他是城邦的敌人也不重要，他没有权利享有与埃特俄克勒斯平等的身后尊荣也不重要，甚至他与安提戈涅具有完全相同的血缘关系也不重要。总之，他是一个什么人，他生前干了什么或者没干什么，已经完全不重要了。不管他生前是什么人，不管"波吕涅克斯"这个能指的所指究竟是什么，只要他是这个能指，只因他是这个能指，他就应该享有基本的葬礼。正是在这个意义上拉康说，安提戈涅对克瑞翁的抗辩应该这样来理解："我的哥哥是他所是，正因为他是他所是而且只有他能是他所是，我才走向了这个致命的极限……正是这一点驱使我反对你的敕令。"①也就是说，"安提戈涅援引的权利不是别的，而是一项从语言之中出现的权利，语言使存在者变得不可消除——所谓不可消除，意思是说，自从突然出现的能指超越一切变迁的洪流，将存在者冻结成一个固定的对象的那一刻起，存在者就不可消除了。存在者存在，安提戈涅不可动摇、不可屈服的立场就固定在这个存在者，这个表面上面"②。对此基泽尔解释说："对拉康来说，波吕涅克斯的唯一性完全不可能来自于他在家族谱系中占据的位置，而是来自于他在象征秩序中占据的位置，不管他做了什么或者没有做什么。换句话说，使波吕涅克斯与众不同的纯粹是这个事实，即他是一个能指。"③说波吕涅克斯是一个能指，当然不是说他变成了一个词语，而是说他凭借这个能指在象征秩序中占据了一个位置，从而拥有了作为一个"人"不可剥夺的最基本的权利。这权利来自于能指，来自于象征秩序，与他和安提戈涅的血缘关系无关，与他生前的行为无关。"波吕涅克斯"这个能指，"他是我的哥哥"这些能指，只有一个意义：他是一个"人"。因此拉康稍后进

---

① Jacques Lacan, *The Ethics of Psychoanalysis*, pp. 278—279.
② Ibid., p. 279.
③ Marc De Kesel, *Eros and Ethics: Reading Jacques Lacan's Seminar VII*, trans. Sigi Jottkandt, Albany: State University of New York Press, 2009, p. 218.

一步澄清说:"安提戈涅的立场再现了那个基本限度,这个基本限度证实了他的存在的唯一价值,而无须指涉任何内容,不管波吕涅克斯的行为是善是恶,不管他是什么人。这里所说的唯一价值本质上是语言的价值……这种纯粹性,即他的存在与他曾经经历过的那些历史剧之性质的纯粹分离,就是安提戈涅所着迷的限度或**无中生有**。语言的在场在人的生命中所开创的无非不过就是这种断裂。"① 名字与名字所命名的人本身,当然不是一回事,但人只有借助名字或者能指才能作为人而存在,且因此拥有人最基本的权利。更重要的是,人一旦因为名字/能指在象征秩序中获得了一个位置,这个位置就永远属于他,他不会因为死亡失去这个位置,也不会因为生前的善恶失去这个位置。也就是说,虽然波吕涅克斯是个敌人,虽然他已经死去,但他不会消失,人们不能在他死后就当他从来没有存在过。他的生命虽然已经结束,但名字/能指已经将他永远固定在了象征秩序中。能指使他超越了自然的生死存亡,并保证他的价值不会因为他的死亡而消失。对此基泽尔解释说:"不是安提戈涅自己(或者她对他的依恋)让波吕涅克斯变得独一无二。他之所以独一无二,乃是因为(克瑞翁的)法律企图驱逐和摧毁他。如果安提戈涅承担起了这个独一无二的'被驱逐的'人的事业,这是为了表明,正是他作为能指的身份使他对法律的摧毁获得了免疫力。法律对待波吕涅克斯不能当他从来没有存在过。如果它试图这么做,只会使他作为一个能指更加明显地存在。安提戈涅试图以她的自主行动来证实的正是他这种作为能指的身份。"②

总之,波吕涅克斯的唯一性并非来自于他与安提戈涅的伦理关系,他们俩的伦理关系是最普通不过的兄妹关系,这种关系绝不会因为父母的去世就变得非比寻常,更不会特殊到让安提戈涅为之付出自己的生命。他的独特性或唯一性仅仅来自于象征秩序,正是象征秩序赋予了他理应被安葬的权利。安提戈涅的一意孤行与波吕涅克斯本人根本没有关系,如果我们真的相信了安提戈涅的哭诉,像黑格尔那样苦心孤诣地为之寻找理由,我们就被诱入了一条死路。

---

① Jacques Lacan, *The Ethics of Psychoanalysis*, p. 279.
② Marc De Kesel, *Eros and Ethics: Reading Jacques Lacan's Seminar VII*, p. 219.

二、物与死亡欲望

安提戈涅的任性要从她自身去解释。依据希腊文的《安提戈涅》，拉康发现剧中有一个术语反复出现："这个术语位于《安提戈涅》整出戏剧的中心，被业已重复了二十次；鉴于这个文本是如此简短，听起来似乎被重复了四十遍；当然，人们还是没有把它读出来：ατη (atè)。"① 埃特(Atè)是希腊神话中的伤害女神，她专门引诱迷惑人们，使他们头脑发热，处于愚蠢、分心或者执迷不悟的状态，从而做出最终有损自己的蠢事。的确，人们遭受悲惨的厄运，往往是因为愚蠢或者受到引诱，但安提戈涅不是这样，她的毁灭是她超越埃特的主动选择，是知其不可为而为之的九死而犹未悔，而非源于无知和莽撞的咎由自取。比如歌队在第二次幕间合唱中，两次以暗喻的方式吟唱了安提戈涅的行为超越了埃特的蒙蔽和诱惑。其一是："现在和将来，正像在过去一样，这规律一定生效：人们的过度行为会引起灾祸。"②(v. 610—614)罗念生的译文准确再现了歌队对安提戈涅的判断：她的灾祸是由她的过度行为引起的，而非源于被蒙蔽。不过也有不足之处，因为他遗漏了"至福一定会引起灾祸"这个重要的含义。通行的几个英译本则没有这个问题，以不同形式传达出了这层含义，但似乎遗漏了原文对"过度行为"的强调。不过"至福一定会引起灾祸"，也不能从通常的寓意去理解，仿佛歌队想要讽喻世人祸福相倚的哲理似的。歌队绝没有这个意思，因为从语境来看，安提戈涅并没有什么从天而降的好事。在此至关重要的是，必须将"过度行为"与"至福"统一起来。表面上看，"过度行为会引起灾祸"与"至福会引起灾祸"是两种截然不同的翻译，

---

① Jacques Lacan, *The Ethics of Psychoanalysis*, p. 262. 据苏姗妮·赛义德(Suzanne Saïd)在其著作《悲剧的错误》(*La faute tragique*)中统计，atè 曾出现 9 次，分别在第 4，185，533，584，614，624，862，1097—1260 诗行。基泽尔认为，这个词语在第 625 行中也出现了，因此总共出现了 10 次。但在通行的英译本和汉译本中，atè 这个词语都消失了。

② εκτος αταζ 最直接的英译是 beyond atè。这几行歌词的翻译各不相同。费恩莱特和利特曼(Ruth Fainlight & Robert J. Littman)将其翻译为："In the present and the future, as in the past, the same law prevails: that man who thinks himself the most blessed and fortunate will fall the furthest." 吉布森和赛戈尔(Reginald Gibbons & Charles Segal)将其翻译为：What comes after and / What came / Before, only one Law can account, / Which is that into the life / Of mortal beings comes / Nothing great that lies / Beyond the reach of ruin. 罗伊德-琼斯(H. Lloyd-Jones)将其翻译为："For present, future and past this law shall suffice: to none among mortals shall great wealth come without disaster."

似乎其中必有一方是错误的一样。然而借助拉康的解释，我们会发现这两种翻译各有道理，因为安提戈涅之所以会做出"过度行为"乃是因为她想追求她的"至福"。但是，这"至福"或者"极乐"不是别的，而是随后这几行歌词所唱的"邪恶"和"坏事"："明哲之士曾经有言：对于神要摧毁的人来说，邪恶的东西反而美好（坏事会被当作好事）；他们即将遭到厄运，只不过暂时还没有灾难罢了。"①（v. 621—625）安提戈涅为什么会把邪恶当作美好，把坏事当作好事？莫非她受到了埃特的蒙蔽？恰好相反，拉康认为，这其实证明她超越了埃特。因为超越了埃特，常人眼中的邪恶对她来说却是美好的，常人避之唯恐不及的坏事对她来说却是求之不得的好事。是以拉康说："超越埃特（εκτος ατας）在剧本中具有超越界限的意义。正是围绕这个见解，歌队在那一刻开始歌唱，其方式与它说人走向埃特（προς ατας / toward Atè）相同。就此而言，希腊语的整个介词体系非常重要且非常具有意味。正因为人把邪恶当作美好，正因为某种超越了埃特界限的东西变成了对安提戈涅来说美好的东西，她才走向埃特。"②

　　安提戈涅的毁灭是她超越埃特的自主选择，正如安提戈涅对伊斯墨涅所说："你愿意生，我愿意死。"（v. 555）这一点完全为歌队所知，所以歌队不断重复说安提戈涅已经超越了埃特。一个超越了埃特的人，一个向着火坑义无反顾纵身跳入的人，必然是一个越过了正常界限，迥异常人的人。伊斯墨涅对此看得很清楚，所以她说："你走得太远了，我为你感到害怕。"（v. 82）正是在这个意义上，拉康说："安提戈涅的谜就是这样向我们呈现的：她是没有人性的。"③当然，我们不要在"令人恐怖"的意义上理解她，说她"没有人性"，因为从人之常情来看，她的选择是不可思议的，因而让人无法认同，更无法效仿。所以，在安提戈涅振振有词地向克瑞翁声明自己的理由，以及自己从容赴死的决心之后，歌队不失时机地哀唱道："这个女儿天性倔强，是倔强的父亲所生；她不知道向灾难

---

①　费恩莱特和利特曼将其翻译为："It was a wise man who told how evil shows the fairest face to those whom the gods will destroy. They soon meet their doom—live but a short time before disaster." 吉布森和赛戈尔将其翻译为："Kept before us the Famous saying that / A moment will come / When what is bad / Seems good to the / Man whom some / God is driving toward / Ruin. Only a short / Time does he stay / Beyond the reach of ruin." 罗念生的译文是："是谁很聪明地说了句有名的话：一个人的心一旦被天神引上迷途，他迟早会把坏事当作好事；只不过暂时还没有灾难罢了。"

②　Jacques Lacan, *The Ethics of Psychoanalysis*, p. 270.

③　Ibid., p. 263.

低头。"(v. 471—472)在第四场,歌队再次对安提戈涅说:"你倔强的任性害了你。"(v. 875)"倔强"(ωμος)这个词语,鲁斯·费恩莱特和罗伯特·利特曼(Ruth Fainlight & Robert J. Littman)的英译本译为 wild(野蛮,狂野),瑞吉纳德·吉布森和查尔斯·赛戈尔(Reginald Gibbons & Charles Segal)的英译本译为 fierce(凶猛,狂热)。拉康认为:"这个词(ωμος)最好被翻译为'不屈不挠'。它的字面意思就是指某种难以文化的东西,未开化的(raw)东西。当用 raw 来形容吃生肉的人时,这时的 raw 最接近其意思。这就是歌队的观点。"①不管将我们将 ωμος 翻译为"狂野"还是"狂热",抑或"不屈不挠",这个词语都表明安提戈涅的行为已经完全超越了埃特的引诱和蒙蔽,是她一意孤行的选择。

然而拉康真正想说的是,安提戈涅执意为波吕涅克斯举行葬礼,不仅不是为了捍卫神的法律,甚至也不是为了捍卫象征秩序为后者赋予的基本权利。对法律的真正服从必须是一种被动的服从,一种不得不服从的服从。法律的强迫性和伤害性就来源于此。任何对法律的自愿服从和绝对服从必然不是对法律本身的服从,而是对主体自己欲望的服从。当安提戈涅执意为波吕涅克斯举行葬礼时,她所服从的并非法律,而是她自己的欲望。是以拉康说:"正因为她在此走向了埃特,甚至是超越了埃特的界限,歌队才对安提戈涅产生兴趣。它说她是通过她的欲望超越埃特的界限的人。埃特不是 αμαρτια(hamartia),也就是说,不是什么过失或者错误,它与做出某种愚蠢的事情无关。"②

但在第四场,当安提戈涅即将被押送进活埋她的石室之中的时候,这个无比倔强、冥顽不化、"非人"的悲剧英雄突然泪如雨下,为自己还没有听过婚歌、进过新房,享受过人世的快乐就被活埋进石室,爆发出令人震撼的长篇控诉。(v. 806—920)这些控诉似乎与她此前决然不顾的一意孤行截然对立,亚里士多德认为它们证明了安提戈涅此前的行为受到了埃特的蒙蔽,现在终于感到恐惧和懊悔。在拉康看来,"这是一种荒谬的曲解,因为从安提戈涅的观点来看,只有从那个界限之处——在那里她的生命已经失去了,在那里她已经到了生存的另一边——生命才能被接近,被经历(live),或者被思考。但从那个地方,她可

---

① Jacques Lacan, *The Ethics of Psychoanalysis*, p. 263.
② Ibid., p. 277.

以将生命当作某种业已失去的东西来看待和经历"①。拉康认为,安提戈涅此刻的哭诉与她此前的行为绝不对立,因为这哭诉表现的并不是后悔,而是对自己生命的哀悼。对她来说,石室不是一个空间,而是一个界限,生死之间的界限。这个界限划分了生死,但它既不属于生命,也不属于死亡。所以她才会说:"我既不是住在人世,也不是住在冥间,既不是同活人在一起,也不是同死者在一起。"(v. 850—851)但我们同时也可以说,这个界限既是死亡之地,也是生命之所。它是生死的零度。正因为她位于这个界限之处,她才能经历和思考她的生命。如果她一直活着,她不可能哀悼自己,如果她已经死了,她也不可能哀悼自己。安提戈涅的悖论就在于此:只有位于生死的零度,只有在生命即将失去而又尚未失去之际,她才能经历和思考生命。因此,安提戈涅的哀悼不是亚里士多德意义上的怜悯与畏惧,怜悯与畏惧的内核是忏悔,为自己的过失忏悔;但我们知道,安提戈涅对自己的所作所为没有丝毫忏悔,更不曾对死亡感到丝毫畏惧。

《安提戈涅》这出悲剧,安提戈涅这个悲剧英雄,其核心不是法律,而是欲望。这是一种什么欲望?当然就是死亡欲望。这种死亡欲望当然最纯粹地表现在她的行动中,但在她与伊斯墨涅和克瑞翁的对话中也无处不在。其中最直截了当的表达出现在她与伊斯墨涅的最后对话中:"你愿意生,我愿意死。"(v. 555)

拉康之所以在其探讨精神分析的伦理学这期研讨班中将《安提戈涅》作为一个核心文本,正是因为安提戈涅这个两千年前诞生的悲剧英雄完美地再现了他对超越了大他者(语言)的纯粹欲望,即死亡欲望,所做的深刻思考。但是,如果我们想准确把握拉康在此想要表达的要旨,就必须对他关于主体、语言和欲望的基本理论有一个基本理解。拉康对死亡欲望的理解与弗洛伊德已经大不相同,后者对死亡欲望的理解还残存一定的生物主义色彩。但拉康完全是根据俄狄浦斯情结来理解死亡欲望。对拉康来说,主体化的关键乃是俄狄浦斯情结:必须以父亲的名字压抑母亲的欲望,从而将幼儿带出母子合而为一的想象界,使其进入由父亲的法律主导的象征秩序。就此而言,乱伦禁忌乃是一种象征阉割,是语言能指对实在的切割。没有这种能指切割,幼儿将滞留于母亲的欲望,永远不能成为一个正常的主体。当然,主体必须接受这种表意切割,因为这是一个要钱还是要命的伪选择。那被语言(象征秩序)切割掉的东西是什么

---

① Jacques Lacan, *The Ethics of Psychoanalysis*, p. 280.

呢？就是能完全满足作为力比多存在(libidinal being)的我们的**物**①。在进入象征秩序之前，前主体之所以有一种无所欠缺的满足感，就是因为它在想象中体验了与**物**为一的极乐。经受表意切割之后，主体的欠缺再也不能由**物**来填补，**物**已经被大他者切割掉了，作为弥补，大他者(语言)为主体提供一个又一个的能指来填补。所以拉康说"人的欲望就是一个换喻"②。也就是说，主体不再通过拥有**物**获得满足，而是通过迎合大他者的欲望获得满足，把大他者的欲望当作自己的欲望。故此拉康说："人的欲望就是大他者的欲望。"③总之，经过表意切割之后，快乐原则抑制了死亡冲动，快乐(pleasure)取代了快感(jouissance)。与人们对快乐原则的通常理解不同，甚至与弗洛伊德的理解不同，拉康认为，快乐原则并不是一种放纵不羁的原则，它本身就是对享乐的限制。作为一种法则，快乐原则不是推动主体尽情享乐，而是要求主体尽可能少地享乐。在快乐原则的支配下，主体仍然服从象征命令，仍然停留在象征秩序之中，他获得的快乐是象征秩序允许的快乐，因为他那被满足的欲望本质上是大他者的欲望。对快感的禁止本质上内在于象征秩序，进入象征秩序的条件就是放弃快感。是以基泽尔指出："对拉康来说，快乐经济的策略在于，我们在实在层面上所'是'的那种不可承受的欠缺被能指层面的欠缺替代了，能指的工作就是在欠缺的基础上展开的。**不可能的**真实欠缺被一种操作性的语言性的欠缺替代了。这就是说，人类的'自己'仅仅作为某种能够被这些能指**代表**的东西而存在，而不是真的'在场'。因此才有拉康的这个论题：'我是他者。'作为一个真实的存在，它'总是死了'，因为它总是已经消失在了能指链之下。用《安提戈涅》的隐喻来说

---

① **物**(Thing)是拉康精神分析学中一个非常重要的概念，意指实在界中那个能够一劳永逸地满足主体，让其获得极乐的事物，但这个**物**一开始就被语言切割掉了。之所以称之为"物"，乃是因为它是一个不可想象，不可言说，无以命之的东西。老子将先天地而生，独立不改，周行不殆的混成之物强名之曰"道"，拉康更加彻底，并不为之安排一个专名，索性仿照海德格尔干脆将其称之为"物"。拉康所说的物，其实就是象征性的 Phallus，拉康后期将其称之为 object a。

② Jacques Lacan, *Écrits*, p. 439.

③ Jacques Lacan, *The Four Fundamental Concepts of Psychoanalysis*, p. 235. 这一箴言主要有四层意思：一、人的欲望就是成为他者的欲望对象，被他者欲望，或者他者承认。二、正是作为他者，主体才有所欲望。也就是说，主体是从他者的角度去欲望的；主体对某物产生欲望，乃是因为他者对某物有欲望。主体欲望的是他者的欲望，或者说主体只欲望他者所欲望的东西。三、主体的欲望对象是一个他者，是禁止欲望的事物。四、主体的欲望始终是对其他事物(something else)的欲望。所以才会有欲无止境，欲壑难填之说。

就是，主体严格说来总是被'活埋'了。"①经过表意切割之后，人的生命只能在象征秩序中展开；而死亡欲望，在拉康看来，就是主体以生命为代价对象征秩序的突破，以便重新捕获那因为俄狄浦斯情结而被切割掉的，能够为主体带来极乐的物。

如果将人的本质定义为一种力比多存在，那么经过表意切割之后，人其实已经死亡，因为他/她的生存只能在象征秩序或者能指链中展开。正如基泽尔所说："作为一个真实的存在，人总是已经'死了'。这一思想位于拉康主体思想的核心深处。一旦成为主体，即能指的运送者，人就丢掉了他们真实的存在，并只能凭借代表他们的能指生活。"②安提戈涅对伊斯墨涅说："你还活着，但我的生命早就已经结束了。"(v. 559—560)安提戈涅为什么说自己早就已经死了？因为她早就存了必死之心。为什么呢？因为她的身世让她无法在象征秩序中适得其所，作为乱伦关系的产物，生命对于她来说完全是不可忍受的。这一点，她在出场之初就已经明白道出："啊，伊斯墨涅，我的亲妹妹，你看俄狄浦斯传下来的诅咒中所包含的灾难，还有哪一件宙斯没有在我们活着的时候使它实现呢？在我们俩的苦难中，没有一种痛苦、灾祸、羞耻和侮辱我没有亲眼见过。"(v.1—9)安提戈涅之所以敢于挑战克瑞翁的禁令，乃是因为她清楚自己已经死了。对于一个期待死亡且已经死亡的人来说，死亡怎么可能对她还有威慑力？拉康之所以对这出悲剧格外重视，原因之一就在于安提戈涅虽生犹死的命运以文学的形式，完美展现了拉康从精神分析学上对人的生存所做的揭示。

安提戈涅反抗克瑞翁的禁令看似为了捍卫神的法律，其实对她来说，是象征秩序本身的错乱或失败导致了象征阉割的不彻底，物之残留使得象征秩序变得更加不可忍受了。象征秩序的残缺使得安提戈涅比其他人更加接近**物**，但其结果不是更多的快乐，而是痛苦，因为主体所能承受的快乐总是有限的。超越这个限度，快乐就变成了痛苦。拉康所说的快感就是这种非象征的、与痛苦混一的快乐。主体从症状中获取的就是这种痛苦的快乐。突破象征秩序，违反快乐原则，向**物**和快感挺进的冲动就是拉康所说的死亡冲动，即一般意义上的死亡欲望。因此，通向**物**的道路就是通向死亡的道路。

---

① Marc De Kesel, *Eros and Ethics: Reading Jacques Lacan's Seminar VII*, p.214.
② Ibid.

与伊斯墨涅不同,安提戈涅无法回避自己尴尬的身世,无法在象征秩序中安置自己。安提戈涅,作为违反生育法则的产物,极度渴望以一种辉煌的毁灭来摧毁自己被诅咒的生命,并由此体验那种只有毁灭才能带来的至上快感。当安提戈涅以飞蛾扑火的决绝姿态为波吕涅克斯举行葬礼时,她就走在这条死亡之路上。表面上看,她反抗克瑞翁的禁令是为了捍卫神的法律,其实她的真正目的是要拥抱那个不可企及的**物**。她的反抗的确是一种违反,一种越界,但她所违反和跨越的并不是克瑞翁的禁令,而是象征秩序或者能指本身。她的反抗的确也是一种捍卫,但她所捍卫或者她所服从的并不是黑格尔意义上的神的法律,而是死亡欲望,即她自己纯粹的死亡冲动。当克瑞翁责问安提戈涅何以竟敢违抗自己的命令为波吕涅克斯举行葬礼时,安提戈涅回答说:

οὐ γάρ τί μοι Ζεὺς ἦν ὁ κηρύξας τάδε, οὐδ᾽ ἡ ξύνοικος τῶν κάτω θεῶν Δίκη τοιούσδ᾽ ἐν ἀνθρώποισιν ὥρισεν νόμους· (v. 450—452)①

这句话可以直译为:"这不是宙斯给我下的命令,也不是与下界之神同住的法官所下的命令。"但各个译本的翻译却不尽一致。费恩莱特和利特曼将这几句话翻译为:"Zeus did not command these things, nor did Justice, who dwells with the gods below, ordain such laws for men."罗伊德-琼斯将其译为:"Yes it was not Zeus who made this proclamation, nor was it Justice who lives with the gods below."吉布森和赛戈尔将其译为:"It was not Zeus who made that proclamation / To me; nor was it Justice, who resides / In the same house with the gods below the earth, / Who put in place for men such laws as yours."罗念生将其译为:"向我宣布这法令的不是宙斯,那和下界神祇同住的正义之神也没有为凡人制定这样的法令。"上述四种译文中,费恩莱特和利特曼与罗伊德-琼斯的译文忽略了 μοι (me),但四者都认为 ταδε (these/this) 指的是禁止安葬波吕涅克斯的禁令。但拉康给出了一种新的解读,他认为 ταδε (this) 指的并不是克瑞翁的禁令,而是安提戈涅的罪行,即为波吕涅克斯举行葬礼这一行为。所以这句话的意思是:"不是宙斯,也不是与下界诸神同住的法官,命令我为波吕涅克斯举行葬礼。"如果既非宙斯,亦非下界的法官驱使她这么做,

---

① Sophocles, *Sophocles*(I), p. 362.

那么她的行为只能是出于她自己的死亡欲望。如此一来，我们应该重新理解安提戈涅随后所说的这句话："我不相信你一个凡人的命令能废除诸神制定的永恒不变的不成文法律，它们的存在不限于今日和昨日，而是永久的，也没有人知道它是什么时候出现的。"(v.453—457)

然而我们应该如何理解希腊人的诸神呢？如果诸神根本不是黑格尔意义上的家庭伦理关系的守护天使，而是对实在的欲望之隐喻，那么又当如何呢？正如拉康所说："你们究竟是怎么理解诸神的呢？就象征、想象和实在而言，他们位于哪里呢？……很显然，诸神属于实在界。诸神是对实在的一种揭示。"[①] 果真如此，那么"诸神制定的永恒不变的不成文法律"也就不是黑格尔所说的维护家庭伦理关系的不成文法，而是死亡冲动本身。的确，希腊神话中的诸神哪一个不是像安提戈涅这样将欲望进行到底？[②] 死亡冲动是最纯粹的欲望，是彻底摆脱了大他者的欲望；在**物**的致命诱惑下，主体突破了能指的界限，超越了象征秩序，突进了实在界，抵达那不可思议、不可想象的**物**，但这一抵达同时也是主体的死亡和毁灭。所以基泽尔在解读拉康时说："借助物（Das Ding），他命名了欲望圆满实现的不可能性，并在力比多经济中为它安排了一个特定的位置。虽然是一种根本性的外在之物，但**物**仍然成了一个核心，全部力比多经济都围绕这个核心运转，欲望也瞄准着它；这是一个'拓扑学'悖论，他为这个悖论锻造了一个词语'外核'（extimité）。虽然**物**表明了欲望的指向，仿佛指向'它自己'一样，但它也是那个一旦真的抵达就会摧毁欲望的东西。在欲望的制图学中，**物**之所以是一个不可或缺的因素，原因就在于此。对拉康来说，《安提戈涅》对此提供了一个特别贴切的例证。"[③]

和安提戈涅一样，克瑞翁也是一个越界者。克瑞翁把维护城邦共同体的善作为自己的目标，固然无可厚非。但他将共同体的善误认为无限的法律和绝对

[①] Jacques Lacan, *Le Transfert*, texte établi par Jacques-Alain Miller, Paris: Éditions de Seuil, 2001, p.58.

[②] 比如宙斯的父亲克罗洛斯：因为害怕自己被儿子取代，就把新出生的儿子全都吃掉；宙斯：为了夺取王位，把克罗洛斯打进地狱最下一层；海神波塞冬：有强烈的侵略性和极大的野心，时刻想夺取宙斯的宝座；冥王哈迪斯：谁敢阻挡他，他就铲除谁；普罗米修斯：为了盗火，一切在所不惜；天后赫拉：她个性专横跋扈，嫉妒心极强，而且相当好战。

[③] Marc De Kesel, *Eros and Ethics: Reading Jacques Lacan's Seminar VII*, p.225. 拉康模拟词语 intimité（内心深处，亲密），将其前缀 in-（内部的）更换为 ex-（外部的），生造了新词 extimité，以其表达这样一种意思：A虽然外在于B，但却是B的核心。

的律令时,他就在不知不觉中逾越了象征秩序的界限,闯入了黑暗的实在界。他严禁人们为波吕涅克斯安排葬礼,因为他坚信这个原则是不可动摇的:"人不能既向那些保卫他们国家的人致敬,同时又向那些攻击这个国家的人致敬。"(v.520)对他来说,这就是一个绝对命令。对此拉康说:"善不能包揽无遗地统治一切,而它所不能包揽的东西,其命中注定的结果就在悲剧中向我们显示了出来。"① 拉康的意思是说,任何法律,任何象征命令都不可能是绝对的;对法律的绝对服从必然会反转成为欲望本身。表面上看,克瑞翁禁止安葬波吕涅克斯是为了证明城邦的利益绝对而且无限,但其实他此时执行的是他自己彻底毁灭后者的欲望,而非服从城邦的法律。对此泰瑞西阿斯看得很明白,他在规劝克瑞翁时就曾明确对他说:"你对死者让步吧,不要刺杀那个已经被杀死的人。再杀那个死者算得上什么英勇呢?"(v.1029—1030)克瑞翁不仅从肉体上杀死了波吕涅克斯(第一次死亡),他还想将他从象征秩序中彻底抹除(第二次死亡)。故此拉康说:"他想以第二次死亡来打击他,但他没有权利这样做。克瑞翁的全部言语都是以此为目的而发展起来的,于是他被自己推向了自己的毁灭。"②

克瑞翁的越界不仅体现在他想第二次杀死波吕涅克斯,而且也体现在他惩罚安提戈涅的方式上。他不是直接处死她,而是把她关进一个坟墓般的石室,甚至为她提供了一些饮食储备。为什么? 一方面,为了证明不是他和他所代表的城邦杀死了安提戈涅,而是她所信奉的诸神不愿拯救她。如果安提戈涅不该死而被克瑞翁杀死,那么他和城邦就是有罪的,整个城邦将因此被这一罪行污染。相反,如果安提戈涅被自己信奉的神杀死,那岂不证明她真的有罪? 仅仅由克瑞翁来杀死她是远远不够的,要想真正且彻底杀死她,就必须由她所信奉的诸神动手。就此而言,克瑞翁与哈姆莱特非常相似:哈姆莱特抑制自己不要轻易杀死克劳狄斯,因为他认为,在克劳狄斯忏悔时刺杀他,这只是"第一次杀死"他,仅仅只能结束他肉体的生命,他的灵魂反而会因此得到解脱和拯救。要想真正彻底杀死他,就必须在他荒淫作乐时杀死他,也就是说,必须将"第二次死亡"加之于他,这样他就万劫不复了。同理,如果安提戈涅是由她所信奉的死神杀死的,那么这岂不证明了城邦的善是绝对无限的? 另一方面,以这种方式处

---

① Jacques Lacan, *The Ethics of Psychoanalysis*, p.259.
② Ibid., p.254.

死安提戈涅,让克瑞翁更解恨,因为安提戈涅的反抗直接威胁到了他来之不易的王位。如果连一个女子都敢与他作对,那么他的王位就岌岌可危了。克瑞翁不能容忍任何反抗,尤其是不能容忍来自女人的反抗:"要是她获得了胜利,不受惩罚,那么我成了女人,他反而是男子汉了。"(v. 484—485)

克瑞翁和安提戈涅都逾越了界限,在**物**的强烈诱惑下,安提戈涅逾越了能指,逾越了象征秩序,这一逾越导致了她的毁灭,但她的毁灭是她刻意追求的结果。克瑞翁则不同,他越界并非因为**物**的诱惑,而是因为他误以为城邦的善是绝对无限的,或者说是因为他妄图将城邦的善提高到绝对无限的高度;他的毁灭看似因为执着于城邦的法律,实则因为执着于他自己的欲望。故此拉康说:"他的判断失误在于他想提升全体城邦公民的善……将全体的善提升为无限的法律,至高无上的法律,超越或者跨越了界限的法律。他甚至没有注意到,他已经穿过了那道著名的界限。当某人指出安提戈涅保卫的就是这条界限,而且这条界限以诸神的不成文法的形式出现时,他认为他已经就这条界限道说了很多。当某人将这条界限解释为诸神的正义或教义时,他认为他已经说得足够充分。其实不然,他的言说还很不充分。毫无疑问,克瑞翁在不知不觉间越界进入了另一个领域。"①和安提戈涅一样,克瑞翁也闯入了"另一个领域",即实在界。不过,他的越界是"误认"的结果,所以和安提戈涅的"死不悔改"不同,克瑞翁在面对家破人亡的结局时,终于醒悟过来,意识到共同体的善不是绝对无限的。在安提戈涅和克瑞翁这两个主角中,安提戈涅自始至终不曾感到过恐惧和怜悯,而克瑞翁则在最后被恐惧打动了。克瑞翁的悔悟证明了他在道德品质和正义上并不是好到极点,而是和我们类似的常人,正是由于这种认同才使得悲剧具有净化心灵的作用,但安提戈涅显然是一个崇高得让人无法认同的悲剧人物。

三、定义欲望的新视线:美

如拉康所说,我们在《安提戈涅》这出悲剧中看到的就是安提戈涅。为什么?因为"文本之中"的安提戈涅具有一种"不可摧毁"的美。虽然她不幸的身

---

① Jacques Lacan, *The Ethics of Psychoanalysis*, p. 259.

世让她焚心似火,虽然克瑞翁的统治让她虽生犹死,虽然未尝婚姻之幸福就要被活埋石室让她肝肠寸断,但只要她登场出现,安提戈涅永远光芒四射,美若天人。就此而言,拉康说安提戈涅与萨德笔下的那些受害者具有同样的本质,她们对所有施加给她们的痛苦和折磨都具有免疫力或者消解力。那么安提戈涅为何能够消解一切施加于她的折磨呢?因为对索福克勒斯和观众来说,她已经不再是一个有血有肉的人,而是被净化成一个纯粹的能指:美。拉康说:"这种消解力与安提戈涅的美有关。它与安提戈涅的美以及这种美在两个象征性地区分开来的领域中占据的居间位置有关。毫无疑问,她的光芒就来自于这个位置,所有对美真正有所言说的人都不会忽略这种光芒。"①安提戈涅的美之所以璀璨夺目而且不可摧毁,根本原因就在于,在**物**的致命诱惑下,在快感的强烈驱动下,安提戈涅已经走到了象征秩序的极限,站到了象征界与实在界的分界线上。一切现实的利害,哪怕是生死攸关的利害,都已经绝不出现在她的考虑之内。对生死利害毫无计较的安提戈涅已经不是一个常人,而是一个纯粹的能指,这个能指就是"美"。安提戈涅就是美,再无其他。"安提戈涅不可抗拒的美就来自这里。说得更加有力一些,她被化简为这种不可侵犯的美(即这个能指),这种美之所以美而且迷人,正是因为她身上一切真实的东西都被压抑和镇压到了这个能指之下。"②

然而安提戈涅的美也是横亘在象征与实在之间的最后一道屏障。在《精神分析的伦理学》中,拉康指出,在象征与实在之间有两道界线,其一是善(the good),其二则是美(beauty)。执着于善的主体仍然完全处于象征界中,因为善彻底隔绝了象征与实在。但是,作为隔离象征与实在的第二道界限,美一方面是一道墙,但同时也是对这道墙的超越。因此,站在这个极限之处的安提戈涅,她的美本身也是一道墙,阻止主体(观众)抵达物,为物所吞噬和焚毁,但同时又让主体在她的身上,在她的美中看见了那个光华夺目的物。安提戈涅的辉煌就来自物的灿烂光华。"根本的欲望这个不可言说的领域,是一个绝对毁灭的领域,这种毁灭远胜于腐烂;将主体阻隔在这个领域之前的这道真正的屏障,确切地说,就是审美现象;在审美现象这里,这道屏障就等同于对美的经验——光芒

---

① Jacques Lacan, *The Ethics of Psychoanalysis*, p. 248.
② Marc De Kesel, *Eros and Ethics: Reading Jacques Lacan's Seminar VII*, p. 239.

四射的美,被称为真理之光华的美。显而易见,正因为真理(实在)看上去并不美,所以美即使不是真理(实在)的光华,至少也是其封皮。"①

基泽尔指出,虽然安提戈涅的美与萨德式的受害者相同,但它的作用却不同。通过崇拜其受害者的美,萨德笔下的虐待狂沉湎于这种幻觉:他打败了所有欠缺,仿佛他的全部生存都是纯粹的快感。但安提戈涅则相反,她不是让我们幻想自己生活在一个无所欠缺的世界,而是让我们遭遇存在的欠缺,象征秩序的欠缺,让我们直面能指根本意义上的无能。正是象征秩序本质性的欠缺或能指固有的无能,导致安提戈涅去追求那个一旦拥有就会彻底毁灭她的**物**。拉康说:"人的欲望就是大他者的欲望。"意思是说,人总是从大他者(语言)提供的能指去获得满足,并从这种满足中去体验幸福。但是,欲望虽然由语言或者象征切割而生成,但欲望有一种突破语言的内在要求。当大他者提供的能指不能满足主体的欲望时,主体将突破语言或能指去寻求那可以一劳永逸彻底填补其欠缺的物。当此之时,欲望将不再是大他者的欲望,而是升华成了死亡驱力。安提戈涅的美就来自这一超越了欲望的欲望,这一突破了语言的死亡驱力。正如查尔斯·弗理兰所说:"她是死亡驱力的形象,是伴随死亡驱力而来的**快感**的形象。安提戈涅在象征领域内部标示出了一个超越象征界的形象;她是一个欲望,拉康评论说,一个'纯而又纯的死亡欲望本身'。拉康正是根据这个定义了她那种美所焕发的光华。"②

亚里士多德认为,悲剧的作用就在于净化经由悲剧主角的毁灭所激发的怜悯与恐惧,从而让人有所敬畏,并最终获得幸福。但拉康认为,悲剧中的净化不是让人为了幸福而净化自己真实的欲望,而是将一切压抑真实欲望的利害计较净化掉。拉康说:"我们就欲望特别谈及的这一切使我们能够为理解悲剧的意义带来新的元素,尤其是借助净化作用启发的示范方法——当然还有一些更直接的方法。事实上,《安提戈涅》为我们揭示了定义欲望的新视线。"③以前,拉康将欲望定义为大他者的欲望,这种欲望借助语言在象征秩序内运转;现在,他提供了一道定义欲望的新视线,根据这道新视线,纯粹的欲望已经不是大他者的

---

① Jacques Lacan, *The Ethics of Psychoanalysis*, pp. 216—217.
② Charles Freeland, *Antigone, in Her Unbearable Splendor*, Albany: State University of New York Press, p. 152.
③ Jacques Lacan, *The Ethics of Psychoanalysis*, p. 247.

欲望，而是突破语言，超越象征秩序的死亡欲望。安提戈涅就是这种纯粹欲望的化身，她绝不会因为生死祸福而在自己的欲望问题上让步。正如齐泽克所说："安提戈涅总是走到极限，'不在欲望问题上让步'，在其对'死亡本能'的坚持中，在其向死而生中，她冷酷得令人可怕，没有日常的感情和思虑、激情以及恐惧。换句话说，正是安提戈涅本人，必然在我们这些充满了怜悯、同情心的造物身上唤起这样的问题——'她究竟想要干什么？'这个问题排除了对她进行任何认同的可能性。"①

作为一出伟大的悲剧，《安提戈涅》的意义是开放的，具有无限的可能性。尽管如此，拉康还是认为亚里士多德和黑格尔的解释难以令人满意。除了时代和理论双方面的局限，拉康认为，这些误解与这出悲剧本身的面相密切相关，因为这个悲剧文本就像赫尔拜恩（Hans Holbein）的绘画作品《大使们》（The Ambassadors）一样，是一个失真形象（anamorphosis）。正如从正常的视角出发，观者无法辨识画面前方倾斜的那个图形是什么一样，从普通理性出发，解释者也无法真正理解安提戈涅的特质，无法理解作为死亡欲望之化身的安提戈涅，以及她那由此而来的不可摧毁的美。

拉康之所以要在《精神分析的伦理学》中深入探讨安提戈涅，其根本目的是为了证明：悲剧的伦理学意义将在安提戈涅那辉煌灿烂的美中得到最深刻的揭示。换句话说，安提戈涅炫目的美揭示了精神分析的伦理学。传统伦理学，无论亚里士多德的伦理学，基督教的伦理学，儒家伦理学，还是康德的伦理学，都强调以伦理法则去约束主体的欲望，都劝导或者要求主体压抑自己的欲望，从而最终达成有益于共同体的理想的善。精神分析的伦理学则相反，它不是强调伦理法则对欲望的约束，而是强调欲望如何最终突破法则的约束，得到最纯粹的实现。在精神分析的伦理学中，最终的目的不是善而是欲望。是以拉康说："正因为我们比前人更加清楚应该如何理解欲望的本质，这个位于我们经验之核心的问题，所以重新考虑伦理学才得以可能，重新建立一种伦理判断才得以可能，这种伦理判断使下面这个问题有了最终审判的力量：你按照你内心深处的欲望行动了吗？这不是一个容易承受的问题。事实上，我认为人们从未在其

---

① Slavoj Zizek, *The Sublime Object of Ideology*, p. 131.

他地方如此纯粹地提出过这个问题,只有在精神分析语境中才能被提出来。"①此外,传统伦理学总是倾向于将善与快乐联系起来,因此道德思想也是沿着幸福与快乐的道路发展而来的。但是精神分析的伦理学一反于是,因为精神分析学揭示了快乐原则的悖论性:如果伦理学的核心就是约束主体的欲望,就是让大他者的欲望成为主体的欲望,那么伦理主体所收获的快乐并非他自己的快乐,而是大他者的快乐。在精神分析伦理学的境域中,快乐原则并非最高的伦理法则,最高的伦理法则是冲破一切伦理法则的死亡冲动,正是在这种违反、超越和突破中,主体抵达了他/她的欲望的终极目标:那个不可能的**物**。但是,一旦超越这个限度,主体就进入了死亡之地,快乐就变成了痛苦。因此拉康认为,伦理学最深层的内核不是快乐,而是痛苦。传统伦理学以善为中心,要求人们克制欲望,但精神分析却逼迫主体直接在当下直面自己的行动与欲望之间的关系。传统伦理学的核心问题是:你的行动符合道德要求吗?但就精神分析伦理学而言,拉康提出的方案是让被分析者直面这个问题:你按照你的欲望行动了吗?因为正如拉康所说:"人唯一应该感到有罪的事情就是,在事关自己的欲望时妥协让步了。"②

必须指出的是,拉康讨论这出悲剧,并非要我们去寻找造成安提戈涅命运的原因(无论是像黑格尔那样将其归因于两种理性话语的冲突,还是像歌德那样将其猜测为乱伦欲望,都会让人误入歧途),而是让我们直面她的欲望的自主性。尤其要指出的是,虽然拉康将精神分析伦理学的基本原则确定为:"你按照你内心深处的欲望行动了吗?"但这并不意味着拉康要鼓吹人们为所欲为,他完全没有这个意图。他只是为了揭示这个事实:人并不能从大他者那里得到真正的满足,欲望有一种冲破欲望的内在可能。

---

① Jacques Lacan, *The Ethics of Psychoanalysis*, p. 314.

② Ibid., p. 319. (The only thing of which one can be guilty is of having given ground relative to one's desire.)

劳儿的劫持

1964年,玛格丽特·杜拉斯出版了她的新作《劳儿之劫》(*Le Ravissement de Lol V. Stein*),这篇小说与作者此前出版的作品风格迥异,因此一问世便引起了热烈的争论,其间批评意见占据了一时之主流。拉康也对这篇新出版的小说产生了强烈的兴趣,遵循他自己一贯的做法,拉康广泛阅读了杜拉斯的作品,尤其是精读了《劳儿之劫》。次年6月,拉康安排他的学生蒙特雷(Michele Montrelay)在自己的研讨班上就这篇小说作了精彩纷呈的长篇介绍①,从而使这本书在拉康的圈子中造成了极大的影响。但是使杜拉斯的这篇小说和拉康就它所做的批评更加平添

---

① 蒙特雷后来把自己那次在拉康研讨班上的演讲改写成了她的《阴影与名字:论女性》(*L'Ombre et le nom: sur la féminité*, Paris: Minuit, 1977)的导言。她这样描述了她阅读《劳儿之劫》的感受:"你不可能读其他书那样来读这本书。你已经不再能主宰自己的阅读了。或者你受不了它,把它放下,或者你让劫持/迷狂发生,使自己被吞没、消灭。你读它,手不释卷,但是在你读它时,你深深地忘记了……这篇小说偷走了你的灵魂。它把你带进了一种贫乏,在这种贫乏中,爱与回忆合而为一了。"(《阴影与名字:论女性》第9页)这篇文章似乎尚未有英译本,上述引文转引自 Jean-Michael Rabaté, *Jacques Lacan: Psychoanalysis and Subject of Literature*, Hampshire: Palgrave Press, 2001, p.194.

一份魅力和神秘的是,拉康提出与这位已经声名卓著的女作家举行一次约会,地点是一家地下酒吧,而时间则是深夜十二点。她接受了邀请,并首先到达那里。很快,她看见拉康穿过桌子向她走来。当他非常接近她时,拉康以一种温暖而又热情洋溢的语气率然说道:"您不知道您在说些什么!"这次约会大约持续了两个小时,主题当然是劳儿·瓦·斯泰因。据杜拉斯记叙,拉康"让我感到有些害怕","他告诉我说这是临床上完美的谵妄","离开时我几乎有些晕眩了"①。

拉康之所以希望与杜拉斯约会,是因为《劳儿之劫》使他吃惊:玛格丽特·杜拉斯从来没有接触过精神分析,似乎也没有阅读过拉康,但她以一些非常接近于拉康的语言和术语,描绘出了一种女性的"激情",这种激情使一个女人几乎或者已经变成了一个精神症患者。她是如何做到这一点的?拉康需要问杜拉斯是从哪里"发现"这个人物的。杜拉斯说自己也不知道。这些细节在拉康的《向写了〈劳儿之劫〉的玛格丽特·杜拉斯致敬》这篇论文中重新露面了②,这篇论文在1965年出版时的法语标题是"Homage fait à Marguerite Duras, du Ravissement de Lol V. Stein",因此拉康既是在向玛格丽特·杜拉斯致敬,也是在向她的小说《劳儿之劫》致敬。在这篇文章中,拉康提到了弗洛伊德对艺术家们的敬意,弗洛伊德认为,在探索人的精神世界上,艺术家们总是超前于自己。拉康说:"我在劳儿·瓦·斯泰因的迷狂/劫持中看到的就是这种情况,事实证明,在这篇小说中,玛格丽特·杜拉斯不借助我也知道了我传授的东西。"③

那么《劳儿之劫》究竟写了些什么?是什么东西让拉康惊异于"在这篇小说中,玛格丽特·杜拉斯不借助我也知道了我传授的东西"?

---

① Leslie Hill, "Lacan with Duras", in *Writing and Psychoanalysis*: *A Reader*, ed. John Lechte, London: Arnold Press, 1996, p. 145.

② Jacques Lacan, "Homage to Marguerite Duras, on *Le Ravissement de Lol V. Stein*," trans. Peter Connor, in *Duras by Duras*, San Francisco: City Lights Books, 1987. 下文简称"Homage to Marguerite Duras"。

③ Jacques Lacan, "Homage to Marguerite Duras", p. 124. 能得到精神分析学大师拉康的理解和盛赞,自然令杜拉斯感到高兴,但拉康这种盛气凌人的口吻同时也让她极不舒服:"关于《劳儿之劫》,人们对我说的最漂亮的话出自一个批评家之口,类似说'《劳儿之劫》是我写的'。""是谁让劳儿·瓦·斯泰因从棺材中走出来的?不管怎么说,是个男人,是拉康。"(《话多的女人》)尤其令杜拉斯恼火的是拉康的这句话:"玛格丽特·杜拉斯不借助我也知道了我传授的东西。"对此,她愤愤不平地说:"这是男人、主人的话。至少是有权力的男人的话,显而易见。作为参照的,是他。'我传授的东西',她,这个小女人,居然知道。这份敬意是巨大的,但这份敬意最后绕到他自己头上去了。"(《玛格丽特·杜拉斯在蒙特利尔》)以上杜拉斯的话引自《劳儿之劫》(附录)第215—216页。

一般说来，小说这种体裁最受重视的是细节，但细节在这个文本中被作者最大限度地省略了，似乎她在向我们转述自己也是辗转听来的关于劳儿一鳞半爪的事情，而且好像她也不关心这些失落的细节。这就使得这篇小说从头至尾都笼罩在一种梦幻般的氛围中，那种虚无缥缈、恍惚迷离的感觉是人们只能在梦中才能体会到的，读者对它的阅读完全可以比作一次梦游。这种奇异的氛围不是逐渐营造出来的，作者似乎具有一种魔法，从第一句话开始我们就立刻被这种氛围给劫持/迷失了。

　　劳儿有点像一个梦游症患者，她一直有些"心不在焉"，在她花样年华的青春时期，她就给人这样的印象：勉为其难地要做出某种样子却又随时会忘记这样去做，而面对这样的烦恼她又能泰然处之。温柔与冷漠兼而有之，她从来没有为什么事痛苦或伤心过，人们从来没有看到她流出过一滴少女的眼泪。但这只是表面现象，劳儿的"心不在焉"正是因为她"心有所系"。

　　小说以第一幕劫持/迷狂开始，其后便是对这原初抛弃所做的连续的重写。在为她举办的订婚舞会上，芳龄未满十七的劳拉看见她的未婚夫麦克·理查逊不可思议地被安娜-玛丽·斯特雷特把魂给勾去了。关于后者，劳拉的女友塔佳娜清楚地记得，"她纤瘦的身上穿着一袭黑色连衣裙，配着同为黑色的绢纱紧身内衬，领口开得非常低。"①麦克·理查逊完全落入了这个中年妇女的控制之中，后者是和她的女儿一起来到这个娱乐场的；他们整夜都在一起跳舞，把整个世界都完全遗忘了。黎明时分，舞会结束了，当安娜-玛丽·斯特雷特和麦克·理查逊一起离去时，精神失常的劳拉不停地叫喊说："时间还早，夏令时弄错了。"(p.14)安娜-玛丽·斯特雷特和麦克·理查逊的激情只维持了短短几个月，但却使劳拉悲痛欲绝并陷入一种半精神错乱状态。在这种半精神错乱状态中，她总是说同样的事情："时间还早，夏令时弄错了。"然后发生了一件极为奇异的事情，她把自己的名字"劳拉·瓦莱里·斯泰因"(Lola Valérie Stein)进行了缩减，变成了"劳儿·瓦·斯泰因"(Lol V. Stein)："她愤怒地说出自己的名字：劳儿·瓦·斯泰因——她就是这样称呼自己的。"(p.15)平静下来之后，"她逐渐停止说话。她的愤怒衰老了，泄气了。她说话的时候，只是想说难以表达

---

① 玛格丽特·杜拉斯：《劳儿之劫》，王东亮译，北京：译文出版社，2005年，第7页。凡是出自该书的引文，以下直接在文中注明页码。

出做劳儿·瓦·斯泰因是多么令人厌倦,漫长无期。人们让她努把力。她说,她不明白为什么。她在寻找一个词上面临的困难似乎是无法逾越的"(p. 16)。这次事件带来了十分可怕的后果,但十年之后,劳儿对雅克·霍德说,当时她并不感到痛苦,在麦克·理查逊看安娜-玛丽·斯特雷特的那一分钟,她就不再爱他了:"那个女人一进门,我就不再爱我的未婚夫了。"(p. 143)劳儿变成了一个遁世者,直到有一天,那时她仍然很虚弱,她遇见了一个完全陌生的人,出于一时的驱力,她嫁给了他。婚后他们迁居到另一个城市并有了自己的孩子。她过着一种严格而秩序井然的生活,表面上看,劳儿已经渡过了这场劫难,而她的丈夫,一个著名的小提琴演奏家,一直怀疑她没有完全康复。

的确如此,自从舞会之后,劳儿的生命中只有三个人,即麦克·理查逊、安娜-玛丽·斯特雷特和一个不确定的她,用她自己的话说:"十年以来我相信只剩下三个人,他们和我。"(p. 106)此后劳儿唯一要做的事情就是看"他缓慢地脱下她(不是劳儿的另一个女人)的黑色连衣裙":"劳儿要是不在这一动作发生的地方是不可思议的。这一动作没有她不会发生:她与它肉贴着肉,身贴着身,眼睛封固在它的尸身上。她生下来就是为了看它。其他人生下来是为了死。若没有她来看,这个动作会饥渴而死,会化为碎屑,会跌落在地,劳儿成为灰烬。"(pp. 42—43)

婚后十年,劳儿和丈夫回到了沙塔拉,正是在这里,她第一次遇见了雅克·霍德,他是她从前的女友塔佳娜·卡尔现在的情人,后者已经嫁给了一个医生皮埃尔·柏涅。劳儿跟踪雅克·霍德到森林旅馆,在麦田里"窥探"这两个情人在森林旅馆中幽会,并被塔佳娜"黑发下赤裸的身体"迷住了:"当她摆弄自己头发的时候,男人走过来,他俯下身,将他的头搭在她柔软、浓密的黑发上,亲吻她,继续撩起她的头发,任他亲抚,她继续撩头发又放下来。"(p. 62)正是这个情景使劳儿深深迷恋。当雅克·霍德爱上劳儿之后,劳儿却坚持让他和塔佳娜继续幽会。他服从她的命令,把自己和塔佳娜的幽会当作爱的礼物献给了劳儿,他知道她一直在旅馆外面的麦田里"视而不见"地观看他们,但对塔佳娜隐瞒了这一点。到小说后面部分,劳儿越来越多地回忆起她的第一次劫持/迷狂。她与雅克·霍德一起去了那家娱乐场,以便重新上演那幕原初情景,以及那个关系重大的舞会之夜。但在最后,她又回到了麦田去"窥探"这两个情人。小说以一个不确定的注释结束:"劳儿来得比我们早。她在黑麦田里睡着了,疲惫不

堪,因我们的旅行而疲惫不堪。"(p. 203)

这篇小说十分神秘费解,我们可以把这些疑谜略作归结:(1)订婚舞会上麦克·理查逊不可思议地为安娜-玛丽·斯特雷特神魂颠倒,以致完全遗忘了作为未婚妻的劳儿,并最终义无反顾地与安娜-玛丽·斯特雷特携手而去,将劳儿弃之不顾。当此之时,劳儿为什么会大声喊叫说"时间还早,夏令时弄错了"?她不仅没有及时逃离这样的奇耻大辱,反而整夜都躲在绿色植物后观看这忘情地翩翩起舞的一对,最终竟嫌舞会结束得太早了,为什么?(2)基本平静下来之后,她为什么突然把自己的名字(劳拉·瓦莱里·斯泰因)缩减成了 Lol V. Stein?(3)她为什么突然觉得做劳儿·瓦·斯泰因是多么令人厌倦,漫长无期?她为什么想寻找一个词语来表达自己?又为什么在寻找这个词上面临着无法逾越的困难?这个词是什么?它存在吗?(4)显然,舞会是一次灾难性的事件,但十年之后,为什么劳儿对雅克·霍德说,当时她并不感到痛苦,在麦克·理查逊看安娜-玛丽·斯特雷特的那一分钟,她就不再爱他了?(5)既然如此,为什么十年来劳儿的世界就只有他们三个人?为什么她此后唯一要做的事情就是看他缓慢地脱下不是劳儿的另一个女人的黑色连衣裙?塔佳娜"黑发下赤裸的身体"与"穿着一袭黑色连衣裙,配着同为黑色的绢纱紧身内衬"的安娜-玛丽·斯特雷特有什么关系?(6)劳儿回到沙塔拉之后立刻"爱"上了雅克·霍德,塔佳娜的情人,但为什么她反而坚决要求雅克·霍德,如果他爱自己的话,就绝不能离开塔佳娜?为什么她要求雅克·霍德把他和塔佳娜的幽会做爱作为礼物献给她,让她躺在屋子外面的麦田里"窥探"——事实上她并不能看见——他们?如果她是一个窥阴狂,为何又仅仅满足于"视而不见"?

就笔者的阅读经验来看,还从来没有发现有哪一本小说向读者提出了这么多费解的问题。小说本身对这些问题并没有做任何解释或者暗示,这正是它的魅力经久不衰的原因。在笔者看来,如果不借助精神分析,尤其是拉康式的精神分析,不知道还有什么理论可以解释这些疑谜。就让拉康当我们的向导,引导我们来穿越这个文本迷宫吧。

这个迷宫的起点就是它的标题:*Le Ravissement de Lol V. Stein*（*The Ravishing of Lol V. Stein*)。Ravissement 与它在英语中的对应词 Ravishing 在各自的语言中具有索绪尔意义上的相同"价值",也就是说,它既有"劫持"的意思,也有"迷狂"的意思。但是在汉语中,没有任何词语同时包含这两个义项,正是这个为通过汉语阅读这个文本的读者又增加了一道障碍。拉康在《向杜拉斯致敬》中直接把焦点集中在了"劫持"这个关键词上。拉康提醒我们，Le Ravissement 同时具有两个意思：主动的劫持/迷住和被动的被劫持/被迷住。劳儿是一个令人销魂的女人，她被劫持，被放逐出了世界，我们不敢碰她，但她也劫持、捕获了我们。拉康进而提醒我们，劫持和被劫持、迷住和被迷住这两种活动同时被扭结在了一个密码之中，这个密码就是劳儿为自己更改的名字：Lol V. Stein：Lol 让人想到纸翼，V 让人想到剪刀，Stein 让人想到石头（stone）；而 Lol V. 连读就是 love。但这个名字也是杜拉斯精心设计的产物，所以拉康说："这个巧计表明杜拉斯才是劫持者/使人迷狂的人，而被劫持/被迷住的正是我们。为了加快我们跟随劳儿的脚步，从始至终，她的脚步都在小说中鸣响；但是，如果我们听见了身后有脚步声而又没有发现任何人，那么这是因为她这个人进入了一个双重的空间，还是说我们之中的一方已经超过了另一方？如果是这样，那么是谁超过了谁呢？或者我们现在已经认识到，这个密码应该以其他方法推算：因为要破译它，人们必须三算自己。"①

被劫持/被迷住就意味着被带走了，被放逐了，或者被什么迷住了，而且迷恋得神魂颠倒，狂喜万分。但就这篇小说而言，究竟谁被劫持/迷住了？或者谁劫持/迷住了别人？*Le Ravissement de Lol V. Stein* 中的 de 既可以表示宾格——对劳儿的劫持，也可以表示主格——劳儿对别人的劫持，它是一个模棱两可的介词。作为宾格，我们可以将其理解为劳儿被她所见证的那些情景劫持/迷住了，既包括麦克·理查逊和安娜-玛丽·斯特雷特忘情的彻夜之舞，也包括她所"视而不见"的雅克·霍德和塔佳娜在森林旅馆中的幽会。作为主格，它意味着劳儿劫持/迷住了其他人，或者至少可以说她是其他人被劫持/迷住的原因。在文本的叙述层面上，被劫持/迷住的人是雅克·霍德。

不管是劫持/迷狂，还是被劫持/迷狂，不管是劳儿被别人劫持/迷狂了，还是劳儿劫持/迷狂了别人，所有这些都发生在两个三角关系中：第一个三角关系的三方是劳儿·瓦·斯泰因、麦克·理查逊和安娜-玛丽·斯特雷特，第二个三角关系的三方是劳儿·瓦·斯泰因、雅克·霍德和塔佳娜·卡尔。只有当这种三角关系能够从精神分析上得到解释，才有可能理解上面那些疑

---

① Jacques Lacan, "Homage to Marguerite Duras", p. 122.

问。在上述引文的末尾,拉康说"这个密码应该以其他某种方式来推算:因为为了破译它,人们必须'三算自己'。"那么如何"三算自己"呢?为此我们必须借助拉康的另一篇文章,即《逻辑时间和对先行确定性的要求》,这篇文章在拉康的诸多论文中具有非常重要的意义。"事实证明,要正确解释与既定事态之间发生断裂——齐泽克将这种破裂称为'行动'——的那个时刻,这篇文章极具启发意义。如果我们再考察一下这篇文章就会发现,它阐明了'爱'的时刻不仅是'行动'的时刻,或忠于真理的时刻,而且还是将人被变为废物的时刻。"①

在这篇文章中,拉康为我们出了一个逻辑问题。一个典狱官叫来三名囚犯,让他们接受一项测试:他向他们展示了五个轻重大小完全相同的圆盘,其中三个白的,两个黑的;然后在每个人背后挂一个盘子,他们可以看见其他二人的盘子的颜色,但无法看见自己背上的盘子是什么颜色;任何形式的交谈都是禁止的。谁最先前去向典狱官报告自己推理出而不是任意猜测出了自己背上盘子的颜色,他就可以获得释放。在讲明题目与规则之后,典狱官在每个囚犯的背上都挂了一个白色的盘子。

他们该如何推理呢?假如我们以 A、B、C 来指称这三个囚犯,我们姑且从囚犯 A 的立场来考虑这个逻辑问题——从囚犯 B 或 C 的立场出发是完全一样的。假如囚犯 A 看见囚犯 B 和 C 背上的盘子都是黑色的,那么他可以立刻确定自己的盘子是白色的。显然不可能出现这种情况,因为太简单了。假如囚犯 A 看见囚犯 B 和 C 的盘子都是白色的,他的第一反应一定是问自己:我的盘子是什么颜色的?如果仅仅只是死抠着这个问题而不去进行逻辑推理,那么他什么结论也得不到。于是,他必然会想:如果我的盘子是黑色的,那么 B(或者 C)就会看见一黑一白;因此 B(或者 C)自己会想:如果我的盘子是黑色的,那么 C(或者 B)必然会看见两个黑色的盘子,那么他立刻可以确定自己的盘子是白色的。在这种情况下,他必定会立刻前去找典狱官报告自己的答案。现在他没有动,证明我背上的盘子是白色的。这个游戏中不可能出现两个黑色的盘子,否则另外一人立刻就可以知道自己的盘子是白色的,那么就根本不需要作什么逻

---

① Dominiek Hoens, "When Love Is the Law: *The Ravishing of Lol Stein*", in *Umbr(a): The Dark God*, No. 1 (2005): p. 105.

辑推理了，瞬间就可以得出结论。拉康将这个游戏中的逻辑推理过程分为三个时刻：扫视的瞬间、理解的时间和结论的时间。他们首先看见两个白色的盘子，这一刻称为"扫视的瞬间"。因为不可能立刻得出结论，所以他们就不得不思考，并从他人的视角出发对自己的身份做出假设，以期理解自己的身份，这便是用于理解的时间。"两个白的中的每一个必须在另一个身上确定出的一定长度的思考时间是证明这个时刻的前提条件。"① 拉康主要想指出的是，主体为理解自己的身份所花的时间可以是无穷的——可怜的劳儿就是这样，只有做出结论才会给这个时间画上一个句号："理解的时间可以简化为扫视的瞬间，但是这扫视的一瞥可以把理解所需的所有时间都包含在这一瞬间。"② 理解是为了做出结论，但结论必须建立在一个必须但不充分的逻辑推理的基础之上③，即"如果我是黑的"。这个推理中至关重要的一点是，人们要得到结论，就必须在根据不足的情况下先行（anticipate）出一个结论来，只有做出结论的行动才有可能事后调查推理是否正确，不作结论的人没有什么东西可以调查。

在这个智力游戏中，任何一个囚犯都必须首先假定他背上的盘子是黑色的，也就是说与其他二者不同④。正如我们已经看到的那样，这个假设是推理的第一步，这种推理将创造出一种情形，一个决定性的行动可以在这种情形中被完成。与此同时，这个假设带来了焦虑，因为如果自己真的是黑色的，那么其他人的用于推理的时间会更少，就会抢在他之前得出答案。所以拉康这样解释这个行动："我赶紧宣布自己是白色的，以便其余两个也是白色的人不要抢在我前面辨认出他们是什么颜色。在此我们有了他们关于自己的断定，通过这种断定，这些主体在做出判断时结束了逻辑推理活动。在理解活动回归之前，客观地维

---

① Jacques Lacan, "Logical Time and the Assertion of Anticipated Certainty: A New Sophism," trans. Bruce Fink, in *Écrits*, New York: Norton, 2002, p. 168. 以下简称"Logical Time"。
② Ibid.
③ "这一发展是作为时间的辩证法而经历的，它把个体的形成决定性地投射进历史之中：镜子阶段是一出戏，其内在压力迅猛地从不足冲向先行（anticipation）——对于受空间认同诱惑的主体而言，这出戏生产了从身体的破碎形象到我所说的关于身体整体性的外科整形形式的种种幻想——直到最终穿戴起异化身份的盔甲。这副盔甲以其坚硬的结构标识出主体的精神发展。由此，从内在世界到外在世界的循环被打破，从而引发了自我之审计的不可穷尽的自乘。"（*Écrits*, p. 76）
④ 如果他们一开始就假定自己是白色的，他们就无法进行逻辑推理，因此必然会很快放弃这个假设，回到这个假设上来：如果我是黑色的。

持着它的时间动因曾摇摆不定,现在这种回归在反思中继续在主体身上进行。"①在结论的时刻做出的行动可以归结为一个述行性声明:使自己认同于一个能指。正是这个行为结束了用于理解上的时间,用于为意义和内涵有效地奠定基础的时间。如果人们错失了这个做出结论的时刻,那么用于理解上的时间就变成了关系到别人如何看待我这个假设的最初时刻。最初的假设把作为对象的我与他人的凝视联系了起来,但是把我与作为主体的他们分割了开来,因为我是他们所不是的那种。

在这场智力竞赛开始之后,对任何一人来说,其他二人的"静止不动"只能理解为他们对答案仍然踌躇未决。推理中涉及的两次"如果"的相加是由囚犯们的焦虑推动的,焦虑倒不是因为担心自己会输掉比赛,而是因为他们知道整个推理过程的进行必须建立在他人的"静止不动"上。因为一旦有人开始迈步向前,不仅其他二者必然会停止思考,而且必然知道自己虚拟的那个结论是不可能的。② 拉康不遗余力地探讨这个游戏,绝不是因为它很有趣,如果我们能够联系到拉康的镜像理论,理解拉康在这篇文章中要表达的主题就毫不困难了,这个逻辑推理的重要性在于,它以一种特殊的方式把基于逻辑时间和主体间性的身份建构与精神分析学上的镜像理论联系在了一起。

> 这个形式无疑与做出断言的主体的逻辑本原联系在一起;正因为此,我才把它的特征描述为主体性的断言,逻辑主体在此只是认知主体的人格形式,后者只能以"我"来表达。换句话说,为这个诡辩(假设——笔者注)做出结论的这个判断,只能由阐明了与他自己有关的那个断言的那个主体做出,而且不能由任何别人把这个断言率直地归诸于他——不像前两个时刻(这两个时刻本质上是过渡性的)中那些不具有人格而且不确定的相互主体之间的那些关系,因为这场逻辑运动的这个具有人格的主体在每一时刻都承担了这些关系。

> 提及这两种主体,就突出了做出断言的主体的逻辑价值。前一种主体是在"人们知道……"这样的句子中的"人们"中表达出来的,它只能提供抽象主体的一般形式:它很可能是神、桌子或者脸盆。后一种主体是在必须

---

① Jacques Lacan, "Logical Time", in *Écrits*, p. 168.
② Ibid., p. 169.

"相互"承认的"两个白色的主体"中表达出来的,它引进了作为这样的他人的形式——也就是说,作为纯粹的相互性——因为一个只能在另一个身上才能辨认出自己,而且只能在他们特有的时间的等值性中发现自己的特征。而做出结论性的断言的"我"是由一个逻辑节拍从他人,即从相互关系中离析出来的。这种通过其自身的逻辑时间的涌析而产生"我"的逻辑生成运动与它的心理学诞生是基本类似的。①

对此,霍恩斯总结说:"拉康的命题是,人们只有通过一个决定性的主观行动才能获得一个身份,而这个决定性的主观行动则基于将时间引进主体间的动力学中。这个行动存在于'从焦虑中得到确信'。"②因此我们就在拉康的《逻辑时间》与杜拉斯的《劳儿之劫》间可以做一个精妙的比较,两者都涉及一个主体间的三角关系模式。在这种三角关系模式中,时间是逻辑因素,而事件对任何主体性来说,都是优先的,必不可少的。这样我们就可以强调推理逻辑中的一个基本点:只有从客体的立场"发明"或者"跳进"主体的立场,人才能获得他的主体性。在那一时刻,我在他人身上预设了一个推理,由此秘密地把自己认同于这个他人;此时,我会面临一个最初的假设——我与他人不同。这个差别不仅是实际的,而且被完全包含在了展开的逻辑过程之中,而且正是在这种差别的基础上,其他人才能得出一个结论并把我甩在后面。囚犯们必须参与的这个智力游戏与小说中发生在劳儿订婚舞会上的那一幕具有惊人的相似之处。③

劳儿似乎就是在这个做出最初假设的时刻被劫持了。从安娜-玛丽·斯特雷特进入娱乐场的那一刻起,劳儿就被劫持了,其他一切人、事、物都失去了意义,以致即使是对麦克·理查逊,劳儿也说:"那个女人一进门,我就不再爱我的未婚夫了。"(p.143)我们在这个智力游戏中已经发现,逻辑推理的起点,即假设自己与其他人不同,是如何正好在最后的结论的时刻之前回归的。小说中被他

---

① Jacques Lacan, "Logical Time", in *Écrits*, p. 170.
② Dominiek Hoens, "When Love Is the Law: The Ravishing of Lol Stein", in *Umbr(a): The Dark God*, No. 1 (2005): p. 108.
③ 据多米涅克·霍恩斯说,埃力克·波热(Erik Porge)最先将拉康的逻辑时间与《劳儿之劫》联系起来考论。埃力克·洛伦特(Eric Laurent)也从这个角度讨论了这篇小说,请参阅"A Sophism of Courtly Love", in *Lacanian Ink* 20 (2000): pp. 45—61.

们"像中午海滩上的一条死狗"给抛弃的焦虑①,其实就是沦为其他二者的对象/客体所引起的焦虑,这种焦虑会潜在地推动人们做出结论。但要做出这个结论涉及预先与一个能指认同。这种认同之所以是"预想的",是因为它并没有充分的根据,而且需要得到他者的承认。劳儿似乎在这个需要做出贸然决定的时刻麻痹了,因此她的话经常只说到一半就没有下文了,这一点我们在小说中经常可以发现。人的主体性认同只能建立在主体间性的动力学关系的基础之上,也就是说,主体性不是凭空或者单凭自己就能建立起来的,而是必须建立在主体相互之间的关系上,失去这种主体间性的关系,"我"的身份是无法确定的。劳儿竭尽全力想实现这种认同,但她不知道如何利用它。因此,黎明时分,舞会结束了,当安娜-玛丽·斯特雷特和麦克·理查逊一起离去时(这种主体间性的关系即将失去),劳儿不停地叫喊说:"时间还早,夏令时弄错了。"再比如当让·倍德福问她"想要什么"时,尽管做了番明显的努力,她还是回答不上来。后来"在流泪中她语似恳求地说:'我有充足的时间,它是多么漫长!'"(p.21,根据英文略有改动)她以为自己还有时间,还有机会,但曲终人散,只有她自己还固执于那"扫视的瞬间"。

正如我们在这个智力游戏中看到的那样,对于不得不参与游戏的三个囚犯来说,作为逻辑活动之起点的"扫视的瞬间"只有一刹那,主体必须从"我是什么?"这个疑问迅速过渡到"如果我是……"这个"理解的时间"。劳儿的问题就在于她在起点上就被劫持了,永远固执于"我是什么?"这个问题,她不知道,如果不预先做出一个不充分但却必不可少的假设,这个最初的问题就永远得不到回答。这就是她苦苦追寻但始终无法把握那个词语——可以回答"我是什么"的那个能指——的原因。杜拉斯对折磨劳儿的这个痛苦做了淋漓尽致的描写,我相信这段文字必定是使拉康大吃一惊的地方之一:

>劳儿没有在这个时刻所敞开的未知中走得更远。对这一未知,她不用有哪怕是想象的任何记忆,她一无所知。但是她相信,她应该深入进去,这是她应该做的,一劳永逸地做,为了她的头脑和她的身体,为了它们那混为

---

① 杜拉斯是这样描写这种抛弃的:在T滨城的舞会的众多方面中,最使劳儿迷恋的是它的终结。正是在它终结的时刻,黎明以难以置信的残忍降临了,并将她与麦克·理查逊和安娜-玛丽·斯特雷特这一对永远、永远分开了。(p.40)

一体的因为缺少一个词而无以言状的唯一的大悲和大喜。因为我爱着她，我愿意相信如果劳儿在生活中沉默不语，那是因为在一个闪电的瞬间她相信这个词可能存在。由于它现在不存在，她就沉默着。这会是一个缺词，一个空词，在这个词中间掘了一个窟窿，在这个窟窿中所有其他的词会被埋葬。也许不会说出它来，但却可以使它充满声响。这个巨大的无边无际的空锣也许可以留住那些要离开的词，使它们相信不可能的事情，把所有其他的不是它的词震聋，一次性地为它们、将来和此刻命名。这个词，因为缺失，把所有其他的糟蹋了、玷污了，这个肉体的窟窿，也是中午海滩上的一条死狗。其他的词是怎么被找到的？通过那些与劳儿的故事平行的、窒息在卵巢中/充溢着践踏和屠杀的随处可见的故事。而在这些尸骨堆积到天际、血型永无止境的故事中，这个词，这个并不存在而又确实在那儿的词，在语言的转弯处等着你，向你挑战，它从来没有被用来从它那千疮百孔的王国中提起/显露出来，在这一王国中消逝着劳儿·瓦·斯泰因电影里的大海、沙子、永恒的舞会。(pp. 42—43)

这个词语是一个可以表现劳儿在象征世界中的位置的能指，它的缺席正好说明了劳儿在生活中为何总是与任何其他人疏离，仿佛她与世界之间具有一道看不见的鸿沟。也正是在这个意义上，作者/叙述者说："对她一无所知就是已经了解她了。依我看，对劳儿·瓦·斯泰因还可以知道得更少。"(p. 79)"对劳儿的接近是不存在的。人们无法接近她或者远离她。"(p. 106)被劫持的劳儿被永远定格在了这个刹那间，不仅她的时间被定格在此，她的空间从这一刻起也再也没有发展，正如小说中指出的那样，自从这个事件之后，劳儿的世界就只剩下了他们三个人。正是在这个意义上，霍恩斯说："劳儿在娱乐场看见的那一幕情景不仅只是叙述的起点，也不仅只是一个创伤性的起源，它还具有一种力量，使任何叙述都变得不可能：它就像一个黑洞，吸走了每个人物以及他们的历史。这一幕情景具有一种内爆性的效果，使得任何想在空间或者时间上作伸展的努力都极为不稳定。"[1]从另一个角度说，这个空词可能就是对她在舞会上一瞬间内经历的那场灾难的语言学上的压缩：一种绝对的遗弃，这种遗弃将她直到那

---

[1] Dominiek Hoens, "When Love Is the Law: *The Ravishing of Lol Stein*", in *Umbr(a): The Dark God*, No. 1 (2005): pp. 106—107.

时以前抱有的一切想象的确定性都化为齑粉,或者引用布朗肖的话说,这是"对灾难的书写"。这个词因此是不可能说出口的,不可能以任何语言和文字读写的,因为它模糊了一个被冻结了起来的不可推翻的幻影。"劳儿想做的事情可能是把那次舞会给禁闭起来,把它变成一艘光船,每天下午劳儿都要登上它,而它却泊在那里,待在这个不可能的港口里,永久地停泊而又准备载着它的三个乘客从这个完全的将来起航,劳儿目前就在这完全的将来中占据了她的位置。有时候,在劳儿眼中它有着泰初之日一样强劲的动力,一样神奇的力量。但劳儿还不是上帝,也不是任何人。"(p. 43)

不管是在这个智力游戏中,还是在《劳儿之劫》中,与发生在镜子阶段的那出戏一样,至关重要的一点都是:只有从一个对象/客体的立场先行"跳进"一个主观立场,人才能获得他的主体性。这出戏的戏剧性不在于谁被甩在了后面,而在于被当作一个客体甩在了后面。进一步说,要将这个客体变成一个真正的客体,人们需要他人的凝视,在这个意义上说,这出戏中的这个客体其实是一个非客体(non-object)。劳儿就像囚犯 A 一样,发现自己处在麦克·理查逊(囚犯 C)的凝视之中,这个凝视经由了安娜-玛丽·斯特雷特(囚犯 B)这个中介。现在我们明白了,劳儿在那次舞会的"原初场景"之后,为何会把她的全部注意力都集中在一个愿望上:"凝视"安娜-玛丽·斯特雷特被她的未婚夫雅克·理查逊脱光衣服。劳儿的全部欲望不是别的,就是"凝视",因为她仍然滞留在"扫视的瞬间",只不过她把这个瞬间变成了无穷。正如拉康解释的那样,就是这个"凝视"定义了她的幻象的语法[①]。劳儿和雅克·霍德的交谈证实了这一点:"'十年以来我相信只剩下三个人,他们和我。'我又问:'您想要什么?'带着不折不扣的同样的犹豫、同样的沉默间歇,她回答:'看他们。'"(p. 106)

这种三角动力学导致了一个不可能的立场,就其不可能性来说,这个立场

---

① "因为你知道这全都与一个既没有内层也没有外层的信封有关,而且在它的中心的缝合处中每一个凝视都变回成了我们自己的凝视,因为你知道这些凝视就是你自己的凝视,你自己的凝视浸透了这些凝视,劳儿,你会永远渴望从任何一个路人那里获得这种凝视。当劳儿从一个人到另一个人时,让我们跟随她,她从他们身上夺取了这个护身符,人人都渴望丢弃这个护身符:凝视。每一个凝视都是你的,劳儿,正如神魂颠倒的雅克·霍德会对他自己、为他自己说他愿意爱上'劳儿的全部'。这里其实有这个主体的语法,它已经注意到了这天才的一笔。"(Jacques Lacan, "Homage to Marguerite Duras", p. 125.) 凝视(regard / gaze)是拉康理论中的一个特别概念,在此笔者只能简单地指出,在拉康的精神分析学中,凝视的内涵就是视觉领域中的对象 a。所谓对象 a 即欲望的原因,而非欲望的对象。

是实现主体化的唯一途径。拉康在他的论文《逻辑时间和对先行确定性的断定》以及他的整个文集中不断回到这个问题,这都是因为他想强调主体化如何才能实现,人如何才有可能思考或者将它的出现用概念来表达。他在《作为我的功能之构成形式的镜子阶段》这篇文章中强调的也是这一点。拉康要强调的是,主体化的实现必须要有象征秩序。象征秩序的介入,把客体与它自己切割开来,使主体只能在构成这种秩序的那些元素之间的间隔中才能发现自己。

但要回答我们一开始就提出的那些疑问还必须解决一个问题:什么是"爱"?因为,智力游戏中将三个囚犯结构成一个三角关系的动力是逃离监狱,而在《劳儿之劫》中,结构劳儿、麦克·理查逊和安娜-玛丽·斯特雷特三角关系的动力是爱。正如拉康在前面指出的那样,在她的未婚夫突然抛弃她之后,劳拉·瓦莱里·斯泰因(Lola Valérie Stein 突然决定简单地称自己为劳儿·瓦·斯泰因(Lol V. Stein)。这种对她名字的切除体现了她的"盗窃",她"有所省略的飞翔"使她渡过了紧张性精神症的难关。如果我们连读她这简化了的名字,我们读到的不正是"Love"吗?

但是,就像人们通常理解的那样,"爱"仅仅只是两个主体之间的事情吗?抑或它还涉及第三方?如果"爱"仅仅涉及两个主体,那么劳儿的劫持/迷狂就是无法理解的,这篇小说为我们提出的上述疑谜也就无法破译了。拉康对爱的认识与这种通常的观点相反,他认为,爱绝不是一种二元关系,绝不可能只发生在两个主体之间,而且在"爱"之中还存在着一种根本的"不一致"。柏拉图的《会饮篇》中有两个与爱相关的词语:*eromenos*(渴望被爱者)和 *erastes*(爱人者)。"渴望被爱者"把自己想象为一个"可爱的"人,当他如此想象自己时,他其实已经在阐释大他者的欲望了。因此他是那个面对大他者的欲望的人,他的位置既是他自己规定的,也是被大他者规定的。从这个观点来看,人们可以把"渴望被爱者"等同于拉康的"自恋者"。但更加有趣的是拉康所说的"爱人者"并不是欲望着的大他者,"爱人者"必须首先被安置到"被爱者"的位置上才能作为"爱人者"出现。换句话说,如果你爱某人,你首先必须使自己变得可爱。这就是拉康所说的爱的奇迹:人只有成为大他者的欲望对象之后,才能够反过来作为主体去欲望。

在坠入爱河的那一刻,对存在的欠缺(lack-of-being)的幻影般的支撑被暂时悬置了起来,就像一个人被安置在了对他者的欲望的欲望对象的位置上。爱作为一个创造性的行为,它的隐喻是一个回答,这个回答通过我们自己的欠缺(欲望)把人从对象位置上拉了出来。为此人需要做两件事:首先,人必须幻想那个对象立场事实上会是什么——他/她要什么。其次,人必须让自己从那个立场脱离出来。因此,拉康的幻象公式表达的正是爱的隐喻的内涵:$\$ \diamondsuit a$(被抹除的主体与对象 a 的关系)。正如我们已经看见的那样,劳儿的症结就在于她就这个对象立场陷入无休止的疑问中。在那场事件之后,她沉睡了十年之久,直到遇见塔佳娜和她的情人雅克·霍德。由劳儿、雅克·霍德和塔佳娜构成的三角关系与第一个三角关系部分重叠了,雅克·霍德不过是麦克·理查逊的替身:"我变得笨手笨脚起来。在我的手放到劳儿的身体上的那一刻,一个陌生死者的回忆来到我的脑际:他将为永恒的麦克·理查逊、T滨城的男人尽责,与他相混,彼此不分地搅在一起合二为一,不再能认出谁是谁,在前、在后还是在过程中,将在一起失去踪迹,失去名字,将这样一起死去,因为忘记了死亡,一块一块地忘记,从一个时间到另一个时间,从一个名字到另一个名字。"(pp. 115—116)

而塔佳娜则是安娜-玛丽·斯特雷特的替身,后者最吸引她的是她那领口开得很低的一袭黑衣,或者毋宁说是那一袭黑衣包裹着的身体;而塔佳娜最吸引她的则是她那黑发下赤裸的身体。(尽管雅克·霍德已经因为劳儿而不再爱塔佳娜了,但劳儿根本不会注意到这个,相反,雅克·霍德必须一如既往地对塔佳娜着迷。在某种意义上说,劳儿对雅克·霍德是毫不在意的,她在意的是雅克·霍德眼中的塔佳娜。)第二个三角关系似乎重复了第一个,但其实微妙地破坏了那种对应。劳儿安排雅克和塔佳娜在屋子里做爱,自己则躲在外面的麦田里"观看"——如果能这样说的话。但是首先,从她所处的位置她一点也看不见实际的做爱过程,只有当他们站在窗户边,她才能看见这两个情人。其次,只有雅克·霍德一人知道她在那里。事实上,正是劳儿在麦田中的存在才使雅克·霍德推迟与他的情人断绝关系,塔佳娜越来越不能吸引他了。他在她的耳边倾诉的那些激情似火的情话其实是对劳儿说的。我们可以说,在两个三角关系中,都有一个被一种过分的快感限定的角落,这种快感把痛苦和欲望连接起来,同时又向一个更远的空间敞开。在第一个三角关系中,劳儿占据了这个位置,在第二个三角关系中,雅克·霍德占据了这个位置。事实上,正是不知情的塔佳娜替代了劳儿,正是因为这个,她才越来越绝望地陷入了对雅克·霍德的爱中。同时,劳儿必须相信这个虚构,即雅克·霍德拥有了塔佳娜这么一个美妙的情人。

这两个三角关系表面上的交叠与叙述学上的不确定性有关系。在小说的前面部分,我们通过劳儿的眼睛发现一个男性人物。后来他不仅变成了雅克·霍德,塔佳娜的情人,而且变成了整个小说的叙述者。借助叙述学上的似是而非性的某种扭曲,人们不得不假定他在故事中提到了自己的存在但没有说他是谁。当他最终承认自己的存在时,就发生了一种从第三人称到第一人称的转变:"她们手挽着手走上台阶。塔佳娜向劳儿介绍皮埃尔·柏涅,她的丈夫,还有雅克·霍德,他们的一个朋友,也就是我——距离被穿越了。"(p. 72,根据英文略有改动)这种转变绝不是不可更改的。在许多场景中,叙述都在两者之间摇摆:

> 他告诉劳儿·斯泰因:塔佳娜脱掉衣服,雅克·霍德看着她,饶有兴致地看着这个不是他所爱的女人。每当一件衣服脱落,他总是更进一步地认出其存在与否与他无关的这一欲壑难填的身体……
> 可是塔佳娜说着话。
> "可是塔佳娜说了什么,"劳儿·斯泰因低声说。
> 要是能让她中意,需要编造上帝我也会编造出来。
> "她说了您的名字。"
> 我没有编造。(p. 139)

关键是凝视。且回到那个核心情节,那个窥阴狂性的场景,这个场景在小说的第二部分将劳儿、雅克·霍德和塔佳娜联系了起来,拉康也详细评论了雅克·霍德的焦虑,塔佳娜的绝望,他们二者都受到"劳儿的法律"的支配——也就是说,他们应该继续取悦她。拉康认为不能将劳儿定义为一个窥阴狂:她心不在焉的眼神更加接近凝视的作用,凝视的作用与其说是要看见你,不如说是眼睛希望捕捉一个幻影。因此从整个小说中释放出来的那种魔力取决于眼睛与凝视、爱与欲望、形象与污点间的分裂:

> 最重要的是,不要在凝视的位置上受骗。不是劳儿在看,况且她啥都没有看见。她不是一个窥阴狂。只有在发生的事情中才能理解她。
> 只有当劳儿以适当的词语为仍然无辜的雅克·霍德将凝视提升为一

个纯粹的对象时,凝视的地位才能得到揭示。

"赤裸着,黑发下赤裸着身体",从劳儿的唇间吐出的这些词语标志着塔佳娜的美丽变成了那种难以忍受的污点的功能,这种污点适合这个对象。

这种功能与这些恋人们力图将他们的爱包含进去的自恋形象不兼容,而且雅克·霍德立刻感受到了它的效果。

从那一刻开始,在他们实现劳儿的幻象的方向上,他们将越来越不是他们自己。①

当拉康说劳儿"为雅克·霍德将凝视提升为一个纯粹的对象"时,他的意思是说,劳儿的成就与其说是实现了一个变态的幻象,这个幻象将重复她对被另一个情人抚弄的另一个赤裸的身体的固恋,不如说是这种幻象的升华。遵循拉康的理论,人们可以说她提升了凝视,使它具有了**物**的高贵。② 劳儿无休止地想知道他者欲望的究竟是谁?究竟是一个什么样的人?在第一个三角关系中,这就是她执迷于安娜-玛丽·斯特雷特的原因,在第二个三角关系中,她把这种痴迷转移到了塔佳娜的身上。我们知道,幻象就是上演对象 a 的舞台。在第一个三角关系中,上演对象 a 的幻象是"看他为一个不是她的女人脱光衣服",在第二个三角关系中,上演对象 a 的幻象是塔佳娜"黑发下赤裸的身体"。他者欲望的究竟是什么?③ 这就是劳儿执迷不悟的问题。当她想以一个词语来回答这个问题并让自己去等同于这个词语时,这个词语失落了。"不能认为这个欠缺指向一个能指,这个能指可以命名被人欲望是什么意思,而应该这样理解:这个失落的能指的唯一作用就是把她与这样一个对象立场隔离开来。"④

我们可以将劳儿茫然的追寻理解为她想寻找一种神圣而纯粹的爱。安娜-玛丽·斯特雷特一出现,劳儿立刻就痴迷于麦克·理查逊的对象 a(他究竟想要什么?),她被劫持了,永远无法挣脱出来。要在他们三者之间建立起联系,对象

---

① Jacques Lacan, "Homage to Marguerite Duras", pp. 126—127.
② "关于升华,我所能给予你们的最普通的表述是:它提升了一个客体——我并不介意向人们暗示我所使用的一个文字游戏——使它具有了物的高贵。"(拉康:《精神分析的伦理学》,第112页。)
③ 在那个逻辑推理游戏中,与这个问题对应的是:在他们的眼中我究竟是黑的还是白的?
④ Dominiek Hoens, "When Love Is the Law: *The Ravishing of Lol Stein*", in *Umbr(a): The Dark God*, No. 1 (2005): p. 113.

a是必不可少的。正如在那个智力游戏中,虽然每个囚犯都认为自己与其他二人根本不同,但为了让其他二人彼此建立起联系,他仍然是必不可少的。"这个立场带来了两个选择:或者他停留在那个对象立场上,并被甩在后面,或者他离开这个对象立场加入其他人。第一个选择使他滞留于用于理解的无穷的时间中,但是在遭遇他人的限制时(他人会离开,时间不是无限的),会遇到一个障碍。在第二个选择中,人将这个无限主观化,从而拥抱限制。承担限制需要两种运作:分离和阉割。放弃立场成为客体,人必须使自己服从一个秩序,在这个秩序中,人只能作为存在的欠缺而存在。"①

劳儿真的不爱麦克·理查逊了吗? 就像她说的那样,安娜-玛丽·斯特雷特一出现,她就不再爱他了吗? 劳儿的声明既是真实的,也是虚假的。说它是真实的,是因为当安娜-玛丽·斯特雷特一出现,劳儿的全部注意力就集中到了她的身上,麦克·理查逊变成了一个无限遥远的消失的背景。说它是虚假的,是因为劳儿对安娜-玛丽·斯特雷特的全部好奇都建立在一个疑问上:究竟是什么让你使他如此迷恋? 劳儿占据了对象a的立场,但不是她自己的欲望的对象a,而是麦克·理查逊的欲望的对象a,或者更准确地说,是他者的对象a。就像婴儿渴望成为母亲/他者的欲望对象一样,劳儿也渴望成为他者/麦克·理查逊的欲望对象。我们知道,如果没有父亲的名字将婴儿与他者隔离开,引进象征秩序,婴儿就不可能成为一个独立的主体。劳儿的问题就在于她缺少一个词,一个词已经失落了,因此她无法使自己离开这个对象/客体立场,她无法从一个客体变成一个主体。正是在这个意义上,劳儿被"劫持"了,她的主体性被劫持了。

通过拉康来阅读《劳儿之劫》,我们可以明白结论的时刻,这个最成问题的时刻,是如何出现在爱的逻辑中的。爱存在于立场的转变,从欲望的对象/客体转变为欲望的主体。正因为此,爱要存在就不能不有所失落:为了给出人自己所没有的东西,人必须发明出他或她在他者的欲望中会是什么,并因此失去人真正的所是。爱就是用这种失落去欲望。劳儿揭示了,要使这种哀悼可能,就必须对认同点具有一个基本但不合道理的相信。爱就是质疑这个认同点,知道

---

① Dominiek Hoens, "When Love Is the Law: *The Ravishing of Lol Stein*", in *Umbr(a): The Dark God*, No. 1 (2005): p. 114.

人只能表演它的存在。爱的奇迹在于，人必须从被他人当作对象/客体爱，过渡到作为主体去爱他人。这种转变需要主体先行地认同象征秩序中的一个能指。但劳儿向我们展示的，却是她对这个对象/客体立场的忠诚。我们要向劳儿学习的不是她神秘的遗弃，不是雅克·霍德对她的无法理解，不是她已经做好准备以一种方式去试验爱，这种方式把"恋爱关系"这个表达变成了一个荒谬的矛盾修辞。我们的收获应该是，在任何爱情中，她的立场都是一个合乎逻辑的、必不可少的时刻。

书写的快感

萨德与康德：谁更激进？

1886年，德国精神病学家克拉夫特-埃宾（Richard Freiherr von Krafft-Ebing）在其《性的精神变态》（*Psychopathy of Sex*）中以Sade这个名字为词根铸造了Sadism这个词语。这为萨德侯爵流芳千古或者遗臭万年又添加了浓墨重彩的一笔。但萨德是谁？是那个出身高贵而行为放荡、长期出庭受审、在不同的监狱间辗转迁徙的浪荡子吗？是弗洛伊德事业提前问世的现实典范吗？是那个痴迷于在残忍的色情小说中宣传其离经叛道的哲学的小说家，还是那个借残忍的色情描写宣传其思想的哲学家？所有这些综合起来似乎都不能回答这个问题，正确答案是：萨德不是一个人，而是一个普遍的人性问题。他敢于思考不能思考的事物，敢于想象不可想象的东西，敢于写作不应写作的主题。他的"勇敢"永远也不能开脱他"思想上"的淫秽、邪恶和残忍，即使他的"实际行为"远远不能与他小说中的细节描写相符。他确实以一种极端的方式提出了人类不得不正视的问题，但像一些同情萨德的人那样，试图从道德上为他辩护，看来是永远不能成立的。

他是向着光明与理性前进的人身后永远无法摆脱的一个黑暗而狰狞的阴影。

一、卧室里的哲学

萨德的文学实践始终与他的哲学思想密不可分,以致我们甚至难以断定他究竟是借文学表达其哲学,还是以哲学演绎其文学。毫无疑问,色情,尤其是残忍而恶心的色情,是萨德文本世界极为突出的一面,但由于上述这种奇妙的结合,以致从色情小说的角度去认识他竟然成了最不可取的视角。虽然萨德既不是一个优秀的小说家,也不是一个够格的哲学家,但奇妙的是,二者在他身上的结合给后人留下了巨大的阐释空间,尤其是当我们把康德变成了他的参照之后。

萨德最主要的著作是:《朱斯蒂娜》(*Justine*,又名《美德的不幸》)、《朱丽埃特》(*Juliette*)、《卧房中的哲学》(*Philosophy in the Bedroom*)和《索多玛的120天》(*The 120 Days of Sodom*)。前两本是比较纯粹的小说,后两本在体裁上类似于《十日谈》,但比《十日谈》更不像小说。在上述四个文本中,萨德任何时候都不会放过宣传其哲学的机会,《卧房中的哲学》直接便是这种目的的集大成之作。萨德的哲学是一以贯之的,因此《卧房中的哲学》可以作为阐释他的代表之作,拉康的《康德与萨德》主要就是针对这个文本而写作的。《卧房中的哲学》是一本"教育小说",当然,不是我们通常理解的那种《爱弥儿》式的教育小说,尽管二者都奇怪地以"自然"为依归,但《爱弥儿》是教人"学好",而《卧房中的哲学》则是教人"学坏"。"卧房中的哲学"这个题目本身已经明目张胆地表现了某种淫秽而反叛的意味,在这本书中,萨德集中表述了他对上帝、仁慈、婚姻、抢劫、通奸、杀戮和乱伦等社会问题所发表的惊世骇俗的议论:凡是习俗赞同的他一律强烈反对,凡是习俗反对的他一律坚决支持。最重要的是,我们在萨德的每一种哲学中都看到两个关键词:快感(*plaisir*)[①]和大自然(*la nature*)。萨德哲学的准基本原则是:追求快感是大自然对"我"规定的义务。任何压抑快感的道德、习俗和法律都违反了大自然,必须反对;任何有助于激发快感的行为都符合

[①] 英译本将萨德的 plaisir 翻译为 pleasure,但萨德所说的 plaisir 不是一般意义上的 pleasure,而是精神分析学上所说的 enjoyment。陈苍多将其翻译为"快感"更为贴切。

大自然,都必须提倡。因此,为了快感,"喜欢你自己,爱你自己,无论是以谁为牺牲代价"①。

毫无疑问,这是一种令人毛骨悚然的哲学,从逻辑上说,它可能是人类思想史中迄今为止最邪恶的思想,即使是法西斯主义也望尘莫及。因此,当拉康将这种令人发指的哲学与康德追求至善的伦理学相提并论时,确实起到了惊世骇俗的效果。康德不是曾经说过,让他毕生敬畏的只有两种事物——头顶灿烂的星空和心中永恒的道德律吗?哲学开始于惊异,拉康让我们再次领教了这个格言。但拉康将二者相提并论就等于他把二者等而视之吗?

在拉康对他产生兴趣时,萨德的文学命运正经历一次突变。在20世纪以前,虽然萨德的作品只能混迹于一些三流的色情小说之中,但对他感兴趣的作家和学者已然不少,比如米什莱(Jules Michelet)、司汤达(Stendhal)、波德莱尔(Charles P. Baudelaire)、福楼拜(Gustave Flaubert)、傅立叶(Charles Fourier)和斯文伯恩(Algernon C. Swinburne)等。萨德被正式引进当代文学史首先要感谢莫里斯·海涅(Maurice Heine)和克罗索斯基(Piere Klossowsky),前者率先为萨德的作品编纂了一个精确完整的文集,后者为之写作的《我的邻居萨德》(*Sade My Neighbor*)不仅将萨德从人人唾弃的怪胎中解救出来,而且把萨德看成一个无可比拟、空前绝后的"绝对作家"。克罗索斯基认为萨德以一种革新精神和独特风格创造了一个异想天开但又带有结构性质的封闭世界,这个世界足以与卡夫卡或普鲁斯特的世界相提并论。布朗肖(Maurice Blanchot)在《劳特蒙与萨德》(*Lautéamont et Sade*)中也试图为他所说的"萨德的理性"赋予意义。波伏娃(Simone de Beauvoir)的大作《我们必须烧死萨德吗?》(*Must We Burn Sade?*)直接体现了她对萨德的重视。罗兰·巴特在其《萨德、傅立叶、罗耀拉》(*Sade*,*Fourier*,*Loyola*)一书中指出,萨德和傅立叶及罗耀拉一样,他们各自创造了自己的话语体系,并淋漓尽致地表现了三种登峰造极的激情:傅立叶的社会主义热情、罗耀拉的宗教激情、萨德的肉体激情。总之,进入20世纪之后,无论是在文学界还是思想界,萨德已经成为一个无法忽视的存在。

---

① 马奎斯·德·萨德:《卧房中的哲学》,陈苍多译,台北:台湾新路出版有限公司—园丁生活房,2001年,第89页。Marquis de Sade, *Philosophy in the Bedroom*, trans. Richard Seaver and Austryn Wainhouse, Digitization by Supervert 32C Inc., p. 55.

二、启蒙辩证法下的康德与萨德

萨德的强势回归始于阿多诺和霍克海默,因为他们在其合著的《启蒙辩证法》(1944)中匪夷所思地将萨德与康德相提并论。拉康在《精神分析的伦理学》(1959—1960)中也把康德和萨德并置起来,后来甚至专门为此写了论文《康德与萨德》(1963)。拉康是否受到了阿多诺和霍克海默的影响?他在其著作中提到了布朗肖和克罗索斯基的相关论著,但从未提及阿多诺和霍克海默二人。齐泽克认为拉康没有读过这篇文章,但鲁迪内斯科(Roudinesco)认为,拉康不仅读过而且很受启发。不管事实如何,拉康的主题与阿多诺和霍克海默的主题大不相同,即使拉康刻意隐瞒了阿多诺和霍克海默的影响,也不构成学术意义上的瑕疵。

在《朱丽埃特或启蒙与道德》中,阿多诺和霍克海默讨论了这个主题:启蒙的本质,如康德所说,就是"使人类脱离自我施加的不成熟状态;所谓不成熟状态,就是没有能力运用无须他人指导的知性"[①]。果真如此,那么萨德笔下那些为了自己的快乐而肆无忌惮的浪荡子就绝不只是一些变态的人渣,而是严格意义上的理性主义者。他们甚至进而指出,这些浪荡子其实就是在启蒙运动中诞生的"摆脱了所有监护的资产阶级主体"[②]。阿多诺和霍克海默之所以将萨德和康德相提并论,其根本目的是要以康德为鹄的,揭示形式主义的理性在资本主义社会如何必然变成计算理性、工具理性,并最终走到自己的对立面,变成非理性。

但要摆脱人类自我施加的幼稚,获得运用无须他人指导的知性,关键在于自由:"但是对启蒙来说,除了自由,别无所需,而且我们需要的自由是最无害的自由:亦即在所有事情上公开运用人的理性的自由。"[③]启蒙的关键是自由,自由的关键则是理性。因此准确把握康德所说的理性的内涵,就不仅只是理解康德

---

① Immanuel Kant, "An Answer to the Question: What Is Enlightenment?", in *Practical Philosophy*, trans. & ed. Mary J. Gregor, NY: Cambridge University press, 1999, p. 17.

② M. Horkheimer, T. W. Adorno, *Dialectic of Enlightenment: Philosophical Fragments*, trans. Edmund Jephcott, Stanford: Stanford University Press, 2002, p. 68.

③ Immanuel Kant, "An Answer to the Question: What Is Enlightenment?", in *Practical Philosophy*, p. 18.

的关键,也是理解阿多诺和霍克海默在《启蒙辩证法》中将萨德与康德相提并论的当务之急。康德认为,理性绝不直接和经验对象发生关系,而只和知性发生关系。理性并不创造任何关于客体的概念,而只是整理和组织这些概念,并为它们赋予某种统一性。理性只把知性及其目标明确的应用当作对象。正如知性通过概念把杂多统一成一个对象一样,理性则借助理念把杂多的概念统一起来,因为它把集体的统一性当作知性诸行动的唯一目标①。阿多诺和霍克海默敏锐地发现,在康德那里,理性的唯一贡献就是提供了系统化的统一,以及为固定的概念关系提供各种形式因素。当康德把理性作为最高法则运用到实践领域即道德领域时,理性自身苛刻的逻辑不仅把人的情感作为有害理性的东西排斥了出去,而且使自然沦落为奴役对象。"由于理性没有实质目标,因而所有情感都离它同样遥远。它们仅仅是自然的。理性据以对立于一切非理性事物的原则,支撑了启蒙与神话的真正对立……为了不再对自然感到迷信恐惧,启蒙将各种真实的客观实体和形式毫无例外地仅仅当作混乱的物质的面纱,把物质对人类主体产生的影响诅咒为一种奴役,直到主体根据这个概念自身的内涵变成一个单一的、无拘无束的、空洞的权威。"②阿多诺和霍克海默在福柯之前就已经看到,理性所能提供的仅仅是知识体系自身的一致性和知识体系内部具体概念关系的形式因素,它既不能证明,更不能保证自身的真理性。因此,"科学本身已经丧失了自知之明,而只是一种工具。但是,启蒙则变成了一种把科学体系等同于真理的哲学。康德出于哲学目的,试图证明这种同一性,但这种努力带来的却是对科学毫无意义的一些概念,因为它们已经不再仅仅是根据一些规则履行某些操作的指示"③。在知识领域,理性只关心规律和普遍性,对特殊情况和具体对象不感兴趣;在实践领域,正如康德坚决主张的那样,理性只关心意志的普遍法则,完全置情感和对象于不顾。这和资本主义的运作逻辑是完全一致的:保险公司的理性是分清事故原因和赔偿责任,究竟谁死了、死了多少人是无关紧要的,重要的是事故和公司责任之间的关系。因此,只要将启蒙运动的

---

① 康德:《纯粹理性批判》,邓晓芒译,杨祖陶校,北京:人民出版社,2004年,第506页。Immanuel Kant, *Critique of Pure Reason*, trans. & ed. Paul Guyer, Allen W. Wood, New York: Cambridge University Press, 1999, pp. 590—591.
② M. Horkheimer, T. W. Adorno, *Dialectic of Enlightenment: Philosophical Fragments*, p. 70.
③ Ibid., p. 66.

准则——一切以理性为准,严格贯彻到实践领域,就必然会合乎逻辑地演变成资本主义社会的最高逻辑:一切以利益和效率为准。可见,资本主义的冷酷不是源于个人,这种冷酷是理性主义自身的内在逻辑。因此,在康德那里,从理性到非理性只是一步之遥,甚至非理性就是理性的必然逻辑结果。

在《实践理性批判》中,康德以意志自由的名义废除了主体对一切前现代的伦理学本体的依赖,但是他无法回避这个事实:就理性自身固有的形式结构而言,善对恶无法获得逻辑上的优先权,相反,恶对善倒是具有必然的优先权。面对这种道德悖论,沉湎于浪漫主义的感伤主义无济于事,求助于愤世嫉俗的犬儒主义也于事无补,启蒙运动的道德教义企图以一种理智的动机来代替衰落的宗教也是毫无希望的,因为哲学家作为真正的资产者,已经与他在理论中谴责的权力同流合污了。为了挽救道德,也为了挽救理性——因为如果理性的必然结果只能是非理性、非道德,那么理性自身的存在基础也就崩溃了——康德只好求助于内在良知的呼唤。这就是康德在《实践理性批判》中要完成的任务。为了使这种内在良知的呼唤上升成为意志的普遍立法原则,康德不得不假定道德律令、道德法则虽然与对象、利益、情感和幸福无关,但它是绝对的、无条件的要求。当然,康德的意思不是说,人人都必须服从道德法则的命令,而是说人人都可以不考虑其他任何条件,自由地履行道德法则的义务。但是,我们在此看见了一个双重悖论:为了阻止理性变质为非理性,康德求助于"无条件的"道德法则,虽然康德认为这种"无条件性"尽管不能证实,但仍然是不证自明的。可纵然如此,道德法则假定的"无条件性"其实并没有理性根据。

在阿多诺和霍克海默看来,萨德以及后来的尼采彻底抛弃了道德的糖衣,完全接受了资本主义的工具理性。萨德所采取的立场是资本主义现代主体性所具有的真正伦理内涵,或者说得更绝一些,是整个启蒙过程真正的伦理内涵。诚如齐泽克所说:"萨德之所以伟大,在于他借助对世间快乐的完全肯定,不仅放逐了任何形而上的道德准则,同时还完全认可了我们必须为此付出的代价:将以享乐为目的的性行为彻底知性化、工具化、体制化。"[①]从这个意义上说,萨德笔下的主体并不是单纯的虐待狂或者性变态,而是极端的、"淫荡的"理性主义者,是狂热地热爱理性的残酷无情的知识分子。阿多诺和霍克海默正确

---

① 齐泽克:《实在界的面庞》,季广茂译,北京:中央编译出版社,2004年,第3—4页。

地指出,萨德笔下的主体绝不是一般意义上的浪荡子,绝不是激情旺盛的唐璜似的人物,恰好相反,他们是绝对残酷无情、麻木不仁的资产阶级主体。阿多诺和霍克海默认为,正是在这里,萨德的"无情"(apathy)与康德的"冷漠"(disinterested)殊途同归。我们不应忘记,康德在《道德的形而上学起源》中还曾明确指出冷漠是德性的必要前提。与此相应,他在《实践理性批判》中明确表示不能将宗教狂热和道德狂热作为义务的根据:"这一考察在这里的目的,并不仅仅是要将前述福音书的诫命归到清晰的概念上来,以便在对上帝的爱方面遏制或尽可能预防宗教狂热,而是也要直接地在对人的义务方面精确地规定德性意向,并遏制或尽可能预防那感染着大众头脑的单纯道德的狂热。"①康德同样蔑视由感伤的怜悯或任何其他"病理学的"满足支撑的虚假道德,鼓吹唯一正确的伦理态度就是冷漠地为了履行义务而履行义务。康德说:"爱好是盲目的和奴性的,不论它是否具有好的性质,而理性当事情取决于德性时不仅必须扮演爱好的监护人,而且必须不考虑爱好而作为纯粹实践理性完全只操心它自己的利益(兴趣)。甚至同情的情感和贴心关怀的情感,如果先行于考虑什么是义务而成为规定根据的话,对于善于思维的人来说本身也是累赘,将他们经过思虑的准则带入混乱,并引发要从中解脱出来而只服从立法的理性的愿望。"②

在阿多诺和霍克海默看来,萨德的主体正是完全驱逐了宗教狂热和道德狂热的资产阶级主体,他们严格按照理性原则行动,最大限度地追求自己的快感,绝不容许仁慈、怜悯、同情、懊悔等情感妨碍自己体验最大化的快感。这就是资本主义的逻辑,而法西斯主义则是这种理性逻辑的必然结果。因此,阿多诺和霍克海默将萨德与康德相提并论,目的是为了从启蒙运动的理性逻辑入手,对资本主义文化做意识形态批判,试图以此挖掘法西斯主义的历史根源。明白了这一点,我们接下去就会看清拉康与他们之间迥然不同的特征。

三、欲望辩证法下的康德与萨德

与阿多诺和霍克海默的意识形态批判不同,拉康从精神分析的伦理学入手

---

① 康德:《实践理性批判》,邓晓芒译,杨祖陶校,北京:人民出版社,2003年,第115页。Immanuel Kant, *Critique of Practical Reason*, p. 109.

② 康德:《实践理性批判》,第162页。参见英文版第150页。

来考察萨德和康德的对偶关系。这种宗旨上的差异决定了他们之间根本性的不同。阿多诺和霍克海默机智地把萨德的主体上升到"资产阶级的主体",这固然为反思启蒙运动和批判资本主义制度提供了一个极具创意的思路,但其代价是有意无意地忽视了萨德笔下那些浪荡子种种令人发指的越轨之举。作为一个杰出的精神分析学思想家,吸引拉康注意的正是这些浪荡子极端反常的罪行,他要思考的问题是:这些浪荡子真的是其种种匪夷所思的变态恶行的行为主体吗?

在《何为启蒙?》中,康德的主旨不是知识,而是自由。启蒙的目的(也是康德的目的)乃是将人从各种迷信和盲从中解放出来,让人有能力运用无须他人指引的知性。换句话说,让每个人都成为一个理性的人,也就是自由的人。康德将自由定义为"在所有事情上公开运用自己的理性的自由",其本质上是一种思想自由和言论自由。对康德来说,自由不是无拘无束和为所欲为,自由的主体仍然有所服从,但他所服从的不是外在的律令,而是内在的良知。对良知的服从之所以是自由,乃是因为在康德那里,良知的呼唤即义务证明了主体拥有彻底的伦理自主性,因为义务是主体自由设置的:"这个东西不是别的,正是人格,也就是摆脱了整个自然的机械作用的自由和独立,但它同时却被看作某个存在者的能力,这个存在者服从于自己特有的,也就是由他自己的理性给予的纯粹实践法则,因而个人作为属于感官世界的个人,就他同时又属于理智世界而言,则服从于他自己的人格。"①

在康德看来,前启蒙的主体是非理性的、不自由的,根本原因在于他们的懒惰和怯懦,懒惰和怯懦使他们总是服从外在的权威:向书籍寻求知识,向牧师寻求良心,向医生寻求食谱。其实这根本不是一个懒惰和怯懦的问题,前启蒙的主体丝毫不比启蒙后的主体懒惰和怯懦。即使他们事事服从,处处服从,他们服从的也并不只是外在的权威,而是内化了的外在权威。用卢梭的话说,他们不仅服从镌刻在青铜表上的法律,而且也服从镌刻在心灵之中的法律。康德看见前启蒙的主体据以行动的知识都来自于外在的书籍、神父和医生,但他没有看见命令主体的道德律同样也来自于主体之外,只不过被主体内化了而已。康德指出,如果主体的行为受到各种病理学的兴趣和爱好的支配,那么虽然这些

---

① 康德:《实践理性批判》,第 118—119 页。参见英文版第 111—112 页。

病理学的兴趣和爱好源于主体自身之内,主体也是不自由的(就理性主义这个概念本身而言,康德有权这么认为)。因此,为了保证道德律的自我赋予性,为了保证严格服从良知的主体仍然是绝对自由的,他必须将所有病理学的兴趣与爱好全部排除出去。如果主体的行为不仅不受外部经验对象和实际利益的影响,而且不受内部兴趣与爱好的影响,那么主体当然就是绝对自由的。所有这些都源于纯粹实践理性的第四定理:"意志自律是一切道德律和与之相符合的义务的唯一法则;反之,任意的一切他律不仅根本不建立任何责任,而且反倒与责任的原则和意志的德性相对立。"①一言以蔽之,在康德这里,道德律仅仅表达了纯粹实践理性的自律,也就是自由的自律。总之,康德的主体仍然是笛卡儿意义上的主体,自我同一的主体或者可以自我同一的主体。他以为,如果主体的行为能够不受病理学的或者病态的兴趣和爱好的影响,主体的意志就取得了完全胜利,主体从而也实现了完全的自由。他似乎从来没有想过,意志或者道德律其实根本不是主体的意志,而是大他者的意志,虽然这个意志似乎来自主体自己的人格,其实它只是被内化了的大他者的意志。

与其同时代的哲学家相比,康德无疑是一个先行者,否则他不可能在认识论中实现哥白尼式的革命;但另一方面,他还不够激进,他走得还不够远,仍然滞留在笛卡儿式的主体之内,没有看到主体的分裂。这不是康德的失误,而是时代的局限。主体的分裂要到弗洛伊德和拉康之后才会得到揭示。拉康指出:"道德律赖以立足的双极性不是别的,就是能指的所有介入引起的主体的分裂:说话的主体和陈述的主体(the enunciating subject [*sujet de l'énonciation*] and the subject of the statement [*sujet de l'énoncé*])。"②主体的分裂在失误动作、梦和症状中具有清晰的表现,但在道德律成功运转的时候则采取了隐蔽的形式;尽管如此,借助精神分析学的贡献,我们仍然可以发现这种分裂:在道德行为中发号施令的人,那个真正说话的主体,并非主体自己,而是大他者;至于那个陈述的主体,尽管他自以为是他自己在说话,是他自己在命令自己,其实不过是在服从和执行大他者的命令。道德律虽然专横,但因为它掩盖了主体的分裂,从而仿佛源于主体自己。就此而言,康德是一个受骗者,他被大他者欺骗

---

① 康德:《实践理性批判》,第43页。参见英文版第48页。
② Jacques Lacan, *Écrits*, p. 650.

了。凭借说话的主体与陈述的主体的虚假重合，大他者内化了自己，从而使道德律化装成了内在的良知。

　　拉康将康德与萨德联系起来，是因为他认为萨德合乎逻辑地展示了康德哲学革命固有的潜能，因为萨德笔下的浪荡子们真实地外化了大他者的声音。萨德的贡献就在于，他借其笔下那些浪荡子的口将这种虚假的重合公之于世。我们不要忘记，萨德或者萨德笔下的浪荡子们最高而且唯一的道德原则是："喜欢你自己，爱你自己，无论是以谁为牺牲代价。"尤其不能忘记的是，他们毫不避讳这条原则并不来自于他们自己，而是来自于大自然，是大自然的绝对命令。所以拉康说："因为出自于大他者之口，萨德的准则比康德那种诉诸内在呼声的做法更加诚实，因为它揭露了通常被掩盖的主体的分裂。"①借助萨德，拉康在康德的伦理自由中看见了不自由，看见了隐藏在康德道德律背后发号施令的大他者。康德的道德律绝非出自自由的主体，而是大他者专横的命令。在康德和萨德的哲学中，都根本性地存在一个上帝式的大他者，正是他在对我们发出无条件的指令。在康德的哲学中，这个上帝是神圣的，在萨德的哲学中，这个上帝以一种无神论的面目出现，以大自然（Nature）的身份出现的。但归根到底，他们都是专横的，因为绝对律令表达的仅仅只是他们自己的欲望。

　　虽然萨德外化了康德道德律中隐蔽的大他者，这并不意味着他笔下的那些浪荡子就是大他者的化身。恰好相反，他们只是供贪得无厌的大他者支配的工具，一如那些被他们百般折磨的受害者仅仅只是他们享乐的工具一样。表面上看，是萨德的浪荡子们在想方设法寻欢作乐，但究其根本而言，他们寻欢作乐不是为了让自己享乐，而是为了执行大自然的命令，因为大自然创造我们的目的不是别的，就是要我们竭尽所能地满足自己的快感。美德必须抛弃，法律必须踢开，亲情必须斩断，因为它们妨碍我们获得快感——违背了大自然的法则。欺骗是正当的，残忍是合理的，通奸应该提倡，乱伦不足为奇，杀人理当赞扬，因为这些有利于我们获得快感——符合大自然的法则。总之，追求快感是萨德的浪荡子们必须无条件履行的义务，因为这是大自然的绝对命令。

　　寻欢作乐只有在受到某种欲望驱使的前提下才能真正给主体带来欢乐。如果没有欲望的支撑，仅仅为了欢乐而寻欢作乐，主体是不可能真正如愿以偿

---

① Jacques Lacan, *Écrits*, p. 650.

的。不幸的是,萨德的浪荡子们正好属于后一种情况,对于他们来说,寻欢作乐不是自己内在欲望驱使的结果,而仅仅只是为了履行大自然的绝对命令。于是他们只好去人为地制造幻想(fantasy),而且无所不用其极。任何欲望都与幻想密不可分,因为幻想是被抹除的主体以一种摇摆不定的方式维持其对象 a 的场景。然而萨德的浪荡子们并没有任何具体的对象 a,也就是说,他们其实没有实实在在的欲望对象,因此也就没有任何真实的欲望。为了在没有欲望对象的情况下体验欢乐,他们,或者更准确地说是萨德,只好绞尽脑汁地设计各种匪夷所思的性虐待场景,以便人为地制造维持欲望的幻想。萨德笔下的浪荡子们的种种变态行为并非因为对象 a 而发生,他们的种种怪癖不是因为欲望的驱使而产生,而纯粹只是为了履行自己的义务而被发明出来的。因此,他们根本不是寻欢作乐的主体,而是执行大自然绝对命令的工具而已。所以拉康说:"在最极端的情况下,当萨德主义中的行刑者被仅仅简化为工具时,他就会变成这样。"① 萨德的变态场景只能提供转瞬即逝的快乐,它的目的是在没有真实欲望的时候引发快感。拉康在《精神分析的四个基本概念》中将这种没有对象 a 的欲望称为空壳欲望(empty desire)。正是因为这种欲望缺少对象 a 这个必不可少的核心,它需要制造一个幻想来维持它。萨德的幻想使拉康修正了他的幻想曲线图。下面就是这个新曲线图:

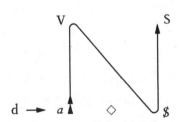

这个图式表示的是性变态者的欲望结构,它由两部分构成:最下面的这条线 d→a◇$ 以一种反转的方式(正常情况下是 d→$◇a)说明了幻想的结构:被抹除的主体($)与被切割掉的对象 a 既关联(∧)又分离(∨),有着既小于(<)又大于(>)的关系。这个图式的上面一部分,即曲线 a→V→$→S 描述的是萨德式的主体就大他者的欲望所做的运算。这个曲线是有方向的,这个方向建构

---

① Jacques Lacan, *Écrits*, p. 652.

了一个次序。在拉康的代数式中,通常 a 代表的都是欲望的原因或对象 a,但在此不同,它代表的是作为大他者之快感工具的萨德或者萨德笔下的浪荡子;V 代表大他者的快感意志;$ 代表被能指抹除或者被象征阉割的主体,也就是康德所说的实践理性;S 代表由变态的幻想投射的未被象征阉割的"狂野主体"。对此拉康评论说:"如果我们说这个主体(即萨德式的主体——笔者注)是通过异化被重新建构起来的,而且代价是只能成为快感的工具,那么,我们在这个意志的位置上遭遇到的显然就是康德的意志,这个意志只能是一个快感意志。因此,当人们'用萨德'来质问康德时——也就是说,与在他的萨德主义中一样,在我们的思考中,萨德在此的作用也是作为一个工具——康德会承认'他究竟想要什么?'这个问题中显而易见的东西,这个问题从此以后成为每个人的问题。"[1]关于这个图示,或者说关于萨德的性变态结构,拉康的上述评论可以这样解读:从精神分析学上来说,每个主体都是通过异化或者象征阉割而建构出来的,但萨德或者萨德式的主体所经历的异化与普通主体所经历的异化不同。普通主体经历的异化使主体与大他者保持一个必要的距离,不被大他者的欲望或快感意志吞没;但萨德或萨德笔下的浪荡子所经历的异化正好相反,它使主体完全受命于大他者,直接服务于大他者的快感意志。萨德或者他笔下为所欲为的浪荡子根本不是什么主人和统治者,而是大他者获取快感的工具,是大他者死心塌地的奴才。因为后者根本就没有属于自己的欲望:他们做出种种千奇百怪、骇人听闻的恶行并非因为这可以让他们感到快乐,而是为了让大他者感到快乐。如果说康德的启蒙主体其实并不自由,他履行的义务并非源于自我规定,那么萨德的主体也是如此,他只是在执行大他者的命令而已。戴维-梅纳对拉康的这一洞见心领神会:"他(萨德式的浪荡子)与上帝具有一种关系,这一点在萨德的文本中到处都有表露。不参照这个超级邪恶的存在,他就寸步难行……对他来说,为了实现上帝的快感,他经历了所有令人精疲力竭的麻烦,甚至到了迷失其目标的程度;必须要说,感谢上帝,萨德使我们省却了不得不去推想的麻烦,因为他就那样清晰地表达了它。"[2]

---

[1] Jacques Lacan, *Écrits*, p. 654.
[2] Monique David-Ménard, *Les constructions de l'universel* (Paris: Presses Universitaires de France, 1997), quoted from Jean-Michael Rabaté, *Jacques Lacan: Psychoanalysis and Subject of Literature*, Hampshire: Palgrave, 2001, pp. 100—101.

萨德外化了道德律中大他者的呼声,揭示这一事实,不仅可以指出康德所说的自由并不自由,而且更重要的是,我们借此可以发现,康德的道德律并不像人们以为的那样彻底驱逐了欲望。康德认为,只有纯粹出于责任的行为才具有道德价值,一切沾染了欲望的行为,即使合乎责任而且惠及他人,也不是道德行为。康德逼迫我们思考这个被他自己忽略的问题:如果主体必须履行的义务就是满足自己的欲望,情况会怎么样?拉康将康德和萨德相提并论,他的目的与阿多诺和霍克海默恰好相反:不要说萨德是个隐蔽的康德主义者,而要说康德是个隐蔽的萨德主义者。认为萨德是康德式主体的变态版本,隐喻了摆脱了一切监护的资产阶级主体,虽然不无创意,但仍然把问题简单化了。正如齐泽克指出的那样,拉康关注的焦点是康德而不是萨德,他并不想和阿多诺和霍克海默一样,借助萨德对资产阶级的伦理学做还原性的意识形态批判,揭示每种伦理学观点背后隐藏的权力和利益[1]。他感兴趣的是康德伦理革命的最终结局和一直被人们否认的前提,拉康要做的事情是将康德驱逐的欲望重新召回道德法则中来。欲望不仅不像康德贬低的那样是病态的,必须从道德法则的义务中排除出去,恰好相反,在极端情况下,满足自己的欲望其实就是主体必须履行的义务,或者说主体必须履行的义务就是去满足自己的欲望。

在讨论对象与**物**的关系时,拉康重读了康德的《纯粹理性批判》:给人一个机会,让他能够和自己垂涎欲滴的女人睡一夜,但在满足了这个欲望之后,他必须被绞死;另一种情况是在法庭上做出不利于朋友的伪证,否则受到相同的惩罚。康德的结论是:没有人会愚蠢到为了实现情欲而被绞死,但在后一种情况下,也许人们会在保全性命和拒绝作伪证之间犹豫不决。在此,拉康对这个科尼斯堡的哲学家表现出了某种不敬。在他看来,只有康德这样缺乏激情的人才会在面对绞刑架时立即放弃自己的情欲,但在犯罪记录和新闻报纸上我们到处都可以发现一些足够疯狂的人,会接受第一种挑战。"某人尽管很清楚一旦他非法占有了某个女人就会被处死,被绞架或者别的什么东西处死,他仍然要去干这件事,这不是不可能的(当然,所有这些都在激情越轨这个题目之下,这个问题引发了许多其他问题);这个人在离开时冷静地接受可能发生的事情,这也

---

[1] Slavoj Zizek, "Kant and Sade: The Ideal Couple", in *Lacanina Ink*, no. 13 (1998), pp. 12—25.

不是不可能的——比如,为了品尝将这位女士碎尸万段的快乐。"①毕生没有走出过科尼斯堡的这个哲学家始终过着一种平静的生活,他没有考虑到两种"越轨",这两种越轨正好颠覆了他想在这个基础上建立的理性:对象升华的越轨和变态快感的越轨。他柔弱的气质和闭塞的生活使他想象不到,毕竟还是有人会希望忠诚于他或她最深层的欲望,尤其当他或她是一个强迫性的撒谎者或者一个连环杀手。"升华与变态都与欲望有关,这种关系吸引我们去注意这种可能性,即在现实原则的对立面,以一个问题的形式去解释另一种道德,甚至是同一种道德的不同标准的可能性。因为还有另一个道德领域,这个道德领域根据人们在**物**的水平上发现的东西确定其方向;当主体要做出对**物**不利的伪证时,也就是说,当主体位于欲望的位置上时,不管是变态的欲望还是升华的欲望,正是这个领域使得主体颇费踌躇。"②拉康所说的另一个道德领域,就是精神分析的伦理学,在这个道德领域中,伦理学的最高原则不是"己所不欲勿施于人",也不是"爱你的邻居如同爱你自己",而是"绝不要在你的欲望上妥协"。

萨德笔下的浪荡子就是这种伦理学的忠实践行者,后者似乎正好是康德伦理学的对立面。对这些萨德主义者来说,满足自己的欲望就是主体唯一的义务。为了获得快感,他们可以百无禁忌:"喜欢你自己,爱你自己,无论是以谁为牺牲代价。"如果说在康德那里,道德法则作为意志的普遍立法根据必须排除任何对象、利益和欲望,那么在萨德这里,快感也具有同样的地位,为了自己的快感,必须毫不考虑对象(受害者)的感受,必须将道德、良心和法律统统摒除。对萨德式的主体来说,满足自己的快感正是主体必须履行的义务。就此而言,萨德的伦理学不仅不是康德伦理学的对立面,反而是其合乎逻辑的发展。因此,正如拉巴特所说:"如果变态的欲望能够得到说明以质疑那些普遍的基础,那么它就体现了对伦理法律最具腐蚀性的模仿,而且超越了它纯粹颠覆性的方面,提出了一个先验的问题。"③

康德的伦理学是一种彻底的形式主义伦理学,除了抽象的义务,它没有任何本质内容。因此,以萨德的快感来填补这个空白完全合乎逻辑。但是在拉康

---

① Jacques Lacan, *The Ethics of Psychoanalysis*, p.109.
② Ibid., pp.109—110.
③ Jean-Michael Rabaté, *Jacques Lacan*, p.89.

看来,以萨德的快感来代替康德的义务,并不仅仅只具有逻辑上的合理性,萨德主义的快感本身就是康德哲学大厦中固有的。康德曾经给婚姻下过一个臭名昭著的定义:两个成年异性为彼此使用对方的性器官而签署的合约。它不仅把婚姻中的主体简化成对方的性伴侣,而且把彼此约简成性伴侣的性器官,对主体的人格视而不见。这个定义难道不是彻头彻尾的萨德式的吗?除此之外,拉康认为我们还能找到一条更为关键的线索将康德与萨德联系起来,那就是痛苦;因为康德毕竟还是承认道德法则具有纯粹的情感关联物,这种情感关联物正是痛苦本身:"于是我们可以先天地看出,道德律作为意志的规定根据,由于它损害着我们的一切爱好,而必然会导致一种可以被称之为痛苦的情感。并且在此我们就有了第一个,也许甚至是唯一的一个例子,在其中我们有可能从先天的概念出发来规定一种知识(在这里就是一种纯粹实践理性的知识)与快乐或者痛苦的关系。"①虽然康德一再强调道德行为出于实践理性,是一种自由选择,但他不得不承认主体在面对道德律时必然会感受到某种先验的痛苦。虽然这种先验的痛苦本质上就是大他者对主体的折磨,但它总是被主体体验为自己对大他者的辜负。拉康认为,康德把痛苦视为先验的感伤,这确实与萨德有关痛苦的认识类似:拉康以痛苦将康德和萨德联系起来,看似不可理解,因为这痛苦在萨德那里是他人的痛苦,而在康德那里则是主体自己的痛苦。其实,如果我们稍加留心就会明白,萨德的痛苦首先不是那些受到凌虐的女子的痛苦,而是那些浪荡子自己的痛苦。

萨德的痛苦源于他无法彻底享受他所幻想的快感,因为他无法实现彻底的毁灭。因为萨德将追求快感当作绝对命令,而获得快感的唯一途径又是折磨他人,所以对他来说,伤害他人就是完全合理的:"如果一个人的痛苦会使我们感到快乐,那么,我们为何应该温和地对待这人呢?一旦在一个人身上施加痛苦,我们就会感到很大的快感,那么我们为何不应该在他身上施加不会让我们流一滴泪的痛苦?"②为了追求这种至上的快感,一般伤害、一般痛苦已经远远不够,萨德甚至进而求助于毁灭并为毁灭辩解:"毁灭是大自然的主要律则之一,毁灭

---

① 康德:《实践理性批判》,第 100 页。参见英文版第 95—96 页。
② 马奎斯·德·萨德:《卧房中的哲学》,第 88—89 页。Marquis de Sade, *Philosophy in the Bedroom*, p. 55.

的力量不可能是罪恶。如果一种行为有助于大自然,那么它怎么可能伤害到大自然呢?"①为了履行大自然的绝对命令,尽管萨德的浪荡子们在折磨那些可怜的女子时绞尽脑汁,无所不用其极,但最终仍然无法真正体验那种极乐至福。他们最终不得不痛苦地哀叹:"人们喜欢夸谈这种毁灭,其实这种毁灭不过是一种幻想。谋杀并不是一种毁灭。进行谋杀的人只是改变了形式,他是把元素归还给大自然,然后大自然用这些元素重新创造出其他生命。"②没有彻底的毁灭就没有彻底的快感,没有彻底的快感就等于没有彻底履行大自然的绝对命令。为了实现彻底的毁灭,他甚至幻想对受害者实施第二次谋杀:"杀戮仅仅夺走了被我们打倒的那个人的第一次生命,如果我们想更加有益于自然,我们还应该努力夺走他的第二次生命。因为自然想要的是灭绝,不到灭绝她不会完全满意,但我们的能力不足以达到它所期望的那种破坏规模。"③萨德异想天开地得出了第二次谋杀这种灭绝方案,但正如上述引文最后一句所表明的那样,他不得不再次痛苦地承认这是他力所不及的幻想。最让萨德崩溃的是,阻挠他自己实施绝对毁灭的不是别的,正是大自然本身"无中生有"的能力。为了终结、阻止大自然继续"无中生有",萨德不得不构想各种匪夷所思的变态罪行以禁止大自然生生不息的能力。就这样,被折磨者的痛苦反转成了折磨者的痛苦,这是萨德无法忍受的痛苦。拉康指出,萨德幻想的第二次谋杀看似疯狂,其实正是人类各种文明中都存在的地狱想象。人类以不同的形式始终保持着关于地狱的想象,原因正在于希望自己诅咒的人永远不得超生,万劫不复。人始终幻想着这种第二次谋杀,但是由于不可能横越第二次死亡的界限,这种痛苦被无限维持了下来。故此拉康说:"总之,康德和萨德的观点是相同的。为了绝对地抵达**物**,为了打开欲望的闸门,萨德在这个地平线上向我们展示了什么?本质上,就是痛苦。他人的痛苦与主体自己的痛苦,因为有时它们简直就是一回事。当快乐强迫人们走向**物**时,快乐这遥远的尽头对我们来说是无法忍受的。正是这个解释了萨德荒谬或者疯狂的一面,在其虚构作品中他用这疯狂的一面猛击

---

① 马奎斯·德·萨德:《卧房中的哲学》,第 71 页。Marquis de Sade, *Philosophy in the Bedroom*, p. 43.
② 同上。Ibid.
③ Marquis de Sade, *Historie de Juliette*, in *Oeuvres III*, Paris: Editions Gallimard, p. 876.

我们。"①

在萨德的小说中,还有一个细节可以将他与康德联系起来:所有受害者都具有一种百折无损的美。她们的美不会在那些暴徒身上激起丝毫怜悯之心,她们仅仅被当作一个跳板,以便他们变态的幻想飞翔,以便验证一种更加恐怖的麻木或者上帝一般的冷漠。与此相应,康德的伦理行为也排除一切病态的情感,要求伦理主体绝对保持无动于衷的"冷漠"(disinterestedness),这与萨德笔下的浪荡子为了自己的快感而表现出的"冷酷"(apathy)恰好相互映照。更重要的是,萨德笔下的那些受害者不仅美,而且她们的美在历经种种非人的折磨之后仍然毫发无损。由此拉康再次将康德与萨德相提并论:"康德告诉我们,虽然在知识中起作用的各种形式感兴趣的是美(beauty)这种现象,但不涉及对象本身。我想你们可以见出这和萨德式的幻想类似,因为这里的对象无非是一种承受折磨的力量,它不是什么别的东西,仅仅是一个表示某种界限的能指。"②这些受害者之所以具有百折无损的"美",只是因为她们在萨德式的幻想中仅仅起着能指的作用,根本不是作为具体的个人,就像美被康德抽象为一种纯粹的形式。拉康指出,康德的形式主义道德的出发点就是对象的消失:"正是在主体面前不再有任何对象之时,他才与道德律遭遇;除了某种表意性的事物,这道德律没有其他现象;后者得自于良知中的声音——这种声音是以良知中的箴言的形式表达出来,提出了纯粹实践理性或意志的命令。"③总之,康德与萨德都利用了理性的"形式主义",这种形式主义使他们在假定一个原则时可以毫不顾及它可能涉及的任何对象。因此,人们完全可以用非常接近于康德的绝对命令的术语来重述萨德的法律。在传统道德一旦面临欲望就无法证明自身的基础的地方,拉康敏锐地抓住了二者的并列关系:"在它利用了实践理性的必要性的情况下,义务肯定了一种绝对的'你必须'。这个领域的重要性来自于康德式的定义在那里留下的真空。现在我们分析者能够辨认出那就是欲望占据的地方。我们的经验带来了一种颠倒,这种颠倒将一种无与伦比的尺度、一种无穷的尺度放到了这个中心,这个尺度就叫欲望。我曾向你们表明,人们可以轻而易举地用

---

① Jacques Lacan, *The Ethics of Psychoanalysis*, p. 80.
② Ibid., p. 261.
③ Jacques Lacan, *Écrits*, p. 647.

萨德式的快感幻想来代替康德的'你必须',这种快感幻想被提升到了一种命令的水平上——当然,它是一种纯粹的、几乎荒谬的幻想,但并不排除它有可能被提升为一种普遍的法则。"①

然而康德伦理学最激进的力量在于这个问题:如果道德律本身反转成了欲望,情况会怎么样?康德形式主义的伦理学清空了所有实体内容,但这同时也意味着任何原则都可以去占领这个真空。当"爱你的邻居如同爱你自己",或者"己所不欲勿施于人"这类原则占据这个真空时,我们不应忽视主体的分裂,因为这时道德律是欲望的否定和禁令。拉康说"欲望是法律的负面"②,就是这个意思。一般而言,道德律总是作为欲望的禁令而出现,但是当"道德律恰好成为快感的载体"③时,道德律就会反转成为欲望本身。比如:一个严厉的教师狠狠地鞭笞了没有完成课业的学生。看着学生被打得红肿的手掌,他哀叹说:"我也不想惩罚他,可是有什么办法呢?不打不成才呀!"在此情形中,这个教师鞭笞学生看似在被动执行道德律的要求,其实是在满足他自己的施虐欲望。也就是说,道德律反转成了欲望本身。

我们习惯于将道德律视为超我,但道德律不一定总是等同于超我,有时它会反转成主体自己的欲望,但超我则不同,它总是以损害主体的欲望为生。将道德律一概等同于超我,势必会将道德律中的欲望一概还原为大他者的欲望,这种失误在政治上和哲学上的恶果同样严重。首先,其政治上的恶果是为法西斯主义者和极权主义者开脱自己的罪责提供支持。艾希曼在以色列受审时就是这样自我辩护的:是的,的确有许多犹太人经我签署的命令而被处决;但我有什么办法?我也是不得已,我只是在执行大他者的命令而已。果真如此,如果一切责任都可以归咎于大他者,那么艾希曼几乎可以说是清白无辜的。艾希曼的罪责何在?像汉娜·阿伦特那样,将艾希曼和千千万万的纳粹主义者的罪行定义为"平庸的恶",固然可以深化我们对普通人性的剖析,但仍然为他们的自我开脱留下了余地。为什么艾希曼必须对他自己的罪行负责?对此拉康的精神分析学提供了一种比阿伦特更加有力的指控:因为他享受了罪行带来的快

---

① Jacques Lacan, *The Ethics of Psychoanalysis*, pp. 315—316.
② Jacques Lacan, *Écrits*, p. 665.
③ Jacques Lacan, *The Ethics of Psychoanalysis*, p. 189.

感;或者更准确地说,纳粹主义者参与屠杀犹太人并不纯粹是为了履行大他者的命令,而是主要为了享受迫害和杀戮带来的快感。正因为他们享受了迫害与屠杀带来的快感,所以他们并不是实现大他者命令的消极工具,而是实施迫害和屠杀的积极主体,所以他们有罪,而且罪不可赦。其次,其哲学上的恶果则是把萨德理解为康德的真理,误以为萨德的哲学实现了康德伦理学的全部潜能。然而正如齐泽克所说:"康德伦理学的唯一力量恰好存在于这种形式上的不确定性:道德律并不告诉我我的责任是什么,它仅仅告诉我必须履行我的责任。也就是说,我在我的特定处境中必须遵守的具体规范不可能来自于道德律本身——这就意味着主体自己必须承担起将道德律的抽象命令'翻译'成一系列具体义务的责任。"[1]在齐泽克看来,康德形式主义的伦理学绝不仅仅只具有一种消极性,绝非只是掩盖了主体的分裂;或者说康德在主体问题上绝非仅仅只是一个天真的笛卡儿主义者,而是一个比笛卡儿更加严格的笛卡儿主义者。如果道德律会反转成欲望,那么主体的自由和统一就绝非不可能。康德伦理原则形式上的空洞性使得主体必须自己承担起将道德律具体化的使命,从此他再也不能借口自己只是大他者的工具而逃避自己的责任。

　　拉康认为,萨德本人就是这样一个责任逃避者。就他严格的思想逻辑与他本人的实际生活而言,他并没有完全被他自己的幻想愚弄,并未真正"按照自己的欲望行动",并未像他笔下的浪荡子们那样一丝不苟地"履行自己的义务"。因为如果他真的能够彻底按照自己的欲望行动的话,那么他应该坦然接受法庭对自己的死刑判决,而不是竭尽全力为自己辩解。在此我们看见了拉康在这个问题上与常识有别的一个观点:就康德与萨德具有相近的本质而言,不是荒淫无度的萨德比严格自律的康德激进,而是康德比萨德更加彻底。萨德不是康德的真理,因为无论他的哲学还是他的生活,都远远不如康德激进而彻底。

　　与阿多诺和霍克海默一样,将萨德与康德相提并论,的确有些惊世骇俗。拉康是否受到前二者的影响并不重要,重要的是他和他们二者的差异。阿多诺和霍克海默的核心命题是论证萨德是一个康德主义者。他们认为康德的启蒙理性直接催生了资产阶级主体,而萨德则是这种资产阶级主体激进甚至变态的版本,他穷尽了康德哲学的全部秘密。总之,他们二者的最终目的是要展示源

---

[1] Slavoj Zizek, "Kant and Sade: The Ideal Couple", in *Lacanina Ink*, no. 13 (1998), pp. 12—25.

于启蒙运动的理性主义如何走向了反动的非理性主义,并让康德为资本主义残酷无情的技术理性主义负责。与之相比,拉康对这种将康德判定为替罪羊的资本主义批判不感兴趣。他的核心命题是,指认萨德是一个康德主义者是远远不够的,最重要的是要指认康德是一个萨德主义者(萨德本人其实不够格成为一个萨德主义者)。康德伦理学的激进性尚未被真正揭示,将其理解为一种无视主体之分裂的天真的笛卡儿主义,也许符合康德本人,但并不符合康德伦理学本身,因为后者的激进潜能指明了伦理主体真正实现自由的可能性,从而为批判法西斯主义和极权主义罪行提供了真正的支持——当然,要实现这一点,必须借助精神分析的伦理学。

疯癫与书写：乔伊斯这个症状

1975年6月16日，应乔伊斯专家雅克·奥伯特（Jacques Aubert）之邀，拉康在召开于索邦的国际乔伊斯研讨会上做了题为《乔伊斯这个症状》（"Joyce the Symptom"）的专题报告。并于同年11月到次年4月，举办了他的第23期研讨班，该期研讨班报告名曰"Le Sinthome"，是晚期拉康最为重要的文献，其所讨论的对象也是伟大的爱尔兰作家乔伊斯。由于版权原因，这期研讨班报告的法文版直到2005年才由子夜（Seuil）出版社出版，至于其英文版，虽然早有卢克·瑟斯顿（Luke Thurston）的译文，但至今尚且付之阙如。拉康的思想在其晚期发生了显著的变化，不仅其所关注的重心从象征（symbolic）转移到"不可能的"实在（real），而且因为乔伊斯的艺术，他对精神分析本身也有了新的认识，所谓"治疗是不可能的"，正是在这一背景中形成的。与乔伊斯那种"不可读的"风格相呼应，拉康的"Le Sinthome"也几乎是不可读的。正是这种双重的"不可读性"极大阻碍了人们对该研讨班报告的研究。但是，如果我们不想在研究拉康的道路上半途而废,如果我们不想把拉康关于乔伊斯的精彩论述因为知难而退从而束之高阁,那么就必须迎难而上。我们面临的困难是双重的,但只要能克服这双重的困难,我们的收获也将是双重的:在深入理解晚期拉康的同时找到一把破解乔伊斯的钥匙。

拉康之所以会对乔伊斯感兴趣,与他青年时期和乔伊斯的两次相遇有关。据拉康在《乔伊斯这个症状》中所说,"十七岁时,由于我经常光顾阿德里安·莫尼耶(Adrienne Monnier)的书店,因此有一天竟与乔伊斯不期而遇。因为同样的原因,二十岁时,因为参加了莫尼耶主办的第一次《尤利西斯》(法文本)朗读会,再次与乔伊斯相遇。"①如果这种个人际遇暗示了拉康与乔伊斯具有一种命定的因缘,那么乔伊斯与拉康学术思想的关联性便是更加重要的因素。在转向弗洛伊德之前,拉康早在 1931 年就出版过一本与人合著的著作,名曰《"灵感"写作:精神分裂书写》(*Ecrits "Inspires": Schizographie*),加上那时他与达利等超现实主义者之间的密切交往,均表明拉康很早就对疯癫与书写的关系抱有浓厚的兴趣。因此,约半个世纪之后,拉康在 1975 年重新回到乔伊斯就绝非偶然了。

一、被排斥的父亲-的-名字

乔伊斯的作品最为显著的特征就在于其不可读性。这种不可读性在其早期著作如《都柏林人》和《一个青年艺术家的画像》中虽然并不明显,但已经初显端倪;到《尤利西斯》,这种不可读性已经非常显著,至于其最后问世的《芬尼根守灵》则变得完全不可读。读者,尤其是职业批评家,固然可以坚持声称他们能够从中发掘出丰富的"意义",但所有这些意义其实都只属于阐释者自己,与乔伊斯了无瓜葛。笔者提出这样的主张并非因为昧于现代解释学的洞见,仍然幻想文本的意义只能来源于作者;事实正好相反:笔者坚信文本的意义的确只能来源于作者与读者双重视域的融合,但这种视域融合在乔伊斯这里,尤其是在其《芬尼根守灵》中是绝不可能的。就文学文本的接受而言,视域融合的根本前

---

① Jacques Lacan, "Joyce le symptôme Ⅰ", in *Joyce avec Lacan*, ed. Jacques Aubert, Paris: Navarin éditeur, 1987, p. 22. 本文同时参阅了 Aaron Benanav 的英译本未刊稿。

提是最低程度的认同,读者必须与文本中的人物或者作者本人产生某种程度的认同;没有这种认同,读者的视域和作者的视域就不可能发生融合,"意义"也就无从产生。但是,就《芬尼根守灵》而言,读者不仅不能与其中任何人物发生认同,甚至与任何一个语句都无法产生认同。如拉康所说,"猜测乔伊斯为何如此不可读是一项艰巨的任务。如果他真是如此之不可读,那是因为他在我们心中不能引起任何同情"[1]。正是在这个意义上,罗伯托·哈拉里说:"乔伊斯的作品已经超越了幻想:也就是说,前进到了集体幻想或集体欲望无法通过他人的认同而被捕捉、框定或者表现的地方。的确,要'认同'乔伊斯式的文本所具有的那些特定效果是非常困难的:没有人觉得自己能在长达一百个字母构成的词语中得到表现。"[2]正因为此,我们说乔伊斯的作品,尤其是《芬尼根守灵》乃是不可读的。

　　哈拉里在其大作《乔伊斯如何让自己扬名:读最后的拉康》中一再强调了这个事实。科莱特·索莱尔也指出:"由于乔伊斯,我们对不可读的文字有了一个范例。"[3]然而"不可读的文字"是怎么产生的呢?是否作家仅凭某种坚决不让人读懂的决心就可以写出"不可读的文字"?拉康曾经指出,人不能仅凭决心变得疯癫就真正疯癫;同理,作家也不能仅凭决心不让人读懂就写出不可读的文字。有两种不可读的文字,一种是真正的不可读,一种是虚假的不可读。当我们说拉康的文本不可读的时候,这只是一种修辞手法而已,意在表明拉康文本的晦涩和艰深。毋庸讳言,拉康的晦涩是处心积虑的结果,但他处心积虑的晦涩不是为了真正的不可读,并封锁读者的理解,恰好相反,而是为了让读者更准确地把握精神分析学的精髓。所以拉康的不可读乃是一种虚假的不可读,只要读者有耐心和决心,他的文字最终将为我们打开一个壮观的世界。至于乔伊斯,如果他的作品真的是不可读的,那绝不是因为他处心积虑的结果。尽管他的确为此煞费苦心,使用了大量的典故、双关、语言游戏和文字变形,但他的作品之所以真的不可读,真实原因并不在此,而是因为在他的心理结构中发生了一种结

---

[1] Jacques Lacan, *Le Sinthome*, lesson of 11 May 1976. 引自 Luke Thurston 的未刊译本第 67—68 页。

[2] Roberto Harari, *How James Joyce Made His Name: A Reading of the Final Lacan*, trans. Luke Thurston, New York: Other Press, 2002, p. 82.

[3] Colette Soler, "The Paradoxes of the Symptom in Psychoanalysis", in *The Cambridge Company to Lacan*, ed. Jean-Michiel Rabaté, New York: Cambridge University Press, 2003, p. 125.

构性的失败，用拉康的话说就是，父亲－的－名字（Name-of-the-father）在他的心理结构中被排斥了。

为什么父亲－的－名字被排斥必然会导致意义的瓦解呢？因为，"父亲－的－名字是一个根本性的能指，它保证了指意过程/含义的正常进行。这个根本能指既为主体赋予了身份（它为他命名，将他安置在象征秩序之中），又表示了俄狄浦斯禁令，也就是乱伦禁忌的'不'。"① 为什么这个根本能指保证了指意过程/意义的正常进行呢？因为只有借助父亲－的－名字，幼儿才能与最初的大他者母亲保持必要的距离，不至于被母亲的欲望吞噬，并在此基础上发展他自己的欲望，从而真正成为一个"说话的主体"。从精神分析学来说，言语本质上乃是欲望的建构和表达，言语的根本目的就是追寻和捕捉主体欠缺的菲勒斯。然而主体欠缺的菲勒斯本质上是不可捕捉的，因为这种欠缺正是语言本身得以可能的基本条件。显然这是一个悖论，但正是在这个悖论的基础上，人才得以进入社会象征秩序并成其为人。人是一种说话的主体，但人之说话开始于父亲－的－名字，因为父亲－的－名字压抑了［对］母亲的欲望。拉康将欲望的终极对象称之为菲勒斯，乃是因为主体的终极欲望就是成为母亲欠缺的菲勒斯；但这个欠缺的菲勒斯既不是什么特定的身体器官，也不是任何具体一物，因为没有任何具体事物能够一劳永逸地满足主体的欲望。故此拉康说："意义（meaning）只内在于（insists）指意链中，但指意链中的任何元素都不存在于（consists）它在那一刻所能提供的含义（signification）中。"② 欲无止境、欲壑难填的根本含义就在于此。也就是说，菲勒斯不存在于任何地方，只存在于能指的无限异延中。正是基于言语与菲勒斯这种固有的本质关系，哈拉里说："指意活动/含义是菲勒斯性的，因为，就其不指向任何具有具体化身的东西，不指向经验性的身体器官而言，菲勒斯属于能指的领域。"③

如果父亲－的－名字被排斥了，结果不是主体失去了说话的能力，而是他的话语失去了可以理解的意义。也就是说，意义被排斥了，因为语言失去了象

---

① Dylan Evans, *An Introduction Dictionary of Lacanian Psychoanalysis*, p. 122.
② Jacques Lacan, *Écrits*, p. 419.
③ Roberto Harari, *How James Joyce Made His Name: A Reading of the Final Lacan*, p. 72. "signification"既可以理解为"含义"，也可以理解为"指意活动"，就目前的语境而言，似乎更表示"指意活动"。

征维度,只能在实在的维度中运动。就书写来说,符号不再作为服从象征法则的能指(signifier)而运作,而是作为实在之物,作为文字(letter)本身。"文字"这个术语在拉康的思想中不仅只是声音的表象,而且还是语言本身的物质基础。拉康曾明确指出:"我以文字来表示具体的话语从语言中借来的物质载体。"①作为实在之物的文字,本身是无意义的。早在第 2 期研讨班中,在论及爱伦·坡的《被窃的信》时,拉康就已经暗示了这一点,因为那封被窃的信从未被打开,它的内容从未得到揭示,也无须得到揭示。因为父亲-的-名字被排斥,从而导致象征性的能指崩溃为实在的文字,这在乔伊斯的作品中时有表现。在《一个青年艺术家的画像》第五章中,当斯蒂芬想到他的同学克兰利的脸时,我们读到:"他的朋友那种萎靡不振的神态就像有毒的龙葵,似乎在他四周的空气中散发一种稀薄而致命的毒气,他发现自己正看着在他身边或左或右随意显现的一个个词语,暗暗纳闷儿,为什么它们忽然不声不响完全失去了任何明白的含义,直到街头巷尾卑鄙的传说像符咒一样抓住他的思想,而当他在一条堆满死亡的语言的胡同中前行的时候,他的灵魂却感叹着自己的衰老,慢慢枯萎了。他自己的语言意识从他的大脑中退潮而去,慢慢流淌进那些词语,它们依着自己任性的韵律结合或解散。"②也是在这一章中,物理课后,克兰利愤愤地谴责莫伊尼汉是一个"该死的马屁精",这使斯蒂芬不由得想将来他是否也会这样评价自己:"这笨重的话语像一潭烂泥上的石块一样慢慢沉下去,听不见了。斯蒂芬简直是看到它在往下沉,这样的情景他已经见过许多次了。他感到它沉重地压在自己心上。"③而在《尤利西斯》第二章中,当斯蒂芬因为念及亡母而走神时,那些代数符号就发生了这样的变化:"这些符号戴着平方形、立方形的奇妙帽子在纸页上表演着字母的哑剧,来回跳着庄严的摩利斯舞。手牵手,互换位置,向舞伴鞠躬。就是这样:摩尔人幻想出来的一个个小鬼。"④

在乔伊斯的心理结构中,父亲-的-名字之所以被排斥与他的父亲约翰·

---

① Jacques Lacan, *Écrits*, p. 413.
② James Joyce, *A Portrait of the Artist as a Young Man*, San Diego: ICON Group International, Inc., 2005, p. 171. 詹姆斯·乔伊斯:《一个青年艺术家的画像》,黄雨石译,北京:人民文学出版社,2011 年,第 193 页。
③ James Joyce, *A Portrait of the Artist as a Young Man*, p. 188.
④ James Joyce, *Ulysses*, New York: Penguin Books, 2000, pp. 33—34. 詹姆斯·乔伊斯:《尤利西斯》(修订版上卷),萧乾、文洁若译,南京:译林出版社,2002 年,第 69 页。引文据英文有改动。

乔伊斯的为人密切相关。乔伊斯出生的时候，其家族事业正蒸蒸日上，约翰刚刚在科克城置办了一处房产，而且在都柏林市政府税务局谋得了一份工作。这份工作不仅待遇十分优厚，而且地位尊崇，需要得到英国政府任命的爱尔兰总督的认可。从此，乔伊斯一家进入了都柏林的上流社会，乔伊斯也得以到爱尔兰最好的天主教寄宿学校克朗戈伍斯（Clongowes）森林学校就读。然而好景不长，由于约翰酗酒无度债台高筑，1891年，九岁的乔伊斯不得不从克朗戈伍斯退学。1893年，因为酗酒和其他丑行，约翰甚至丢掉了市政府税收员的工作，濒于破产，被迫举家搬迁到贫穷悲惨的都柏林北部。值得我们注意的是，从贵族学校克朗戈伍斯转学到其他破败的学校，从南部上流社区搬家到悲惨的城市北部，这两次事件在年幼的乔伊斯的心灵中产生了巨大的冲击，因为它们分别发生在乔伊斯九岁和十一岁，而这正是儿童人格发展的关键时期。在这个非常时期，约翰不仅没有成为令乔伊斯崇拜的偶像，反而沦为了一个让他羞愧的小丑。在《一个青年艺术家的画像》中，斯蒂芬曾直截了当地承认，"任何一个同学或老师，只要一提到他的父亲，就能马上完全破坏掉他宁静的心情"①。而当斯蒂芬在皇后学院的解剖室无意间看见镌刻在课桌上的父亲名字的缩写时，"他不禁用双手捂住了他发红的脸"；不仅如此，"在穿过那个方形广场向学校门口走去的时候，那个词和那番景象却在他眼前跳跃。现在竟然在外在世界中发现了他一直以为只存在于他自己思想中的一种粗野的、个人的毛病的痕迹，他感到非常吃惊。他那些丑陋的幻想又蜂拥而至地涌进他的心头。它们也是急骤而疯狂地从一些空洞的词语中忽然挤到他的眼前的"②。乔伊斯的传记作者约翰·格罗斯指出："在乔伊斯的所有情感中，正如它们在其作品中显露的那样，最强烈的情感无疑集中指向其父亲。在其早期著作中，这些情感基本上都是否定性的，这并非没有理由。绝大多数人都认为，约翰·乔伊斯是一个极不称职的父亲：自私自利，不负责任，酗酒无度，'自吹自擂'。"③从乔伊斯的作品中，我们还可以发现他的父亲还是一个买卖圣职和教会财产的掮客，并参与了天主教会的种种腐败行径。正是基于这些无可怀疑的证据，拉康断言父亲—的—名字在乔

---

① James Joyce, *A Portrait of the Artist as a Young Man*, p. 73. 詹姆斯·乔伊斯：《一个青年艺术家的画像》，第80页。

② Ibid., p. 87. 这个细节也可以佐证上文所说的能指的崩溃。

③ Jacques Gross, *Joyce*, London: Fontana, 1971, pp. 18—19.

伊斯的心理结构中被排斥了:"乔伊斯已经显示并表明,所有心理现实,也就是症状本身,最终都依赖于一个结构,在这个结构中,父亲-的-名字是一个绝对因素。"①

仅仅根据传记性的事实证明父亲-的-名字在乔伊斯的心理结构中被排斥是远远不够的;既然我们的目的是解释乔伊斯的艺术独特的不可读性,那么我们就必须从其文本之中寻找证据。所幸此类证据绝不缺乏。在《尤利西斯》第二章"内斯托"中,正在上课的斯蒂芬突然给学生们出了个谜语:"猜猜看,猜猜看,嗨哟嚼/我爸爸给种籽让我播。"②关于这个谜语,奇怪的是,作者再也没有任何下文,而是突然转到了另一个谜语:"公鸡打了鸣/天色一片蓝/天堂那些钟/敲了十一点/可怜的灵魂/该升天堂啦。"在此真正值得我们深思的不是后面这个谜语,而是斯蒂芬/乔伊斯为什么会突然撂下前面那个谜语?前面被中途放弃的谜语其实也只是谜面的一半,让-居伊·戈丁(Jean-Guy Godin)和安妮·塔尔迪(Annie Tardits)在《乔伊斯对拉康》中为我们补充了后半部分谜面:"黑黑的籽儿,白白的地儿/猜得出来就给你喝。"这个谜语的谜底是:写字(writing a letter)。也就是说,尽管乔伊斯的父亲劣迹斑斑,但乔伊斯的写作天赋还是来自于他;如果把书写比喻为播种,那么作为种籽的文字(letter)来自于父亲。其实,约翰·乔伊斯并非一无是处,正如格罗斯指出的那样:"尽管有诸多劣行,约翰·乔伊斯仍然是一个相当有成就的人:一个天资不凡的歌手,一个模仿天才,一个故事大王,一个老练的都柏林人,具有爆炸性的措辞能力和杰出的辱骂天赋……这些特质中的大多数,尤其是他的幽默和对音乐的热爱,都直接遗传给了他所钟爱的儿子。"③我们已经隐约猜出,这个谜语之被放弃与父亲-的-名字被排斥有关:"我们可以宣布,正因为此乔伊斯才省略了这个与父亲的遗产相关的谜语。也就是说,他没有兴趣去破解他给出的谜题,因为迫使他这么做的那份父亲的遗产并未得到他的承认。"④

关于父亲-的-名字之被排斥,我们还可以发现另一个证据。在《尤利西斯》第九章中,斯蒂芬在图书馆对馆长和其他学者发表关于莎士比亚的议论,论

---

① Jacques Lacan, "Joyce le symptôme Ⅱ", in *Joyce avec Lacan*, p. 27.
② James Joyce, *Ulysses*, p. 31. 萧译第 67 页。
③ Jacques Gross, *Joyce*, p. 20.
④ Roberto Harari, *How James Joyce Made His Name: A Reading of the Final Lacan*, p. 136.

及世间万物究竟什么是确凿无疑的、什么是难以确定的。换言之,是什么为我们保证了绝对的确定性?于是我们读到斯蒂芬说:"就有意识的生育而言,人是不知道父亲身份的。这是一笔从唯一的生产者到唯一的受生者的神秘财产,一个使徒传统。教会不是建立在奸诈的意大利知识分子扔给欧洲芸芸众生的圣母玛利亚之上,而是建立在这个神秘之上——不可撼动地建立在这个之上。因为正如世界,不管宏观世界还是微观世界,建立在虚无之上,建立在不确定和不可能之上。母亲的爱,无论是主格的还是宾格的,也许是生命中唯一真实的东西。父亲身份是法律上的虚构。谁是那受一切儿子热爱且热爱一切儿子的父亲?"①在此,斯蒂芬/乔伊斯毫不含糊地指出,父亲身份是一种法律虚构,但世界就建立在这个虚无的基础之上。不仅这种认识与拉康在"罗马报告"中断言父亲身份乃是一种象征假定如出一辙,斯蒂芬/乔伊斯同时在主格和宾格的双重意义上使用"[对]母亲的爱",也与拉康惊人的一致。

"谁是那受一切儿子热爱且热爱一切儿子的父亲?"如果这个问句的轻蔑还没有为我们道破乔伊斯对父亲-的-名字的排斥,那么我们不妨再玩味一下他随后对莎士比亚的评论:"他不仅是自己的儿子的父亲,而且由于他不再是一个儿子了,他还是,并感到自己是他的整个种族的父亲,是他自己的祖父的父亲,是他尚未诞生的孙子的父亲。由于同样的原因,这个孙子从未诞生,因为大自然,据马吉先生对她(大自然)的理解,讨厌完美。"②在此我们怎能不想起,斯蒂芬在《一个青年艺术家的画像》的结尾许下的宏愿:"我准备第一百万次去遭遇经验的现实,并在我灵魂的作坊内锻造我的种族尚未创造出来的良知。"③在论及自己的天书《芬尼根守灵》时,乔伊斯曾经说他要"让教授们花几百年时间讨论他究竟想说什么"④。也就是说,他要通过他们的忙碌让自己名扬天下、名垂后世。正如莎士比亚通过自己的写作成为英国人的父亲一样,乔伊斯也希望以此方式成为爱尔兰人的父亲。拉康认为,这种执着于成为自己父亲的父亲,成为自己民族的父亲的强烈欲望难道不是为了弥补父亲的缺席?对乔伊斯来说,父亲的缺席不仅只是一种象征的缺席,而且也是一种真实的缺席。乔伊斯的非

---

① James Joyce, *Ulysses*, p. 266. 萧译第 366 页。
② Ibid., p. 267. 萧译第 367 页。
③ James Joyce, *A Portrait of the Artist as a Young Man*, p. 247. 黄译第 285 页。
④ Richard Ellmann, *James Joyce*, Oxford: Oxford University Press, 1982, p. 521.

凡之处在于,面对这种结构性的失败,他不是发展出某种恋父情结,寻找一个父亲的替身,而是决定让自己成为父亲,其方式则是书写。正是在这个意义上拉康说:"乔伊斯意图成为一个让一切人,或者让尽可能多的人为之忙碌的艺术家的欲望,难道不正是为了弥补他的父亲对他来说从来未能成为一个父亲?"①

父亲一的一名字被排斥的直接结果就是意义的缺失,这种现象不仅盛行于《尤利西斯》,造极于《芬尼根守灵》,而且早在乔伊斯的短篇小说集《都柏林人》中已经初见端倪。《都柏林人》中频繁出现的"显灵"(epiphany)就是意义被排斥的典型例证。最早研究显灵的是一个名叫悉尼·博尔特(Sedney Bolt)的文学批评家,他发现《都柏林人》中的小说几乎都有一个共同之处:以一种戛然而止的方式突然结束。也许我们会说,这是所有短篇小说的共同特征,不足为奇。但哈拉里基于他的研究指出:"这些小说的结尾不仅只是戛然而止,而且还中断了连贯的叙述,它们是一些突然出现的螺栓,完全切断了读者的阅读期待这根想象的线索。这里的事情与晦涩无关,与根据故事的事实无法理解的东西无关;事实上,正是这些东西把读者置于一种名副其实的麻木状态。用精神分析学术语来说:在这些规定时刻,故事被清空了意义。这就意味着这些结尾甚至不能在'准备'了它们的语境中得到理解。面对这种棘手的困惑,因为缺乏一个语境以便创造一个完整的整体,读者的自然反应就是逃离。"②也就是说,其他小说的戛然而止不仅不会中断连贯的叙述,反而更加令人追怀,发人深省,使人沉吟,并最终收到言有尽而意无穷的效果,但乔伊斯的戛然而止却令人茫然。

前文业已指出,指意活动是菲勒斯性的,或者说意义崇拜的是菲勒斯。由于父亲一的一名字压抑了母亲的欲望,话语才得以被启动。话语被启动就是为了去追寻那被压抑的菲勒斯,但这个作为欲望之终极所指的菲勒斯无处可在,所以指意活动只能在一条无尽的能指链上异延。然而,能指链的无限异延并不会造成意义的不可能,因为这无限的异延始终指向菲勒斯。正是这菲勒斯将无限异延的能指链建构为"一"(oneness),从而为意义提供了保证。没有这种"一",意义是不可能的。柏拉图在其《巴门尼德篇》的结尾早已指出这一点:"如

---

① Jacques Lacan, *Le Sinthome*, lesson of 10 Feb. 1976. 引自 Luke Thurston 的未刊译本第 44 页。
② Roberto Harali, *How James Joyce Made His Name: A Reading of the Final Lacan*, p. 58.

若一不存在,那么无物存在。"①如果话语没有菲勒斯指向,那么能指链将化为一盘散沙。为了让话语具有意义,就必须将其与脱离的菲勒斯重新扭结起来,也就是说,为它赋予菲勒斯向度,为在换喻中绵延的能指链规定一个终点,否则意义就不可能发生,文本也就不可理解了。正如索莱尔所说,诙谐,甚至是口误之所以是可读的,那是因为一旦笑所需要的最低限度的意义出现,文字游戏就结束了;然而,"乔伊斯把他的(文字)游戏推向更远处,从方法论上超越了有限的意义,推到了文字游戏不再服从讯息的地步,这就制造出了我所说的意义的粉末"②。当能指变为一盘散沙,意义也就化为齑粉了。

乔伊斯的"显灵"之所以不可读,就在于它任由语言处于脱离菲勒斯向度。在《阿拉比》《痛苦的事件》和《死者》的结尾,我们都可以发现显灵现象,且让我们以《泥土》为例,来具体考察一下乔伊斯的显灵:

> 最后孩子们困倦欲睡了,乔问玛利亚在走之前是否愿意唱支小曲,唱支老歌。唐奈莉太太也说,"唱吧,求求你,玛利亚!"于是玛利亚不得不起身站到钢琴旁边。唐奈莉太太吩咐孩子们保持安静,好好听玛利亚唱歌。然后她弹起序曲并说:"开始,玛利亚!"玛利亚满脸通红,开始用纤细颤抖的声音唱了起来。她唱的是"我梦见我居住的地方"。唱到第二段的时候,她再次唱道[……]但谁也不想指出她的错误。当她唱完之后,乔非常感动。他说,无论别人怎么说,他总觉得今不如昔,对他来说,没有任何音乐能与可怜的老巴尔夫相比。他的眼睛浸满了泪水,以致难以看见他要找的东西,最后只好让妻子告诉他螺丝锥在哪里。③

这个结尾非常令人困惑:当乔和唐奈莉太太请玛利亚唱歌时,我们可以看出玛利亚所置身其中的处境;但当她唱完那首古老的民歌后,我们不理解乔为什么会突然热泪盈眶,因为前文没有任何预示和伏笔;让我们更加茫然的是,为什么最后会突然提起毫不相关的螺丝锥?

---

① 柏拉图:《巴门尼德篇》,见《柏拉图全集》(第 2 卷),王晓朝译,北京:人民出版社,2003 年,第 806 页。

② Colette Soler, "The Paradoxes of the Symptom in Psychoanalysis", in *The Cambridge Company to Lacan*, ed. Jean-Michiel Rabaté, New York: Cambridge University Press, 2003, p. 97.

③ James Joyce, *Dubliners*, San Diego: ICON Group International, 2005, pp. 91—92. 詹姆斯·乔伊斯:《都柏林人》,王逢振译,上海:译文出版社,2012 年,第 128—129 页。

传记性的事实固然以一种具体的方式直接证明了乔伊斯对父亲—的—名字的排斥，但真正重要的是，乔伊斯的所有作品，或者说他的书写本身，才是证明父亲—的—名字在他的心理结构中受到了根本排斥的最有力证据。在乔伊斯的文本中，到处都是字谜，《尤利西斯》已经鲜明地体现了这一点，至于《芬尼根守灵》则几乎每一句话都有一个谜语。然而拉康要说的是，乔伊斯的文本虽然充满了大量的字谜，但他的书写不是证明了隐喻的胜利，而是证明了隐喻的失败。这种失败在《都柏林人》和《一个青年艺术家的画像》还只是一种迹象，一种征兆，但到《尤利西斯》和《芬尼根守灵》就无处不在了。显灵本质上就是隐喻的失败。正是在这种失败中，由于菲勒斯的脱离，原本应该扭结在一起的象征和想象分离了（拉康的波罗密结表明意义存在于想象和象征的叠加，当二者分离时，意义也就无从产生），符号失去了象征维度，沦为作为实在之物的文字。在这种裂缝中，实在，也就是存在的内核，像一个幽灵一样显现出来了。所谓"显灵"，就是作为幽灵的实在显现出来了。

作为一种说话的存在者，人的话语本质上是崇拜菲勒斯的，也就是说，一切表达都在追寻那不可表达的东西。正是在这个意义上，正常的话语本质上都是隐喻，因为它们都有一个谜底。但乔伊斯的谜语是没有谜底的谜语，是谜语本身，是作为实在之物的文字本身。乔伊斯的作品之所以不可读，原因正在于此。为什么我们说乔伊斯的书写对应了隐喻的失败？因为如果他的隐喻获得了成功，那么他的文本应该充满意义。"在正常情况下，隐喻必须在读者心中激发出哲学传统和艺术理论传统中众所周知的效果：审美快感。为此所需的首要条件就是隐喻必须被理解，否则它就是无效的。就这个意义而言，我们必须承认乔伊斯的所作所为绝不是隐喻性的；毋宁说，他的所作所为得到的是换喻的残渣，是狂喜经验的废料，是一些流离失所的碎片；这些残渣和废料被移进了书写，作为一些破碎的片段，它们使我们感到被某种虚无刺穿。我们不知道自己会跟随乔伊斯去到何方，不知道他究竟意欲何为；我们的理解失败了。"①

将乔伊斯的书写定义为隐喻的失败，并非是要贬低乔伊斯艺术的美学价值；相反，拉康认为，乔伊斯的作品是文学史上里程碑性的事件，"乔伊斯式的文

---

① Roberto Harali, *How James Joyce Made His Name: A Reading of the Final Lacan*, p. 74.

学"标志着文学从前乔伊斯时代进入了后乔伊斯时代。

二、快感的变奏

如果乔伊斯的书写本质上是无—意义的(ab-sense)，那么是什么力量在驱动乔伊斯书写呢？当然就是：快感(jouissance)。据艾尔曼记载，乔伊斯在书写《芬尼根守灵》时总是笑声不断，表现出按捺不住的快感。

拉康对乔伊斯文本中的快感有强烈的感受："读几页《芬尼根守灵》吧，但不要尝试去理解它：它自己阅读自己……因为你会感到书写它的那个人的快感的存在。"①拉康又说："快感是我唯一能从他的文本中捕捉到的东西。"②基于快感在乔伊斯的书写中所具有的特殊地位，哈拉里甚至断言乔伊斯的艺术颠覆了弗洛伊德的文学理论："《芬尼根守灵》的辉煌与隐喻无关，与快感有关。关于乔伊斯，这是根本要点：他致力于自己的快感，同时深信他所制作的东西非同寻常，值得全世界的承认。这是对弗洛伊德艺术观的彻底颠倒。乔伊斯从来不把自己放到读者的位置，毋宁说他要求读者占据他的位置。这里有一种绝对的差异，不能仅凭幻想中的角色改变来理解。"③说乔伊斯的写作彻底颠覆了弗洛伊德的文学理论，何以见得呢？首先，弗洛伊德将艺术创作与白日梦联系起来，认为二者都起源于幻想，艺术想象和虚构之所以必须，是因为其补偿了现实生活中难以实现和难以满足的欲望和理想。其次，弗洛伊德认为，艺术创作作为一种升华，本质上是一种解除压抑的活动。换句话说，书写就是力比多压力的释放，而快乐(pleasure)就是这种释放的结果。一般而言，快乐总是伴随着作家的创作过程。然而在乔伊斯这里，事情大不相同。正如我们反复申述的那样，乔伊斯的书写本质上是无—意义的，因此与幻想无关：意义和幻想总是与菲勒斯暗示的完满有关，但在乔伊斯的书写中，菲勒斯已经脱离而去。再次，与一般写作相伴随的是快乐，而与乔伊斯的写作相伴随的则是快感。从精神分析学而言，快乐来源于力比多张力的释放或解除，快乐原则与将张力消解为零的

---

① Jacques Lacan, "Joyce le symptôme I", in *Joyce avec Lacan*, p. 25.
② Jacques Lacan, "Joyce le symptôme II", in *Joyce avec Lacan*, p. 27.
③ Roberto Harali, *How James Joyce Made His Name: A Reading of the Final Lacan*, p. 82.

涅槃原则相关。快感则完全相反，它不是要将张力清零，而是倾向于不断提高张力、加剧紧张。如果说在一般意义的艺术创作中，艺术家的目的是解除紧张，那么在乔伊斯的书写中，他的目的则是加剧紧张。与其他作家不同，乔伊斯从来不曾设身处地地把自己放到读者的位置，相反，他要求读者占据他的位置，体验他的快感，然而这对读者来说是无法做到的：乔伊斯的快感仅只属于乔伊斯自己。

将快乐与快感区分开来是拉康对精神分析学的一大贡献，在此基础上，他进而在剩余快感（surplus jouissance）、大他者的快感（jouissance of the Other）、菲勒斯快感（phallic jouissance）的基础上提出了第四种意义快感（meaning-jouissance）。在与第23期研讨班几乎同时出版的《电视》中，仿照乔伊斯让词语变形的惯常做法，拉康对 jouissance 做了一番文字游戏。首先，他将其折断为jouis-sens（enjoy meaning），亦即"享受意义"。这就意味着意义出现之时，快感也就来了。许多心理疗法都喜欢为主体的症状、情感命名，将其用一些具有抚慰效果的词语固定下来，因为为症状或情感命名具有减少或者缓和焦虑的作用。在一定意义上，这也是一种意义快感，一种享受意义的方式。然而这不是拉康意义上的意义快感，而是一种虚假的意义快感；因为这种享受将纷繁芜杂的意义排除了，而只固执于其中一种意义。这种固执一端不计其余的意义享受让分析师轻率地得出结论，这就终止了分析的发展，排除了欲望的真理。拉康将这种急于抓住意义并满足于某种意义的倾向称作人类的"精神衰弱"（mental debility）。拉康所说的意义快感或者享受意义不是指主体满足于某种特定的意义，而是指主体沉湎于蜂拥而至且纷繁芜杂的意义。拉康所说的"精神衰弱"不仅表现在精神分析实践中，也表现在文学阐释中，甚至以一种不为人知的方式深深影响着文学创作。平庸的文学各有不同，但意义贫乏是其共同特征，其原因岂不就是因为作者的"精神衰弱"？优秀的文学千方万殊，但它们的共同之处是，读者不仅能从中听到各种声音的交响共鸣，而且还能听到幽传暗送、若有若无的弦外之音。在正常情况下，不同声音的交响共鸣和弦外之音的幽传暗送都有一个基调的统摄，因此仍然是可以理解的，至少是可以解释的；但在乔伊斯这里，由于父亲－的－名字被排斥了，话语失去了菲勒斯向度，意义变得不可能了。对乔伊斯来说，书写不是一场追逐菲勒斯意义的游戏，而是一场纵情于蜂拥而至的意义的狂欢；在各种意义、各种声音的众声喧哗中，他所做的不是表达意义,而是享受意义。

那么,这些蜂拥而至且纷繁芜杂的意义来自哪里呢?当我们将这些意义的竞争称之为"众声喧哗"时,是否我们只是在使用一种比喻而已?对乔伊斯来说,这绝不是一个比喻,因为他真的是从各种"声音"中"听见"了这些意义。故此,在将 jouissance(快感)改变为 jouis-sens(享受意义)之后,拉康再次将这个词语变形为 j'ouïs sens(我听见意义)。然而这里所说的声音并非一般的声音,而是强加的词语:"对乔伊斯而言,拉康将致力于一个非凡的问题,即他所说的强加的词语。这是一些被说出来的词语,而非仅仅是一些词语:不是孤立的词语,而是一些被表达/联结的声音结构。'我听见意义'要这样来理解:'它们'(声音)对我说,以不同的方式质询我。这种现象可以被经验为一种幻觉,但也可以像在乔伊斯身上那样,用文字来进行,这就把'听见'变成了 sinthome。此外,'我听见意义'的关键之处在于它指示出了一种超越文本领域的维度:意义不是读出来的,而是被听见的。"①如果乔伊斯在写作过程中始终受到快感(jouissance)的支配,那是因为他的书写始终受到强加的词语的驱动,这些强加的词语使他无时无刻不"听见意义"(j'ouïs sens)。

在乔伊斯的身上有一个突出现象,那就是对声音的敏感。在《一个青年艺术家的画像》开头,一个小孩讽刺另一个名叫西蒙·穆南的小孩,说他是教务长麦克格莱德的"suck"(马屁精),由此引起斯蒂芬的一系列联想:"Suck 是一个怪异的词语。那家伙管西蒙·穆南叫这个名字是因为穆南以前常常把教务长的假袖捆在他的背后,弄得教务长大发脾气。但这种声音实在难听。有一次他在威克罗旅馆的厕所里洗手时,他的父亲拉着链子提起水池的塞子,脏水就从水槽的洞里流出去。当水快要流完的时候,那个洞就发出这种声音:suck。只不过更响些。一想起那些事和厕所雪白的样子,他就感到冷一阵热一阵。"②当那个男孩把穆南叫作 suck 时,他所取的是这个词语的诸多义项中的"马屁精"这一义项,但斯蒂芬听到这个词语时首先感到的是它的拟声效果,而这种感觉又来自于他的一次生活经历。这种平凡之极的声音现象,一般人往往充耳不闻,

---

① Roberto Harali, *How James Joyce Made His Name: A Reading of the Final Lacan*, pp. 113—114.

② James Joyce, *A Portrait of the Artist as a Young Man*, p. 7. 黄译第 7 页。

然而因为对声音极度敏感，斯蒂芬/乔伊斯却产生了强烈的感受，并且一想起那些声音还一阵热一阵冷。当然，这个事例的最突出之处是它提示我们，词语之于乔伊斯，首先不是作为一种象征符号，而是作为一种实在的声音。

作为社会象征符号的语言原本饱含意义，或者说浸透了意义；对正常人来说，要听见语言的声音是非常困难的，甚至是不可能的，除非你面对的是一种你完全陌生的外语，因为我们一接触语言就被某种特定的意义捕获了。然而乔伊斯却是一个例外，由于父亲－的－名字被排斥了，话语失去了菲勒斯向度，从而崩溃为一些无意义的声音。当能指失去象征维度，就只能退化成实在的声音或者图示性的文字。在《一个青年艺术家的画像》第二章，西蒙带领斯蒂芬参观了他年轻时就读的皇后学院，并和他谈起自己的父亲，也就是斯蒂芬的爷爷："那时候，他是科克最漂亮的男人，上帝作证，确实是这样。他走在街上，很多妇女常常停下来看他。他听到父亲喉咙里发出一个很大的响声，强咽下了他的啜泣。"①面对父亲动情的讲述，斯蒂芬注意到的却只是他因为强忍悲痛而在喉咙里发出的奇怪响声。随后我们读到："他止不住一时神经的冲动，又睁开了自己的眼睛。这时忽然闯进他视线的阳光使他头顶上的天空和云彩变成了一个奇异的世界，一片片闪着深红光线的湖泊似的空间之中夹杂着一团团阴暗的云团。"②由此可见，在西蒙讲述他自己的父亲时，斯蒂芬完全无动于衷，甚至闭上了自己的眼睛。直到听见那喉咙里的响声，他才不禁睁开双眼，但父亲的讲述仍然未能引起他的任何同情，吸引他的只是天空中奇异的景象。不仅如此，由于父亲的声音，"他特有的头脑变得不适且虚弱。他几乎认不出那些店铺前面招牌上的文字。由于他那畸形的生活方式，他似乎使自己置身于现实的界限之外。除非他在现实世界之中听到发自他内心的疯狂叫喊的回声，否则现实世界的一切便不能再触动他，或者对他述说。他无法回答任何尘世或者人类的呼唤，对夏日、快乐和友谊的召唤也毫无感觉。父亲的声音让他厌倦和沮丧。他缓慢地重复着下面的话，几乎认不出自己的思想：我是斯蒂芬·迪达勒斯。我正和我的父亲一起走着。他的名字是西蒙·迪达勒斯。我们在科克，爱尔兰的科克。科克是一座城市。我们的房间在维多利亚旅馆。维多利亚和斯蒂芬和

---

① James Joyce, *A Portrait of the Artist as a Young Man*, p. 89. 黄译第98页。
② Ibid.

西蒙。西蒙和斯蒂芬和维多利亚。一些名字"①。

父亲的声音让斯蒂芬厌倦和沮丧，他无法回答任何尘世的呼唤，在这游离于现实之外的绝望时刻，为什么他要不断重复"维多利亚和斯蒂芬和西蒙"这些名字？正如哈拉里说，这是为了"克服能指的崩溃"②。正因为能指的崩溃，语言（la langue）在斯蒂芬这里沦落为一种奇怪的、模糊不清的呢喃（lalangue）。

因为父亲—的—名字被排斥，致使话语失去菲勒斯向度，并最终导致能指崩溃为无意义的声音，这只是实际情况之一。对乔伊斯来说，另外一种情形更加典型：各种声音蜂拥而至从而呈现为无法辨别意义的众声喧哗。《一个青年艺术家的画像》第五章中的一个细节对此提供了确凿的证明。当斯蒂芬开始思考流亡的可能性时，作者写道："他生气地一摇头，想把那声音从他的耳朵里甩出去。他踏着腐烂的垃圾跌跌撞撞匆匆向前走着，一种厌恶和怨艾的情绪竟使他的心感到说不出的疼痛。父亲的口哨声，母亲的唠叨，那个看不见的疯女人的喊叫，现在变成了许许多多令他讨厌的声音，威胁着要贬低他年轻人的骄傲。他发出一声咒骂，把那些声音的回声从他的心中驱赶出去。"③如果说上述事实以一个具体事例证明了斯蒂芬/乔伊斯心灵之中的众声喧哗，那么《芬尼根守灵》中那些其意义无法确定的无所不在的变形词语，则更是此一事实的明证。那些变形的词语之所以无法读解，原因就在于它们是由众声喧哗的各种声音融合而成的怪物（faun）。斯蒂芬的世界总是充满了各种各样的声音，这些声音争先恐后地对他说话，既是他痛苦的渊薮，也是他快感的源泉。

对乔伊斯来说，有各种各样的强加的词语，其中最重要的一种就是英语本身，因为作为一个爱尔兰人，英语不是他的母语。也是在《一个青年艺术家的画像》第五章，在和系主任讨论美学时，因为爱尔兰人和英格兰人对"漏斗"的不同称谓（英格兰人称之为 funnel，被殖民的爱尔兰人却保留了这个物件的英语旧名 tundish），斯蒂芬突然明确意识到他和英语的关系："我们两人刚才谈话所使用的语言原来是他的语言，后来才变成了我的语言。像家、基督、麦酒、主人这些词，从他嘴里说出来和从我嘴里说出来是多么不相同啊！我在说

---

① James Joyce, *A Portrait of the Artist as a Young Man*, p. 89. 黄译第 98 页。
② Roberto Harali, *How James Joyce Made His Name: A Reading of the Final Lacan*, p. 220.
③ James Joyce, *A Portrait of the Artist as a Young Man*, p. 168. 黄译第 190 页。

和写这些词的时候不能不感到精神不安。他的语言对我来说是那样熟悉，又是那样生疏。对我，它只能是一种后天学来的语言。那些词不是我创造的，我也不能接受。我的声音阻止了这些词。处在这种语言的阴影中，我的灵魂感到不安。"①

正是为了逃避父亲和父亲的变体爱尔兰，为了逃避强加的英语和各种恼人的声音，乔伊斯选择了流亡。然而流亡并未使他得到解脱，于是书写成为他最终的选择。对别的作家来说，书写是使被压抑的欲望升华的途径，但对乔伊斯来说，因为一开始父亲－的－名字就被排斥了，所以压抑从未在乔伊斯身上发生，因而升华也就无从谈起。也许乔伊斯并未疯癫，但和所有疯癫者一样，他的心理结构之中没有无意识。对乔伊斯来说，书写具有一种与众不同的意义。书写之于乔伊斯就是书写文字（writing letter）。文字（letter）是什么？正如拉康在1971年的研讨班报告"Lituraterre：A letter, a litter"中所说，文字（letter）不就是垃圾（litter）吗？② 因此对乔伊斯来说，书写就是将文字/垃圾扔掉。这些文字垃圾来自哪里？当然就来自各种强加的词语或者意义无法界定的声音。这些强加的词语争先恐后地对乔伊斯说话，使乔伊斯痛苦不堪。正是在抛弃这些文字/垃圾的过程中，乔伊斯获得了最大程度的快感。拉康说乔伊斯的书写是一种灵感书写（inspired writing），乔伊斯的灵感来自哪里？或者说乔伊斯"灵感"到了什么？他所"灵感"到的难道不就是那些强加的词语吗？

三、提名与增补：乔伊斯的 Sinthome

拉康将其第23期研讨班命名为"Le Sinthome"，但 sinthome 究竟是什么意思呢？sinthome 是 symptom 在欧洲摇篮期即15世纪之前的拼写形式，但拉康重新使用它来解释乔伊斯并非因为复古主义的癖好，而是赋予了它完全不同于 symptom 的含义，因此绝不能将其翻译为"症状"。尽管如此，要准确理解 sinthome 的含义，symptom（症状）仍然是一个不可或缺的参照。对解读乔伊斯

---

① James Joyce, *A Portrait of the Artist as a Young Man*, p. 181. 黄译第206－207页。

② Jacques Lacan, "Lituraterre: A letter, a litter", trans. Jack W. Stone, in *Ornicar?*, no. 41, 1987, pp. 5－13.

来说，这是一个不可避免的迂回。

在拉康的整个学术生涯中，症状（symptom）始终是一个关键范畴。在20世纪50年代，拉康认为症状是一种象征性的指意结构（formation），是说给大他者听的一个密码，一个加密的信息。当正常的交流循环被打断时，交流不得不采取一种迂回的路线，用一个能指替代某个被压抑的能指，而那个被压抑的能指则将其意义以隐喻的方式转移到替代它的能指中去。这样，那个失败的、被压抑的能指就以被编码、被加密的形式表达了自己。因此，"症状不只是需要解释，还要知道，它的形成早已着眼于它的解释：它是主体说给大他者听的，主体认定大他者包含了它的意思。换句话说，没有它的收件人（大他者），就没有症状。"①基于这种认识，拉康认为精神分析的任务就是解释症状。然而随后出现了一种新的问题：尽管得到了完整的解释，症状仍然无法消除。原因何在？原因就在于快感！拉康进而认识到，症状不仅只是一个加密的信息，一个有待破译的密码，它还是主体组织其快感的一种方式。快感乃是症状的内核，但与症状的象征结构无关，而与幻想（fantasy）密切勾连在一起。因此，要彻底消除症状，仅仅依靠解释是不够的，还必须"穿越幻想"。幻想的基本功能就是抵抗阉割情结，抵抗大他者的欠缺，幻想就是填充大他者的空隙。穿越幻想就是直面大他者的欠缺，直面象征秩序不可弥补的根本裂缝，直面社会的不可能性。基于这种认识，20世纪60年代的拉康将精神分析的任务规定为穿越幻想。然而新的问题再次出现：大量的分析实践证明，即使主体穿越了幻想，与幻想保持了必要的距离，但总有一些症状仍然顽固不化（有时症状看似被消除了，但随即会以一种新的形式出现）。如何解释这种超越了解释和幻想的症状？正是为了回应这个挑战，拉康复兴了sinthome这个古代法语单词，以此表明：总有一些症状是不可消除的，治疗是不可能的。务必注意的是，拉康的意思绝不是说，只是在某些特殊的主体身上，才有一些无论如何也不可消除的症状；他真正要说的是，在每一个人类主体身上，都有某种不可消除的症状：sinthome。正是基于这种认识，拉康指出，面对作为sinthome的症状，我们的基本姿态不是消除，而是认同；也就是说，不是要消除sinthome，而是要认同或者承认sinthome。

---

① Slavoj Zizek, *The Sublime Object of Ideology*, p.79.

Le nœud borroméen

齐泽克指出,正是与 sinthome 认同或者承认 sinthome 使拉康区别于一切解构主义者:"在此我们必须铭记于心的是症状的本体论身份:作为 sinthome 的症状真正是我们唯一的实质,是我们的存在(being)唯一确实的载体,唯有它为主体赋予了一致性。换句话说,症状是我们主体'避免疯癫'的道路,是我们通过将我们的快感与特定指意结构或者象征结构捆绑在一起,从而'选择某物(something)而非虚无(nothing)'的道路。这种指意结构或者象征结构为我们在世界中的存在保证了最低限度的一致性。"①也就是说,不同于解构主义将主体的身份认证驱赶上一条无限延异的道路,拉康为这条道路设定了一个终点:sinthome。

当齐泽克在上述引文中提及症状(sinthome)"将快感与特定指意结构或者象征结构捆绑在一起"时,他已经为我们暗示了理解 sinthome 的思路。其实,拉康已经在其"Le Sinthome"中明确告诉我们,sinthome 就是,不管主体有无父亲,"让想象、象征和实在扭结在一起的东西"②。拉康很早就把人的精神秩序界定为想象、象征和实在,但直到第 22 期研讨班 RSI (1974—1975),他才用波罗密结(the Borromean knot)来解释三者之间的关系。如上图所示,波罗密结的独特之处在于,这三个环彼此叠加,R(实在)压在 S(象征)之上,S 压在 I(想象)之上,I 又压在 R 之上,无论哪两个环都不直接联结,但这样叠加之后,这三个环却怪异地扭结在一起。这种古怪的扭结带来的结果就是,切断任意一个环,其

---

① Slavoj Zizek, *The Sublime Object of Ideology*, p. 81.
② Jacques Lacan, *Le Sinthome*, lesson of 17 Feb. 1976. 引自 Luke Thurston 的未刊译本第 47 页。

他两个环以及整个结也就解散了。

但是到第 23 期研讨班时,拉康认识到,这种三阶的波罗密结只具有纯粹拓扑学上的可能性,一旦事关人类主体,仅凭想象、象征和实在这三种精神秩序是绝对建构不出一个稳定的精神结构的,也就是说,不可能扭结出上图这样的波罗密结。因此,真正的波罗密结绝不是三阶的,而是四阶的,而在正常情况下,将主体的三种精神秩序扭结起来的这第四个因素就是父亲-的-名字(如下图中耳状环所示)。所以我们看见拉康说:"如果人们认为这个(三阶)结就是表示人所特有的这三种彼此关联的变量之间的相互关系的范型,那就错了。不是想象、象征和实在的断裂定义了性欲倒错,定义性欲倒错的是它们三者已经有所区别这个事实。因此必须将波罗密结视为四阶的。这第四项就是 sinthome。它无疑就是父亲,因为性欲倒错(perversion)的意思不是别的,就是'转向父亲'(*version vers le père*)。总之,父亲就是一个症状,如果你们愿意的话,也可以说他就是一个 sinthome。"①如此可知,sinthome 就是将主体的想象、象征和实在扭结在一起的东西;没有 sinthome,主体的精神结构势必瓦解,而其结果就是彻底的疯癫;然而也正是在 sinthome 中,主体最大限度地抵抗了象征秩序的阉割,保留了最低程度的快感。

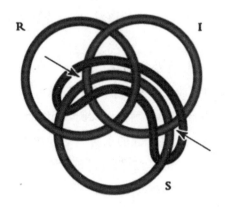

Le sinthome borroméen

似乎我们已经离题太远,然而这是必要的迂回,不过现在我们可以回到乔伊斯了。在正常情况下,父亲-的-名字是 sinthome 的范型,但对乔伊斯这个

---

① Lacan, *Le Sinthome*, lesson of 18 Nov. 1975. 引自 Luke Thurston 的未刊译本第 5 页。

异端来说,情况就不同了,因为拉康已经为我们证明,在乔伊斯这里,父亲－的－名字一开始就被排斥了。那么乔伊斯疯了吗?在第23期研讨班中,拉康几次三番提出这个问题但又没有明确回答,不过我们可以毫不迟疑地否定这一点。如果他真的疯了,那么他不会创造出任何作品。父亲－的－名字被排斥了,但乔伊斯并没有疯,那么他必定采取了某种特殊的方式,也就是说,以某种特殊 sinthome 去将他的想象、象征和实在扭结在一起。这就是本篇最后要讨论的问题。

因为父亲－的－名字被排斥,原本应该扭结在一起的想象、象征和实在彼此分离了,为了将其重新扭结起来,乔伊斯分别采取了三种不同的方式,也就是说,他分别做了三种不同的提名或增补。与实在界的脱离相对应的是意义之被排斥,对此乔伊斯用语音学(phonetics)的方法来弥补,也就是依据强加的词语创造大量不是词语的词语,一些似词非词的怪物,亦即作为文字而非能指的符号。拉康模仿乔伊斯的词语变形手法,将他使用的这种语音学方法以及作为这种方法之结果的这些畸形文字称之为"faunetics"(faun 是希腊神话中半人半羊的怪物,faunetics 与 phonetics 谐音)。这一点前文已经做了充分的讨论,在此不再赘述。

对乔伊斯来说,与象征界的脱离对应的是流亡(1904 年,乔伊斯与娜拉离开爱尔兰,1909 年返回都柏林,但次年旋即离开,从此再也没有回过爱尔兰)。然而流亡只是乔伊斯象征秩序脱离的表面现象,真正的本质表现在他与他所生活的世界的根本疏离。这种疏离的表征之一就是冷漠,他自己曾明确表示,除了他的家人,他谁也不爱[①]——所幸他还有一丝爱,否则只有疯癫一途了。无论是在都柏林,还是在的里雅斯特、巴黎和苏黎世,乔伊斯始终是个"魂不守舍"的人:由于象征秩序的脱离,他的精神或灵魂就像失去菲勒斯向度的文字一样无处系泊。一般来说,流亡者之所以选择流亡,恰好是因为他们心有所系,只不过其心之所系别有在焉;而乔伊斯的流亡则不同,无论身在何方,他的精神或者灵魂始终无所系泊。也许"魂不守舍"并不足以定义他,因为他不仅没有灵魂之"舍",更重要的是,他甚至根本就没有通常意义上的"灵魂"。用海德格尔的话说,乔伊斯不是一个在－世界－中－存在的存在者。乔伊斯与世界的根本疏离

[①] 安德鲁·吉布森:《詹姆斯·乔伊斯》,宋庆宝译,北京:北京大学出版社,2013 年,第 63 页。

在《一个青年艺术家的画像》和《尤利西斯》中有非常有力的表达,《芬尼根守灵》就更不用说了,任何阅读他的人对此一定都有强烈的感受。为了抵抗这种疏离,为了让自己在世界之中心有所属、心有所系,也就是说,为了将脱离的象征秩序重新扭结、固定下来,乔伊斯所能诉诸的手段就是书写。如他所说,他之所以要让文学批评家们围绕他的作品忙碌三四百年,难道不就是为了把自己牢牢地系于象征世界之中?正因为此,拉康注意到,乔伊斯将为自己的名字争光设定为人生目标,而非为父亲争光或者向父亲致敬。为父亲争光的经典表述就是"光宗耀祖",这是人类建功立业的深层动机,当这里的"祖宗"被提升为"民族"或者"人民"时,这种情怀就会被升华为一种崇高的感情。那么,为父亲争光的深层动机是什么呢?当然就是对父亲的爱,而这种爱则来自一种承认,承认自己对父亲所欠的象征债务。因为父亲—的—名字之被排斥,乔伊斯不可能让自己的事业为之争光,而是以之为自己争光,把自己系于象征世界。

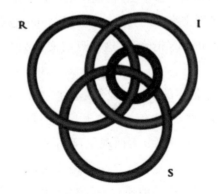

L'ego correcteur

就乔伊斯而言,与想象的脱离对应的是乔伊斯欠缺一个统摄身体形象的"我",《一个青年艺术家的画像》中的一个细节确凿无疑地证明了这一事实。在《一个青年艺术家的画像》第二章中,斯蒂芬和以赫伦(Heron)为首的几个同学争论谁是最伟大的诗人,斯蒂芬认为是拜伦,而赫伦则认为是丁尼生(Tennyson)勋爵。赫伦一再要斯蒂芬收回他的意见,可斯蒂芬拒绝让步,于是招来一顿暴打。最后,经过一番挣扎,他终于摆脱了他们的殴打。当赫伦一伙扬长而去后,"他因为眼泪模糊了视线,跌跌撞撞地向前走,一边哭泣,一边用力捏紧自己的拳头"。到此为止,似乎一切正常,斯蒂芬的表现与常人被殴打之后

的反应基本相同,但接下来的文字就让人费解了:

> 当他在他那些听众放纵的笑声中背诵《忏悔词》时,当那个恶毒的插曲在他的心中快速而鲜明地闪现时,他很奇怪自己为何现在对那些折磨他的人了无恨意。他丝毫没有忘记他们的怯懦和残忍,可这种回忆在他这里没有引起愤怒。他在书中读到过的对强烈的爱恨所做的所有描写对他来说似乎都是不真实的。在那天夜里,当他沿着琼斯路跌跌撞撞往家走的时候,他甚至感到有种力量从他身上轻易剥去了那种突然编织出的愤怒,就像熟透的果实被剥去果皮一样。①

凡是有过类似经验的人都知道,与人发生肢体冲突后最大的痛苦不是来自身体上的伤害,而是来自"自我"(ego)所受到的伤害。人的自我本质上是一种想象的构形(formation),最初来源于镜子阶段对镜像的认同。虽然(或者应该说正因为)自我是一种想象的构形,但它却是人在世界上安身立命的基础。自我具有两种本质特征,即自恋和欺凌,这就决定了任何对它实施的攻击都将激发最强烈的仇恨和反击。然而,在此我们看到的是,虽然"他丝毫没有忘记他们的怯懦和残忍,可这种回忆在他这里没有引起愤怒";"他甚至感到有种力量从他身上轻易剥去了那种突然编织出的愤怒,就像熟透的果实被剥去果皮一样"。为什么? 难道不是因为想象的脱落? 正是想象的脱落导致了斯蒂芬/乔伊斯欠缺了必不可少的自我形象:"在自己这个概念中,在作为身体的自己这个概念中,具有某种非常重要的东西。这就是我们所说的自我。如果自我是自恋的,那是因为有某种东西在某个层面上支撑了作为形象的自我。但在乔伊斯这里,这个形象在此并没有得到保证,难道不是吗? ——这难道没有预示自我在这种情况下具有一种非常特殊的功能?"②拉康所说的自我形象就是"我",但"我"不是一个实体,而是一种想象的形象,一种功能,"我"的功能就是将肢体统摄或者捆扎成一个整体。就像果实的皮将果实包裹成一个可爱的东西,"我"将自己包裹成一个可爱的主体。然而对乔伊斯来说,身体当然还在,与身体相关联的快感也还在,但包裹这一身体的"皮",即"我"却脱落了。他与这个世界的疏离,他的"魂不守舍",也与他欠缺一个自我密切相关。为了修补这个错误,把脱落的

---

① James Joyce, *A Portrait of the Artist as a Young Man*, p. 79. 黄译第 87 页。
② Jacques Lacan, *Le Sinthome*, lesson of 11 May 1976. 引自 Luke Thurston 的未刊译本第 67 页。

"我"捕获并固定,乔伊斯需要重建他的自我形象,其手段就是书写。诚如拉康所说:"对他的自我来说,书写绝对是本质性的。"① 书写(writing)之于乔伊斯,首先不是一种文学创作,而是一种将脱落的"我"编接(splicing)起来的基本方式。此中的悖论是,书写既证明了乔伊斯自我形象的脱落,又是他编接其自我形象的手段。乔伊斯作品中大量存在的"显灵"和无所不在的字谜,无不表明他的自我的脱落,因为只有一个无"我"之人才对解释自己留下的谜团无动于衷。然而,在书写过程之中布置如此繁多的谜团,留待读者去猜测和破解,这本身又证明了他为重建自我形象所付出的艰苦努力。不过,拉康提醒我们,乔伊斯的书写最终所修补或者编接出的并非一个波罗密结,而是一个"乔伊斯结",因为无处不在的"显灵"和字谜表明,在乔伊斯这里,"无意识(象征)和实在错误地扭结在了一起"②。

精神分析学自从诞生之日起就与文学批评结下了不解之缘。然而,大凡成功的结合都得益于用文学文本去解释精神分析学,从而推动和促进精神分析学的发展,为精神分析学贡献新的创见;大凡失败的结合都归因于用精神分析学去解释文学,因为不仅精神分析学本身不会由此收获什么新的发现,我们对文学作品的认识也是如此,我们从文学中所发现的只是精神分析学既有的东西。拉康认为,如果出发点错误,即使是弗洛伊德本人也不能幸免于失败,《詹森的〈格拉迪瓦〉中的幻觉与梦》就是一个失败的范例。因此,首先必须指出的是,当拉康在"Le Sinthome"中论及乔伊斯时,他并非利用自己的精神分析学理论去解释乔伊斯,而是利用乔伊斯的艺术发展自己的精神分析学思想。因此,与其说拉康解释了乔伊斯,不如说乔伊斯解释了晚期拉康;也就是说,没有对乔伊斯的深入研读,可能就没有晚期拉康的思想转变。但是,由于本篇的写作目的是研究晚期拉康思想中的乔伊斯,所以无论笔者如何努力,都势必造成一种错觉,让人误以为本篇文章是在用拉康的晚期思想解释乔伊斯。对于这种几乎无法避免的误解,笔者只能提醒读者警惕这种逻辑倒置的危险。

---

① Jacques Lacan, *Le Sinthome*, lesson of 11 May 1976. 引自 Luke Thurston 的未刊译本第 65 页。
② Ibid., 引自 Luke Thurston 的未刊译本第 69 页。

附 论

主体、权力和反抗

　　在第二次世界大战之后的左翼政治中,主体、权力和反抗的关系始终是一个核心问题。主体的悖论就在于它既是权力的产物,又是权力的反抗者;既是一个独立自主的自由个体,又是一个循规蹈矩的恭顺臣民。这种内在的悖论提醒我们,正是通过依赖、服从某些社会规范或者权力机制,自由、自主的主体才能产生。这种悖论已经深深地内含在 subject / sujet / subjekt 这三个能指相近、所指相同的英语、法语和德语词语之中;这三个同源的词语既表示"自由的主体",也表示"恭顺的臣民"。这就是主体生产的辩证法。但是,主体的生产者是谁? 显然,我们不能宽泛地说是一般的社会权力,而必须进一步追问,主体的生产者,是像福柯所说的那样,只是特定的权力机构,还是像马克思主义所主张的那样,是国家这个权力总体? 还要追问的是,主体是如何生产出来的? 也就是说,主体的生产者在生产主体的过程中,所凭借的只是机械的规训技术,还是另需更深的意识形态的指导? 换句话说,生产主体的目的只是为了具体权力机构的运转,还是为了国家这个权力总体的运转？面对权力机制，主体只能任由摆布，还是可以通过某种方式进行反抗？权力与反抗是什么关系？真正的反抗又是否可能？

一、权力与主体

在马克思主义的谱系中，最先将主体或主体的生产主题化的人似乎是阿尔都塞，主体的生产就是其《意识形态与意识形态国家机器》的核心问题。对阿尔都塞来说，主体的生产将任何一个社会形态的生存与发展所必需的两个基本条件辩证地统一了起来：生产力的再生产和生产关系的再生产。如他所说："劳动力的再生产不仅要求再生产出劳动力的技能，同时还要求再生产出劳动力对现存秩序的各种规范的服从，即一方面为工人们再生产出对于占统治地位的意识形态的服从，另一方面为从事剥削和镇压的当事人再生产出正确运用占统治地位的意识形态的能力，以便他们也能'用词句'为统治阶级的统治做准备。"①因此他认为生产关系的再生产场所不是在经济领域，而是在主体身上。阿尔都塞认为："在极大程度上，生产关系的再生产是通过国家政权在国家机器——（镇压性）国家机器和意识形态国家机器两方面——中的运用来保证的。"②在此他明确表达了这样一种立场：主体的生产本质上是一种由国家政权主导的灵魂改造工程。阿尔都塞的这种主张预设了一个马克思主义的基本原则：社会是一个整体。社会是一个整体不仅意味着社会是由经济基础和上层建筑构成的，更重要的是，它还意味着作为一个整体的社会统一在国家之中。不仅如此，统一了社会整体的国家本身也是一个整体：国家是国家政权、镇压性的国家机器和意识形态国家机器的有机统一。阿尔都塞对马克思主义国家学说的发展体现在两个方面，首先，他区分了国家机器与国家政权。国家机器是中性的工具，它发挥何种作用取决于国家政权。尤为重要的是，他区分了意识形态性的国家机器和镇压性的国家机器。这种区分在某种意义上先行了后来的微观身份政治。意识形态的国家机器多种多样，有教会、学校、工会、媒体等，表面上看它们各自

---

① Louis Althusser, *Lenin and Philosophy and Other Essays*, trans. Ben Brewster, New York: Monthly Review Press, 1971, pp. 132—133.
② Ibid., p. 148.

为政，互不统属，其实不然："如果说 AIE 大量并首要地运用意识形态发挥功能的话，那么正是这种发挥功能的方式把它们的多样性统一了起来，因为它们赖以发挥功能的意识形态本身，不管如何多样，如何矛盾，事实上总是统一在占统治地位的意识形态底下的，这种占统治地位的意识形态就是'统治阶级'的意识形态。"[1]每种意识形态国家机器都服务于相同的目的：生产关系的再生产。每一种意识形态国家机器都以其特有的方式服务于这个唯一的目的。尽管这台"音乐会"偶尔也会受到不同声音的干扰，但它有一个主旋律，那就是现行统治阶级的意识形态。总之，生产关系的再生产取决于主导意识形态的建立，而后者只能借助主体才能得以实现。所以阿尔都塞断言："没有不借助于主体并为了主体而存在的意识形态。"[2]意识形态只有借助主体才能成为现实的意识形态，但反过来也是一样，主体只有经受意识形态的传唤（interpellation）才能成为现实的主体。故此他说："主体之所以是构成所有意识形态的基本范畴，只是因为所有意识形态的功能就在于把具体的个人'构成'为主体。"[3]也就是说，意识形态与主体相互构成。借助拉康的镜像理论，最终阿尔都塞把意识形态传唤主体的机制统合在一个四重保障体系之中：(1)意识形态把"个人"传唤为驯服的主体(subject)；(2)个别主体对意识形态这个真正主体(Subject)的臣服；(3)众主体(subjects)与意识形态主体(Subject)的相互承认，众主体间的相互认可，以及主体(subject)最终的自我认可；(4)绝对保证这一切顺利进行。求助于拉康的镜像理论，阿尔都塞指出了一个基本事实：正如自我的形成必须参照大他者的命令一样，主体的形成也必须参照意识形态大他者的要求。没有这个大他者，就没有主体。正因为阿尔都塞将社会与国家看作一个整体，断定每一种意识形态国家机器都或多或少受控于统治阶级的意识形态，并服务于生产关系的再生产这个唯一的目的，所以我们完全可以说主体的生产在他这里乃是一项灵魂改造工程。也正因为此，他特别强调教会在前资本主义社会和学校在资本主义社会的教育功能。

与阿尔都塞形成鲜明对照的是福柯，他们两者有一种非常有趣的关系。人

---

[1] Louis Althusser, *Lenin and Philosophy and Other Essays*, p. 146.
[2] Ibid., p. 170.
[3] Ibid., pp. 170—171.

们甚至可以怀疑,福柯的主体理论处处将阿尔都塞作为批判对象。除了知识、权力和话语,主体是福柯的一个关键概念,甚至可以说是后期福柯思想中最为重要的一个概念。尽管福柯曾就主体与权力的关系专门写了《主体与权力》这篇论文,但要准确理解福柯所说的主体,不能仅仅将其与权力理论关联起来,还必须准确把握福柯对社会、国家和意识形态的理解。但正是在政治哲学这个领域,福柯的思想似乎处处与马克思主义针锋相对。这种自觉的对立既让他看到了为马克思主义所忽略的东西,也让他因为矫枉过正而对马克思主义的洞察视而不见。

首先,福柯拒绝承认社会是一个整体。这种立场集中体现在他对宏大叙事的排斥上。福柯用他的一般历史概念反对总体历史概念,并将后者归咎于黑格尔和马克思。他认为,历史的总体叙述总是围绕一个单一的中心、原则、意义、精神、世界观,或者一种无所不包的形态来描述所有现象,而历史的一般叙述则相反,总是力求利用各种离散空间。他将一般历史叙事的特征概括为:"这种历史分析所呈现的大问题不是如何建立连续性,如何形成和保持一个单一的模式,如何针对如此众多的互不相同而且前后接替的想法确立一个单一的界限,传播、接续、消失和重复之间的相互作用暗含了何种行动模式和基本结构,起源如何将其统治延伸出自身之外以至于抵达一种从未给出的结局;这不再是一个有关传统的问题,不是一个追踪一条线索的问题,而是一个有关分割和界限的问题;这不是一个有关持续的基础的问题,而是一个有关变化的问题,这些变化可以用作新的基础,可以重建基础……这种新的历史将发展它自己的理论:如何详细说明那些使我们得以设想非连续性(界限、破裂、断裂、突变和转换)的不同概念?依据何种标准隔离我们所处理的东西:什么是科学?什么是作品?什么是理论?什么是概念?什么是文本?如何使人们置身其上的层级(其中每一层级都有自己的分界线和分析形式)多样化?什么层级是合理的形式化层级?什么层级是合理的解释层级?什么层级是合理的结构分析层级?什么层级是合理的因果归属层级?"①在他试图发展的这种历史学中,整体、起源、连续性和总体性这些都是应该废弃的概念。而原先在现代历史学中备受指责的非连续

---

① Michel Foucault, *Archaeology of Knowledge*, trans. Sheridan Smith, London: Routledge Press, 1989, pp. 5—6.

性、断裂和离散则被视为积极有效的概念。值得注意的是,福柯强调的断裂不仅只是历时性的,比如历史、文明和时代之间的断裂,而且也是共时性的,比如社会、时期内部不同领域和层面之间的断裂。正是这种对断裂的偏爱使得福柯认为不同的权力机构之间并不存在统一性。

其次,福柯否认权力的主体性。在现代人文科学话语中,有两种解释权力的阐释模式,即法权模式和经济学模式。前者从法定权利、道德权利和政治主权等方面来分析权力,后者从阶级统治和经济法则来分析权力。福柯对这两种解释都不赞同,认为它们不仅是总体论的,而且是还原论的,都将某个特选的阶级、机构或者个人视为权力的拥有者。因为福柯试图在一种非总体化、非再现、反人本主义的框架中重新思考权力的本质,所以他认为:"权力无处不在;不是因为它无所不包,而是因为它来自四面八方……权力不是一种机构,也不是一种结构;它也不是某种可以赋予我们的力量;它是人们为特定社会中的某种复杂的战略形势所赋予的名称。"① 权力无处不在恰好意味着权力是无主体的,后来福柯在与德勒兹的对谈中重申了这种主张:"权力无所不在,它一直在被人们施展。严格说来,没有任何人具有拥有权力的正式权利。但是,权力总是在特定方向、特定人群之间被激发出来。很难在确定的意义上说某人拥有权力,但要说某人没有权力则很容易。"② 福柯认为,我们之所以还欠缺一门真正的政治哲学,那是因为"国王的头还没有被砍掉"。所谓砍掉国王的头,其实就是要在政治哲学中确认权力的无主体性,砍掉权力的主体,进而砍掉国家。马克思主义认为,作为一个总体的社会在内容上统一于经济基础与上层建筑的辩证互动,在形式上则统一于国家。然而福柯并不认为国家能统合社会:"我不想说国家不重要,我想指出权力关系以及关于权力关系的分析必然会超越国家的界限。这么说是基于两种意义:首先是因为,尽管国家机器威力无限,但国家远远不能占领权力关系的全部领域,而且国家只能基于其他业已存在的权力关系才能运转。相对于整个权力网络,后者投资了身体、性欲、家庭、血缘关系、知识、技术等,国家是超级结构性的。的确,这些网络与一种元权力具有一种限制与

---

① Michel Foucault, *History of Sexuality*, trans. Robert Hurley, New York: Pantheon Books, 1978, p. 93.
② Michel Foucault, "Intellectuals and Power", in *Language, Counter-Memory, Practice: Selected Essays and Interviews*, ed. D. F. Bouchard, Ithaca: Cornell University Press, 1980, p. 213.

被限制的关系,而后者是围绕许多重大的禁止功能被结构起来的;但这种元权力及其禁令只有在它所扎根的整个多元而无限的权力关系中才能坚持并确保其立场,权力关系为权力重大的否定形式提供了必需的基础。"①

最后,福柯拒绝承认意识形态的重要性。因为马克思,"意识形态"在政治哲学中成为一个举足轻重的概念工具。阿尔都塞对意识形态理论的发展表现在两个方面:首先,他认为"意识形态表述了个人与其真实生存条件的想象关系"②。这就是说,意识形态表述的不是个人真实的生存条件,而是个人与其真实生存条件的"想象"关系。这种修正的意义怎么强调都不过分。人从来不会也不可能如实理解他与其真实生存条件之间的关系,他只能根据自己的意愿去"想象"他与其真实生存条件之间的关系。如果意识形态就是这种想象关系的表述,那么批评意识形态的"虚假性"就毫无意义了。其次,阿尔都塞正确指出"意识形态具有一种物质的存在"③。也就是说,意识形态从来不会作为一种观念仅仅存在于人的意识里,而是存在于主体各种各样的物质性的意识形态实践之中。总之,"没有不借助于主体并为了这些主体而存在的意识形态"④。因此,不仅只有权力无所不在,而且意识形态同样无所不在。但在福柯的权力分析和主体理论中,意识形态被难以置信地抛弃了。在《真理与权力》中,福柯明确陈述了他舍弃意识形态的三点理由:"首先,不管你喜不喜欢它,它总是与某种当作真理的东西处于一种虚拟的对立之中。现在,我相信问题并不在于要在科学或者真理话语与其他话语之间划出一条分界线,而在于历史地考虑那些真理效果是如何在那些本身无所谓真假的话语中被制造出来的。意识形态的第二个缺点是这个概念必定指向主体的秩序这种东西。第三,相比那种作为基础设施,作为物质性的、经济性的决定因素而发挥作用的东西,意识形态处于一种次要地位。基于这三种理由,我认为我们在使用这个概念时不能不慎重。"⑤当福柯断言意识形态会导致真与假的虚假对立时,他对意识形态仍然持一种明显有些陈旧的理解。实际上,当阿尔都塞说"意识形态具有一种物质的存在"时,他

---

① Michel Foucault, "Truth and Power", in *The Foucault Reader*, ed. Paul Rabinow, New York: Pantheon Books, 1984, p. 64.
② Louis Althusser, *Lenin and Philosophy and Other Essays*, p. 162.
③ Ibid., p. 165.
④ Ibid., p. 170.
⑤ Michel Foucault, "Truth and Power", in *The Foucault Reader*, p. 60.

还不够正确;正如后来齐泽克指出的那样,意识形态不仅具有一种物质的存在,意识形态本身就是一种现实。齐泽克认为,与症状一样,"意识形态不仅只是一种'虚假的意识',不仅只是现实的幻觉表现,它毋宁说就是这种已经被视为'意识形态性的'现实本身。'意识形态性的'事物是这样一种社会现实,正是这种现实的存在意味着它的参与者不知它的本质。也就是说,它的社会有效性,它的再生产意味着个人'不知道他们正在做什么'。只要它得到了'虚假意识'的支持,意识形态性的事物就不是对一种社会存在的'虚假意识',而是这种存在本身"①。在此,齐泽克让我们领略到了拉康的理论为意识形态批判带来的颠覆性启发,从此,意识形态的真假就成了一个伪问题,因为它本身就是一种社会存在。现实永远是由意识形态建构出来的,没有意识形态就没有所谓的现实。当福柯指出真理是由权力建构出来的时候,其实他与齐泽克说意识形态就是现实在本质上并无不同。然而福柯废弃意识形态这个范畴仍然会带来明显的缺陷:为福柯所忽略的一个至关重要的事实是,权力对主体的建构不是直接的,而是必须借助意识形态这个中介。权力的铁锤不是像福柯所说的那样,直接击打在主体的身体上,而是首先击打在主体的精神上。当阿尔都塞说"没有不借助主体并为了主体而存在的意识形态"时,他所强调的就是这个基本事实。意识形态的存在是一个无可争议的事实,它不仅是分析社会和国家不可或缺的工具,对分析权力和主体也是同等重要。福柯罔顾意识形态在权力建构主体过程中的中介作用,的确相当令人吃惊。而且最重要的是,对意识形态这个概念的排斥,导致他的主体几乎只是一个没有灵魂的身体,仿佛权力仅仅只是针对身体而运作。

这种失误的另一个直接结果是,福柯似乎仅仅将权力视为一套技术:"'纪律'既不是一种机构,也不是某种机器;它是一种权力,一种为了它自身的操作而存在的模式,包含了一整套工具、技术、程序、各种层面的应用和目标;它是一种物理学,是权力的解剖结构,是一种技术。"②技术是福柯非常偏爱的一个概念,从某种意义上说,他用技术取代了意识形态。福柯后期专注于"自我技术",

---

① Slavoj Zizek, *The Sublime Object of Ideology*, pp. 15—16.
② Michel Foucault, *Discipline and Punish*, trans. Alan Sheridan, New York: Vintage Books, 1995, p. 215.

这个命题本身业已表明，主体的自我塑造在他这里似乎只是一门针对身体的技术工程，与精神改造无关。福柯从来没有想过，主体的建构或者自我建构始终具有一个必不可少的参照，那就是大他者（Other），主体只能根据大他者的命令、要求和期待去建构自己。诚如拉康所说："主体最终只得承认，他的存在绝非别的什么，而只是他自己想象中的作品；而且这个虚构削弱了他所有的确定性，因为在为另一个人而重建其存在的工作中，他再次遭遇了根本性的异化，这异化使他像另一个人那样建造其存在，而且这异化总是注定了其存在要被另一个人夺走。"[1]福柯的主体理论惊人地令人难以接受，一方面，他的主体似乎只是机械的身体，另一方面，他的主体仍然分享了现代主体虚幻的自主和统一。总之，福柯所忽略或者无视的是，权力不仅塑造主体的身体，而且最重要的是要塑造主体的灵魂。在阿尔都塞那里，主体的建构始终是一项改造灵魂的工程，但在福柯这里，它完全沦落为一项锻造身体的机械工程。福柯虽然也重视主体与权力的关系，但他的主体是没有大他者的主体。

对阿尔都塞来说，主体是由各种意识形态国家机器生产出来的，比如学校、家庭、教会、媒体和工会，等等。对福柯来说，主体是由军队、监狱、医院和感化院等规训机构生产出来的。初看上去，二者似乎差别不大。但这是一种假象，他们之间其实具有深刻的差异：在阿尔都塞这里，所有这些机构都是意识形态的国家机器，但福柯从来不把各种权力机构视为国家机器。福柯拒绝将权力与国家联系起来，因为他认为国家无足轻重。根据福柯的理解，权力对主体的规训（discipline）仅仅只是为了让特定的权力机构本身运作得更为顺畅。也就是说，不同权力机构对主体的生产各自为政，没有共同目标。福柯为什么更偏爱分析医院和诊所？因为这些权力机构更加技术化，离国家意志更远。福柯为什么忽视学校这种最为重要的权力机构——在主体的规训和生产上，还有什么机构能比学校所起的作用更加强大？的确，福柯不得不忽视学校，因为他一旦正视学校在建构主体上无与伦比的作用，他就不可能无视国家意志和占统治地位的意识形态所发挥的导向性作用。而这完全不符合福柯权力理论的预设，即社会并非一个总体，国家并不重要，意识形态无足轻重。当福柯指出社会是一个由许多微观权力体系构成的矛盾聚合体，国家不能覆盖所有权力机构时，他无

---

[1] Jacques Lacan, *Écrits*, pp. 207—208.

疑是正确的。但他为此付出的代价太大了,因为他拒绝了事实上不可忽视的国家。对福柯来说,权力科学所需的仅仅只是一种微观物理学。因为高估了微观权力和规训技术,福柯坚决反对将微观权力和规训技术最终还原到国家。正因为此,他拒绝了阿尔都塞的答案。无论如何,说特定的权力机构建构主体仅仅只是为了该权力机构自身的运转是难以令人信服的,因为在任何社会中,各种规训机构都只是手段而不是目的:学校的根本目的绝不是传授知识,家庭的根本目的绝不是仅仅要将子女养大,国家建立医院的根本目的绝不仅仅只是治愈疾病;监狱的根本目的绝不仅仅只是把罪犯关起来;教会的目的绝不仅仅只是把个人变成信徒;工会的根本目的也绝不仅仅只是把工人团结起来。所有这一切的背后都还有某种更加根本的目的:培养对占统治地位的生产关系之再生产有利的主体。强调国家对权力机构的统合作用并不必然意味着一切权力的实施都应直接还原到国家,也不意味着国家事实上成功实现了这种统合作用;相反,国家在追求这种统合作用时经常遭到失败,但是它从来不会放弃这种追求。

通过阐明各种意识形态国家机器如何共同作用以建构主体,阿尔都塞发展了马克思主义的国家学说和意识形态理论。他的不足之处在于,他认为意识形态国家机器决定了一切存在,每种机器在使个体臣服于占统治地位的意识形态的同时促进了生产关系的再生产。为了强调意识形态的统一性和普遍性,阿尔都塞甚至将社会比喻为一台受一个乐谱支配的音乐会,这个乐谱就是现行统治阶级的意识形态。不管他是怎么想的,这种类比使人们怀疑他在这个方向上走得太远了,以致违背了他自己提倡的多元决定论。毫无疑问,福柯就此完全有理由对阿尔都塞提出质疑。就权力与主体的建构这个至关重要的问题来说,阿尔都塞的失误在于完全接受这个总谱,而完全拒绝这个总谱则是福柯的谬误。

在主体的建构这个问题上,阿尔都塞关注的是意识形态的询唤,福柯关注的则是规训和惩罚。尽管二者具有深刻的差异,但他们仍然共享了一个相同的局限,那就是对反抗估计不足。在阿尔都塞这里,反抗根本没有进入他的理论视野,他似乎从未考虑过传唤始终存在失败的可能。而在福柯这里,问题显得更加复杂,他不是没有考虑到反抗,而是陷入了权力与反抗的恶性循环。在《主体与权力》中,福柯几乎提出了反抗问题:"也许今天的目标不是去发现我们之所是,而是去拒绝我们之所是。我们必须去想象和建立我们可能之所是,以便清除这种政治的'双重束缚',即现代权力结构同时存在的个体化和总体化。结论便是：我们今天的政治、伦理、社会和哲学问题不是将个人从国家、从国家的机构中解放出来，而是将我们从国家、从与国家相连的个体化中解放出来。我们必须通过拒绝这种几个世纪以来强加给我们的个体性来促成新的主体性。"①然而，我们如何才能拒绝我们之所是？如何才能消除权力对我们的双重束缚？如何才能建立我们之所是？就在我们以为福柯即将讨论反抗的具体策略时，接下去他却转而去分析权力是如何实施的、权力的具体特性，以及如何分析权力关系，对反抗不置一词。

福柯之所以对反抗没有给予足够的重视，有两个内在的原因。首先他过于强调权力的生产性："在将权力的作用定义为压迫时，人们采取了一种纯粹司法的权力概念；人们将权力等同于说不的法律；权力首先被当作禁止力量的实施。现在我相信这是一种完全消极、狭隘、虚弱的权力概念，奇怪的是，这是一种广为流传的权力概念。如果权力仅仅只是压迫性的，如果它仅仅只是说不，你们真的会认为人们会服从它吗？使权力有效的东西，使人们接受权力的东西仅仅只是这个事实：权力并不只是一种强加于我们的说不的力量，而是一种横贯事物、制造事物的东西，它激发快乐，形成知识，制造话语。它需要被当作一种贯穿整个社会躯体的生产性网络，而不是仅仅被当作一种只起压迫作用的消极动因。"②弱化权力的压迫性，强调权力的生产性，这是福柯权力理论的另一个独特之处。我们承认权力的生产性，承认权力建立了秩序，改变了事物，生产了知识，激发了快乐，但是我们更要看到，这种生产性是以主体的奴役，不管是身体的奴役还是精神的奴役，为代价的。我们并不奢望建立一个无压迫的社会，但我们永远不能放弃反抗。反抗的目的不是为了建立一个地上的天国，而是为了保证我们永远走在通向这个理想的路上。

福柯忽视反抗的第二个原因是，他的权力理论预设了主体的自由。"当人们将权力的实施定义为作用于他人的行动模式，当人们将这些行动的特征确定为他人对人的治理——以这个术语最宽泛的意义而言，人们就包含了一个重要的因素：自由。权力只会实施于自由的主体，仅仅因为他们是自由的，权力才得

---

① Michel Foucault, "The Subject and Power", in *Essential Works of Foucault: Power*, ed. James D. Faubion, New York: The New Press, 1997, p.336.

② Ibid., p.120.

以实施。"①如果福柯所说的自由是指主体最低程度的反抗的自由,颠覆既存权力秩序的可能性,我们自然没有异议。对福柯来说,权力不是暴力,需要的不是百分之百的服从,而是有可能不服从的服从。正是在这种不无反抗可能性的服从中,权力才能彰显自身。因此,究其实质,福柯赋予主体的自由与其说是主体所要追求的自由,不如说是权力为了自身的运作所需的自由;主体对权力所做的各种反抗与其说是为了推翻权力秩序,不如说是为了让权力运转得更好。对福柯来说,不是主体需要反抗,而是权力需要反抗;不是主体需要自由,而是权力需要主体自由。最终,自由不再是主体的目的,反抗不再是为了推翻权力:主体的自由与反抗都成了维系权力的前提和手段。在福柯这里,"权力与反抗被有效地牵扯进了一个致命的相互缠绕中:没有无反抗的权力——为了自身的运转,权力需要一个逃避其控制的未知数 x;没有无权力的反抗——权力已经形成了某个内核,受压迫的主体代表这个内核反抗权力的控制"②。对福柯来说,权力和反抗之间的关系是循环的,而且是一个绝对内在的循环;权力和反抗互为对方的先决条件,而且彼此生成了对方。因此,彻底的反抗、真正的反抗在福柯这里是不可能的。

无论是在《性史》《疯癫与文明》《规训与惩罚》还是其他著作中,福柯似乎都默认了这一点:连续不断的反抗其实不足以成为真正有效的反抗;反抗事先就被权力机制征用了,它不可能真正破坏权力体系。福柯后期进一步弱化了规训与惩罚,更加注重柔性的治理和自我技术,表明反抗在他的权力理论中更加边缘化了。福柯排除了这种可能性:由于其内在矛盾,权力体系本身会产生一种力量,这种力量的多余部分是权力体系所不能控制的,因此炸毁了权力体系的统一体,炸毁了权力体系复制自身的能力。其实这就是马克思的基本命题之一:"资本主义生产的真正限制是资本自身"③。我们承认福柯的前提:对权力的反抗是权力大厦内在固有的东西,但这个前提绝不应该迫使我们得出这个结论:每一种反抗都在事先就被招安了,都被收编进了权力与自己玩的游戏中;关

---

① Michel Foucault, "The Subject and Power", in *Essential Works of Foucault: Power*, ed. James D. Faubion, pp. 341—342.
② Slavoj Zizek, *The Ticklish Subject*, London: Verso Press, 2000, pp. 252—253.
③ 马克思:《资本论》第三卷,中共中央马克思恩格斯列宁斯大林著作编译局译,北京:人民出版社,2004 年,第 278 页。

键是，通过增生和造成超额的反抗，权力体系内部的对抗会启动一个过程，这个过程将导致它最终的瓦解。

当福柯说权力需要反抗才能运转时，他是正确的。但他没有看到的是，权力所必需的反抗内在地具有颠覆权力的可能性。虽然主体是由权力建构出来的，但主体这个结果有炸毁权力这个原因的潜力。总之，福柯没有考虑到结果逃脱、超过其原因的可能性。福柯就是因为这个而缺乏合适的主体概念：就其定义而言，主体就大于其原因。在此巴特勒的著作特别令人感兴趣：虽然她把福柯就主体化所做的解释（主体化就是通过述行性[performative]的规训实践实现的臣服）当作自己的出发点，但她还是察觉到了福柯理论大厦的上述不足，并试图通过参照其他一系列概念工具努力弥补这种不足。

二、主体与反抗

巴特勒的政治努力的焦点和传统左翼人士是一样的：如何才能进行真正有效的反抗？如何才能真正削弱或者取代现存的社会象征秩序？当然，她非常清楚，不能像达达主义那样简单而直接地将反抗的场所定位在无意识，以为通过无意识写作就能逃离既有的象征秩序。因为弗洛伊德将所有的口误、失误动作、梦和症状解释为社会规范的局部失败，所以达达主义者简单地认为无意识就是反抗既有社会秩序的场所。巴特勒充分认识到了无意识的复杂性：如果我们把无意识视为对社会象征秩序的反抗，我们该如何理解主体对臣服/主体化的（无意识的）热烈依恋（passionate attachment）？这种热烈依恋意味着无意识并不比主体更独立于社会规范话语。我们凭什么相信无意识比主体的语言更少受到浸透于文化能指的权力关系的影响？如果我们在无意识的水平上发现了对臣服的依恋，那么我们能从这种依恋中锻造出何种反抗？

如果我们能真正理解拉康的这句箴言，"无意识就是大他者的话语"[①]，我们就不会犯达达主义者那样的低级错误，视无意识为反抗社会象征秩序的根本途径。在无意识之中，既有对社会规范的反抗，或者社会规范的失败，但也更有主体对社会规范（大他者）的热烈依恋。这一点在俄狄浦斯情结中就有十分明显

---

① Jacques Lacan, *Écrits*, p. 10.

的表现：孩子不仅憎恨作为竞争者的父亲，但同时也十分热爱他。权力机制的反向情欲化就是对权力秩序的热烈依恋的有趣例证：为了惩罚自己非法的欲望，有人会无情地鞭笞自己，并在这种无情的鞭笞（大他者的惩罚）中感到极大的快感。将无意识匆忙等同于反抗场所带来的第二个问题是，即使我们勉强承认无意识就是反抗的场所，这种反抗也永远不能阻止权力机制畅通无阻地发挥作用；也就是说，即使我们勉强承认训唤从终极意义上说总是不彻底，这种反抗对改变或者扩张象征秩序或者形成主体的询唤又能做什么呢？总之："这种反抗使一切借助规训手段制造主体的努力都不可能彻底，但是它仍然不能重新接合（rearticulate）生产性权力的主要要素。"[1]

当巴特勒将无意识与反抗区别开来时，她无疑是正确的。但是，当她认为拉康把想象等同于无意识时，就是另外一回事了。她的这种误解来自于她对阿尔都塞的《意识形态与意识形态国家机器》的误读。在那篇文章中，阿尔都塞援引了一个经常发生于街头的小戏剧：警察对人群中的某人说："嘿，叫你呢！"虽然他不是正对着那个人，也没有使用任何明确的描述，十有八九那个被叫的人而非别人真的就会停下来。阿尔都塞没有看到，这种传唤主体的尝试总是会有失败的可能。当被传唤的那个人未能领会警察对他的传唤时，也就是说，当他"想象"自己并非警察所传唤的人时，或者说当他并不像警察认为的那样去"想象"自己时，警察的传唤就失败了。"因此对拉康主义者来说，想象意味着身份的象征性建构是不可能的。"[2]巴特勒认为，虽然这种诉诸想象的反抗能够阻碍传唤的顺利实现，但不能彻底重新接合象征性的权力秩序，甚至在相反的方向上维护了象征秩序。顺着这个线索，她甚至把拉康的无意识描述为想象性的，它阻碍象征秩序为连贯而完整地建构性别身份所付出的任何努力。

因为这种误解，巴特勒认为拉康的精神分析学与福柯的权力理论一样，没有为真正的反抗留有余地。在论述主体遭遇象征秩序之际的处境时，拉康曾经将其比喻为遭逢剪径的绿林强盗喝问：要钱还是要命？其实主体此时别无选择，只能向象征秩序投降，否则将被排斥到象征秩序之外。也许正是这个比喻使巴特勒断定拉康没有为真正的反抗提供可能性。巴特勒同意拉康这个观点：

---

[1] Judith Buttler, *The Psychic Life of Power*, Stanford: Stanford University Press, 1997, p. 95.
[2] Ibid., pp. 96—97.

人的社会生存是一种被迫的选择,为了在社会—象征空间中生存,人不得不接受根本的异化,不得不接受根据大他者做出的定义,以及社会—象征空间的主导结构。但是,她认为坚持这个前提并不应该把我们限制在这个观点上:象征秩序是既定的存在,反抗的结果只能是精神错乱。因此,主体如果不想精神分裂,就只能对象征秩序作一种虚假的想象的反抗,把在象征秩序中的完全异化作为唯一"现实的"选择。

在《意识形态与意识形态国家机器》中,阿尔都塞未及充分展开的观点是:我在大他者的命令式的召唤中做出的承认是述行性的,因为正是承认这一姿势构成(或者设定)了大他者——只有当信仰者认为自己听到并服从了上帝的召唤,上帝才存在。也就是说,主体在大他者也就是上帝的召唤中不仅确认了自己,也确认了大他者。受此启发,所以巴特勒认为,既然作为大他者的象征秩序本身也是凭借主体的述行承认而建构的,那么通过述行性的改写或替换自然也可以对大他者的功能进行颠覆性的破坏。据此巴特勒批评拉康过于坚持象征的稳固性不够辩证。在她看来,虽然象征秩序是主体的社会生存所必需的前提,但它也是主体建构的产物。只有当主体在这种象征秩序中认可了自己,并通过一再重复的述行姿势于其位置就位,象征秩序本身才能存在并被再生产。因此巴特勒认为,对象征秩序进行戏仿性的述行表述,就为改变象征秩序打开了可能性。巴特勒把拉康先验的(*a priori*)象征秩序误解为超验的(transcendental)象征秩序,并予以拒绝,因为她认为拉康错误地事先固定了我们的生存坐标,没有为回溯性地替换这些预设的条件留下任何余地。拉康是否像巴特勒所说的那样认为,面对象征秩序这个强大的大他者,我们要么臣服,要么疯癫(因而被排除出社会),此外别无选择? 或者还有反抗既定社会象征秩序的第三条道路? 巴特勒质问拉康说:"当我们说主体所欲求的还不是其绵延的社会生存时,这是什么意思呢? 如果想取消这种社会生存就必须不惜一死,为了使社会权力对延续生命的条件所实施的控制可以发生改变,能够让生存去冒险吗? 能够去追求死亡吗? 主体被迫重复那些造就了他的社会规范,但这种重复带来了一个危险领域,因为如果人们不能'以正确的方式'恢复这种规范,他就会受到进一步的制裁,就会感到基本的生存条件受到了威胁。可是,如果在当前的组织中没有那种危及主体生命的重复,我们又如何开始去想象那种组织的偶然性,并实际改写生命条件的轮廓?"①但是,她所主张的不就是拉康阅读《安提戈涅》时所主张的观点吗?安提戈涅的确危及了她的整个社会生存,因为她公然反抗由统治者克瑞翁体现的城邦的社会—象征权力,因此落入象征死亡,被驱逐出社会—象征空间。安提戈涅以她决绝的行动表明她在自己真实的欲望上绝不妥协,从而颠覆了既定的象征秩序,或者至少为此打开了一种可能性。在安提戈涅与象征秩序之间的对抗中,她既没有屈服,也没有疯癫,而是以一个决绝的行动将自己的欲望贯彻到底。正如齐泽克所说,拉康从不认为象征秩序是不可改变的:"不冒险'悬置大他者',悬置保证了主体之身份的社会象征网络,就不会有真正的伦理行为:只有当主体冒险做出一个不能'为大他者覆盖'的行为时,才会有真正的伦理行为发生。"②我们不能将拉康所说的那种绝不在自己的欲望问题上妥协的伦理行动等同为巴特勒的"言语行为",因为后者的述行力量仍需依赖尚未确立的象征法则和规范。完全不像巴特勒理解的那样,关于反抗,拉康与福柯之间毫无共同之处:福柯坚持反抗的内在性与局限性,而拉康则为彻底重新接合整个象征领域提供了可能,途径是借助决绝的欲望行动(act),这是一条通过"象征死亡"的通道。总之,正是拉康向我们解释了有效反抗与无效反抗之间的差异。

相比阿尔都塞和福柯,巴特勒的另一个优点在于她敏锐地看到了主体/臣服的内在因素,也就是主体本身对臣服的依恋。这一点阿尔都塞其实已经有所察觉,但因为没有充分考虑到其重要性而未及展开。比如他指出,当上帝在云间呼唤摩西时,摩西立刻回答:"是我!我是你的仆人摩西。你吩咐吧,我听着呢!"(《旧约·出埃及记》)因此,巴特勒认为象征认同(臣服)的基础正是主体对权力机制热烈的原初依恋。虽然巴特勒将原初的热烈依恋解释为主体的先决条件,但她并不因此否认主体能辩证地重新接合其存在的诸先决条件,能够改写和替换它们:主体的身份将总是且永远植根于他所受到的伤害,只要它还是一种身份;但这确实意味着可能的再接合会改写和扰乱对臣服的热烈依恋,没有这种依恋,主体的形成和再形成都不可能成功。然而齐泽克对巴特勒的方案提出了一个极具挑战性的质问:如果我们在被迫选择中承担下来的象征身份不

---

① Judith Buttler, *The Psychic Life of Power*, p. 29.
② Slavoj Zizek, *The Ticklish Subject*, pp. 263—264.

是依赖于"热烈依恋",而是正好相反,依赖于对"热烈依恋"的否认,情况又会怎么样呢?以俄狄浦斯情结为例,只有当主体拒绝承认自己对父亲(不仅是对母亲)的热烈依恋,他/她才能由此出发建构起自己的主体性。再比如,基督教世界就是由共有的信仰委托团结起来的,人们不是直接把上帝作为力比多的贯注对象,而是把他们的信仰委托给某些精挑细选出来的个人(圣徒、教士,或许只有耶稣一个人),这些人才是信仰的真正依赖。如果有人胆敢宣称自己直接与上帝合二为一,那么他不仅不会被视为虔诚的基督徒,反而会被视为基督教的敌人。所以齐泽克说:"把一个社会团结在一起的并非是大家对同一个对象共有一种直接的认同方式,而毋宁说恰好相反,大家共有一种不认同方式,共享一种委托方式,将社会成员的恨或爱委托另一个代理人,以便人们通过这个代理人去爱或恨。"①因此我们需要重新思考"社会认同"这个基本概念:因为只有当主体否认他对大他者的热烈依恋时,只有当主体与之保持一定距离时,"象征认同"才可能存在。如果主体的建构取决于对大他者的热烈依恋之否认,那么,对特定权力机制或象征秩序的有效反抗也许不是重新接合它,而是公开承认主体对与之对立的象征秩序的热烈依恋。比如,为了反对白人种族主义,黑人的有效反抗可能不是严谨地论证白人种族主义的逻辑错误,或者以大量论据证明黑人并不是劣等种族,而是挑衅地说:"对,我就是黑鬼!"故此,与巴特勒提供的方案针锋相对,齐泽克认为公开承认或上演原初的"热烈依恋"比辩证地重新接合或替换这个情景更具颠覆性。

正如巴特勒误解了拉康,齐泽克是否也从根本上误解了巴特勒?首先,即使像齐泽克所说的那样,象征认同取决于主体对权力秩序的热烈依恋之否认,但这种否认只是发生在主体的意识或无意识层面上的事情,不会取消主体对臣服的热烈依恋这一基本事实,更不会取消热烈依恋对于建构主体所具有的至关重要的作用。其次,如果我们将巴特勒所说的象征秩序的重新接合与德勒兹和瓜塔里的重新编码联系起来,那么它还像齐泽克所说的那样,只是一种内部违反或者边际反叛,不足以真正反抗象征秩序吗?彻底反抗象征秩序的激进姿势是什么?如果巴特勒的边际性的重新接合本身才是真正激进的反抗姿势,情况又将如何?尽管巴特勒试图为激进政治找到一种切实可行的反抗策略,但她的

---

① Slavoj Zizek, *The Ticklish Subject*, p. 267.

方案既抽象又宽泛,缺乏可操作性。真正的激进政治也许要在德勒兹和瓜塔里的微观欲望政治中才能找到。对巴特勒来说,权力分析的关键是要考虑主体对臣服的热烈依恋,而对德勒兹和瓜塔里来说,关键是要看到主体对权力的热烈依恋,即深藏于每一个主体内心之中的法西斯主义。

与福柯一样,对总体性和宏观政治的不满使德勒兹和瓜塔里发展出了一种后现代的微观政治学。但福柯的微观政治哲学基本关注的是权力对主体的规训,而德勒兹和瓜塔里的微观政治学则转而强调主体反抗权力的策略。他们的微观政治学既是对苏联和东欧社会主义的失败所做的反思,也是面对资本主义向消费社会、媒体社会和治疗社会发展这一事实,重新思考反抗的一种尝试。在为《反俄狄浦斯》所写的序言中,福柯敏锐地指出该书的核心关怀之一是法西斯主义,这种法西斯主义"不仅只是历史上的那种法西斯主义,希特勒和墨索里尼的法西斯主义,能高效地动员和利用大众的欲望的法西斯主义,而且还是深藏于我们所有人内心之中、头脑之中和日常行为之中的法西斯主义,正是这种法西斯主义使我们热爱权力,渴望那些支配和剥削我们的一切事物"。这种法西斯主义观的革命性在于它彻底颠覆了理性主义宏观政治一个不假思索的假定:政治斗争的领域只限于阶级、种族、政党等宏大的社会问题,与个体的日常生活无关。而这个预设另有一个更深的预设:主体的生活可以分为公共的、政治的社会生活和个体的、非政治的私人生活两部分。这种假定的恶果之一是它造成了一种错觉,仿佛在主体的政治生活之外还有一个可以不受政治打扰的世外桃源可供主体逃避和喘息。与此相关的第二个恶果是,政治无须关心主体私人的日常生活,只需专注于公共的社会生活,专注于国家、阶级和政党等重大问题,似乎只要解决了这些重大问题,就解决了一切问题。由于这种不假思索的假定,宏观政治一向对主体的欲望和日常生活熟视无睹,岂不知权力正是在这些领域中生产和控制了主体。受德勒兹和瓜塔里的启发,詹姆逊指出:"挣脱这种束缚的唯一解放开始于认识到没有什么不是社会性的和历史性的——的确,一切事物'在最终的分析中'都是政治性的。"[1]

在德勒兹和瓜塔里看来,资本主义不仅在一般的经济活动中支配着主体,而且还控制了主体的欲望经济,亦即控制了欲望的投资、生产、消费和分配。资

---

[1] Fredric Jameson, *The Political Unconscious*, Ithaca: Cornell University Press, 1981, p. 21.

本主义权力体系对主体的控制，不仅只是像马克思主义所说的那样，只控制经济基础和上层建筑；也不像福柯所说的那样，只控制主体的身体。资本主义通过直接控制主体的欲望来控制主体，而深藏于每一个人内心之中的法西斯主义就是这种控制的终极表现，它使每一个主体都把自己的力比多投资于权力，从而培养出对权力的法西斯主义迷恋。对德勒兹和瓜塔里来说，解放主体就是解放欲望，因为欲望就是主体或者社会存在的基本实体。这与马克思、阿尔都塞、福柯、巴特勒和齐泽克等人将主体定义为象征关系的总和迥然不同，值得我们格外注意。

除了将主体的基本实体定义为欲望，德勒兹和瓜塔里对欲望还有两个基本假定：首先，欲望是生产性的。德勒兹和瓜塔里不满黑格尔、弗洛伊德和拉康将欲望解释为一种欠缺，认为这是一种虚无主义的解释。他们认为，欲望并不欠缺任何东西，它并不欠缺其对象。无所欠缺的欲望是生产性的："如果欲望有所生产，它的产品必定是真实的。欲望是生产性的，它只有在真实的世界之中才是生产性的，并且只能生产出现实。"①欲望的运作并非为了寻找欠缺的对象，而是在欲望充沛的能量的驱动下去寻求新的连接和实现。因为欲望的本质在于生产，所以欲望与其对象是一回事：它们都是机器，机器的机器。欲望就是机器，欲望对象则是另一种与之联系在一起的机器。其次，"欲望本质上是革命性的"②。因为欲望本质上是非中心的、流动不居的，它追求游牧的、多声部的而非隔离的、一对一的运动。欲望运转于一切皆有可能的自由综合领域，它促成了无尽的连接、非排他性的分离和非特定的结合。

欲望的革命性使得任何一个社会的当务之急都是驯服和压抑欲望，将其辖域化进一个封闭的结构之中，亦即为欲望编码。德勒兹和瓜塔里认为，人类历史经历了三个阶段：原始时代、野蛮时代和文明时代。与此对应的是三种为欲望编码的社会机器：原始辖域机器，专制机器和资本主义机器。其中，资本主义机器对欲望的编码和辖域化达到了登峰造极的地步。资本主义打碎了封建社会的全部编码，在一定程度上实现了人的解放；但与此同时，它又以抽象的量化

---

① Gilles Deleuze & Felix Guattari, *Anti-Oedipus: Capitalism and Schizophrenia*, trans. Robert Hurley, Mark Seem, and Helen R. Lane, Minneapolis: University of Minnesota Press, 1983, p. 26.
② Ibid., p. 118.

原则对人的社会生活的所有方面进行再编码,不仅将它们再辖域化进国家、学校和家庭,也再辖域化进商品崇拜、银行理财、消费主义等日常生活之中。资本主义将主体的欲望和需要重新导入限制性的心理和社会空间,使主体受到前所未有的严格管控。对德勒兹和瓜塔里来说,反抗资本主义机器的唯一有效途径就是精神分裂(schizophrenia)。他们所说的精神分裂并不是一种心理疾病,而是一种全面反叛资本主义符码的精神状态;精神分裂直接打击的目标就是资本主义为主体建构的各种社会身份,正是这些社会身份使得原本自由流动的欲望被编码、被控制。正如詹姆逊指出的那样:"精神分裂症就是支撑生存本身的原始涌流;而从医疗学的角度来说,精神分裂症的特征无疑就是这种几乎如同毒品般的对时间和逻辑纽带的消解,它是一个个经验时刻的前后接续,但没有任何由各种抽象的意义秩序(这些意义秩序与普通的日常生活联系在一起)所强加的组织和视角,不管是个人性的意义秩序还是社会性的意义秩序。"[①]资本主义机器正是通过深入主体日常生活的微观操作完成了对主体的全面控制,而精神分裂则使宏观政治无暇顾及或者不能顾及的这些微观操控统统失效。既然欲望的编码过程,亦即主体的生产过程主要是在主体的日常生活之中进行,而且是一种不折不扣的政治行为,那么改变人们的日常生活就成了真正激进的政治行为。这样一来,改良主义与激进革命之间的对立就被取消了。德勒兹和瓜塔里并不否认阶级斗争的重要性和必要性,不过他们认为阶级斗争并非反抗的唯一方式,更不是反抗的主要方式。他们拒绝马克思主义的革命方案,认为它没有看到无意识中的法西斯主义才是压迫的终极根源。投身阶级斗争的政治集体在其阶级利益和阶级目标上可能是革命的,但在其欲望模式上则可能仍然是反动的、法西斯主义的。革命群体如果不能清除他们内心之中的法西斯主义,就会再次制造等级制和权威。

德勒兹和瓜塔里的微观欲望政治学显著推进了对资本主义的批判,颠覆了政治与非政治、改良与革命之间的虚假对立。但是他们的真正目的,即为真正的反抗寻找一种可行的策略,似乎并未实现。为了反对弗洛伊德和拉康,他们声称欲望不是一种欠缺,而是一种强大的生产机器。然而这只是一种主张,他

---

① Fredric Jameson, "Beyond the Cave: Demystifying *The Ideology of Modernism*", in *The Ideologies of Theory*, London: Verso Press, 2008, p. 424.

们对这一主张从未能够给予理论上的证明。他们断言欲望的革命性,但如果就像拉康所论证的那样,"人的欲望就是大他者的欲望"①,那么这种革命性就非常可疑了。他们将精神分裂视为解放的根本途径,但在欲望受到过度编码、严格辖域化的资本主义社会,精神分裂如何可能?——除非人能抓住自己的头发把自己提起来。

权力、主体和反抗构成了一种难解难分的关系。阿尔都塞和福柯、巴特勒和齐泽克、德勒兹和瓜塔里(当然不止他们几位),从各自的理论立场出发,对这个问题的不同侧面做出了严肃的思考。他们的分析各有得失,其贡献固然深化了我们对具体问题的理解,其失误也并非毫无价值,至少为其他思想家提供了深化思想的契机。除了阿尔都塞,这几个人都不能算是马克思主义者,但就权力、主体和反抗这个问题而言,他们全都处于一个马克思主义的问题式之下,而且彼此之间存在着或明或暗的对话与争鸣。正是在这种对话和争鸣、呼应与辩难之中,我们获得了越来越深刻的认识。也许真正重要的并不是去幻想一种一劳永逸彻底地推翻压迫性的权力秩序的策略,而是始终保持在批判和反抗的路上。

---

① Jacques Lacan, *The Four Fundamental Concepts of Psychoanalysis*, p. 235.

参考文献

Alexandre Kojève, *Introduction to the Reading of Hegel*, ed. Allan Bloom, trans. James H. Nichols, JR. , Ithaca: Cornell University Press, 1980.

Allesia Ricciardi, *The Ends of Mourning: Psychoanalysis, Literature, Film*, Stanford: Stanford University Press, 2003.

Anika Lemaire, *Jacques Lacan*, trans. David Macey, London: Routledge & Kegan Paul Ltd. , 1977.

Anthony Wilden, *The Language of the Self*, Baltimore: Johns Hopkins University Press, 1981.

Bruce Fink, *The Lacanian Subject: Between Language and Jouissance*, Princeton: Princeton University Press, 1995.

Cartherine Clément, *The Lives and Legends of Jacques Lacan*, trans. Arthur Goldhammer, New York: Columbia University Press, 1983.

Claude Levi-Strauss, *The Elementary Structures of Kinship*, Boston: Beacon Press, 1969.

Dylan Evans, *An Introduction Dictionary of Lacanian Psychoanalysis*, East Sussex: Brunner-Routledge Press, 2001.

Elizabeth Grosz, *Jacques Lacan: A Feminist Introduction*, London: Routledge Press, 1990.

Ella F. Sharpe, *Dream Analysis: a Practical Handbook for Psychoanalysis*, London: Hogarth Press, 1951.

Ellie Ragland-Sullivan, *Jacques Lacan and the Philosophy of Psychoanalysis*, Urbana: Universisty of Illionois Press, 1986.

Francois Roustang, *The Lacanian Delusion*, trans. Greg Sims, New York: Oxford University Press, 1990.

Friedrich W. Nietzsche, *Beyond Good and Evil*, trans. Helen Zimmern, New York: Tribeca Books, 2011.

Gilbert D. Chaitin, *Rhetoric and Culture in Lacan*, Cambridge: Cambridge Universty Press, 1996.

Harold Bloom, *The Anxiety of Influence: A Theory of Poetry*, New York: Oxford University Press, 1997.

Jacques Derrida, *Of Grammatology*, trans. G. C. Spivak, Baltimore: Johns Hopkins University Press, 1974.

Jacques Derrida, *The Post Card: From Socrates to Freud and Beyond*, trans. Alan Bass, Chicago: University of Chicago Press, 1987.

Jacques Derrida, *Truth in Painting*, trans. Geoff Bennington and Ian Mcleod, Chicago: The University of Chicago Press, 1987.

Jacques Gross, *Joyce*, London: Fontana Press, 1971.

Jacques Lacan, *Écrits*, trans. Bruce Fink, New York: W. W. Norton & Company, 2006.

Jacques Lacan, *Encore*, trans. With notes by Bruce Fink, New York: Norton Press, 1998.

Jacques Lacan, *Freud's Papers on Technique*, trans. with notes by John Forrester, New York: Norton Press, 1988.

Jacques Lacan, "Homage to Marguerite Duras, on *Le Ravissement de Lol V. Stein*", trans. Peter Connor, in *Duras by Duras*, San Francisco: City Lights Books, 1987.

Jacques Lacan, "Joyce le symptôme I & II", in *Joyce avec Lacan*, ed. Jacques Aubert, Paris: Navarin éditeur, 1987.

Jacques Lacan, *Le Sinthome*, ed. Jacques-Alain Miller, trans. A. R. Price, Cambridge: Polity Press, 2016.

Jacques Lacan, *Television: A Challenge to the Psychoanalytic Establishment*, trans. Denis Hollier, Rosalind Krauss, Annette Michelson, and Jeffrey Mehlman, ed. Joan Copjec,

New York: W. W. Norton Company, 1990.

Jacques Lacan, *The Ego in Freud's Theory and in the Technique of Psychoanalysis*, trans. Sylvana Tomaselli, notes by Jone Forrester, New York: Norton Press, 1988.

Jacques Lacan, *The Ethics of Psychoanalysis*, trans. Dennis Porter, London: Routledge Press, 1992.

Jacques Lacan, *The Four Fundamental Concepts of Psychoanalysis*, trans. Alan Sheridan, London: Penguin Press, 1979.

Jacques Lacan, *The Psychoses*, trans. Russell Grigg, notes by Russell Grigg, Lodon: Routledge Press, 1993.

James Joyce, *A Portrait of the Artist as a Young Man*, San Diego: ICON Group International, Inc., 2005.

James Joyce, *Dubliners*, San Diego: ICON Group International, 2005.

James Joyce, *Finnegans Wake*, Oxford: Oxford University Press, 2012.

James Joyce, *Ulysses*, New York: Penguin Books, 2000.

Jane Gallop, *Reading Lacan*, Ithaca: Cornell University Press, 1985.

Jean-Michael Rabaté, *Jacques Lacan: Psychoanalysis and Subject of Literature*, Hampshire: Palgrave Press, 2001.

Jean-Paul Satre, *Being and Nothingness*, trans. Hanzel E. Barnes, New York: Washington Square Press, 1993.

Jeremy Tabling, *Literature and Psychoanalysis*, New York: Manchester University Press, 2013.

John P. Muller and William J. Richardson, *Lacan and Language: A Reader's Guide to Écrits*, New York: International University Press, 1982.

Julia Kristeva, *Desire in Language: A Semiotic Approach to Literature and Art*, New York: Columbia University Pres, 1980.

Julia Kristeva, *Revolution in Poetic Language*, New York: Columbia University Press, 1984.

Julia Reinhard Lupton and Kenneth Reinhard, *After Oedipus: Shakespeare in Psychoanalysis*, Ithaca: Cornell University Press, 1993.

Karl P. Eby, *Hemingway's Fetishism: Psychoanalysis and the Mirror of Manhood*, New York: State University of New York Press, 2010.

Leslie Hill, "Lacan with Duras", in *Writing and Psychoanalysis: A Reader*, ed. John

Lechte, London: Arnold Press, 1996.

Louis Althusser, *Writing on Psychoanalysis: Freud and Lacan*, ed. Olivier Corpet and François Matheron, trans. Jeffrey Mehlman, New York: Columbia University Press, 1996.

Luce Irigaray, *Speculum of Other Woman*, Ithaca: Cornell University Press, 1985.

Mark Bracher, *Lacan, Discourse and Social Change: A Psychoanalytic Cultural Criticism*, Ithaca: Cornell University Press, 1993.

Mary Jacobus, *Psychoanalysis and the Scene of Reading*, Oxford: Oxford University Press, 1997.

Maud Ellmann, *Psychoanalytic Literary Criticism*, New York: Routledge, 1994.

Norman Holland, *The Dynamics of Literary Response*, New York: Columbia University Press, 1968.

Paul Ricoeur, *Freud and Philosophy: An Essay on Interpretation*, New Haven: Yale University Press, 1977.

Paul Ricoeur, *On Psychoanalysis*, Cambridge: Polity Press, 2012.

Paul Ricoeur, *The Conflict of Interpretations: Essays in Hermeneutics*, Evanston: Northwestern University Press, 2007.

Perry Meisel, *The Literary Freud*, New York: Routledge Press, 2006.

Philippe Van Haute, *Again Adaptation: Lacan's Subvertion of the Subject*, trans. Paul Crowe and Miranda Vankerk, New York: Other Press, 2002.

Richard Boothby, *Death and Desire: Psychoanalytic Theory in Lacan's Return to Freud*, New York: Routledge Press, 1991.

Richard Ellmann, *James Joyce*, Oxford: Oxford University Press, 1982.

Robert Samuels, *Between Philosophy and Psychoanalysis: Lacan's Reconstruction of Freud*, London and New York: Routledge Press, 1993.

Roberto Harari, *How James Joyce Made His Name: A Reading of the Final Lacan*, trans. Luke Thurston, New York: Other Press, 2002.

Roberto Speziale-Bagliacca, *The King and the Adulteress: A Psychoanalytic and Literary Reinterpretation of Madame Bovary and King Lear*, Durham: Duke University Press, 1998.

Roman Jakobson, "Two Aspects of Language and Two Types of Aphasic Disturbances", in *Selected Writings: Word and Language*, Netherlands: Mouton Press, 1971.

Rosalind Minsky, *Psychoanalysis and Gender: An Introductory Reader*, New York: Routledge Press, 1996.

Sheldon Brivic, *Veil of Signs: Joyce, Lacan, and Perception*, Urbana and Chicago: University of Illinois Press, 1991.

Shoshana Felman, ed., *Literature and Psychoanalysis: The Question of Reading Otherwise*, Baltimore: Johns Hopkins University Press, 1982.

Shoshana Felman, *Writing and Madness: Literature/Philosophy/Psychoanalysis*, Stanford: Stanford University Press, 2003.

Sigmund Freud, *Sigmund Freud: Collected Papers* (1), ed. Ernest Jones, trans. Joan Riviere, New York: Basic Books, 1959.

Sigmund Freud, *Sigmund Freud: Collected Papers* (2), ed. Ernest Jones, trans. Joan Riviere, New York: Basic Books, 1959.

Sigmund Freud, *Sigmund Freud: Collected Papers* (3), ed. Ernest Jones, trans. Alix and James Strachey, New York: Basic Books, 1959.

Sigmund Freud, *Sigmund Freud: Collected Papers* (4), ed. Ernest Jones, trans. Joan Riviere, New York: Basic Books, 1959.

Sigmund Freud, *Sigmund Freud: Collected Papers* (5), ed. Ernest Jones, trans. James Strachey, New York: Basic Books, 1959.

Slavoj Zizek, ed. *Jacques Lacan: Critical Evaluations in Cultural Theory* (I-IV), New York: Routledge Press, 2003.

Slavoj Zizek, *Looking Awry: An Introduction to Jacques Lacan Through Popular Culture*, Cambridge: Massachusetts Institute of Technology Press, 1991.

Slavoj Zizek, *The Sublime Object of Ideology*, New York: Verso Press, 1989.

Sonia Mycak, *In Search of the Split Subject: Psychoanalysis, Phenomenology, and the Novels of Margaret Atwood*, Toronto: ECW Press, 1997.

Willy Apollon and Feldstein Richard, eds. *Lacan, Politics, Aesthetics*, Albany: State University of New York Press, 1996.

爱伦·坡:《被窃的信》,见《爱伦坡哥特小说集》,肖明翰译,成都:四川人民出版社,2005年。

安德鲁·吉布森:《詹姆斯·乔伊斯》,宋庆宝译,北京:北京大学出版社,2013年。

柏拉图:《巴门尼德篇》,见《柏拉图全集》(第2卷),王晓朝译,北京:人民出版社,2003年。

伯纳德特:《神圣的罪业:索福克勒斯的〈安提戈涅〉义疏》,张新樟译,朱振宇校,北京:华夏出版社,2005年。

帕斯卡尔:《思想录:论宗教和其他主题的思想》,何兆武译,北京:商务印书馆,1985年。

陈剑澜:《缺席与偶在》,北京:北京时代华文书局,2015年。

陈奇佳:《尼采的形而上学批判问题》,北京:人民出版社,2010年。

费尔迪南·德·索绪尔:《普通语言学教程》,高名凯译,岑麒祥、叶蜚声校注,北京:商务印书馆,1980年。

弗莱德·R. 多尔迈:《主体性的黄昏》,万俊人、朱国钧、吴海针译,上海:上海人民出版社,1992年。

弗雷德里克·J. 霍夫曼:《弗洛伊德主义与文学思想》,王宁、谭大立、赵建红译,北京:生活·读书·新知三联书店,1987年。

弗洛伊德:《弗洛伊德文集》(全8卷),车文博主编,长春:长春出版社,2004年。

弗洛伊德:《释梦》,孙名之译,北京:商务印书馆,1996年。

郭军:《乔伊斯:叙述他的民族》,北京:外语教学与研究出版社,2010年。

黑格尔:《精神现象学》下卷,贺麟、王玖兴译,北京:商务印书馆,1979年。

黄作:《漂浮的能指——拉康与当代法国哲学》,北京:人民出版社,2018年。

康德:《纯粹理性批判》,邓晓芒译,杨祖陶校,北京:人民出版社,2004年。

康德:《回答这个问题:何谓启蒙?》,见《历史理性批判文集》,何兆武译,北京:商务印书馆,1990年。

康德:《实践理性批判》,邓晓芒译,杨祖陶校,北京:人民出版社,2003年。

玛格丽特·杜拉斯:《劳儿之劫》,王东亮译,上海:译文出版社,2005年。

米歇尔·福柯著,汪民安主编:《福柯读本》,北京:北京大学出版社,2010年。

萨德:《卧房里的哲学》,陈苍多译,台北:新雨出版社,2000年。

萨特:《存在与虚无》,陈宣良等译,杜小真校,北京:生活·读书·新知三联书店,1997年。

索福克勒斯:《安提戈涅》,罗念生译,《罗念生全集》(第三卷),上海:人民出版社,2004年。

特雷·伊格尔顿:《二十世纪西方文学理论》,伍晓明译,北京:北京大学出版社,2007年。

汪民安:《尼采与身体》,北京:北京大学出版社,2008年。

汪民安:《生命是一种充满强度的运动》,北京:商务印书馆,2018年。

威廉·莎士比亚:《哈姆莱特》,朱生豪译,《莎士比亚全集》(九),北京:人民文学出版社,1978年。

吴琼:《雅克·拉康——阅读你的症状》(上、下),北京:中国人民大学出版社,2011年。

严泽胜:《穿越"我思"的幻象——拉康主体性理论及其当代效应》,北京:东方出版社,2007年。

杨慧林:《圣言·人言——神学诠释学》,上海:上海译文出版社,2002年。

杨慧林:《意义——当代神学的公共性问题》,北京:北京大学出版社,2013年。

杨慧林:《追问上帝——信仰与理性的辩难》,北京:北京教育出版社,1999年。

约阿希姆·布姆克:《宫廷文化:中世纪盛期的文学与社会》(上、下册),何珊、刘华新译,北京:生活·读书·新知三联书店,2006年。

詹姆斯·乔伊斯:《都柏林人》,王逢振译,上海:译文出版社,2012年。

詹姆斯·乔伊斯:《一个青年艺术家的画像》,黄雨石译,北京:人民文学出版社,2011年。

詹姆斯·乔伊斯:《尤利西斯》(修订本上下卷),萧乾、文洁若译,南京:译林出版社,2002年。

张静:《欢愉的身体——罗兰·巴特后十年思想研究》,北京:人民出版社,2017年。

张旭:《上帝死了,神学何为?——20世纪基督教神学基本问题》,北京:中国人民大学出版社,2010年。

张颖:《存在主义时代的理论与艺术》,北京:文化艺术出版社,2020年。

张颖:《意义与视觉:梅洛-庞蒂美学及其他》,北京:北京时代华文书局,2017年。

张永青:《现象学与西方现代美学问题》,北京:人民出版社,2011年。